U0153328

性別與小說

林秀蓉、唐毓麗 編著

五南圖書出版公司 印行

編者序

臺灣各大專院校自一九八〇年代中期以來，性別研究相關課程的開設紛然湧現。最初大多開設在中文及外文學系，以女性主義文學的課程為主。一九八五年臺大「人口研究中心」為提倡婦女研究，成立「婦女研究室」，並於一九九一年開設「兩性關係」的通識課程。尤其從一九九七年教育部成立「兩性平等教育委員會」（二〇〇四年更名為「性別平等教育委員會」）之後，各校更加重視消除性別歧視、維護人格尊嚴的課題，與性別相關的通識課程也日漸多元，如「性別與文學」、「性別與宗教」、「性別與科學」、「性別文化與社會」等，這些課程結合不同領域學門，介紹和性別相關的各種議題，讓學生能從多元面向去瞭解性別研究對個人與社會的影響與重要性。本書乃針對「性別與文學」課程而編撰的教科書，期待透過文學作品中的多元性別議題，提供觀照與思索的視角。

人的身體即是文化的客體，從我們身體的外觀、言行，再到活動，都具有文化意義與價值規範，從小說中可以映現文化規範如何主宰或影響身體的建構過程。本書內容貫串十大單元，鎖定性別議題為討論核心，輻射出如下的內蘊指向：一、封建社會的女性覺醒，二、空間意象的權力部署，三、親情倫理的身體宰制，四、家庭婚姻的外遇衝突，五、飲食召喚的情慾想像，六、突破禁忌的情慾自主，七、越界主流的同志情愛，八、蒙昧無知的社會習俗，九、國族政治的批判意識，十、弱勢族裔的邊緣處境。兼括生理性別、社會性別及性傾向等多方面論題，反映出文化如何為社會個體的男性化或女性化提供訓誡，以及批判文化賦予某種身體形式（性別、種族和階級）的意識形態與價值觀念。

全書以現代小說為討論文本，梅家玲在《性別論述與臺灣小說》的導言曾提及：「小說中性別意識的體現，向來與文學傳統、社會現況及政治大環境息息相關；如何以性別研究的視角，去解讀小說，想像文學世界，更是多重文化機制交錯互動下的政治實踐。」小說家因應社會、政治、文化結構上的劇變，所形構出的內容變革及敘事策略，內蘊著性別意識上的豐富語境，相當值得深思與討論。書中大多選錄一九八〇年代之後的作品，展演多元發聲的性別文化現象。縱觀臺灣文學史的脈絡，伴隨著民主政治的改革開放，以及後現代主義思潮的風行，可以發現八〇年代是一個發展的關鍵時期，這個時期的作品明顯翻新轉型，以更開放而寬容的立場，含納文化的多元性與差異性，成為臺灣社會的主流思想。如性別議題的書寫不再背負倫理道德的束縛，大膽直探女性的身體情慾，使得女性主體可以獲得伸張。加上實際的民主運動、農工運動、女性運動、同志運動、原住民運動等力量的影響，從前腐朽的各種沙文主義，在歷史改造中紛紛退潮。如同志論述也以不同的文學形式，打破文化身體「中心／邊陲」的二元對立，改以「主體差異」的個別立場，代替「主體中心」的權力結構。試圖壟斷單一的主流價值，實踐後殖民的去中心論，已然成為八〇年代之後性別書寫的共相。

選文方面，跨涉男、女作家，共二十位，依出生時間排序如下：葉陶（一九〇五—一九七〇）、張文環（一九〇九—一九七八）、葉石濤（一九二五—二〇〇八）、鍾肇政（一九二五—）、李喬（一九三四—）、王拓（一九四四—二〇一六）、李永平（一九四七—二〇一七）、袁瓊瓊（一九五〇—）、平路（一九五三—）、蘇偉貞（一九五四—）、王定國（一九五五—）、林剪雲（一九五六—）、陳若曦（一九五七—）、曹麗娟（一九六〇—）、江文瑜（一九六一—）、張啓疆（一九六一—）、里慕伊·阿紀（一九六二—）、郭強生（一九六四—）、郝譽翔（一九六九—）、徐嘉澤（一九七七—）。期待透過不同性別、不同世代的小說家作品，針對主題單元採參照較讀的方式，以提供更寬廣的視野，來觀照性別政治在文化脈絡中的差異性與複雜性。除此，性別文化的跨國閱讀，也是本書選文特色之一，如選錄馬華作家李永平的作品，以探察在馬來西亞多元族群社會中主流／邊緣的性別關係。

付梓之際，特別感謝國立高雄師範大學國文系唐毓麗老師，在行政、教學、研究等事務繁忙之餘，鼎力協助；從主題構思、選文搜羅，到導讀撰述，共同切磋討論，惠賜精闢卓見，在此謹致謝意。其次，感謝二十篇小說作者的慷慨授權，這些選文主題性與文學性兼具，是提供學子閱讀的最佳讀本。最後，感謝五南書局及編輯同仁的辛苦，玉成本書的誕生。

林秀蓉

導言：性別書寫的繁花勝景

性別研究與女性主義理論已風行世界達半世紀之久，性別論述融入文學、人類學、歷史學、社會學、語言學與文化研究的涵養及知識厚度，已成為人文學科研究的重點，更累積了亮眼的學術成果。為了深化性別教育，「性別與文學」已成為高等教育編制內的課程，充分展現性別研究在國內呈現的差異樣貌，並回顧、反思性別文學所突顯的問題意識，與它緊密相連的歷史、社會、文化與時空的關聯。《性別與小說》特別選定十個主題單元，具體呈現臺灣小說綻放的多元面向，以立體的稜線與維度，展現臺灣文學與當代文藝思潮及運動辯證的回聲。

第一單元「性別與覺醒」，特別選錄戰前作家葉陶〈愛的結晶〉與張文環〈閹雞〉，男女作家皆在作品呈現清晰的女性意識，具有女性主義重視的「CR」（consciousness-raising），也就是女性的自立與覺醒。小說聚焦在日治時期的女性命運，探索女性在殖民情境、文化壓抑與經濟壓迫底下，女性的突圍與性別覺醒、獨立姿態，特別富有啓蒙的力量。

第二單元「性別與空間」，選錄張啓疆〈如廁者〉與郝譽翔〈萎縮的夜〉，兩篇作品針對空間與性別的關係，進行深度闡述。人們很少意識到「空間就是性別」、「空間就是控制」的權力部署與區域限制，小說透過私密的廁所和幽閉的家屋，揭露了男尊女卑、弱肉強食的權力關係，在每個空間進行性別分化、階級強化與性別壓迫；深入探勘辦公室與家屋兩種不同空間的複雜意涵，在性／性別／認同上強弱對應的複雜關係，所衍生的批判視野。小說進一步探索空間的追憶與轉化，翻轉空間原本僵固的意義，進一步思索性別意義、自我身分與存在價值。

第三單元「性別與身體」，選錄鍾肇政〈父與子〉與蘇偉貞〈背影〉，兩篇小說的身體論述相當豐富，彷彿揭開人類身體的複雜歷史，利用家庭中，具體化的暴力和潛藏的精神暴力，多層次演繹父母宰制——子女、上對下的壓制關係，對子嗣造成的可怕影響。子嗣的身體，恍若一個平臺，從受傷的身體到扭曲的心靈，多面向地烙印父母殘忍的暴行、變態的凌遲，兩篇小說深度反思受害者的生命創傷，娓娓陳述陰暗扭曲的家變故事。

第四單元「性別與家庭」，選錄袁瓊瓊〈自己的天空〉與王定國〈妖精〉，探索第三者介入的婚姻生活，對當代家庭造成何種影響。八〇年代以後，外遇與婚變問題更頻繁地浮出歷史地表，文學也以多變之姿，將當代人們關心的家庭倫理，透過小說的演繹，重新衝擊著人們對婚姻忠誠、人倫與兩性權力關係的既定想像。〈自己的天空〉聚焦於女性婚變前後微細的心理變化，獨立自主的情感探索及成長過程；〈妖精〉集中闡述家庭關係的變異、權力消長及男性罪惡感，兩篇小說都以精細的切片圖，呈現婚姻中複雜的兩性心理寫真與變貌。

第五單元「性別與飲食」，選錄平路〈童年故事〉與郭強生〈男人是一道菜〉，兩篇作品藉由味蕾的呼喚，開啓感官世界的聯想，也豐富了飲食書寫與性別書寫的新貌。〈童年故事〉丟出一道難題，所謂「童年故事」到底是寫實論還是建構論？由飲食召喚而來的記憶、言說與敘事，到底是陳述自我與歷史，還是虛構自我與歷史？〈男人是一道菜〉透過一個自以為時尚的型男，演繹他在美食／美色的理念及感官饗宴，到底是「傾女性主義」還是「偽女性主義」，明眼人絕不難判別，但單調的情色想像與身體訓練，絕對反映了強勢的資本主義文化邏輯對身體／情慾的制約。兩篇小說以飲食連結情慾想像，充滿了思辨的理趣。

第六單元「性別與情慾」，選錄葉石濤〈西拉雅的末裔〉與江文瑜〈和服肉身〉，突顯出情慾主體的自主性，情慾書寫的豐富性。臺灣的情慾書寫，在尚未解嚴時，因性論述受到壓抑，情慾想像也異常貧瘠，情慾主體更難產生親密震顫的性愛互動，更常受到主流價值的牽制與束縛。兩篇小說擺落反情慾的保守力量，積極探索性愛禁區、人性盲點，去除性的階級化、模式化，探索國境的界線、族裔的邊界、慾望的版圖。作家透過正面昂然的態度，建構西拉雅女性與畫室中裸女的形象，肯定女性情慾蘊含的愉悅、創造、包容與療癒能量，寫出了情慾文學的豐富性、族裔性與藝術性。

第七單元「性別與越界」，選錄曹麗娟〈童女之舞〉與徐嘉澤〈窺〉，兩篇小說書寫同志情愛，在情慾取向、身分認同、身體疆界上進行跨越，一陰暗一明亮，都以差異身分，創建了同志的愛情圖譜。「同志」一詞，從九〇年代逐漸成為「不能說的祕密」、「同性戀」的代名詞，從此成為學界慣用的專有名詞；「同志」賦予了差異政治、身分政治、同志仍須努力等擴延的意涵，也重新得到正名。從「女女相見歡」觸及異性戀社會根深柢固的同性戀壓抑，到「男男男伊甸園」三角戀情的性愛試探與冒險，聚焦在情愛模式引發而來的張力與衝突，兩篇小說擴充了同志書寫的版圖。

第八單元「性別與習俗」，選錄王拓〈吊人樹〉與陳若曦〈灰眼黑貓〉，兩篇小說深入描寫敬神事鬼的民間習俗，與根深柢固的宗教信仰、文化慣例與性別禁忌。兩篇小說不只涉及臺灣的宗教文化、民間信仰，還探觸了文化心理學與宗教心理學的範疇，寫出了人們對於神鬼禁忌的恐懼與不安。作者不只寫出性別與疾病、禁忌間複雜緊張的關係，更藉著文學來除魅，突顯出蒙昧的社會偏見與盲點。

第九單元「性別與政治」，選錄李喬《埋冤一九四七埋冤》（節錄）與林剪雲《忤：叛之三部曲首部曲》（節錄），都以二二八事件的血淚傷痕作為陳述重點，以肉身的監禁與弔唁新墳，控訴威權政治的暴行，呈現人間煉獄與國殤悲劇。兩篇小說更藉由國族傷痕的書寫，以男女不同的國族想像，灌注了性別研究的視野，呈現鮮明的性別視角，展現對政治議題的透視顯影。兩部小說，也呼應了臺灣解嚴後，後殖民（postcolonial）

文學的核心精神，將文學的靈魂，進入到回溯被殖民歷史、重塑主體性的激進位置上，寓寄頑強的反殖民精神。

第十單元「性別與族裔」，選錄李永平〈拉子婦〉與里慕伊・阿紀《懷鄉》（節錄），將性別書寫做了跨文化與跨族裔的具體呈現，以不同側面，顯示多元族裔女性的樣貌，對男性中心論、漢族中心論、父權中心論進行深度的反思。兩篇小說書寫了婆羅洲陸達雅族與臺灣泰雅族女性的處境，觸及原民女性的多重壓迫、族群歧視與弱勢處境。在族裔文學的書寫上，保存了風土的刻畫與民族經驗，擴充臺灣文學的文化面向與女性寫照。

《性別與小說》選定以上十個單元，企圖將重要的主題，打開重估與討論的對話；更希望藉此提供一個整體的輪廓，可以顯示現代小說對當代性別研究的對話、深耕、借鑑與回聲。也希望綜合性別研究與小說探索的接力賽，能有更多學者先進的加入與響應。

唐毓麗

目次

一、性別與覺醒

愛的結晶

葉陶

是個亮麗暖和的春日，為了找工作而走累了的素英坐在公園綠蔭下的板凳上，恍恍惚惚打起盹來。她的臉色蒼白，好像是被北風颯颯打過一樣的皮膚泛著一層蒼涼，而看起來一點也不柔潤的頭髮已經發紅了，更使她顯出一付可憐兮兮的樣子。

「啊，妳不是素英姊嗎？……」

被這個聲音叫醒的她，站了起來，張開惺忪的睡眼。她原來是以前公學校的女教員，由於不能不把她的薪水拿來奉養父母，乃至於延誤婚期而過著痛苦的生活。其後因為對於社會運動家瑞昌的主義產生共鳴，在兩人談戀愛的當時，短暫地過了一段充滿春日氣氛的日子，想不到由於兩人朝夕廝守，使她失職被撤，而受到了物質上與精神上的種種壓迫，在無法適應打擊的情況下，患了嚴重的神經過敏症。所以一聽到有人叫自己的名字禁不住嚇得站了起來。

「啊！是寶珠姊啊……」

知道了叫醒自己的人是女子學校時的好友寶珠，素英這才鎮定下來。和她的境遇正好相反的寶珠，是J市首屈一指的漁業資本家的千金，後來為了父親帶著陪嫁金二千圓嫁給該市S股長。在素英眼中，寶珠該是個不愁吃穿、無憂無慮的人，所以素英想使自己的神經鎮靜下來，專心傾聽久違的寶珠的平穩的故事。可是素英雖然努力要這樣做，她這一生的痛苦卻像被拔了根、除了葉一樣，神經也就更加受到刺激。儘管心裡克制著不要去想、不要去想，可是家裡的一切不順遂還是浮上腦海來了。

——丈夫由於參與社會運動，被強制過了好幾年暗無天日的生活，而患了肺結核，不要說普通的食物了，就連藥也沒得吃。為了小孩子營養不良，跑去一再懇求地方的福利委員，從那邊借來施療券，也跑去找醫生，但什麼用也沒有。（說什麼要常吃魚肝啦雞肝啦，連米都買不起了，哪能買得起這些？）到後來雖然有點錢了，可是小孩的眼睛卻已壞掉了，我自己都覺得自己的存在是多餘的，只能和生了病的丈夫這樣一籌莫展地過著日子了……

素英回憶起這種種，淚水不禁滾了下來。

對這些事一無所知的寶珠，腦海中則描繪著對於素英的戀愛的羨慕，以及她的愛的結晶的世上最可愛的健康兒子。

「這是假的嗎？假的嗎？……」寶珠搖著頭，她認定自己才是世界上最不幸的人而哭了，哭到後來乾脆抱住素英痛哭出聲。素英看到寶珠哭成這個樣子，倒忘了自己的不幸，反而安慰起寶珠來了。「妳怎麼了……不要難過嘛……寶珠姊！」

寶珠仍然不停地哭著。從她趴在素英腿上的雙眼流出的淚，滲過素英的長褲，生出了一種溫暖的感覺。

「寶珠姊，為什麼要哭成這個樣子呢？嗯？」

素英一邊輕搖著寶珠的肩，一邊問她。

哭著哭著，雙手完全垂下來的寶珠足足哭了半個小時左右，這才從素英的腿上把頭抬起來，自己擦乾眼淚，拿起粉盒補妝。

「妳是為了什麼這樣難過呢？……啊？」

素英看著寶珠的臉問她。

「我想要有個小孩……」

「難道妳不能生育嗎？……」

「不是……只不過即使生得出來……不是白痴……就是帶有梅毒……」

寶珠說著又泫然欲泣了。

素英聽她一說，對於過去有點輕視的寶珠，忽然產生了一種親近的感覺。

「妳看這春天暖和的公園真好呢……稍為輕鬆一點怎麼樣呢？」

素英把話題引開了。

「嗯……」

寶珠坐了起來。素英很仔細地從頭到腳端詳寶珠，她從頭髮到腳尖可以說都打扮得非常好看，好像從百貨店的櫥窗中飛出來的模特兒那樣的漂亮，不過就是少了一點精神，她的皮膚蒼白，和自己比較起來，更沒有一點血色。

「怎麼了？……妳的臉色好像非常不好呢？……」

素英這樣地問。

「嗯……妳的公子怎麼樣了?……」

寶珠答非所問地問。

「在家裡啊。」

「幾個了?……」

「一個……」

「應該是很可愛的小孩吧……」

寶珠帶著幾分感情地說。

「也不是……」

素英的眼睛有點模糊了。

「我想妳公子一定很可愛才是……」

「為什麼?……」

「因為……那是你們愛的結晶嘛……」

寶珠說著笑了起來,她的笑聲裡帶有著自嘲的成份,接著淚水又掛到臉上了。

「並不,一點也不可愛呢……」

素英的回答聲中混著嘆息。只是寶珠並沒有注意到這種窮苦人家討生活的語意。

「啊,真難過!真希望妳能早點明白……」

素英說著又嘆了一口氣。對眼前的這個人來說,只要能養個小孩就好,她當然會覺得自己有個愛的結晶的小孩一定很可愛囉……素英這樣想著。

「早點明白……誰是不如意的人呢?嗯?……」

寶珠興致很高地追問著。

「不是啦……我的……」

素英心慌了起來。

「妳的？……妳的愛的結晶？真的嗎？」

寶珠好像是不被信賴的人的樣子，急躁地想知道真相地問著。

「只是……太壞了……」

「怎麼了？……是外面的人搞鬼的嗎？……」

「不是啦……什麼人也沒有搞鬼！……」

「那又怎麼了？……」

「孩子眼睛瞎掉了……」

「瞎子？……啊……愛的結晶瞎掉了？……」

「嗯……」

「為什麼會變成那個樣子呢？……」

「說是缺乏維他命……」

「生病了？……」

「嗯，是營養不良的病……」

「營養不良的病？……」

「嗯——」

兩個人都沉默了下來。兩個人從各自不同的立場一面對於「愛的結晶」瞎掉了的事惋惜著，一方面則悲哀著自己的遭遇。

「愛的結晶」，由於錢的原因而盲目了。理想，由於錢的原因被黑暗吞噬了。這樣的時代真糟糕啊——寶珠這樣想著。

「請鼓起精神來吧……祈禱上天！讓妳下一胎愛的結晶是個千里眼……」此刻換成寶珠來安慰素英了。

一九三五年一月十五日，日文原作

一九八九年五月，向陽譯

導讀

葉陶（一九〇五—一九七〇），高雄旗津人。幼時曾入書房，接受漢學教育；公學校畢業後，在臺南師範教員養成所受訓，任教於高雄第三公學校。日治時期曾參與「臺灣農民組合」、「臺灣文化協會」等團體，名列重要幹部，與臺灣文學家楊逵爲夫妻檔運動同志。一九三五年，葉陶協助楊逵創辦《臺灣新文學》雜誌，共同爲社會理想主義奮鬥，是臺灣女性從事社會運動的先驅。一九四七年，二二八事件發生，葉陶與楊逵被捕入獄。一九四九年，楊逵又因〈和平宣言〉一文，被逮捕入獄十二年，在這期間葉陶母代父職，獨力肩負家庭重擔。葉陶的作品擅於將個人經驗與時代背景緊密扣合，著有日文小說〈愛的結晶〉、日文詩作〈病兒〉等。

婚後的經濟困頓，考驗著因理想而結合的葉陶與楊逵；小孩的陸續出世與楊逵罹患肺結核，更讓葉陶承擔著沉重家計，〈愛的結晶〉（原載於《臺灣新文學月報》一九三六年二月）便是她當時處境的眞實寫照。透過兩位女同窗的經驗對比，書寫女性無法孕生健康子女的悲哀，藉此控訴父權文化、資本主義，以及殖民主義所構築的時代黑幕。寶珠是資本家的千金，奉父命嫁給S股長，因丈夫性行爲放縱而染患梅毒，無法孕生健康的子女，成爲父權宰制的宿命者、政治婚姻的犧牲品。至於素英則與寶珠相反，她是一位有自主意識的女性，選擇與社會運動家長相廝守、實踐理想；婚後現實生活卻陷入窘境，丈夫因坐牢而罹患肺結核，小孩因營養不良而失明，自身也因物質與精神壓迫而導致神經過敏症。

〈愛的結晶〉描繪出一九三〇年代臺灣女性的生命圖像，小說中這兩位新時代的知識女性，無論是奉命成婚或自由戀愛，皆處身在父權、資本家、殖民者三種權力結構的宰制，迫使她們都無法擁有健全的下一代。一九二〇年代《臺灣民報》有關婦女解放、婚姻自主的言論，引發社會熱烈迴響，許多知識女性雖如素英一樣，基於自我覺醒的意識，選擇自己的生命道路，然而面對多重弱勢的處境，理想不得不屈服於現實，誠如小說所言：「『愛的結晶』，由於錢的原因而盲目了。理想，由於錢的原因被黑暗吞噬了。」顯現女性的未來暗鬱無解。葉陶作爲第一世代的女性運動者與農民運動者，藉著小說道出自我覺醒之道的深沉無力感。値得注意的是，文末寶珠對素英的祝福：「讓妳下一胎愛的結晶是個千里眼」，面對未來由黑暗轉爲光明，不僅暗示子宮具有強韌的孕生能量，同時也寄寓葉陶改革社會的堅定意志。（林秀蓉）

閹雞

張文環

一

丈夫阿勇靜靜地坐在屋簷下的竹椅上，一如往常木木地把眼睛死盯住正在夕陽下逐漸消失的屋脊，好像楞楞地傻想著什麼。

「這人到底知不知道今天就是村子裏拜拜的日子呢？」

月里已經不再抱怨丈夫了，可是看到那傻呼呼地想著心事似的面孔，難以忍受的焦灼便湧上心頭。

「阿勇仔！去洗洗廚房裏的碗筷好不好？」

被妻子這麼一吼，好像微微一怔，但馬上就鬼魂般地起身，也不管垂淌的口涎，踩著涉淺灘般的步子走向廚房。不用說，月里並不是有意把丈夫當牛馬，讓他洗洗碗筷，而是希望能在那茫然的面孔上，畫上那麼微細的一絲緊張的痕跡。但是，他的臉早已失去了描畫那種線條的力量。當月里第一次察覺到這一點的時候，曾經為之魂飛魄散，一顆心都差一點碎成片片了，連忙跑回娘家向父母哭訴，然而雙親祇能說，能做的都做了，還能怎麼樣呢？月里從雙親的口吻裏感受到冷漠的意味，祇得抱著眼前一團漆黑的感覺回到婆家。如今已過了一年歲月，絕望已變得麻木，習慣於跟一個不會給她迫害的幽魂住在一塊過的日子。雖然如此，可是一旦村子裏有了熱鬧的行事，月里的心便亂成一團了。這是怎麼回事呢？連她自己都莫名其妙，但覺一股勁地在慌亂著急。這一次的祭禮，好像也是被看透了這種心裏狀態吧，月里被邀請當遊行的弄車鼓的「車鼓旦」，竟一口答應了。拜拜兩天前下午四點，要在祭禮委員家的庫房排練，月里有點等不及，也有點害怕的感覺。因此，空蕩蕩的屋裏如何收拾，她都茫無頭緒，飯是好不容易地煮了，那些日常瑣細活兒居然使她覺得忙迫萬分。村子裏，這消息已經傳開，人人都在說長道短。這次的弄車鼓，車鼓旦是個真正的女人哩，真女人扮車鼓旦，在村子裏還是破題兒頭一遭啊，人人好奇地爭相走告。就因為人們說個沒完，月里禁不住地想拉倒，也向負責的人說過，可是月里自己彷彿也被煽動著，給出到民眾面前跳舞的魅力吸引住一般，沒辦法打從心底拒絕這項差使。

「伊娘的，是誰洩漏了？」

負責人原來想在秘密裏準備好給村子裏的歷史上豎立記錄的遊行場面，直到當天晚上才突如其來地亮出來讓人大吃一驚的，想來八成是關係人之一等不及了，向人透露出來的。然而，月里倒也不致於大驚小怪。這些日子以來，來到村子裏的叫做「男女班」的歌仔戲，豈不是堂堂正正地在舞台上上演，讓人們陶醉嗎？而且村子裏還有些男女青年離家出走，跟著那些戲子們跑了！月里好羨慕那仙女般的古典裝扮的女人身姿。她覺得這一生在死以前，希望至少也穿一遍那種衣裳。

說到大正十三年（民國十三年——譯註），那正是臺灣歌劇的全盛時代。歌仔戲從亂彈到九角仔，不管北管也好或者南管也好，都不再說戲的名稱，而一律稱為男女班要來了。受了客家歌劇對一般的戲劇的影響，戲裏的女角，非由女人扮演，便被認為是不成話說。即便是亂彈，演到夜裏十一點，到了末尾時，便成了歌仔戲的曲調，使村子裏的人們大為高興。歌仔戲為什麼能夠這樣地抓住民眾的心呢？一方面，這也是由於它與向來的戲劇不同，不再用文言體的科白，而是用易懂的臺灣語來說的。月里就是因此受到影響，膽子壯起來了，同時另有一點是過去她依照村子裏的習俗，不能過份打扮的。她有個有病的丈夫，所以被迫過著與寡婦一樣的生活。長久以來的鬱悒，使她渴望看到化妝過的自己，也渴望讓別人看到。

「我不能被一個男子愛，並且也愛他嗎？」

有時，她會突然地被自己的獨語驚醒過來。我不是有老公的女人嗎？想來，她是在這樣的心情下答應了邀請的。然而，村子們背地裏說這位背德女人是發情的母狗，肆加抨擊。他們還是同情阿勇，將攻擊的箭頭射向不守婦道的妻子。這一點，乍看似乎是殘忍的，不過卻也是村子裏的道德規律所使然。但是，如果我們可以代替月里來說話，那麼我們便應該說：如果有這種愛管閒事的道德規律，那為什麼民眾的眼光不肯投向使這對男女落入這個地步的事件呢？這也就是這個故事所以被編造出來的原因吧。大正十三年——說來已是古老的往事了，但人的慾望不會那麼容易地就依循著時代的社會道德而改變的，因此這件事不見得就是那麼古老的吧。

這且不提，不管村子人們怎麼說，月里的那個遊行隊伍的委員還是次第進行他的準備。終於到了拜拜的晚上，ＳＳ庄的廟前廣場上松把與鑼鼓陣沸騰起來，從月里家不遠處的排練場地聽來，猶如滔滔巨流，轟然而響。弄車鼓隊和即將匯流進這音響溪流的人群也出動到庭院上了，松把點上了火，竹片響板和起了絃仔的聲音，觀眾在庭院裏圍成圓陣。

那女人就是月里嗎……人們屏著氣息，踮起脚尖，伸長脖子，從前面的人的肩頭上看過去，彷彿每個細微的充滿魅力的步子都要看個一清二楚似的。預演就在群眾面前展開了。月里那仙女般的面孔，在扇子背後時隱時現，舞出女人的嬌羞，那模樣美得夠人銷魂。她大膽地舞起來。男人撲向她，她閃避，一面閃避又一面送秋波。松把光搖曳，觀眾如痴如醉。男的舞者也上勁了，甚至使觀者微生嫉意。觀眾們只因從來也沒有在露天下看到過男女相思相悅的舞，所以個個都好像著了魔似地。就在這熱舞的當兒，一個男子恰如一塊黑影，從人羣中離開，走向月里，大吼著「混蛋，妳這婊子」，一連揮動巨掌，壁虎般地摑了月里的臉頰。人們突地怔住了。月里踉蹌著舞步，楚楚可憐地用雙手摀住面孔，人們這才轟的一聲鬧起來。

「是月里的阿兄來啦！」

有人這麼喊。人們亂成一團。拉絃子的插進雙手掩臉的月里與阿兄之中。松把給弄熄，月里被帶走了。雖然沒有釀成亂鬪，但那個阿兄模樣的人好像有意追究邀妹妹來跳舞的人。不過群眾把這人擱下，聚到廟前來了。廟前擠滿著鑼鼓陣、松把、藝閣，喧嘩聲震耳欲聾。這裏，不再有人記掛著月里的悲劇。祇有一部份目睹過事件經過的人們，腦子裏烙印著美妙的場面，耳畔響著響板與絃仔的餘韻，以空洞的眼睛看守著遊行。

第二天，村人們又傳告著在月里家發生的兄妹間的口角。

「如果你真願意關心我，那就不要只在拜拜的時候來，應該每月來一次才是。還有，阿爸阿母也請過來。不然的話，你就不必當我是妹妹啦。祇有使我痛苦的時候來說我是你的妹妹，我可不願領情啊。」

被血紅著眼睛的月里這麼一說，男子猛跳起來了，可是他被阻止住，也察覺到沒有人願聽他的話，所以鐵青著臉很快地就離去了。有了這樣的阿兄，便有這樣的小妹，人們這麼批評。祭禮一連繼續了三天，不過月里可沒再在遊行隊伍上出現，甚至也沒有到過戲棚前。沒有人知道她在受了那樣的侮辱之後如何打發了時間，如何地想忘却心口的創傷。人們只知道，有人看到她的老公阿勇來過幾次市場，買了些食物回去。想必她是一直躲在房間裏，直到祭禮告終，足不出戶。幾天後，村人們又傳告了種種其他的消息。傳言說，拜拜期間，月里家進了偷香賊，有人說月里把他攆了，有人說不。不過這一點只是市井間的傳聞，究竟如何，不必多所查究。阿勇出來購物，這一點倒確實是可令人猜到月里的煩惱是深切的。因為阿勇不是一個人能夠去買東西。雖然比月里年長兩歲，已經二十五了，可是他的靈魂被一個叫做打擊的妖魔抽去了腦髓，連如廁，被命做點什麼，都只能機械性地行動。他差不多已經是個沒用的人。他好像被趕著般地在村子裏的街道上走了幾十公尺，凝滯著眼光急步走，碰上電柱就突地停住，彷彿一隻達到旋轉力巔峰的陀螺，定定地站在那裏。使人覺得力氣盡了以後會仆倒，但他卻保持著顫危危的均衡。接著從嘴邊淌下了口涎，拖著長長的絲掛在胸口上，眼光也隨著低垂下來，以為人要癱瘓了，卻又向前仆倒般地邁開了步子。這就是阿勇最有朝氣時的樣子。沒有朝氣時，他就坐在屋簷下的竹椅上淌口水。月里對這樣的阿勇，真是一點辦法也沒有。如果害上了熱病什麼的，她便可以充滿體貼地來看護他的，然而他簡直就像是在影子裏溶化了的人，她每天每天都好比抱著一塊影子，自然是沒法可施了。就是拿藥給他吃，他也像是一棵根部腐爛的青菜，再怎麼澆水，葉子也不會青綠起來，叫人焦灼無奈。看著他那坐在簷下的竹椅上，凝望著陽光的側臉，有時會悲從衷來，眼眶刺熱。阿勇也是人子哩。如果他的雙親還在，能不能看著這樣子？紙有這樣的當兒，月里的心才靜如湖水，覺得這一生可以看開了。原本是一個眉清目秀，頎長個子的青年的，月里想起當初剛嫁過來時的新婚生活，彷彿做夢也似的。失去了靈魂以後的阿勇，依然殘存著當日的神色，只不過是臉頰瘦削了，下巴也尖了些而已。

然而，為了使月里的思緒在湖水上靜流，她未免太健康了。如果不是鼻子微微地低了一丁點，她確是胖瘦適度型的美女。由於不化妝，頭髮也草草地束住，因此除了那活潑的健美特別吸引住人們眼光以外，裝束都是不起眼的。當做新嫁娘的回憶使她陶醉，手發腳痲，橫躺下來時，她會像麥芽糖般地在夢裏溶化。看來，她的眼裏是那樣地湛著傷感。丈夫病前和病後，雙親都來玩過，堂姊夫也一塊來。堂姊夫還把手錶取下來放在桌上神壇邊，稱讚她做姑娘時怎麼好。大家回去後，那隻錶不見了。強烈的陽光照在曝曬的棉被上。那是客人用過的被。不知從那兒來的蜂嗡嗡地響著，在屋裏也聽得一清二楚。月里慌忙地把棉被收進來，寂寞感忽地襲上來，心都碎成片片了。想起來，不幸好像就是從那個日子開始的。因為在那以後的種種場面，如今都想不起來了。阿勇依然在屋簷下的竹椅坐著，不動一動。

二

阿勇家原本在市場邊的鬧街上，自從父親鄭三桂把藥店讓給林清漂以後，家道中落，不得不把家搬到較偏僻的目前這個家。這房子以前是租給在市場賣菜的一個姓葉的農夫的，三桂原就小器，加上家運衰落，人就更加地暴躁起來，把那個農人房客趕走了。農人為了臨時另租房子，吃了好大的苦頭，並且他還埋怨說，因為是被趕出來的，所以租金方面也被逼付了較往常高的數目。這位葉姓農人還說了一段妙話：

「藥店的三桂老板不得不搬到我住過的那種屋子住，看他那神氣活現的樣子，真是因果報應啦，好過癮哩。房租嗎，貴一點又有啥關係，就當做是治壞蛋的費用吧，爽快得很哪。」

可是屋主聽到了這話，便去找葉理論了。我可沒跟你多要租金啦，不高興退租算啦。這房東來到葉家門口大吼一通，又成為村人傳告的話題。總之，鄭三桂就因瑣事給整個村子散播了新的話題。只因那是因為他的先人有了先見之明，才使他成為那麼驕傲的人，過著任性的生活。只要提起本村的福全藥房，幾乎是無人不識的。村子裏除了福全藥房之外，尚有一家曾經當過庄長的黃姓人氏所開設的藥店。出於這黃家，代代都是大地主，所以藥房的經營也由傭人一手經營，人們都說，這傭人比少爺還神氣。相反地，福全藥房一般認為比較容易進去。另外也有西藥的回春醫院，不過貴得村人們非有急症，便多半靠中藥來醫治。再呢，三桂的先人不但叫人在招牌上寫了「福全藥房」四個大字，還在卸下了窗板的窗邊擱了一隻木雕閹雞。不曉得這是為了讓不認字的人認出「有柴閹雞的店」呢，或者是為了避免與黃家的店子夾纏不清，不過不管怎樣，做為裝飾物來看，這家藥店的宣傳手法倒是十分成功的。村人們通常都不說福全藥房，光叫柴閹雞。在村人們眼中，想來這隻用木頭雕刻的閹雞必是第一次見識的。還有，村人們與其讀字，遠不如看雕刻，印象來得更深刻，當做標記也是很方便的。然而，如果福全藥房的老板未能察覺到這閹雞的命運，那他用了它應該是瞎打誤撞的吧。後來，村子裏的一些有識階級——例如一位算命先生便曾經就這隻閹雞做了一場評斷說：如果這項宣傳造成了這一份家當，那麼他也應該想到閹雞的命運才是。這是因為當鄭三桂把這家店子讓給林清漂的時候，不知是為了追思先人，或者是為了孝行，也可能是為了紀念店子的全盛時期吧，只把這隻柴閹雞留下來，到如今仍然擱在阿勇家的床底下。想像中，偶像崇拜也就是經過類似的方式進化而成的吧。偶然地，這閹雞的招牌不但風靡了全村，還傳遍了鄰近幾個村子，而這家藥店所出售的藥的功效，造成了簡直近乎迷信的情況。也就是這爿店子，使得這一家買了田園，納了妾，還蓋了房子。於是村子裏的有識人士便又替他的兒子下了個斷語：本來，閹雞是不會傳種的，因此偌大的財產也不會有繼承人，這一點為什麼沒有想到呢？那隻閹雞，應該連同店子讓給林家才對的。再不然，拿閹雞來當神祭祭也行。這一班有識之士便用這種論調，將這一家的子孫與閹雞拉在一起，展開了他們的話題。當然啦，這只是村人們之中的有識的哲學之士的說法而已，如果村子裏出現新的所謂「知識階級」的學者，那就會運用另外的論調來分析閹雞的精神上的缺陷，與村人們形成對立的吧。他們也許會說：閹割造成虛榮，虛榮亦即無基礎，但這是有識的哲學之士的解釋，與故事無關，所以大可不必多研究他們的議論。總之，這隻木雕閹雞是這一家發達的根源，它使福全藥房躋身於本村富家之列。裝在方形厚木板上的藥剪，不住地在切藥材，鐵製的半月形研臼，也不停地在研製藥粉。兒子三桂像隻病胡瓜，不是結結實實的漢子，但倒夠狡猾，絕不會傾家蕩產的人物。媳婦勤快，妻子也賢慧。一臉皺紋的老母，人人都說是幸福的老太太，每當村子裏有婚禮時，為了討吉利，必定請她牽新娘下轎。因為她年紀已近九十，所以總是被其他的幾位幸福的太太攙扶著，走向花轎。牙齒已全部掉了，一開口說話，整個臉上的皺紋便全動起來，嗓音顫抖，所以幾乎有點滑稽。不過這也是幸福的象徵，所以人們便以滿心的敬畏，務使自己不致聽漏了一個字。當新娘跨過門檻時，她會唸吉利的四句，於是這老婆婆的扁扁的顫音，人們聽來卻恰似古典音樂。老婆婆笑時，由於皺紋的牽動，整個臉兒平坦了，使人擔心是不是像橡膠那樣收縮掉，因而孩子們便禁不住地笑起來。當孩子們看到佈滿皺紋的臉上，裂開了一隻紅紅的嘴巴笑起來，便口口聲聲地叫著阿婆，纏住她。大人們發現到老婆婆的雙腿站不穩，便連忙大聲叱罵小孩們。請老婆婆牽新娘，照例有紅包，多半是兩圓，偷偷地塞進老太太的口袋裏。這時，她必定推辭如儀。

「免啦免啦。喔喔，這裏的人，力氣好大啦，我老婆婆真受不了。」

「不！阿婆！」

老太太耳朵聾了，所以鄰房也可以聽到這種和藹的一問一答。

「這是要祝福阿婆長命百歲啦。」

「是嗎？喔喔，阿婆貪財啦，又要吃，又要拿。」

兒子也開玩笑地說過，媽媽都快九十了，自己的零用還自己賺，這話使孫子、媳婦也都笑了。這位老太太八十八歲時過世，村子裏破天荒地辦了一場熱鬧的喪事。老婆婆死後，村人們與這個家庭的紐帶便由鄭三桂的母親來取代。這樣過了四五年。其後鄭三桂的雙親也隔了兩年相繼過世。這些，當然對鄭三桂本人的財產毫無影響，不過卻也因此，鄭家與村人們之間的連結，便算是斷絕了。不管形式上的也好，精神上的也好，鄭家的一切便落到三桂手上，當然啦，三桂也沒有想到這些瑣碎的事，對一家人的運勢會發生影響。不過似乎也可說，三桂這個人是德薄能寡，到了連這麼名譽的事都察覺不到的程度。他有兩個兒子。一個名春成，另一個叫春勇。妻子背微駝，出身好家庭，不過據云不曉得從什麼時候起，差不多沒有跟娘家來往。有人說，每次娘家有人來玩，夜裏就會偷走一些藥材，這個謠言真是匪夷所思，因而娘家那邊也受不了，漸漸地就落入斷絕來往的狀態裏。三桂這個名字，據先人的說法，是三桂與三貴同音，意思也可看做是雷同的。可是「貴」字未免太明顯地給人「貴」的感覺，所以為了掩飾，改用桂字，其實所要表達的也正是一個「貴」的意思。先人所想的三貴，也就是財、子、壽。福、祿、壽，也就是三貴，先人就是希望兒子身上會有這三件寶，所以才取了這麼個名字。由於三桂身材瘦小，所以有個諢名叫「猴桂」，意思是瘦得和猴子一模一樣。如果他的腦筋夠明晰，那麼再加上生就的狡猾，說不一定可以成為長於謀略或者富於奸計的人。可惜他太沒有學問了。三桂的青年時代，村子裏也開設了四年制的公學校（指日人辦的小學——譯註），但他念不到一個月就不念了。後來，也進了漢書房，還是很快地就輟學，在家學習先人的鄉下醫生手法。連這一點，也沒有能夠完全學會老爸的衣缽。如今有兩個兒子，長子公學校六年級，次子四年級。老大阿成很有希望，像校長先生就鼓勵他與其進師範學校，更不如進中學。阿勇雖非伶俐的孩子，卻也並不笨。與雙親的狡猾一點不像，都是善良的孩子。然而，也不曉得正如村子裏的有識之士所說的，是因為閹雞的招牌作祟了或者什麼，最有希望的大兒子竟在快從公學校畢業出來時死掉了。村人們背地裏說，福全藥房走霉運的朕兆來了。

「藥房嘛，都是大秤子進小秤子出，所以稍稍樂善好施一下也是大應大該的，可是他們那麼小家子氣啊，偏偏要向窮苦人家說：恕不賒欠！」

這是說，藥店都是貪求暴利的，所以為了贖罪，對窮人施捨施捨才對。村人從來也沒看過三桂無精打采的樣子，由於他是個利己主義者，所以固執而倔強，絕不輕易地在人前退縮。

「三桂兄，藥錢等我竹筍出來才付。」

「這可不行哪。你的對手只有我一個人，可是我的對手可是幾十幾百個人哩。如果大家都學你的樣子，我還能做生意嗎？」

這就是三桂的日常生活的一部份。只因他是這樣的一個人，因此福全藥房的夥計們也都待不久，往常都是等阿成放學回來，才照藥方單抓藥，用紙包得整整齊齊交給顧客。也就是因為這緣故，所以上一代人死後才不過十幾年光景，傭人都沒了，如今只有一個小夥計和三桂夫婦倆看著店門，廚房裏的工作全交給一個洗衣的女人。於是三桂便想：自己年紀也四十出頭了，與其讓阿勇進中學，倒不如上師範學校，來得快些。師範出來，回到村子裏的公學校，逢到節慶的日子，帽沿加了金邊，肩上更佩金肩飾，腰間還吊著一把劍，神氣死了。到了有恩俸可拿，那時就可以把藥店讓給他了。還有比這更合理的安排嗎？他那輕浮的鄉下女人老婆也認為這是妙著，表示贊成。不料，阿勇從公學校畢業出來，卻進不了師範學校，只好讓他上Ｒ市第一公學校的高等科。Ｒ市與ＳＳ庄相距四公里，阿勇便在Ｒ市寄宿。Ｒ市與ＳＳ庄之間還有個ＴＲ庄，本來也可以讓他在ＴＲ庄的林清漂家住下寄讀，可是反正寄宿費差不了多少，為了不願擔這份人情，三桂決定讓阿勇在Ｒ市住。清漂的二兒子福來也在Ｒ市第一公學校高等科就讀，憑這一層關係，兩家便較前親近了些。

「還是不要常到清漂家去打擾人家吧。那個人好自私，小心以後惹麻煩。」

三桂向兒子阿勇這樣告誡。

「讓兩個兒子都上學校，怎麼月里就不給讀書呢？」

三桂很中意清漂的女兒。乖，而且動人。三桂是這麼想，可是如果換了他，他也不會讓女兒上學校吧。女人的命運就像菜種，看你怎麼播怎麼種，便不一樣。儘管質好，如果後面的過程不好，也是枉然。清漂就說過：所以嘛，女孩受教育，過份地去照顧，也不見得有好結果。對這一番話，三桂還著著實實稱許過一番哩。

三

大正四年（民國四年——譯註）春間，TR庄與SS庄之間，鋪設了製糖會社的鐵路，SS庄的產業因而大為發達起來。但是，SS庄的會社鐵路車站在村子的緩坡下四五百公尺的地方，從村子到那兒，還得靠台車或牛車來搬運，尤其夏天，滿路泥濘，頗不方便。入冬以後，傳聞裏說車站會延長到村尾來，三桂對這一點也深感興趣。他想到如果在車站前有十間左右的房產，那就不必每天坐在藥店店口，像釣魚般地等待顧客上門，舒舒服服地躺著也可以過下去。假使火車開到村子裏的街路上，那麼除了那個地點以外就再也沒有設立車站的地方了。三桂發現到那個地點與自己所有土地還隔得好遠，覺得好遺憾。那附近，大部份還是屬於清漂哩。清漂原本也是SS庄的人，後來因為開設貨運行，搬到TR庄去的。他是三桂的母親娘家的親戚，母親在世時經常有來往。三桂於是有了野心，逢到TR庄有拜拜什麼的時候，使特地跑到清漂家，打聽打聽房地產及山產的貨運等行情。然而在清漂這邊倒也另有野心。他念完四年的公學校，為了準備考臺北的醫學校，希望能移離開故鄉，可是雙親偏偏不許，如今每次看到醫生全部變成富翁，便懊悔不迭，怨恨雙親。好久以來，他看到三桂的藥店開始走下坡了，便有意弄到手。他覺得他會「國語」（指日語——譯註），也懂得漢醫，實在大可不必幹這撈什子的貨運行當。

「三桂兄。」

清漂總是這麼稱呼比他大三歲的三桂。

「你也不必老是守著藥店，該擴張擴張事業啦。」

「你想借資金給我嗎？」

「開玩笑！我自己才不夠啊。有不少事，明明知道可以賺，還是出不了手。」

「是指鐵路吧。」

「也有。」

「那只是傳聞吧。」

三桂聽著遠遠傳來的拜拜的錦鑼聲這麼說。

「也不一定哩。時勢不一樣了，真的，沒有像SS庄這麼遠的車站啦。」

「這跟你的貨運行有關係嗎？」

「有啊。」

清漂好像不太樂意似地這麼問答著，岔開了話題。他倒是以同情的口吻，巧妙地談到近來西藥房增加了不少家，所以漢藥店必定受到威脅吧。他故意地說起漢藥店的前途不可靠，想讓三桂感到灰心。這時，阿勇雖然已經從高等科畢業出來，但因考不取上級學校，只好在家幫忙藥店的事。在清漂這裏，二兒子也是沒有能考進上級學校的，目前在「庄役場」（鄉公所——譯註）工作。然而，到R市的學校學來的，只不過是愛趕時髦，藥店的生意依然沒有起色。因此，清漂認為福全藥房再不會有前途了。藥店生意也要靠走紅，一旦開始走下坡，通常都會滾落到底的。清漂看準了頂讓這爿藥店，正是時候了，不過碰到三桂那冷峻而精明的眼光，便決定還是等人家坦白地提出來吧。三桂這邊深知彼此都在窺伺對方的縫隙才是人生，即令是親戚，也未便輕易地就啟口。如果藥店幹不下去了，改改行也是順理成章的事，但在確定下一個目標以前，放棄藥店等於就是放棄死抱住的木樁，讓波浪把你捲走。當然啦，三桂其實也未嘗沒有想到，如今這爿藥店就只有讓清漂來接手才對。清漂那一身白麻紗圓領的瘦長個子，的確有著漢醫派頭的。並且，清漂在那方面有一手，這也是村子裏人人知道的事。就這樣子，三桂儘管特意跑到ＴＲ庄來，也總是談不出一個結果，大家都不肯把肚子裏的話說出來，當然沒法談攏啦——三桂向老妻這麼埋怨。不久，冬去春來，三桂又幹了件無聊事，使他的藥店受到了沉重的打擊。

在ＳＳ庄，一年當中最熱鬧的行事是舊曆三月三號。這一天是清明，同時也是Ｓ廟的拜拜日。這天晚上，三桂竟在路過時順手摸了一把剛搬到村子裏來的雜貨店老板謝德的女兒的奶子，引發了村人們群情激憤。五色繽紛的村子裏的姑娘們聚集著看大戲的時候，他趁著黑暗伸出怪手的。自從那女孩搬來以後，村人們都傳告著說她是荔枝般漂亮的姑娘，而三桂竟然不顧自己一大把年紀，看中了她那要爆裂般的乳房。三桂大概是認定人家是搬來不久，不至於聲張的吧，不料那女孩驚叫了一聲，使得三桂遭了一頓毒打狠揍。三桂的老婆目瞪口呆，一句話也說不出來，默默地迎接了老公，不過她倒也逢人便訴說一定是哪兒弄錯了，那女孩本來就像隻蝴蝶般的，很可能就是被誣告了。可是誰也不肯聽她的。

清漂聽到了，馬上就趕來看三桂。當然是為了提防三桂自暴自棄起來，把藥店賣掉。在清漂來說，為了頂讓三桂的藥店，非等到三桂徹底地受到打擊，因此他並不覺得這件事是多麼不體面的事。阿勇這位沒有見過世面的年輕人，倒是耿耿於懷，看店子時也總是躲在櫃臺後面。

「三桂兄，你也不必太記罣著啦。」

清漂站在病榻旁安慰。

「是你運氣不好，一定是著魔了。所以不妨認為是碰上了夜叉，忘了算了。如果你這裏人手不夠，我可以來幫幫忙。」

三桂好像被打慘了，清漂從來也沒有看過他這麼軟弱的嗓音和眼光。

「哎哎，我反正活不了多久啦，只要阿勇的婚事定了，我就……」

三桂的眼裏第一次湧出了淚水，所以清漂也禁不住眼熱起來。

阿勇與月里的婚事被提出來，是在這次的拜拜後幾個月的事。要想把這爿藥店弄到手，等於就是投考醫學專門學校，所以村子裏的事業家們都對它垂涎著。為了這，清漂想到先把女兒許配給對方，討得了歡心再來進行。但是，當兩家婚事決定了之後，事情便往對清漂有利的方面展開了。三桂的身子恢復了一些，阿勇的婚事也順利進行，他這就有了活力，提議用清漂所有的可能成為車站近傍的土地來和藥店交換。這對沒有現款的清漂來說，簡直就是一石雙雕的事。

四

西北雨打翻了桶子般地落，屋簷水管水迸溢，鴨子在庭院裏泅泳，月里忙於頭巾的刺綉和桌巾的編結，母親也為她從Ｒ市買來了絲線。關於聘金，沒有向媒人提出過份要求，這使月里感到輕鬆。她一面刺繡一面想起的阿勇，的確是個很乖的青年。圓聘後，兩個哥哥對她特別好，這也是令人懷念的事。下雨了，把上衣穿上吧，母親的這話聽來特別沁入心中。在ＴＲ庄的林清漂家，店子與住居之中有一塊正四方的庭院，下雨時，從住居出到店子，都得打雨傘。不過通風特別好，夜裏涼爽。庭院上種著栴檀、桂花等。阿勇小時候，和母親一起來看拜拜，住在這裏。從居門看進去，庭院上花朵盛開，在住家門口做女紅的月里，顯得好漂亮。她坐在一把藤椅上，翹起二郎腿專心地做刺繡。三桂巴不得早一天把這個媳婦娶過門，每次來到ＴＲ庄，也不經過媒人就連接向清漂說：

「我家人手不足，得早些讓孩子結婚才行呢。」

在清漂這邊，反正女兒已許給了人家，幾時娶過去都是一樣的，不過一旦到了商議日期時，總又消極了，說還沒準備，根本就無意早嫁。土地與店子的事，清漂不免也貪心起來，希望能有比時價高出一倍的價格。ＳＳ庄上那塊地，當時每甲二千五百圓應該是最好的價錢了。可是清漂主張想到將來，應該有五千圓。再者，他還以為如果沒有五千圓，那麼為了那爿店子，得負一大筆債。但是，三桂這邊也強硬地說，加上店子裏的存貨，非有一萬圓以上便不想放手。這麼一來，阿勇的婚期就沒法決定了。一天，當媒人阿金婆來到清漂家商量時，三桂湊巧地也來到了。老婆婆看到三桂的臉色，覺察形勢不利。儘管是親戚，不過事關婚嫁的問題，應當全權交給媒人才是，家長雙方直接談判，實在不成道理。如果雙方不互相客氣些，必定會傷了感情，這麼重大的事情，要是傷了感情，一定對將來有不良影響的。俗語也說：先小人後君子，起初還是應當透過媒人，把想提的全提出來，以後便應該親親蜜蜜，這也就是這句自古以來的格言所規定的。而這兩個人早已把媒人擱在一旁接觸過了，教媒人失去了立場。老婆婆有些不愉快起來了。但是，兩人談著談著，老婆婆總算諒解了，原來他們之間已弄到非有她出面，便很可能使這樁婚事泡湯的關頭，因此老婆婆禁不住地積極起來了。她把咬碎的檳榔吐掉，拈了另一隻塞進嘴裏，坐直了身子說：

「清漂和三桂兄啊，男人在談房子土地的事，女人好像不太應該插嘴，可是我總算也是負起了把兩家連結在一塊的任務的人，你們就忍耐著讓我也說一句話吧。」

爾虞我詐的兩人爭執到了頂點時，愛插嘴的老婆婆這麼一番說詞，總算兩人衝到喉嚨的話給抑止住。

「這樣不就好了嗎？」

老婆婆比三桂還少一歲，所以她往常都是把三桂當做兄長的，於是她的話有勁起來了。

「將來你的女婿家貧窮了，你的女兒也不會太好受的，還有你這邊，媳婦的娘家沒有錢了，頂讓過來的藥店生意好不起來，最後又得轉讓給別人，這也不是你願意的事吧。」

兩人因為老婆婆的話刺中他們的矜持，便緘默下來了，而且面孔也和平了許多，於是她探出了上身。

「我沒說錯吧，大家都是自己人哪。」

「不錯啊。」

清漂表示了同意，於是老婆婆忽然有了自信。

「所以嘛，看在我的臉上，就減三千圓吧。」

「哎呀，這可太過份了，阿金。」

三桂驚詫地叫了一聲。清漂縮住了脖子等待阿金的話。

「買賣啊，三桂兄，靠眼前的討價還價賺的是女人生意，算將來的希望，這才是男人的生意哩。背城借一，知道吧，這是男人的話啊。」

兩個大男人瞠目結舌了。在ＳＳ庄，頂頂出名的就是阿金婆的一張嘴。碰上這張嘴，整個村子裏的人都會成為親戚的。

「怎麼樣？差不多可以成交了吧。」

這，這算什麼話啊，三桂在內心裏嘀咕。

「阿金，妳到底知不知道那一帶土地的時價呢？一甲地，時價不過是兩千五啊。」

「我當然知道。你的目的也不是要買一甲兩千五時價的土地吧。雙方都是投機，不是嗎？明天，如果那裏成了車站，清漂也不會願意一甲四千塊錢就賣掉吧。」

話是刺中了三桂的要害啦，所以他也不想再爭下去。看到兩人都不響，阿金就反覆地說就這麼決定了，一面在那支長煙管上換上了煙草，陶然起來。清漂的女人也出來，萬分羨慕地向阿金笑笑說：

「女人如果都像阿金婆那麼聰明，那就不用再擔心被男人欺負了。」

「這可不一定呢。喏，就這麼說定了。」

老婆婆又叮嚀了一句，指了指嘴邊的紅檳榔汁。

三桂與清漂交換了一個眼色，可是此刻三桂是居下風，因此馬上便又岔開了視線。

「該請我喝杯茶了吧。」

阿金婆的話使清漂的女人轉醒過來似地，連忙拿起茶壺，一面說哎哎，聽著這麼好聽的話，都給忘了，失禮失禮，一面為阿金婆倒茶。庭院裏的栴檀被那隻給雄雞窮追不捨的母雞撞了一把，花瓣粉粉地掉在地面上。

清漂與三桂的這筆買賣，在料想不到的情形下成交了。但是回程三桂覺得牝雞司晨這個詞，一定就是指像阿金這種女人了，而他自己也不知道究竟滿意好呢，還是不滿意，心裏倒似乎有一抹不安。在阿金婆來說，祇因婚事很可能觸礁，所以不得不挺身而出，聘金是少了，不過房子與土地的買賣也會有一筆中人禮，因此大為高興。這個紅包賺到手以後，可得好好地拜一下土地公才行呢。這是意料之外的賺頭，非得分出一些孝敬孝敬神明，否則下次便不會有這種甜頭了，阿金這麼祈禱。

入秋後，阿勇迎娶的日子是看定了，可是林家忽然碰上了不幸，結果又給延到明春。在鄉下裏，向來的習俗是婚嫁前如果兩家有什麼變故，便認為這樁婚姻是不吉利的。這次林鄭兩家的婚姻，由於過程上有了這麼多波折，最後好不容易地才成定案，所以這一點倒是不成問題的，當媒人聽到清漂的長子夭折的消息時，著著實實地大吃了一驚。她從未做過這麼麻煩的媒人，而且像清漂這邊，正要幹起一番大事業的當口，家裏的臺柱忽然斷了一根，這好比是在幸福的背後發現到了魔鬼，自然叫人吃驚。阿金不由地想：佛教認為一隻貓的死，都對人生有所教誨，真是一點也沒錯啊。清漂流著淚嘆息著，把藥店的店面改建。勤奮的大兒子，一直都當做是一家依靠的，這一來跟三桂的遭遇毫無兩樣了。清漂為此有些不安起來。憨子才會送親終，這真是無情的箴言啊。

長子死後，清漂完全變了人，話也說得很少了。這倒使他看來更像個漢醫。名醫總是沒法放手為自己的骨肉開藥方的，村人們都這麼說。不過在月里看來，父親雖然夠可憐，但卻也因了哥哥之死，父女的情份彷彿變淡了。聽著改建工事敲敲打打的聲音，月里終究開始希望能早一天離開這個家了。這也許就是一個女人成長的過程吧。

清漂的藥店決定正月中旬開張。店名仍沿用原來的福全藥房，不過店面則取消了木板窗，全部改用玻璃，以便求個面目一新。阿勇的結婚也定在正月末尾。SS庄與TR庄之間，巴士開通的消息傳開了，車站店舖的傳言也隨之傳遍全村，村子裏忽然高漲起繁榮的氣氛。三桂為了重振中落的家運，在可能成為車站的土地上開始了營建連三棟的二樓房屋，每天都有牛車載著建材駛過。乾坤一擲，成敗在此一舉，三桂因為蓋樓房與娶媳婦，成了村人們談論的對象。那可是村子裏第二棟的二樓建築哩。他會飛黃騰達呢，或者身敗名裂呢，人們議論紛紛。也是趁著這一份氣勢，阿勇得了恩師的幫忙，在役場獲得了一個職位。這麼一來，阿勇就要有個美貌媳婦，並且也可以躋身村子裏的準紳士階級了。他就這樣，馬上要踏出春風得意的人生第一步了。

在清漂這邊，他的TR庄福全藥房與SS庄福全藥房不同，為了讓它多少有一點文化味，嵌上玻璃，改善店內的光線，使人有完全不同的感覺。這就是說，福全的店號是頂過來了，但閹雞的招牌，他是興趣缺缺的。他對女兒的出嫁並沒有記罣多少，倒是藥店開幕的事佔滿了他的整個腦海。有時，偶而也會向女兒告誡一些一個家庭婦女所應遵守的婦德。

女人的命運與菜種一樣。一切都是天命。下雨或不下雨也都如此，清漂好像想起了大兒子般地濕潤著眼睛，對月里叮嚀。

「嫁雞隨雞，嫁狗隨狗，這是大家常常說的話。妳也知道吧。女人的血緣雖然是在娘家這邊，但這一點與女人的命運完全無關。女人的命運是跟婆家相同的。而這一點，完全看一個人的如何努力而定。」

父親的嗓音沁入月里的耳朵裏，明明知道那是當然的，可是淚水還是止不往地滾落。女人祇是為男人製造後代的機器嗎？月里在這可喜的現實當中，卻茫然地感到悲哀與不安。她雖然絲毫也沒想到將來在婆家沒得吃也還有娘家可以指望的想法，但總覺得被什麼趕著。

「不用哭了，人生的前途，每個人都會感到不安的。而且阿勇還是個善良的青年哩。」

母親也拭著眼淚挨過來安慰她。

「最要緊的就是阿勇，祇要他堅強，就是苦一點也……」

不過月里倒沒有像母親那樣擔心著婆婆與家庭的複雜。

「阿母。」

月里希望在哥哥的服喪期間過了以後才嫁，但卻沒法向母親開口。她總覺得，大兄在時才是她最最幸福的時候。

五

由於三桂擁有三棟二樓以及一大塊可能成為車站用地的土地，所以村人傳告說也許他會乘著村子的興隆之波浪，飛黃騰達起來。也因此，阿勇婚禮的時候，村子裏的紳士們之中送祝儀來的意外地多，使三桂深感有面子。農人們最糟糕了。他們遲鈍，根本不懂人家了不起——紳士們的這麼說。然而農人們倒反過來嘲笑那些紳士們太無節操。也有人聽到農人們說：三桂被毆打時，沒有一個人肯出面幫助他，如今卻大家都跑到他家去喝喜酒去了。君子近有利而遠不利，話是如此，不過三桂倒也不會那麼容易地就喜悅沖昏了頭。

到TR庄去迎娶的哨吶和爆竹，打破晨靄響起來。

「是去娶阿勇的新娘哩。」

園裏的農人們都回過頭來看這一隊三十幾個人的迎親隊伍，有挑禮物的，有哨吶班，也有媒人乘坐的轎與六人花轎。三桂家前庭搭起了帳篷，準備了二十張喜宴桌子，只等新娘駕到。親戚的小孩們所放的鞭炮，在街路的這個角落煽起了拜拜的氣氛，連一些大人們都笑逐顏開，與高采烈的樣子。

花轎傍晚時分才到，三桂家一下子沸騰起來了。擠過來看新娘的，準備宴席的，還有就是穿上體面衣服的賀客們。

街路邊的門口擁擠著想看新娘通過的婦人們的面孔。村子裏的青年們之中，婚禮時穿過西裝的沒有多少位，所以人人都在注意看他穿著的情形。黑呢西裝，紅皮鞋咻咻地響著。該穿黑皮鞋才是啊；領帶針上的珍珠是真的還是假的呢；不管怎樣，三桂家的小子有這種排場，真不容易啊；不，高等科畢業，又在役場工作，應該的吧等等……。照村子裏的習俗，新郎必需由親戚或年長的好友陪同，左手提菜籃，到應該邀請的每家去分發香煙或檳榔才算盡到禮數。新郎紅著臉，陪同的人在一旁慇懃致意。真感謝您的照顧了，今天晚上，準備了一些粗酒粗菜，請您一定賞光——這麼說著向男人敬煙，女人則敬檳榔。阿勇穿上那隻還沒穿慣的鞋子，脚跟磨痛了，踩著八子脚到許多人家去敬禮。大體上說，阿勇的禮貌不算失敗的，可是那隻鞋子不是訂製的，這一點人人都看出來了。村人們看到阿勇這生硬的新郎，便想起了庄長的兒子結婚時的事，反覆地當做永不厭膩的笑料來談了。那位新郎穿著大禮服，戴上大禮帽，一出現就以那種異樣的姿態驚倒了村人們。那有尾巴的上衣與水桶般的帽子使村人們個個瞪圓了眼睛。不是瘋了吧？村人們啞然，被敬了香煙也說不出話來。這已經不是可笑不可笑的問題啦，村子裏的女人們趕快躲進一房間裏笑得前仰後合，有些急性子的人還為新娘擔心起來。還好有識之士又出來了，告訴大家那是西洋的禮服。禮服還可以忍受，可是那有邊的桶子，實在叫人沒辦法領教。連走路的樣子也不對勁。因此，庄長的一位親戚告訴庄長，他們成了笑料啦，以後不與再放縱兒子啦。阿勇的婚體總算完成，廚房門口偶而會有桃紅色衣裳的新娘出入，三桂一家真地是大地回春了。這位新娘子，勤快地幹起她的活來了。

一個月過去，兩個月也過了，阿勇的新娘子被遺忘了，月里也開始雜在村子裏的女人們之中到溪邊去洗衣服。阿勇從役場下班回來就一步也不離開家，招來了同事們的揶揄，不過新夫婦倆倒是幸福的。

「有時也得到爸爸的新居去幫幫忙啊。」

二十歲的新郎與十八歲的新娘，開始意識到世人耳目。中元快到，雨水多起來，傳聞裏的巴士通行的事也大體確定了，因而阿勇家也忙起來。R市的開南客運公司派人來勘查SS庄STR庄之間的道路情況，村子裏的街路上每天都有汽車的喇叭聲響起，小孩們麕集在車旁看。有關巴士的傳聞成為具體的事實，但火車站延長的事卻一點也不見動靜，使得三桂焦急起來了。以目前的家計來說實在無法透視幾十年以後的事而投資。為了站前的房子，他背了一筆債，生活已經是捉襟見肘了。三桂原以為看準了無法預想的社會進化搶了個先手，然而這著先手能不能依循社會進步的路線前進，大成疑問。以村子來說，不能讓車站老是那麼遠，這是常識，但世上的事有些是不能靠常識來判斷的，三桂禁不住地感受到，這次他是真正跳進社會的波濤之中而四顧茫然了。三棟樓房的落成近了。而三桂卻相對地越發不安起來。那一次拜拜之夜被揍後，身體一直不好，肋膜常常發痛，於是他一有空閒便跑到ＴＲ庄的藥店，靠自我判斷開個藥方抓藥來吃。看到清漂的店子生意興隆，心痛之餘，有時禁不住地坐在那店裏，享受回憶自己的藥店的樂趣。由於三桂來得勤，有人便說這家藥店可能是與三桂共同經營的吧，因此清漂看到三桂來，總是沒有好顏色。三桂開始咯血。他猜疑心重，祇要身體情形好些，便親自到ＴＲ庄的福全藥店去抓藥。有時看到主人托詞不在，店員便老實不客氣地在一藥包上寫明藥費數目才交給三桂。三桂氣憤不過，便默默地付了錢，然後用力地合上錢包，匆匆地趕回ＳＳ庄。他開始詛咒清漂，甚至也拿媳婦出氣。嫁過來後一個多月的時候回了一趟娘家，以後月里就從來也沒有回去過。那一次是正式的歸寧，她希望這一次是玩的，順便也打算請父親免去公公的藥費。阿勇也高興地表示贊同，並吩咐說，萬一不行，可以偷偷地記下賬，他會去付清。

然而，月里回到娘家一看，情形完全不同了。父親專心於他的新事業，連碰面的時間都沒有，好不容易地才在吃飯時，流著淚向父親請求。她說明做一個媳婦的立場，而公公這一生是從未花過藥費的，為了安慰病人，希望不要收費。父親默默地在吃他的飯，一言不發。比起沒有電燈的ＳＳ庄，ＴＲ庄的家看來明亮而有餘裕。

「月里，藥費不是問題啊。我們不願意的是因肺病而衰弱的他會在這裏倒下去。妳的爸爸是想在我們家死的，這種心意才叫人受不了。」

二哥用了「妳的爸爸」這個字眼，使月里覺得格外難過。看到他那激憤的面孔，她再也不想說話了。福來一方面是因為店號剛好跟他的名字有緣，另一面生意確實太好了，因此如今月里的公公憑過去的一段淵源就要來糾纏，故而深感不快。同時他還覺得，最近他與一位名望家的千金談起了婚事，能夠與月里的婆家斷絕來往，這家藥店才算真正成了他們林家的東西，而摒絕了像三桂這種人的執拗的出入，便可保持面子。這就是牌局裏的「清一色」了。

「阿兄，那你是不管我啦？」

「妳一開口就管啦，不管啦，其實如今在妳來說，婆家的繁榮比娘家更重要啊。所以嘛，家裏也有家裏的做法——」

「福來！」

父親好像聽不下去了，斥了三哥一聲，不過還是不發一言。

「阿爸……」

「嗯，你們兩個都沒錯。不過，現在必需考慮的是不能兩家都垮了。還有就是福全藥房是剛在TR庄創業，再跟三桂有瓜葛，對藥房是不是有利呢？我倒是想，再過一段期間，藥房基礎穩固了，那時便可以幫助他們了。目前，我以為還要多考慮考慮才好。」

「明白了。」

講話的意思就是說，月里的公公是被討厭的人，而且正在走下坡，應該避免被連累。為了月里，還是先與三桂斷絕，到了某一個階段再來給她幫助，換句話說，就是等三桂死後，鄭家落到阿勇手裏以後，再來為鄭家的復興而相助。綜合母親的話，父親的意思大概就是這樣。這等於是說：等成了富翁再來行善。月里無心在娘家住下來了，決定傍晚時分回去。母親流著淚挽留她，但這祇是感傷而已，月里踩著夕陽的影子，匆匆趕回ＳＳ庄。這條路曾經坐在轎上走過的，月里瀏覽著山丘上的草木想：回去後如何向公公交代呢？一路上想了三個小時，她決定撒一個謊。

爸爸老是吃自己藥房的藥，所以才好不起來。算命先生說，五十五歲是不吉的年份，非大損便可能折壽。月里的苦肉之計，倒也使三桂的心平下來。雖然是荒唐的事，不過想起來卻也是合乎道理的。

林鄭兩家從此疏遠了。阿勇看到父親受苦，打算親自到ＴＲ店去抓藥，可是被妻子阻止住。三桂總算也聽了一家人的勸苦，第一次接受西醫的診療。然而，他的病況不佳，加上滿心憂憤，終於在三棟新樓房未落成時就一命嗚呼了。

六

三桂的死是可憐的，連親戚們都很冷淡，甚至也有人說他死得正是時候，車站的事已經不可想望了，所以善後都沒做就逃一般地死掉。然而，祇有三桂的妻子深諳丈夫的癖性，因而心疼不已。信了算命仙的話，願意接受西醫的醫治，都顯示了他的趨於軟弱。還好像預感到死似的。出殯時，弔喪客還不到阿勇婚禮時賀客的三分之一。不過這倒一點也不算奇怪。這村子裏有一位當了十三年區長的陳先生，晚年連一個壯丁團①都沒有去看他，這是人人都

①壯丁團：日據時期的一種團體，類似民防團，普設於各鄉鎮。

知道的故事。進茅屋去弔唁死人，沒有人認為是一件體面的事。一旦家門沒落，一切公職都失去，從庄長到派出所的巡查一個個更迭，終於再也沒有人想起他的過去的功績了，這時陳先生便祇是個貧窮農人而已。三桂的店子垮了，又沒趕上時代的潮流，那麼比陳先生更壞的現象在等著他，是自然不過的事。如果車站沒有能延長到預想中的地點，那麼三棟樓房的房租收入，連付債款的利息都不夠。充其量祇能把樓下充做商店的山產物庫房，樓上租給人住罷了。一切都顯現出料想之外的事實，最後三桂一家人祇得搬到趕出房客要回來的這幢在村東後街曾經充做養豬養雞的房屋。阿勇的母親讓媳婦幫著，小心翼翼地飼養那隻像是三桂的遺物般的母豬。這是說，如今他們一家人必需靠豬仔來過活了。並不是人人都看透了阿勇，認定要討債就趁現在的想法，然而家裏的財產已經少得不是母子倆所能應付的地步，這使他們深感意外。阿勇好像看破了似地，聽任東西被查封。最後剩下的唯一的財物，就是這一幢農屋了。人一旦開始在斜坡上滾落，再也沒法止住。倒下又爬起來，這是人生之常。阿勇使出了所有在學校學來的學問來解釋，但還是敵不過母親的淚水。一家的首腦以淚洗面，這個家必趨於暗淡。於是阿勇的家運，落到恰如風一吹便會消失的一縷煙。

月里沒有生下小孩，每天每天都勤奮地幫著婆婆養豬。養母豬讓牠生小豬，成了他們唯一的生產手段。在這種情形下，阿勇到役場去上班，也不得不凡事萎縮，幾乎成了羣鶴中的一隻雞。而且這隻雞還是羽毛脫落了的慘兮兮的雞。日常的衣著不用說，連村子裏的有閒階級常常來的那種大夥分攤費用買東西吃的活動也沒法參加。這麼一來，他就落到準紳士階段的水準以下，即令請來了恩師也沒法可施了。從役場下班回來，他便得和妻子一塊到田園裏去採給豬吃的蕃薯藤。面頰瘦削了，變黑了，也憔悴了。到了四月份，天氣激變，一會熱起來，一會又得慌忙地拿出夾衣來穿，阿勇的母親開始受不了這種天氣。某日，終於中風倒下來了。母親衰弱的身體，受了病魔的侵襲。一樣一樣地換藥，還是沒有能治好母親的病。奇異的是在ＳＳ庄與ＴＲ庄之間巴士通行的一天，阿勇的母親過世了。在阿勇來說，那是悲苦的一天。阿勇在這寂寞的鄭家葬禮上，首次體會到了落魄的悲哀，人從此一變。他失去了青年人的熱情，連到役場上班都感到心怯了。在僅剩下夫婦倆的閒散的家裏，他連翻開雜誌的意趣都沒有了。母豬生下了小豬，月里一個人沒法料理，他便決心辭職，與其在那裏像繼子般地萎縮著，倒不如在家幫老婆的忙。不過關於這點，他倒是對妻子抱愧的。他下定決心拼命地幹活。因為一個鄉下女人，有穿洋服的丈夫是夠體面的事。一般都認為祇有那一類人，才配在村子裏的街路上痛快地挺起胸膛走路。然而，即使阿勇不辭去役場的職務，昂首闊步的權利早已失去了，因此月里也就不想阻止他。儘管這樣，阿勇遞上了辭呈後，回到家還是躲在寢室裡號啕而哭。

「好傻，真不像個男子漢大丈夫。早知道這樣，為什麼要辭掉呢。一個男人，二十一歲了，如果是個了不起的人，已經當上了學校的訓導啦。」

妻子這番話好像針一般地刺向阿勇，使他頭都抬不起來。他想起自己沒有能進師範學校，又失去了一切財產，憂煩極了。為什麼我不能像別的農家子弟那樣和平過日子呢？每次嗅到妻的雙手有豬食味，心胸便起一陣絞痛。豬們開始在豬圈裏催午食般地響著鼻子，月里便從房間出去了。聽到妻的脚步聲漸漸地從廚房遠去，阿勇便從牀裏爬起來，這裏那裏地收拾起屋裏來了。不知不覺間，村人們把鄭家一家人遺忘了。阿勇淪落為一個平平常常的貧窮青年。也許人都是易於習慣於境遇的吧，月里也增添了農家女的堅強。尤其女人一旦看開了，似乎都會強起來的，孱弱的阿勇，給人們的印象是四時都跟在月里身後走著。

每個村庄都會有一些喜歡惡作劇的青年，SS庄也不例外。這些年輕人們每有空閒便背地裏蜚長流短地說阿勇的老婆一定會跑掉的。

「真是牛屎上插了一朵鮮花。看來阿勇會做一隻烏龜，幫老婆看門的。」

這樣的話終於也傳進阿勇的耳朵裏。真可恨，真想把他們殺了，可是這些話並不是一個人說的，是幾個人聚在一塊冷嘲熱罵的，因此阿勇儘管憤怒，也拿他們沒辦法。那種欺負弱者的心理確實叫人憤恨，可是阿勇倒是信得過妻子的。懷恨在心卻又沒有抗爭的方法與力氣，沒有比這種情形更叫人難受的了。於是村子裏的這一類諷言冷語成了阿勇精神上的另一個負擔。

「月里，我們把這房子賣了，到TR庄或R市去吧。」

阿勇被逼得受不了，這麼說。

「TR庄比這裏還討厭呢。而且爸爸和哥哥都不可靠，TR庄根本就沒有一件可依靠的啊。R市也一樣，沒有指望，只有比在這裏更糟。」

月里有時也想過出去都市比在鄉下好些，但萬一找不到生活的方法，那就更可怕了。

「你在意那些小流氓的話嗎？」

「不是的，祇是覺得這個村子，膩了。」

兩人都緘默下來了。阿勇好像累了。月里看得出丈夫的身子瘦薄了許多。阿勇不適合在強烈的陽光下工作，這幾個月來太過勞累了。得了瘧疾後，他聽月里的勸告看了醫生。發高熱的時候，阿勇也不住地埋怨這村子叫人討厭。他已衰弱得從園裏回來必需躺下來休息，否則飯也吃不下去。一連又發了熱，醫生說是慢性瘧疾。媽的，竟害上了要多花錢的病——他顫抖著手拿藥吃，一面這麼咒罵。

「誰叫你上園裏不帶傘或簑衣。」妻這麼說。急性瘧疾雖然激烈，但好得也快。慢性的要好受些，但每三天或五天便來一次，臉色也很快就變黃。阿勇因這場病，身子更不行了。另一點是好些了馬上就得上園裏，便不免常淋驟雨，病也就拖下來了。阿勇的面孔黃得像色紙，大熱天裏還要蓋上棉被，抱著火籠抖個不停。熱來了，便喊阿爸阿母喊個沒完。

七

自從阿勇得了瘧疾以後，多半在家裏無所事事地過日子。當人手不足的時候，看到村子裏的街道上有人懶洋洋地走著，那是很叫人焦灼的事。月里由於沒法光靠養豬過活，衹好到金銀紙製造廠去做工。這種情形使得阿勇不好意思再開口向月里要零用錢，便勉強驅策著疲困的身子到田園，回程順路砍了些月桃，以一枝一錢的代價賣給魚販、肉販，或村子裏的商店，以充做綁東西的繩子。背二十枝月桃，就叫阿勇吃力得什麼似的。他的身體一天天地衰弱了。淪落為採月桃的阿勇，走在街道上，看來那麼苦兮兮的，惹得村子裏的婦女們大為同情月里。到了盛產水果的五月某日，阿勇到俗稱山仔脫的地方割給豬吃的野竽藤，割好後，一如往常地穿過香蕉園，來到雜木林找月桃，不料碰上了在園裏做工的阿漫，受到一場冷嘲熱諷。阿漫也是血氣正旺的單身漢，每次碰上總會開開玩笑。可是這一天，阿勇覺得阿漫的話不是玩笑的，因而感到侮辱。

「阿勇，你不必自己一個人這麼辛辛苦苦地養老婆啊。咱們兩個來養，你就舒服多了。反正你的身子……」

這種淫穢的話，使得阿勇忽地火冒三丈，背過手就從腰後的刀架抽出了刀，猛地砍向阿漫。阿漫閃過了這一擊，四寸粗的香蕉樹被一刀兩段了。阿漫沒命地逃開。阿勇渾身的血都倒流了，身子顫抖，一時天旋地轉起來，就在那裏栽倒下去。他好像以為自己殺了人，當他聽到香蕉葉在風裏拍拍地響著，這才發現到自己坐在地上，滿頭大汗。被砍倒的香蕉樹滲出了樹液，太陽在頭上猛烤著。大地搖晃的感覺那麼強烈，他再次橫倒了。不知不覺間便在香蕉蔭下睡著了，一陣冰涼掠過了背脊，他猛地又醒過來。雨點在打著香蕉葉，這使他著慌了。是驟雨！瘧疾最怕的就是雨啊。阿勇爬一般地在田野間的小徑上趕回去。熱烘烘的身子淋了雨是很涼快的，可是腳步踉蹌著，自己的生命彷彿從腳邊溶化著，他一次又一次地顛躓，肩上的豬食也紛紛掉落。回到家時，月里還沒有從工廠回來。阿勇像一個從水裏爬上來的投水者，渾身透濕，嘴唇發紫，顫抖不已。阿勇不知道月里是什麼時候回來的。她在燈影下縫補阿勇的衣服，好像哭著。他只模糊記得她餵了他幾次茶。一團漆黑裏，兩腳好像還在濺著水花。

「幾點啦?月里，怎麼還不睡呢?」

如果是十二點，那麼阿勇是昏迷了差不多十個小時了。

這一天起阿勇就臥牀不起，村子裏的人們也有段日子沒有人看到阿勇。連在工廠一塊工作的婦女們也問月里是不是死掉了吧。秋收開始，人手又不足了，村人這才來到阿勇家，希望能請他幫幫忙。他們發現到阿勇悄然坐在屋簷下的竹椅上，淌下的口涎在胸口牽著絲，楞楞地看著院子。

「阿勇！」

他衹是微微地側過一下臉，不發一言，仍凝盯著什麼。

「想請你幫幫忙的，病還沒好嗎？」

月里到工廠去了，來訪的人看不慣在桌上跳的雞，鼓著手掌趕開了。阿勇就這樣再沒人管，整日裏都那樣坐著。

「阿勇死了，月里才會幸福的。」村人又開始說話。有人說：話是不錯，可是娘家那邊，如今恐怕也不好意思把已經成了鄭家唯一支撐的月里要回去吧。也有些愛管閑事的人憂慮地表示：一開始就不順遂的，所以一切都不行啦，而且月里也埋怨著娘家，聽說阿勇剛得病的時候，月里就回娘家求助，卻被二哥拒絕了。也有一次，有人說阿勇的病是可以治好的，那是有某種邪魔作祟，月里便到處去要了藥來給阿勇吃。阿勇雖然稍稍恢復了元氣，但人就像是一隻陀螺，凝滯著眼光跑步般地步了幾十公尺，碰上了電柱，恰像陀螺到達了旋轉力的巔峰，定定地站住。以為他會倒下去，卻又忽然拔腿跑起來。

這就是阿勇恢愎元氣時的情形。月里還是跟阿勇住在一塊。這種影子般的男人，有時也會使月里不知如何是好，但當她看開的時候，卻又覺得這也是對雙親的報復，不免有些快樂起來。看，這就是ＴＲ庄福全藥房的千金，雙親為了想成為名望家，把女兒給犧牲了。有一次，月里還想跟阿勇來個合照，將照片寄給父母看看。人們不管這些，一股勁地傳言說月里的雙親是要等阿勇死後，才把女兒接回去。月里對這樣的說法嗤之以鼻。

「我就是死了也不離開鄭家啦。孤兒成為幸福的方法，是知道自己的本份哩。」

女兒的這種言辭當然不會不傳聞到父母那兒。也因此月里已經斷絕了與娘家的一切連繫。可是過了一年，阿勇還是老樣子，情形好時便會出到市場，照月里的吩咐買些青菜回來。這樣子，與其說是夫婦，倒毋寧更像拖著一個有血緣的影子一般的男人走路，使得自己的身子都彷彿輕得經不起一陣風吹來了。阿勇成了一隻被雨水打光了羽毛的慘兮兮的雞，而月里似乎下意識地恐懼著被人們討厭。也因為如此，她較前更注意服飾。有時看著鏡子，會忽然好想化妝起來。我不是女人嗎？為什麼不可以化妝呢？從來沒有人說過不行的啊，月里在心中自問自答。她還是沒有能衝破村子裏的習俗。影子般的阿勇坐在屋簷下，從不管月里。兩人就像一對母子，是有連繫但想法則是南轅北轍。月里是容易使喚的女工，也是相當美貌的女人，有時顯得稍輕率，但也不會被蜚長流短。阿勇幾乎砍死阿漫的事，不知如何傳揚開的，阿漫成了村子裏被討厭的人物。蚯蚓也有三分心志，人們這麼讚揚阿勇。也有人認為阿勇雖然坐著不動一動，但那是惡犬般地守護著月里呢。事實上，阿勇是不會有這種力氣的。而村子裏的風習仍是正派的，以後再也沒有人敢學阿漫的樣子。也因為這樣，月里就像個男人那樣，隨便哪裏都去做工。很快地，她說話的口氣也像男人了。這一來，男人也就大膽起來，跟她開開玩笑。正如畫家不應該和模特兒說話那樣，月里也必需有工作的女人的尊嚴與矜持。被金銀紙工廠的年輕人們慫恿著，答應扮演車鼓旦，也是由於她不再把男人放在眼裏，內心也有點放肆起來的緣故。另一層就是希望讓自己的美姿展現在眾目之前的心情，使她大膽起來的。什麼是送秋波呢？她希望能把它具體化。

也就是因為如此，她從那天晚上以後個性一變，並且社會上人們對她的觀感也不同了。

保持男性與女性之間的尊嚴與矜持的幔幕給撕破了，她開始有了個外號叫村子裏的夜鶯。村子裏家家戶戶的父母們都嚴格地吩咐女兒們避免去接觸她，月里也屢次地成為人們的家庭糾紛的原因。某個月夜，月里被一位太太的娘家的人抓進派出所裏，她已經自暴自棄，生活放肆了，化妝與胭脂成了她的命根，不管人們討厭不討厭，她隨時都不忘點上一抹紅唇。然而，月里也第一次發現到村子裏的青年們是一點勇氣也沒有的，他們的自私自利使她深感憤然。月里成為村子裏婦女們眾矢之的。儘管如此，逢到收割期，月里偶而也會被請去幫工。在她能雜在男人們之間幹活，工資卻又便宜，有些農家倒是覺得很划算。例如李懷家便是。在月里來說，既然到處充滿白眼，能有個李家可以做工，也是很高興的。李家沒有女兒，也沒有未婚青年。三個兒子都已娶了媳婦。其中兩個哥哥是笨頭笨腦的農人，每天上田園裏做活，老三瘸了兩腿，去春才與名叫「大頭仔」的女人結婚，已有個男孩，受著一家人寵愛。雖然雙親都畸形，生下的嬰孩卻白白胖胖，可愛極了。這大頭仔頭部特大，手腳又小，連每天梳頭髮都要婆婆幫忙。瘸脚仔阿凜討厭大頭仔，但父親李懷總是吼他。

「阿凜！你總說阿珠討厭，如果阿珠也說你討厭，那你又該怎樣？」

「阿爸，我原不必結婚的。」

「娘的！還不知足呢。」

於是阿珠和阿凜才結婚的。奇怪的是過了一年，孫子也生下來了。不但李懷喜出望外，阿珠娘家的父母親也送來了比往常多的賀禮。不過阿凜還是對妻子不滿。我至少是公學校畢業的，脚雖不好，但成績是優等的。尤其畫畫，村子裏人人稱讚。他就因此有強烈的自尊心。反觀阿珠，名字好美，外觀卻是大頭仔，人人都這麼叫她。阿凜是沒有人叫他瘸脚仔的。阿凜會寫信，每到過年的時候，街坊鄰居便要來請他寫對聯，因此有什麼事，人們便會送雞或者什麼的，「有了好鳳梨啦」這麼說著送水果來的也有。阿凜會用木炭畫肖像，附近老人也有來請他畫肖像的。阿凜人挺好，大家都喜歡他。雖然人人喜歡他，但就是沒有人為他介紹一房正常人的媳婦，因此阿凜懷恨世間的無情。阿凜的刺繡也棒極了，附近的女孩們便由母親陪同，來請教他。不過每當阿凜拿出鉛筆要寫生時，這些姑娘們便笑著走開。瘸腳仔的畫好像還是不受歡迎。也因此，阿凜更渴望著能畫美麗的女孩，便常畫些楊貴妃啦、王昭君啦。自然，這不能使他滿足。他好想能畫畫現代的女性美。這個家庭就是由於這個樣子，沒有一個人擔心月里。這使月里非常高興，每次被請來李家，便勤奮地做工，使李懷夫婦倆大為滿意。月里對李懷太太總是嬸嬸長嬸嬸短地叫得怪親熱的。李懷太太便也常常安慰她，認為人們對她實在太苛酷了些。

八

早稻開始收割了。月里仍覺得來李懷家幫工較有意思。田裏，割稻師傅手忙脚亂地幹著活，熱鬧極了，烏秋也飛到牛背上來嬉戲。月里從曬穀到廚房裏的活兒，無一不做，且做得好起勁。

「月里，妳好勤快啊。」

連阿凜的房間，她也收拾了，因比阿凜好感謝。他正在客房兼書齋的房間中心的牀前的桌上寫著什麼。

「人家都說我懶呢。只有你稱讚我。」

月里也朗朗地回答。牆上滿滿地貼著阿凜的畫。月里一幅幅地看著，心想不是有天才，絕對畫不出這麼美的畫。她欽佩得五體投地。

「能畫得這麼好，一定很安慰吧。真叫人羨慕。」

「才沒有安慰哩。好像跟老頭對看著，沒意思。」

說來也是的，畫裏的人不是老頭便是古代女人。阿凜還祇有二十八歲，可是額角上已刻著好幾道深深的皺紋。

「咦，為什麼？」

月里那清脆的嗓音，使得阿凜的心有些怦然起來，便說出畫這些東西是多麼無聊，不能到別的地方去學畫又是多麼遺憾，還表示一張張地畫著，等於就在等死。這話使月里大吃一驚。這樣的人，居然有這麼大的志氣，那種智能令她吃驚。她以為阿凜的煩惱祇是生來殘廢，沒想到他有對人生的不可思議的慰藉，月里不禁覺得深得吾意。月里想了這些就出到庭院裏，大頭仔正在那兒趕偷吃穀子的雞。不知怎地，阿凜的一席話好像在腦子裏隱現著，竟覺得希望多聽一些。他內心的吐露等於也是觸到自己的內心。想起來，自己豈不也是殘廢的嗎？阿凜的煩惱，正好也等於是自己的煩惱。阿凜的話使她奇異地感動起來，似乎自己也變成了一個殘廢的人啦。並且認為自己也是殘廢，那就更能用阿凜的話來表達自己的心情，心緒也就奇異舒泰起來。對啦，我也是個殘廢。月里茫然地這麼認定。然而，儘管她這麼認定，可是一旦看到大頭仔，便起了一種反抗心，感到一股嫌厭之情。她覺得大頭仔整個人都是畸形殘廢的，而她與阿凜則是人變形而成的另一種人，儘管是殘廢，卻擁有了不起的東西。好比說，大頭仔是投錯了胎的，而她們則恰如變形的竹筍根，有著藝術味與深刻味。在強烈的陽光下，穀子就像黃金一般，一粒粒地閃著光。看著看著，月里覺得自己真的是殘廢，心平氣和了。殘廢的阿凜有了不起的技能，而另一個殘廢的我，有著完好的手脚與整齊的五官。聽著阿凜的傾訴，月里彷彿覺得自己的人生受到了啟蒙，也覺得阿凜就是她所遇見的男人之中最了不起的一個。在大白天裏，她一面拉起嗓門趕雞一面這麼想。這就成了兩人幽會的動機了。穀倉後或庫房裏，兩人儘情地交談著殘廢與人生。

「我也和你一樣的。」她說。

「為啥？」

「我想你應該是最了解的。阿凜兄，你畫我吧。我希望看到在你的眼裏所看到的我。」

「好，我畫，我畫。」

月里成了阿凜的模特兒。看了這情形，大頭仔雖然說不出，但心裏燃起了苦苦的嫉妒。不過父親倒是認為這可以壓抑阿凜的向學心，反倒對月里的親切感謝。阿凜的畫不再是木炭的，而是用水彩，當清淨的月里在畫面上出現時，月里高興得幾乎流淚，禁不住握住了阿凜的手。

「阿凜兄，像嗎？這真是我的臉嗎？」

「像，只是我沒有能畫得更好。我不知妳怎樣看妳自己，不過我看到的妳比這畫更美。」

「這看起來像殘廢嗎？」

「不，妳不是殘廢。」

「為什麼？為什麼呢？」

月里的臉罩上了一朵暗雲。為什麼不是殘廢呢？說是殘廢，才更使我舒服啦。她說：

「不行。我覺得看起來像個殘廢，才能表達出我的心情。」

「勉強說，這眼裏的光就是殘廢。想從環境跳出來的這種眼光，也許在旁人看來是殘廢的吧。」

阿凜綻開了臉，看了看月里。

「同志！」

阿凜叫了一聲。月里一驚，回頭看了一眼。穀埕上，阿凜的母親與大頭仔還在曬穀。

「我也跟你一樣哩。」

月里細聲地笑了笑，把畫拿起來看了看。到了入秋以後，人們這才知道了月里與阿凜相愛。那也是因為何凜偶而會雙手撐著木屐樣的東西，拖著不聽指使的脚爬一般地前往月里的家，人們這才發現到的。自從畫了月里的肖像以後，阿凜人變得不落實起來了，大頭仔有一次偷偷地跟蹤他，終於明白了事實的原委。起初，加上阿勇三個人一起吃東西，後來便只有何凜和月里兩人了。大頭仔看到後，急忙回來，想在房間裏上吊，卻被婆婆看到了。大頭仔邊哭著向婆婆說出了一切。這事很快地就傳遍了整個村子，有一天大頭仔娘家的父母與兄弟們來包圍月里的家，差一點沒把月里拖出來。

「妳這臭婊子，月里，出來吧。把妳這夜鶯的肉撕開，才能給人教訓教訓。」

然而，月里那決意的蒼白的臉，使他們畏縮了。

「臭婊子，妳另外還有男人吧，幹嗎還要搶人家的丈夫？」

「搶？」

月里頭髮鬆亂了，牙齒咬得緊緊地說：

「沒下卵的，殺了吧。一個女人也殺不了嗎？」

看熱鬧的圍過來了。大頭仔的家人被有識人士阻止住，雙方衹互相叫罵了一陣便散了。只有看熱鬧的，意猶未足似地疏疏落落地走開。月里和阿凜沒法再相會了，可是兩個人的熱情反而更被煽動起來。

「我願意永遠背著你走。」

大頭仔跟蹤阿凜，所聽到的月里對怨嘆脚不好的阿凜所說的安慰話由大頭仔公佈出來，而這話到了秋深之際被付諸實行。兩人在村西不遠處的碧潭雙雙投身而死。李懷咒罵了月里。看到月里的屍首還背著阿凜，更是怒不可遏，去找阿勇賠，可是阿勇楞楞地，什麼也不懂。結果葬禮費用都由李懷負擔，月里的靈位請一個乞丐婆送去給阿勇家。阿勇一點也沒有悲傷的樣子，左翻右尋地在空蕩蕩的屋裏找了半天，好不容易地才看到的是牀裏的那隻木雕閹雞。阿勇好像也知道了今天起只有這隻雞陪伴他似地，抱著它傻傻地想著什麼，並一任口涎淌下。村人們傳告說，鄭家躲著一個活的影子和亡靈，他們走過阿勇家前面時，沒有人再敢往屋內窺望一眼，有些迷信的人還要喃喃地唸佛呢。

導讀

張文環（一九〇九－一九七八），嘉義梅山人，畢業於東洋大學文化部。留日期間，表露鮮明的左翼立場，一九三三年曾參與王白淵、吳坤煌等人組成的左傾團體「臺灣文化社」。同年也加入「東京臺灣藝術研究會」，並在其機關雜誌《福爾摩沙》發表第一篇小說〈落蕾〉。一九四一年與黃得時等人創辦《臺灣文學》，以延續臺灣新文學運動的命脈；張文環也在這個刊物上，發表一系列濃郁民俗色彩的小說。他的小說人物主要描寫鄉間的農民與女性，作品風格兼具寫實主義的批判、自然主義的傾向，著有《張文環全集》。

在日治時期的小說裡，男性作家塑造的女性形象，大多把婦女解放視為社會改革的重點之一，她們被賦予在「反抗封建」、「反抗父權」裡扮演重要角色，這些小說開啓日治小說婦女覺醒與解放的傳統，隱藏新時代的性別秩序，張文環的〈閹雞〉（原載於《臺灣文學》第二卷第三號，一九四二年七月）即是代表作之一。小說描寫女主角月里從宿命到覺醒的艱苦歷程，婚後因為夫家的沒落與娘家的無情，再加上丈夫不堪家變打擊而成癡呆，面對環境的遽變，女性的自我意識逐漸覺醒，不禁自問：「女人只是生產男人的後嗣的機器而已嗎？」她勇敢走出生產機器與依附丈夫的框架，轉而獨立賺錢養家。小說中「閹雞」意象，暗示丈夫的去勢，完全喪失男性的性能力與權威。自我覺醒的月里，不僅參加車鼓旦演出，突破旦角由男性假扮的模式；同時還背叛丈夫，與心靈相通的有婦之夫相戀，最後在社會輿論撻伐下，兩人投身碧潭。月里的這些行徑，代表她挑戰道德規範、抗議虛偽婚姻的內在意識。

張文環身為男性作家，以小說形式呈現潛藏在社會底層的女性情感，批判傳統文化的傲慢與冷酷，陳芳明評論〈閹雞〉即道：「透過女性的肉體與情慾來窺探傳統文化的殘酷無情，可以說是同世代作家中極具突破性的筆觸。」張文環留學日本，吸收國外先進的觀念，婚姻愛情觀跳脫傳統的思維，透過〈閹雞〉揭露日治時期女性在傳統封建制度下不公不義的處境。（林秀蓉）

二、性別與空間

如廁者

張啓疆

「知道我為什麼來找你？」他對心理醫生說：「因為我離不開那個夢境。」

「什麼夢？」

「內急卻找不到廁所的噩夢。」

喀登喀登的高跟鞋聲終於走遠了，濃郁的香氣漸漸湮淡，被粉紅色牆壁、棗紅色地磚、囤積空中的混合臭味和他極度敏感的鼻腔吸收。他強忍住打噴嚏的衝動，繼續縮蹲著身體，像豹子般嗅聞外界的動靜。一個小時了，踩在馬桶蓋上的阿瘦皮鞋依舊顫抖不已，若以芮氏標準儀來測量他的心靈地震，恐怕不會低於七級。不過，鵝黃色、恆溫觸控的馬桶，暫時安撫了他的情緒，他環左顧右，地面的水漬、牆上的塗鴉和溢出字紙簍外糾成一團的廁紙，再度以親覺的療效，讓他重拾關於「廁所」的感覺。是的，剛才那個女人是誰？她發現我了嗎？他猛吸著撲鼻而來的異味，搖頭晃腦地想，我為什麼還要蹲在這裡？像母雞孵蛋般這麼蹲著，像便池裡洗不掉的尿垢？

這種雙手托腮，兩腳蹲踞的姿勢，不太適合患了外痔的身體，卻利於思考：下一個進來的女人會是誰？會逮到我這個逐臭之夫嗎？

夜深人靜，聽不見聲響，也看不到外面的世界，他皺皺鼻子，連氣味都遠走了。閉上眼睛，讓思緒穿越時空，回到一年前同一地點無意間聽到的對話：

「他媽的，死豬頭陳帶金，弄得我一脖子口水，洗都洗不掉。」

「沒想到那個活太監居然對妳發情，小姐，妳要發了。」

女人的尖笑聲像鉸釘刺進他的背脊，引起橫膈膜一陣奇異的化學變化。他猛抬頭，才發覺喝醉的自己誤闖了女廁，正趴在馬桶蓋上詛咒全世界。隔著半掩的門扉、水龍頭瀑布般的水流聲，兩個女人的對話彷彿經過特殊音效處理，聽起來既熟悉又陌生。他揉揉太陽穴，單憑「死豬頭」、「活太監」之類的謾罵，很難分辨出聲音的主人是誰，或者說，太多的名字、容顏同時湧進腦門，而他還不習慣用耳朵辨認人臉。他只想讓浮在半空中的瓷磚、廁紙回到地心引力的世界。喝得太多了。整場尾牙下來，藉著敬酒，他至少摟過十位女同事的藕臂或蛇腰，其中八個順勢偎在他懷裡，用醉語提出邏輯清晰的要求或恫嚇，剩下兩位反捉他的手指，滑向自己緊繃的窄裙下緣。他也毫不客氣癱在對方的頸肩，吐出水蛭般的舌頭。

喝得太多了。黑牌威士忌加金門高粱加陳紹，敬董事長總經理各部門經理主任，同時接受全公司近百名員工的回敬。以往，他會借尿遁時間，雙膝跪在小便斗的弧緣，額頭頂著瓷磚，瞪著「感應沖水器」字樣發抖或冷笑，順便完成一次身與心的新陳代謝。黃濁冒泡的尿液沖刷著白瓷便斗裡的冰塊，宛如高腳杯中的干邑XO。那天真的喝多了，甭說辨不出女人，當他猛拍胸脯，和企劃室的李經理連乾八杯高粱，以示「肝膽相照」時，一陣天旋地轉，他自轉一圈跌坐在地，順手抓著劉小姐（其實是王秘書）的裙襬，然後睜著眼夢見家鄉老母慈祥的雙手提著臍帶，拯救剛出生的他（其實是業務部小張扶他起身順便搗他小腹的拳頭）。那一瞬間，搗著痛楚的肚子，他以為胃潰瘍又犯了，連蹭帶爬躲進這樓梯間令他安心的角落，偷偷告訴自己：不行了，再喝下去，就要用鼻子小便了。

「可我醉了嗎？」一年後的此刻，他像個馬桶哲學家，繼續思索關於這個世界，也關於自己的異變。幾何排列的地磚仍在空中飄浮，很像立體視效的三D圖案。半年前，某家百貨公司的「復古女廁展」活動中，他驚見早期的女用站立小便斗時（他想像不出女人分開雙腳，背對便斗，以「半坐」的姿勢小解的樣子），忽然對自己的男性身分萌生疑念。很久以前，當他還是女人眼中的正常男人，經常自誇辦事時上半身不動，且在事後以一種雙手扠腰的姿勢小便，那時的他，稱呼自己是「直立人」：不單是人類，也是男性演化史上的優勢與恩寵。

可惜，河馬身材和蜥蜴長相，似乎讓他脊椎骨短少了幾截。不過，卅歲以前的陳帶金，的確有過一段顧盼自雄的日子，不斷拋棄女人或被女人玩弄，除了始終玩不到想像中的戀人，除了拋不掉大學時代的失戀餘緒。那位害他心理不平衡的女人曾一語道破他的隱疾：「你應該去看看心理醫生，他們會勸你自慰，你這個自戀型性格異常症的神經病。」快步離去的紅色高跟鞋，在他懷春的心靈刻下長達十五年的視覺暫留。從此，只要看見女人的裸體或聽到尖銳的鞋聲，他會不由自主聯想白瓷光滑的便器，同時緬懷當年呱呱墜地的恐怖經驗，最後匯成一股混合頻尿、痔漏的內急。他渴望這樣的畫面：高潮瞬間，抬起橫扠於腰際的右手，寫下這麼一句他認為是才華洋溢的「廁所文學」，張貼在女人白嫩微凸的小腹：此器純供洩慾用，不准小便。

他咧咧嘴，無聲地笑了。如果性變態能夠治療他的「異常」，他寧願去當什麼××之狼。升任「董事長特別助理」後，他突然遺忘了屎尿之間曖昧的慾望，（他對心理醫生說：「了解女人的隱私，不須經由身體，女廁才是最好的途徑。」）唯有一次，他在一家PUB的男廁看到詭異的人面便斗：一具朱唇輕啟、仰角四十五度的女性臉部造型的便器，那直徑不到五公分的尿口，彷彿是考驗酒醉男人的準確度的定靶。問題是，那晚他正為如何逼退業務部經理大傷腦筋，望著那圈強烈性暗示的入口，除了感到一陣短促的心律不整，他忽然忘記拉下長褲拉鏈的習慣動作，強忍著尿意而不知所措，直到裝醉，一頭鑽進隔著簾子的女廁，才解決內急問題。

其實，早在學生時代，陳帶金就經常面對尿不出來的尷尬：無法在眾人面前正常排尿。譬如說，大排長龍的廁所、左右的小便斗有人或是尿到一半，有人搭著他的肩膀聊天，都會害他的尿意中斷。他不喜歡男廁那種半開放性的空間，每當他躲在最內側的便池享受釋放的快感，一個突如其來的陌生人，粗魯地擦撞他的左肩，眼角餘光還有意無意地掃瞄他的裝備，然後，就在他緊張得停止一切分泌，身邊響起諷刺性的口哨和水花聲，這時的他顧不得灑在褲管或滴在褲襠的餘尿，只有一個念頭，一個動作：逃離現場。

一次例行的同事聚會，他因整晚憋尿，險些憋成膀胱炎。聚會場所是家美式酒館，裝潢擺飾充滿重金屬色彩，牆壁和樑柱鑲嵌著酷似異形的獸體，天花板垂下樹鬚般的粗鍊，廁所的標示板藏在一道長廊的盡頭，兩旁張貼骷髏頭骨的圖案，等到他撞上一面冷牆而懷疑自己迷路時，背後的酒保笑著提醒他離開巨型鋼面尿池，他揉揉醉眼，只見不間斷的水流沿著鋼鏡沖瀉而下，人愈多，感應力愈強，水勢愈旺。後來，女同事們起鬨著要看男人比賽小便，七個半醉男子站成一排（他是唯一的缺席者），映著金屬冷光，七道混著龍舌蘭、威士忌和啤酒味的水線交織成密匝的水網，他愕視著錯亂的水舞，第一次，睜著眼掉進極度內急卻找不到廁所的夢境。

心理醫生問他：「所以，你認為自己變成孵蛋的公雞，不再是創造子嗣的雄類？」搖搖頭，耳際又響起一年前那兩位女子的對話。

「小姐，妳要是不爽，可以告他性騷擾。」

「告金公公性騷擾？太麻煩了吧，妳得先證明那王八蛋有兩個蛋，是個男人。」

陳帶金重重地點頭，翕動鼻翼，噴出兩道似將著火的熱氣。這些淺薄女子不會明白，男人的價值，不在於擁有幾顆製造精蟲的臭蛋，反而在於造蛋，說得更具體些，掌控他人命運的能力與權力。陳帶金太清楚了，這個時代，這些女人不可能愛上純情而無能的異性，寧可戀慕一隻當權的豬，或經過投資報酬率精算合格的黑馬，問題是，女人的嘴巴永遠比腦袋快，而身體永遠不肯站在「智慧」那一方，她們瞧不起種馬，自己卻經常扮演母狗的角色。辦公室裡沒有白馬王子；每當他蹲坐在不合身的大型真皮座椅，蹙眉環視整個大辦公室和自己同樣表情相同膚色（深灰色的西裝制服）的動物，以及寫明在這些男男女女臉上的慾望紋路，只覺得這窩蛇鼠除了造糞、繁殖，最後像排泄物般被人事風暴沖走，不具備任何統戰或鬥爭的可能性。他寧願獨自一人到廁所裡面壁。

反過來說，一人之下、百人之上的陳帶金，一直是目光、耳語的焦點（他隨便嘆個氣，丟個口風，都會掀起流言的龍捲風），各部門主管或準主管表面攀交背後打擊的頭號目標，連總經理也不敢例外。人前，大家尊稱他「金爺」，背後，尤其是在廁所或樓梯間，則一致封他為「金公公」。他很清楚這點，也能諒解隱藏在謾罵之後的鬱挫、自憐，甚至覺得那近乎誹謗的稱呼才是對他真心的恭維。每當他故意捏捏楊小姐的粉臉、王秘書的翹臀，感受「非性騷擾」的樂趣，且讓對方察覺自己的動作不是侵犯或表態而僅止於羞辱時，也就愈發肯定某種日積月累的幽闇意識：自己沒有命根子，卻掌控天下人性命前途的荒謬的權力感。

他的心理醫生說：「你有一種強迫性的心理衝動，你稱之為『公公情結』，我倒認為是酷似戀物癖的『戀廁症』，而且，你是個有病識的病人，完全瞭解自己的病態，只是控制不了行為和慾望。令我好奇的是，你的去男性化傾向，源自本能面的身分認同，還是理智面的職位認知？」

這個與前途、考績無關的問題，卻引發了陳帶金的不安。長久以來，他認為自己慎謀而清醒，不會為情所苦，更不可能因為情緒而誤事；即使後來染上怪癖，他也懂得挑選時機，保持警覺，不會敗露行藏成為社會版上的醜聞。他擅長用微笑包裝慍怒，以權威的口吻掩飾心虛；他是同事眼中的「酒鬼」：逢杯必乾，逢酒必醉，可是待在這家馬桶公司七年，經歷千百回龍門宴的他從未在酒桌或職場被人擺平過。對他而言，表面的泥醉是在掩護意識的清醒，唯有偽裝成不設防，才能瓦解對手的心防，而「清醒」一詞又意味著混淆的統馭術、矛盾的管理法：他總有法子製造紛爭，挑起矛盾，讓人人自危，然後從亂世裡攫取最大的利益。

廁所裡的說法為：「他憑什麼呼風喚雨？因為他卡對了位置，就沒有人敢動他？什麼時代了，居然還有這種挾天子以令諸侯的弄臣。」說話的人不知道，隔著一道門，半蹲在微電腦馬桶上的陳帶金正滿意地點頭答謝。

的確，這位大內高手比業務員更專業，比行銷企劃室更了解市場風向，比總經理更像決策階層的橡皮圖章。董事長的即席演說得靠他的小抄，財務部的一手資料在他手裡，有一回，總務主任探詢「蒼蠅便斗」的銷售量，他這麼回答：

「你知道掃廁所的那位歐巴桑的三圍嗎？」

「不知道。」

「你知道公司女同事平均每天耗用的衛生紙數量？」

「不知道。為什麼這麼問？」

「你不覺得，打聽那個數字比較容易？」

事實上，陳帶金熟知全公司每一位女性的秘密：三圍、周期、每天的流瀉次數和補粧頻率。透過隱藏式監視器、電話監聽系統和無所不在的眼線，陳帶金建立了一套如蛛網般散布，同時一覽無遺的官僚系統。沒有人知道，不抽菸的金公公有一具擁有照相功能的打火機，插在胸口永遠不用的鋼筆，暗藏著袖珍型錄音機。金邊眼鏡後的那對三角眼，比紅外線夜視望遠鏡更管用，也因此，陳帶金對企業王朝的暗角——樓梯、管壁、冷氣孔、廁所等地特別敏感，唯恐走漏的消息、對他不利的陰謀在這些秘密管道傳送。多年前，當他還是個三級主管，曾單手從汙穢的馬桶內掏出一張人事布局的便條紙，從此了解「扒糞」的重要。

去年誤闖女廁後，他又發現新的「監視」管道，只是，女廁裡的男人必須是藏鏡人，不能面對女人，只能傾聽女聲，以及公開場合不可能聽到的女性語錄。從此他以「業務考察」

的理由說服自己，明察暗訪這座城市所有值得冒險一探的女廁空間，如親子廁所（在女廁內附設迷你的小便斗）、四面鑲鏡的廁所、腳控式水龍頭廁所，有些女廁裝潢得像咖啡屋，有些配備音響、書報，也有植滿盆栽，如熱帶雨林或髒得像部隊的野戰廁所。（真正讓他怯步的，是那種每十五分鐘清掃一次的飯店廁所）。只是，他的興趣不在偷窺或作案，（有一回，「禪蹲」的他驚見一對浮上門楣的偷窺狂的眼睛，兩個男人在女廁裡失聲大叫。）也漸漸失去監視的居心，大部分時間，他是在閉目聆聽：滴瀝聲、水流聲、飲泣聲、高跟鞋聲和辦公室裡難得一聞的高聲闊談——批評他、詛咒董事長，交換懷才不遇或遇人不淑的經驗云云。三個月前，公司的業務會報上，他和總經理秘書發生口角，適逢痔瘡發作，他忍痛躲進公司女廁最靠牆壁的邊間（他估算過，那間的使用率最低），面壁療養自己的心傷，順便思索對策。沒多久，隔壁傳來女人的尖叫、號哭聲，他嚇了一跳，以為自己失風被捕，又覺那聲音耳熟，原來是那位王秘書在問候陳帶金的祖宗十八代。然而，最讓他驚懼的「失風」經驗，卻是發生在十分鐘前，他聽不見外面的動靜，以為四下無人，搖搖晃晃地推門而出，撞見洗手臺前一具背對他的紅色身影。他來不及躲回原位，也不敢直視對方，那女子卻似渾然無事，不瞧他半眼，（還是看不見他？）轉身快步離去，留下一長串喀登喀登，高跟鞋敲擊地磚的響聲。

更早以前，陳帶金也有過「懷才不遇」的憤懣，自療方式是酒醉後將腦袋塞進馬桶內嘔吐。後來發現，周圍同事也如他一般，滿嘴理想同時滿腹牢騷，每一顆伏櫪之心皆有雞兔同籠之嘆：瞧不起不如意的同類，又因他人的不幸而竊喜。那時，陳帶金機警地嗅出同病相殘的悲哀，寧可遠離是非圈，窩在自己的小宇宙。只是，這些雞兔也有自己的小圈圈：私下聚會必然是批評上司的場合，缺席的某甲則淪為乙、丙、丁、戊輪流中傷的對象。於是，辦公室洗手間或公司附近的某餐廳宛如流言的舞臺：董事長的緋聞、總經理的官司、某主任的跳槽風波、某副座的綠帽疑雲……隨著形勢消長，不滿主管作風的人可能變為作風更惡劣的主管，輪流在缺席者背後插刀的人，也因自己的「空穴」而嚐到「來風」的滋味，很像政壇上的大風吹遊戲：每個人都一樣，總在主客易位時忙著洗牌並尋找下一個位子。

「我的位子又在那裡呢？」

心理醫生不答反問：「你指的是物質的椅子，還是心理的位子？」

三年前的尾牙，陳帶金正式坐上董事長特助的寶座（酒桌上的他緊挨著董事長的左側，辦公座位則像門房般踞守董事長辦公室門外，與大樓另一端的總經理室遙遙相望），開始關心別人的聲音：不放過任何大小聚會，不同的是，從前的他是傾訴者，後來變成記錄員，並且身兼「巡按」的角色：不斷到各部門查勤，或隔著女廁的大門，焦急地「窺探」裡面的動態，彷彿那是個性別和業務的雙重禁地。後來所有的人見他駝著背苦著臉走近，自然湧起一股掩鼻的衝動。他們不明白，志得意滿的金公公正逐步走向連心理醫生也無能為力的心靈危機。

陳帶金抬起頭，轉動發痠的眼珠子，並試著運動痠痲的下半身，只覺四肢不聽使喚，兀自震顫不已。一年前，他第一次躲進百貨公司的女廁，在裡面蹲足二小時，任憑冷汗浹背，熱淚滿腮，為的就是心理醫生所謂的「陣攣性驚厥」。每逢「加班」時間，他守在董事長室外，嚴防不知趣的同事擅闖禁地，一面斜睨屋內的肢體交纏、人影晃動，竟也萌生某種替代性的滿足。他覺得自己像個廁所管理員（這個「志願」曾被小學時代的他寫進作文簿裡，結果得到丁下的評分），更正確的說法是「大內總管」，專司老闆的內部問題，像古代的宦官，替主子看管後宮嬪妃。漢朝時，北方的冒頓族戰勝敵人，接收對方酋長的大小妻妾後，會強逼她們吃打胎藥，以便生育自己的後代，名為「盪腸」。想到這樣的畫面，他就覺得密室裡傳出的嗯唉呻吟不再是打情罵俏，反而像是通馬桶的聲音。等到裡面的女人抬高下巴，喀登喀登地揚長而去，他逐漸濕濡的眼裡沒有輕視，只有同情，彷彿她們是掃廁所的工人。

「不過，對女人而言，董事長房間更像她們的『化粧室』？為什麼從化粧室出來的女人都會特別嬌艷動人，因為裡面有座魔鏡？」

不待醫生回話，陳帶金自己搶答：「你一定沒見過洗手枱前擠滿女人，擠眉弄眼梳粧的樣子，從內縫瞧出去，七、八張臉搶佔一面鏡子，誰是最漂亮的女人？問題是，我也有魔鏡的困擾，三年前，我和董事長並排站在洗手枱前，你知道我看見什麼？鏡中只有一個人，一具龐大、疲倦、天庭飽滿可是臉色發黑的董事長的身體，沒有我。」

三年二個月零五天前，陳帶金永遠記得，那個恐龍般的怪物剛走出辦公室，突然一個踉蹌，跪在地上，一手猛抓喉嚨，另一手在空中揮舞求救，鼻翼因呼吸困難而顫動，鐵灰色的大臉吐出藍色的舌頭……當時，董事長的特助兼床頭人李小姐驚嚇得不知所措，陳帶金冷眼旁觀，心情卻激昂難耐，像個偷窺狂覷見了龐大體系裡的脆弱的心，以及自己的登龍機會。而後，每回不期而遇，陳帶金不再閃躲逃避，反而堅持用那雙又紅又小的三角眼，替老闆進行心電圖檢查：長期鬱悶的胸骨後方，懸吊著一塊擴大且鬆軟無力的海綿，不規則、無效的收縮遍布心肌，使得有限血流來不及循環到企業王朝的每一個角落，任何一次市場革命都可能引發心室混亂或纖維顫動，每支菸、每片肉、每杯威士忌和每一回情慾波動，都使得冠狀動脈愈來愈硬，像阻塞的馬桶。

那時，「擦屁股馬桶」和「小蜜蜂小便斗」系列嚴重滯銷，董事長只有一種表情：一臉鐵灰，滿頭汗液，粗濃的一字眉快要糾成解不開的螺旋。人人望而走避。陳帶金又發現，老闆不但是心臟不好，還有泌尿系統的毛病，而且堅持使用最內側的小便斗，（根據陳帶金的觀察，男廁使用率最高的便器應是入口處算起的第二座，顯然，老董和他一樣，患了「如廁自閉症」。）混濁的尿液飛濺，灑到地板和自己的鞋尖，完事後則是唉聲連連。一連三天，陳帶金算準老闆如廁的頻率，像侍衛般同進同出，冒著阿瘦皮鞋「泡水」的危險和對方口中呵出的異味，而在那個戲劇化的關鍵時刻——他發覺老闆憋著一泡尿放不出來，興奮得自喉頭吐出一串類似鱷魚發情的聲音：

「擦屁股馬桶的問題在於，嗯，每個人都希望別人幫他擦屁股，但沒有人願意將自己的後門真的交給一隻手或一部機器。就像再自豪的壯男，也不想當眾小便。」

「哦？」

「還有，每個男人都喜歡打靶，但沒有人願意拿自己的馬眼去碰蜜蜂的針眼。」

「哦？」

「我曾看過排尿口呈女陰狀的小便斗，同樣是象徵打靶、射擊，大多數男人恐怕比較樂意對著那種東西發射……」

空氣凍結了一秒鐘，然後他聽到洩洪般的水響，陳帶金濕濡的雙腳不由自地顫抖起來。

「那一秒鐘，」三年後，陳帶金對醫生坦陳：「我忽然想起童年的深夜，尿急醒來不敢上廁所，那時的公廁在村後門的外側，得摸黑穿過長長的窄巷，然後半蹲在一條臭氣薰天、沒有沖水設備的便溝上……就在我咬牙冒汗、輾轉反側時，患了水腎的老媽一定發出踢翻夜壺的匡鐺聲，以及，斷續的水珠擊打鐵罐內壁的微弱聲響。後來我被送到南部鄉下，為了替外婆治病，隨時有人脫下我的褲子，發出催尿的口哨聲……。」

解決了董事長的內部問題，陳帶金的座位，也從五樓的開發部喬遷到層峰的七樓。往後三年，陳帶金成為這家「金蛋股份有限公司」的金雞母：「創意馬桶」、「人性空間馬桶」、「調溫式馬桶」等領導流行的產品，都經過他這位高人指點。他還從日本的衛浴設備展偷回「蒼蠅小便斗」的點子：在排尿口左上方十點鐘方向紋上蒼蠅圖案，讓男人過「射蠅人」的癮。不同的是，陳帶金將標靶調整到正上方，仰角四十五度，理由是：治療集體垂頭喪氣症。至此，陳帶金以為自己替金蛋公司孵出了真正的金雞蛋，直到秘密進行的「蛋形秘舒靜音馬桶」問世。

「知道嗎？卅五年前，我的老爸爸即深信：這個出生方式與眾不同的『帶金』，一定會帶來財富和好運。」

「我被你弄混了，再回到你的『位子』問題。你說治好其他男人的問題，自己卻習慣用半蹲的姿勢辦公，可是大多數廁所創意是偷上女廁所時完成，讓你不平衡的原因又是什麼？你覺得老闆辜負了你的忠心？還是扭曲你的屬性？」

從左腰到大腿內側的一陣劇痛，讓陳帶金再次淚流滿面。心理醫生的話如芒在耳。他答不出來。只知道解決了老闆和公司的問題後，自己反而陷入內部阻塞之苦：血糖過高、尿酸過多，去年還動過輸尿管結石的手術。他的血管內充滿白血球，或管壁細胞增加，形成醫學上的「管腔狹窄」，再也無法將雄圖壯志輸送到心靈的正殿。尤其，那位進出董事長房間次數最多的女人竟是總經理室的王秘書，害他長期失眠之餘，又罹患胃潰瘍。他分不清下半身的疼痛源自尿路感染、尿閉症還是急性腎炎？每當他涕泗縱橫擠出兩滴血尿，忍受痔漏的痛苦而不得其解，只好一再地求診心理醫生，或蹲在原地模擬夢囈般的對話：

「每次尿不出來就想到老爸。美國康乃爾大學做過一項研究，男性平均小便時間為四十五秒，女性為八十秒。我對女人的觀察：排隊五分鐘，如廁卅秒，補妝一分鐘，聊天二分鐘，或對鏡發獃半小時。至於我過世的老爸一尿就是七、八分鐘，不包括蹣跚下樓的三分鐘和望著夜空喃喃自語的一小時。我常想，一個人的體內可以裝下幾座水庫。那些遙遠的江河，往事的伏流，我不懂老爸的鄉音，而智障的老媽從未對我說過清晰、完整的話，只能從尿液的變化分辨他們的身體狀況和心靈活動。所以，從很小的時候開始，我就迷上了水聲。」

「等等，那個叫『秘書』的馬桶又是怎麼回事？為什麼你說今年的尾牙像一場無聲的鬧劇？」

陳帶金的腦中又是一片哄亂，只記得尾牙接近尾聲時，抬著陳紹在總務部那桌打通關灌酒量，總務主任冷冷的質問：「陳副組長帶金先生，我不想拿什麼衛生棉的問題考你，不過，身為總務部的一員，你可知道公司新產品『蛋形秘舒靜音馬桶』每年可省下幾座石門水庫的水量？」

陳帶金答不出來。瞪著總務主任冷峻的目光，另一時空心理醫師憐憫的眼神，陳帶金張口結舌，只想逃回呵護、治療他的蛋形宇宙。問題是，從逃進廁所到現在，他或坐或蹲，跪著擁抱馬桶，親吻微溫的馬桶蓋，還是看不出「自動沖水」的奧秘，聽不見水聲。是的，一場廁所空間和職位的革命正在無聲地進行。「蛋是生命的最初雛形，溫暖、安靜、神秘的孵化象徵，現代人應享有免於噪音、『秘舒』的自由，讓你的阻塞、挫折『廁』身而過。」一小時前，董事長摟著左側王秘書的蛇腰，宣布新產品銷售成功，原特助陳帶金「榮升」總務部清潔組的副組長時，陳帶金的心中沒有憤懣，只有一種專業的感動。他噙著淚，照例敬董事長總經理各部門主管，直到酒精在體內形成「靜音」裝置，阻隔了外界的冷嘲熱諷，直到新任的王特助似笑非笑地向他敬酒，他凝望對方的紅色高跟鞋，想起十五年前戳傷他的那句話：「你應該去看看心理醫生，他們會鼓勵你自慰……想追我，除非公雞下蛋。」

心理醫生說：「你只能建立一套自我安慰或自說自話的平衡系統，否則只好永遠當鬥敗的公雞。你說總務部清潔組副組長是個為你而設的虛位，像財務報表上的壞帳沖銷。可是你又對人人鄙棄的馬桶懷著異樣的情感。何不試著反問自己：既然離不開糞坑，為什麼又掉進找不到茅房的矛盾夢境？」

喀登喀登的鞋聲又由遠而近，忽遠忽近，彷彿從未遠離，只是在這棟大樓的暗角盪迴。陳帶金豎耳傾聽，湧起破喉大喊的衝動，可是發不出聲音，身體僵麻得不能動彈。一小時前，一身艷紅的王小姐對他眨眨眼，舉杯飲盡黃濁的汁液，他只覺得體內的水庫在那一瞬間破堤。那聲音愈來愈清晰、巨大，漸漸變成淙淙琤琤的交響，最後蔚為滾滾洪流。他想像自己對空氣中的影子醫師高喊：

「我只記得，卅五年前的某個夏夜，老爸在南部出差，臨盆的老媽以為腹瀉尿急，跑到公共廁所生下了我。公廁在村後門的外側，一道臭氣薰天，沒有沖水設備的深溝，老媽拎著紅泥的我回家時，嚇壞了村人。」瀑布般的水浪兜頭兜腦地沖瀉而下：「可是，當我一頭掉進那個黑洞世界，絕望地忘記哭泣時，水腫、多尿的老媽適時為我播放生命中第一齣水樂。」

他聽清楚了，那是靜音馬桶微不可聞的沖水聲。

導讀

張啓疆（一九六一—），臺北人，臺灣大學商學系畢業，曾任《自立早報》、《自由時報》主編。主要創作散文與小說，素材多元廣泛，手法新穎多變。重要作品有《導盲者》、《消失的□□》，前者善於捕捉都市叢林中，各式畸零人的精神變異狀態，積極探索現代社會底下空虛異化的心靈；後者精細書寫眷村中各種人物，以多元酷異形式折射他們流離不安的心靈狀態，樹立極富風格化的眷村文學典範。曾獲幼獅科幻小說獎首獎、棒球小說獎首獎、《聯合報》小說獎、國軍新文藝金像獎、金獅獎、梁實秋文學獎等。

〈如廁者〉（獲第十九屆「時報文學小說獎」首獎，一九九七年）透過第一人稱的男性敘事者，陳述陳帶金離鄉背井，來到都市工作多年，弄得全身是病的處境。〈如廁者〉透過醫病文學問診的方式，一步步揭露了病人的病灶，更揭開了「如廁障礙」與「上廁所噩夢」的緣由，更顯露職場中最墮落不堪的一面。小說最精采之處，在於具體描繪辦公大廈、餐廳等空間之外，更藉由廁所這個極度私密的空間，揭開都市敗壞的面貌，袒露升遷與淘汰種種複雜的風暴。廁所在此，不只是人們排除代謝物的重要場所，更是處理私密行程（整裝、修容、竊取機密或偷渡私慾）最重要的場地，它是人們維持光鮮亮麗形象的前景，在光亮的背後，隱藏最複雜醜亂的腥羶內幕。小說更進一步暗示讀者，空間的分劃與使用，具有性別、階級的差異性，也將男性與女性、上司與職員的尊卑關係突顯無遺。〈如廁者〉挑選廁所作爲表現都市特有文化的重要空間，精采地演繹了不平等的階級與性別關係，取材獨特，論點犀利。

廁所的髒污性與隱蔽性，已成爲異化的現代人，唯一自在的藏身之處，小說利用精神分析，探索地域與人性複雜的關係，翻新都市論述既有的疆界。陳帶金進入廁所，搭建起他的情報王國，董事長借重他的「扒糞」與「鬥爭」能力，讓他叱吒風雲，也可能一夕間讓他一無所有。暴起暴落的人生，使他對廁所產生獨特的認同感，小說精彩地辯證了空間、權力與性別認同（被閹割、去性別化的男性）間緊密的關聯。

小說利用躁鬱奇襲的語言，藉著廁所演繹道德淪落的臺灣奇譚，創新「屎尿書寫」與「疾病小說」的敘事模式，暴露權力／性別鬥爭，諷刺商業化、肉慾化的都市／臺灣，已淪爲精神荒蕪的廢墟。小說特殊之處在於，作者利用醫病對答的方式，既解開疾病之謎，同時也進行了一場「資本主義病灶」的內部體檢，見證「資本主義幻夢破碎」的過程。（唐毓麗）

萎縮的夜

郝譽翔

你是在我面前倒下去的。

沒錯，就是這樣，我的父親。你的背漸漸駝了，身體萎縮得越來越小，嘴巴乾癟凹陷，昔日壯碩的小腿，現在只剩下兩根細瘦的骨架在支撐。你慢慢踱向房間，坐在床邊，呼吸開始變得急促。我走進去看你。房間因為長年煎煮中藥，一股令人窒息的氣味迎面撲來，緊緊抓住我的鼻腔黏膜。我忍住咳嗽，扶你躺下，說要帶你去看醫生。可是你卻邊喘氣邊搖頭，說是老毛病了，躺一下就好。

那時已經深夜一點。我回到床上，聽到隔牆你唰唰如海潮般的呼吸聲音，在這個夜裡特別清晰，你正在吃力的活著哪。我翻了個身，外面街道傳來摩托車囂張的奔馳，宣示距離我們非常遙遠的速度與青春，那種狂傲的呼吼聽來真令人心驚。而我已經多久沒有嘗過奔跑的滋味了？這些年來，我和你禁閉在這層三十坪的公寓裡面相互對看，逐漸長成兩株不會移動不會開口的植物，鋼筋水泥牆擋住了北回歸線的陽光，我們遂變得蒼白而透明。有時整個午後你就坐在沙發上讀報，微風掀動報頁，而我的視線穿透過你的身體，看到玻璃窗外一片刺眼的藍天，映襯這一室的晦暗。我彷彿是坐在冰涼的咖啡凍中尋找遠方遼闊的光線。

但是現在不要光亮。這個黑夜在你掙扎的喘息相伴下，顯得特別深沉可怕，然而卻使我心安，在黑暗中我終於能夠將視線調回到自己的身體上。我捏捏手臂鬆弛的薄肉，冰涼滑溜如一塊懸吊在華西街夜市的蛇皮。我來回搓弄拍打它，幻想著把這層鬆垮的皮緩緩剝下來，如同那些殺蛇師傅一般嫻熟與從容，然後放在枕邊，露出一具鮮血淋漓的身軀，細小的血管還在暗紅色的肌肉紋理間砰砰鼓動，頭顱上暴凸出兩隻瞪得斗大的眼珠，不知該算是痛苦、恐懼、或興奮，我忽然咧嘴一笑，像是好萊塢電影中變身的外星人，我的臉頰裂開，牙齒剝落，內臟吐出。我不能再想了。再想就會起身到廚房中拿菜刀實踐起來，就像我的母親一樣。自殘是我們家族不能擺脫的遺傳。

（蟬噪的黃昏中母親席地而生，倚著小茶几，手中的菜刀落在腕上。她皺緊眉頭將刀鋒對準血管，使力下去，卻沒想到生命的根脈比什麼都還堅韌，她努力了半天，汗流滿身，也不過劃出一道小小的傷口而已，細小的血舌沿著她的手腕蠕蠕爬下，流到掌心中的紋路停止。

我背著書包，嘩地拉開紗門，母親抬起頭，倉皇看我一眼：「妳轉來了啊……」她趕緊起身，抹抹額頭的汗，又拿著菜刀回到廚房中，窸窸窣窣地做晚飯。我坐在茶几旁，椅墊上還殘留她的體溫，我轉過頭，看到母親站在廚灶前的背影，這次她把菜刀高高地舉了起來，喀嗤落下……）

我從夢中驚醒過來時，天已經濛濛亮，早晨青草與露水的氣息透過紗窗飄了進來。我伸了個懶腰，忽然想起什麼似的走到你房間。看見你仍然維持昨晚的姿勢，雙手交叉貼在腹上，雙腳合攏，在這一剎那，我幾乎以為你已經死了。我躡足再走近一些，卻看見你的胸腔還在微微起伏，你的眼睛緊閉，嘴角上凝固了一條黑色蜈蚣般的血痕。

「父さん！父さん！」我趴在床邊搖撼你。你的身軀緊繃而且發燙，彷彿一具曝曬在烈陽底下過久的盔甲。然後你就再也沒有注視過我，或說過一句話了。這代表什麼呢？我的義務終將完成。我撥通醫院的電話之後，喘了一大口氣。

經過加護病房二十四小時的急救，手臂上扎滿針孔的你再度張開眼睛，但是已經沒有任何意義，你變成另外一個陌生人似的，瞳孔中根本見不到我的身影，你那呵護過、斥罵過、甚至怨恨過的女兒，你這輩子共同生活最久的一個人，你竟然全都喪失了記憶。我趴在你的臉前，只聞到你張開嘴巴呼吸時吐出的腐屍氣味。你那無知無識嬰孩般的目光總是下垂，看著這席不知被多少病人睡過的床單，身軀不停盜汗，當衣服被扒得精光之後，你和一隻可憐兮兮的禿頂紅毛猩猩簡直沒有區別。而這居然就是我的父親。

（是你嗎？父さん。

好久不見你這麼年輕的模樣了。我最喜歡看你穿這一套淺藍色燙得筆挺的制服。在日本皇軍的詔令下，一架架神風特攻隊的自殺飛機在你的手下焊接完成。父さん，你可知道我從岡山飛機場員工宿舍的屋頂上，就能看見你站在機場空地揮汗工作的樣子嗎？那焊接時噴射出來的火花不斷挑釁似的撩過你的面頰，使我擔憂得兩手輪流絞著頭髮。當飛機掠過頭頂，你往往放下手邊工作，抬起頭，默默記下它們的形狀。我知道那是你預備等到下班回家以後，在紙上把它們一一畫出來，然後告訴我哪裡是機尾、機翼和引擎。

當然，你也不會忘記告訴我那些駕駛飛機的青春生命。他們告別了故鄉的父母和愛人，駕著你焊接完成的飛機，衝上藍天，然後不多時就墜落在美麗的太平洋裡。珍珠港，這是一個多好聽的名字。年輕的你邊敘述邊瞇起了眼，因為參與這份絢麗的死亡而感到驕傲。我的眼眶也不禁跟著溼潤起來。）

你是否也察覺到我眼眶中的淚水，所以才故意側過身去背對著我？我真的流淚了嗎？如果是，那麼也是為自己而流。在你翻身的時候，你的糞便滿溢出來，弄污了一小塊床單。我掏出一片紙尿布，把你側躺的身軀轉回來，抬起臀部，你的眼睛卻依舊呆呆地望向床頭，任憑我上下左右擺布。我打開臭氣薰天的尿布，你的陽具無力躺在兩蹊中間，已經變成一塊小小的黑色肉贅了，萎縮得驚人，大約只剩下五、六歲幼兒性器的大小。我伸手撥了撥它，但它一如預期毫無起色。我不禁暗自咯咯竊笑起來。

它也曾經昂揚進出我母親的身體，霸道地在母親兩片溫柔的肉頁之間吞吐，由慢而快，由輕而重，粗魯摩擦，全然不在意母親皺緊眉頭的痛苦模樣。而此時母親總想起你曾經以同樣霸道的姿勢，趴在那些廉價的妓女身上。電風扇在無風的炎夏中徒勞旋轉，病毒在你們迎合交會的溫熱體液中加速繁殖，明星花露水混合著汗酸味從妓女的腋下蒸發出來，碩大的乳房在你的鼻頭前面晃蕩，你張開嘴，喉頭深處滾出長長啊的一聲，黏稠的精液噴灑在子宮的深處。

你在一瞬間癱軟了下來。母親把滿身是汗的你用力推開，然後衝下床，坐到擺在床邊的水盆上面，細心的撈起水來沖洗下體。她的手指專注而溫柔的撫摸那兩片陰唇，彷彿是在對著一張情人柔嫩的嘴喃喃傾訴，就在你已倒頭呼呼大睡的長夜中，這場悄然無聲的交談還在祕密地進行。

然而現在你的陽具卻低垂著頭，好似在懺悔過往所發生的一切。但是它除了讓我的母親痛苦之外，是否也曾經讓她快樂過呢？我真的懷疑。

（那是一個多麼寧靜的春天午後。日本人已經從這塊土地撤退），新的統治者前來接收。但對小老百姓而言，日子並沒有太大的差別，還是一貫苦哈哈地低頭彎腰。不過父親卻因此失去了飛機場優渥的工作，只好改作麻繩生意。那日他遠行批貨，前腳才剛踏出門，一整個早上心不在焉的母親馬上走到房間裡，蹲下身，打開小斗櫃的抽屜。她從抽屜的角落中掏出了一個布包，然後坐到桌前，打開，裡面原來是一個鐵盒裝的香粉，盒蓋上面還繪著穿旗袍的美女。

母親尋出家中唯一一只發黃的小鏡，開始慢慢將粉塗到臉上，她一面塗，一面斷續破碎地哼起日本歌謠，她越塗越多，到後來整張臉都變得驚人的雪白，她卻似乎很滿意的左瞧右瞧著，又低頭去嗅指尖的粉香，不知過了多久，才嘆了一口氣，用布把粉盒謹慎包好，站起身，再放回封抽屜的角落去。然後母親走到水缸旁邊去洗臉。這次她幾乎是踮著腳尖走過去的，身體因而扭擺出微風一樣的悠悠曲線。我從來沒見過她這樣走路，一時看傻了眼，想起那些被狐狸精附身的傳說。但是等她洗好臉，抬起頭時，她又變回平日母親的模樣，黃黑色的臉上嘴角緊繃，面無一點表情。

母親牽著我上床睡午覺。她手搖蒲扇，就在我幾乎墜入睡眠時，突然感到身邊一股燥熱，扇子不知何時停止擺動。我模糊睜開眼睛，卻發覺整張木板床像是被什麼巨大的力量壓抑住而激烈地搖晃著。是母親。她的右手放在下體，正在快速的運動，所以帶動了床也跟隨不住發抖。隨著她手部動作的加快，她開始張嘴呻吟出來，而她弄出的聲音是如此巨大，以至於我無法再佯裝不知。我忍不住叫了聲：「母さん！」

我永遠不會忘記母親轉過頭來看我的神色，她那雙眼睛綻放喜悅的亮光，汗溼的額頭還殘留著香粉的味道。她張開雙臂，哦了一聲給我一個深深的擁抱。她從來不曾如此抱過我的。

就在那天，積壓怨怒已深的事變爆發了。傳說火車站前面跪著一排又一排等待槍斃的人，地下道裡面已經堆滿死屍，而父親因在外地，音訊全無。那兩天母親沉默異常，不停地在家裡來回走動著，不是拿掃把掃地，就是拿條抹布東擦西拭。後來母親越演越烈的潔癖大約也就是從那個時候開始。等到第三天早上，父親的身影終於出現在門口，他的衣服上沾滿塵土，已經辨別不出原來的顏色，他的鞋子全部都是血，溼淋淋的踩在地上一步一腳印。因為所有的交通工具停駛，父親就從嘉義一路踏著火車鐵軌走回來。

死人堆得像山一樣，血流了遍地，幾乎每一步都是踩在屍體上面，父親對我們說，並且展示他的布鞋作為證據，眼睛裡卻難掩殺戮之後的歡愉。當父親眉飛色舞述說他歷劫歸來的經過時，母親正跪在地上努力擦拭那些凌亂的血腳印。有時她會抬起頭來笑著傾聽，可是那笑容隔了層紗般飄忽不定。

我看著母親骨瘦的背影，忽然想念起三天前的午後，她如微風般悠悠的體態，淡淡的香粉漂浮在空氣中，她那雙發亮的眼睛，是我再也不曾見到過的。）

我的父親，就從那個你不知道的祕密午後起，我開始明白母親根本不需要你來填補，你的存在，只會把骯髒和污穢灌注到她體內，而我就是這麼誕生的，我是罪惡的子民。所以直到母親死前，她都還在不停清洗家裡每一樣東西，除了你。

所以我是否該感謝你賜給我的原罪？當我二十歲那年，剛從師專畢業不久，按照你們的意思和一個離鄉背井的外省人結婚時，丈夫脫掉我的白紗，爬上我的身軀，我的潔白與完整從此就要喪失掉了。你可曾想像過我是如何恐懼？那時丈夫的臉與你的臉重疊在一起。我閉著眼，全身緊繃，緊抿住嘴，不敢發出任何聲音，腦海中卻不斷湧現那個春日午後裡母親巨大的喘息。但是丈夫卻還像隻蠻牛一樣在我身上運動，他的呼吸充滿剛剛宴席上蒜頭醬油的氣味，噴在我為這場婚禮吹得僵直的頭髮間。慘白的燈光在我的頭頂上方搖晃，丈夫並沒有把它熄掉，因為今夜他要細細地品嚐我，割裂我，我閉著眼仍然可以感覺到那燈光刺眼的痛楚。在那一刻，我記起了我生命中也曾經出現過的一絲絲愛情曙光。但是你們卻聯手把它硬生生剝奪掉。

（嗨！我微笑著向那男人打了招呼，走過去。

他也微笑著，扶著腳踏車的把手不動，一直等我走了好遠好遠，他還站在那裡，我這才隱約聽到他把「恭喜」二字說出口。我繼續向前走，每跨一步越加艱難，那男人就像是一個龐大的磁場，把我身上每個細胞都往後拉扯。但是我不能回頭，眼淚終於撲簌簌掉落下來。

這個膽小沒用的男人，知道我下個月就要結婚了，為什麼還不敢開口問我到底要不要跟他走？明明在兩個月前，他大膽寫下一封情書，趁我從校門口出來的時候，一把將信塞給我，然後騎著腳踏車逃走。積累到現在，我的枕頭底下已經藏著他厚厚的一疊信札了。可是再怎麼動人的文字都不能改變眼前的事實。這一疊嘔心瀝血的萬言書信，其實還比不上一個具體的動作。

這是我剛從女師專畢業到國小教書的第一年。那男人就坐在我辦公桌的斜對面，個子小小的，和那些活潑開朗的體育老師比起來，絲毫不惹人注目。但是從他將信塞到我手中的那一刻開始，他變得有一種異樣安靜的美感了，當別的男人粗魯叫嚷、渾身散發油垢氣味時，唯獨他是溫吞而秀氣的，他的臉白皙細嫩，鬢角特別烏黑，笑的時候一定舉起手來掩口，吃飯時一粒米不剩，然後把便當盒拿到水槽邊，慢條斯理的捲起袖子來清洗。這樣守禮的人寫出的信，竟會是那麼狂野奔放，失掉節制的熱情噴湧在字句之間。我饒有興味地注視著這個矛盾的男人。

但我的心理變化逃不過母親銳利的眼睛。當母親把我藏在枕頭底下的信全攤在飯桌上時，我就知道一切都要結束了。母親嚴峻瞪視我，一拍桌：「妳免想卜去學人自由戀愛！」父親卻還在桌旁自顧自吸嚕呼嚕喝稀飯，筷子噠噠敲著碗，直到吃得見了碗底，他才抬起頭來，看我一眼：「妳也好倘結婚啊，不通擱胡別來。」接著他們商量起我的婚事，因為家中就一個女兒，父親堅持要招贅，他想了半晌，說：「前幾日，嬸婆講隔壁莊有一個開診所的外省仔，人未歹，無父無母，只是年歲較大一點，有意思講卜娶某……」

就在一頓飯不到的時間，他們決定了我的終身。可恨的是那男人聽到這個消息，還是一貫溫吞的微笑著，彷彿一點也不覺得驚奇，就連恭喜也忘了說。一直等到放學的時候，他才守候在我每天必經的路口，「恭喜」這兩個字停留在他薄薄的唇上。我根本不敢抬頭看他的眼睛，只見到他藏青色的褲管下緣脫了線，露出一截黑色的線頭來。

可是他依舊停住不動，傍晚的風在我們之間流過，而我繼續向前走，眼淚滴在柏油路面上，一瞬間就被吸吮乾了。）

婚後不到兩年，我的羞澀與矜持再也不能吸引丈夫，他拋下我和一歲大的女兒，跟著一個湖南女子去了高雄，母親因此氣倒在床，一病不起。那女子說著和丈夫一樣帶有濃重鄉音的語言，懂得他的思鄉情緒，所以我們只不過是他的短暫歇腳處而已，那我該怪誰呢？當然是你，我的父親，當初如果不是你在外面嫖妓得了梅毒，傳染給母親，致使她不能生育，而你又堅持延續香火，我何必招贅？如果不是你在飯桌上無意想起嬸婆的話，我又怎會選擇嫁給一個陌生的異鄉人？再說，如果我有很多兄弟，我也不必一輩子背負著你。你記性夠好的話，應該記得，日後我不是沒有再嫁的機會，在我還算年輕美麗的時候，學校的男同事願意不計較我失敗的婚姻，接納我的女兒，你卻出面阻撓，說我敗壞門風，對不起死去的母親，如果另一個男人膽敢踏入這個家門，你就死給我看。你憤怒得額上跳出青筋，硬要離家而去，連剛進小學的女兒也不知從何處學來一股強烈的道德觀，在旁邊以仇恨的眼光注視著我，你們祖孫兩人聯手，逼得我跪在地上哀求才安撫下來。於是我在母親的靈位前面焚香發誓，我願意終身伺奉老父，養育女兒，永不再嫁。

（「妳讀了這濟冊，但是三從四德，是查某人一定愛知影的。」母親不禁喃喃唸著。一字不識的她，看我書讀得越來越好，雖然高興，卻感覺到莫名的害怕。母親叨絮完了，低下頭去燙我的學生制服，藍色百褶裙的摺頁一絲不苟凸顯出來。我的制服向來燙得比班上任何一個人的都要挺直漂亮。

「我知影。」我說，放下手中的課本，我望向窗外無邊無際的黑夜，視線可及的僅有一小點昏黃微光，隱約閃爍，藏匿在黑暗中的蟲鳴是不歇的背景音樂。窗外黑得喪失了遠近的分別，我和母親好像是被包在一個黑色的繭裡面，用細細麻麻的絲繩綑綁起來，這繭越綑越密，越綑越密。

我忽然感到呼吸困難。）

你又勝利了，我承認。但我常常會想起你其實還有另外一個女兒，或許還不只一個吧。在我唸小學的時候，你藉口到外地工作五年，只有偶爾帶著一袋薄薄的薪水回來。每天早上我和母親到菜園中撿拾青菜，到了夜晚她幫人做女紅，做到兩眼刺痛發暈。你難得回家，潔癖越來越嚴重的她一定把你的衣服拿到河邊，洗了又洗，刷了又刷，往往洗到天黑才能筋疲力盡的返家煮飯。當夜晚來臨時，我們三人共同睡在一張床上，母親總用棉被把自己裹得密不通風，不讓你有機可趁。所以第二天一早，你又拎著一袋乾淨的衣服走了，等我放學回來時你早已不見蹤影。你從不說在外地的情形，但好管閒事的鄰居不忘跑來通風報信，比手畫腳向我們描述你豢養的那個女子，據說是個寡婦，一張白嫩白嫩的臉老是笑咪咪的，還帶著個八歲的拖油瓶，最近又生了個女兒，應該是你的種吧。鄰居喬裝滿面狐疑的模樣向我們探問。好強的母親後來索性緊掩大門，不再和任何鄰居來往。

那五年中，沉默的母親手腕上布滿新新舊舊的傷疤，當你與那女子決裂後又回到我們身邊時，曾經注意過嗎？母親曾在半夜哭著醒來，然後抓住我說，都是爲了我，她才咬牙苦撐下來，否則早就去尋死。她披頭散髮的樣子像是淒厲的鬼。於是當數十年後的某一天，我同樣抓著我自己女兒的肩膀，搖撼著她，說，都是爲了你，我才這麼痛苦的活著！這句話一出口，我悚然發覺如此熟悉，這是我從小到大耳熟能詳的夢魘，如今卻從我的嘴巴原封不動的流了出來。我衝到浴室，轉開水龍頭大力用水潑臉，抬頭看見鏡中自己披頭散髮的樣子，就一如夜半的母親，那淒厲的女鬼。

你很訝異我竟然記得這麼多事情吧？你以為那是不長記憶的年齡。可是錯了，有些事情只要存留一小點線索，日後就會在記憶的溫床中無限滋長，發芽，蔓衍。就像是你在外地生的那個女兒，我那同父異母的姊妹，我對她一無所知，可是隨著日積月累的幻想，她已經逐漸從綁著兩條麻花辮備受寵愛的小女孩，長成了一個妖嬈的中年婦人，因為從小跟隨美麗的母親周旋在男人之間，她在不知不覺中學會如何展現誘人風姿。她微張點著朱紅姻脂的飽滿雙唇，十指豐腴而柔軟，從上一個男人流浪到下一個男人的肩膀，她根本不記得自己還有一個父親存在，只有白嫩嫩笑咪咪的母親，還魂在她的身上。於是我的姊妹彷彿變成我照鏡子時的反面，那另外一個從來未能實踐的我。

不過，唯獨有那麼一次，在我的記憶中，我和我姊妹的形象重疊貼合在一起，就是在那個春日的午後，母親有如蝴蝶般翩翩走動，她原本黃黑的臉變得白嫩而細緻，充滿笑意，她溫柔地躺在床上撫摸自己，大聲喘息，然後一翻身，用汗溼的雙臂摟緊了我。我親愛的父親啊，我常常想，如果事變的那一天你無辜死在槍下，沒能回來，那又會如何呢？我是否會像我的女兒一樣，從小沒有父親兄弟，所以到後來甚至無法辨別自己到底是男還是女？

（同樣的春日午後，我和八歲的女兒懶洋洋的躺在床上睡午覺。就在我幾乎墜入睡眠的時候，身邊湧起一股莫名的燥熱驚醒了我，我睜開雙眼，發現床板在激烈搖擺著。是女兒。她的手放在下體，快速的晃動。「妳在做什麼？」我幾乎尖叫出來，一面為八歲小女孩竟然能夠發出那麼大的力量而感到詫異。

女兒迅速拉過一條小棉被掩蓋住下體，側過臉望著我，她的眼神清澈且無辜。「是誰教妳的？」我厲聲說。她搖了搖頭。

「以後不可以這樣。」我又厲聲說。她點點頭。但是她的眼睛裡有掩藏不住的滿足喜悅，就如同那天溫柔的母親一樣，讓我不忍，又讓我懼怕。

過沒幾天，女兒的級任導師跑來告訴我，她連上課的時候都會不由自主的去撫摸下體。我馬上把她從一群小學生中叫了出來，在走廊上斥罵她，她卻擺出不屑的神色，轉頭望向操場上逐球奔跑的孩子，陽光灑在她嘴角緊繃的臉上，如一層金鑄的面具。她多麼像我的母親啊。原來某種東西一直在我們的血液中循環，就像是季節的輪迴嬗遞，直到如今我才赫然發現。）

如果如果，我不斷臆想，所以一直在等著你變老呢。這聽起來似乎非常殘忍，但你對我又何嘗不是如此？你讓我一出生的時候就變老了，連要求青春的機會都沒有。可惜的是，你的生命力卻驚人的旺盛，手臂上凝固著雄厚的肌肉，甚至到七十歲的時候，都還能從箱底翻出白襯衫來，打上血紅的領帶，自己一個人搭公車到華西街去，直到晚上回家時，你好像脫胎換骨一般，原本滿頭花白的頭髮都已染黑，臉上的氣色紅潤光耀，當你走過我的身旁時，身上忍不住散發出一股香水混雜精液的腥嗆氣味。你依舊興致勃勃的活著，可是我的年華卻早已經走盡了。這多麼的不公平。

但我除了耐心等候之外，別無選擇。終於，在十年前你開始失去了性慾，除了到菜市場買中藥回來煎煮，你鮮少再走出這棟公寓，然後你的視力越來越差，要花一整天的時間才能勉強讀完一份報紙。五年前，你開始失去了聽覺，我和你說話必須大聲嘶吼。三年前，你的牙齒陸續掉光了，裝上假牙之後，你只能吃蕃薯稀飯，除了魚，不再進食任何肉類和青菜，你舌頭上的味蕾也漸漸麻木遲鈍。兩年前，你開始經常忘記關水龍頭，聽不見自來水徹夜流動的聲音，你幾乎連昨天做了什麼事情都想不起來。然後一直到你漸漸失去知覺，再也說不出一句話，看我一眼為止。

一直到你闔上一雙沉重的眼睛。

如今我嘗試回想你的模樣，卻只能想起骨灰罈上那幀黑白照片，你對著鏡頭一臉茫然，嘴角平平撐開，不知究竟在想些什麼？那是我從來未曾了解過的，一如你對我。因而我面對著關入罈中的你痛哭失聲，不能自制，胸腔劇烈聳動，兩眼發腫，我一邊大聲啜泣，一邊走出這間寶藍色的公立靈骨塔，管理員趕上來將證件交還給我，稱讚我真是孝順的女兒。我搖了搖頭，走過無數安置在架上的骨灰罈，男男女女老老少少，一張又一張定格在茫然表情的人生，陸續從罈上飛到我的正前方，無言瞪視著我。

我回到家中，你的房間已經空了，就在你昏迷醫院的那個星期中，我已經把它清理得一乾二淨，生銹的鐵釘，發霉的木頭，畫著人體經脈穴道的醫書，掉了扉頁的黃曆，還有塞在床縫中發黃的衛生紙，裡面藏著億萬雙枯死的精蟲，我一律將它們綑到塑膠袋中讓垃圾車帶走。我巡視了一下你空蕩蕩的房間，然後走到女兒的。已經二十歲的她早就拍拍翅膀，離我遠去美國，只留下一房間原封不動的書和衣物，以及在面窗牆上她掛著的巨幅畫作，幾乎把整片牆壁占滿，畫中人物或擁抱，或接吻，或跳舞，或慵懶的躺在草地上，一律是豐厚多汁的裸女軀體。於是我順勢躺在女兒的床上，注視畫中那些意態溫柔的女子許久許久，不知不覺天都黑了。那席鋪在床上的鵝黃被褥還不斷散發出女兒遺留下來的青春花香，而我慢慢伸長右手，探到下體，茂盛的陰毛刮過指端，體液腥羶的氣味緩緩沿著我的腹胸浮湧上來，上來，淹沒掉我的鼻息，隨著手指運動的加快，我的身軀也彷彿開始壯碩起來，我的嘴巴微微張開，似乎有什麼話囤積在內臟之間，而在這個震動的時刻非大聲吶喊出來不可。

我忽然坐起身，跌跌撞撞衝進浴室，注視玻璃鏡中面色潮紅的自己，就像是面對著母親穿越歲月而來，扶著水缸邊緣，彎下腰朝向水中倒影的凝神微笑。玻璃鏡面因為我的溫熱喘息而蒙上一層水氣。然而過沒有多久，這夜深寒涼的空氣竟又再度從四面八方逼來，敷上了我的面頰，冰霜龜裂的紋路割裂我的眼角、唇角、兩頰以及手掌。就如同你死後躺在殯儀館冰櫃中的僵硬面容。我因而不忍再看，扶牆走出浴室，卻發現地板角落上積澱著厚厚的油漆剝落下來的粉末。我一抬頭，才看到不知何時公寓的牆壁和天花板竟然爬滿了腫脹的溼霉，它們在悄然之間奮力繁衍，如同頑強增生的癌細胞。我連忙從廚房裡尋出掃帚，仰首將它們掃落，在掃帚劃過牆壁的霎那間，掉落的漆斑彷彿一場突如其來的大雪，紛紛墜落在我的身上。我的頭髮被白漆覆滿，像是那頂在燃燒你的骨殖時我被迫戴上的麻帽，我狠命將它拍落，雙手在雪花之中亂舞。就在那一刻，我忽然記起蠶吐絲作繭時的姿態。

（母親低頭幫人縫製一件鮮綠色的旗袍，她的手藝在鎮上早有口碑。當快要完成時，她忽然招手叫我過去：「來來，妳來穿看麥。」還在念師專四年級的我放下書，羞怯地走過去，在母親面前忸怩褪去衣服，讓她幫我套上。

我立在鏡前，母親從背後為我拉上拉鏈。她一雙手順著我體側的曲線滑溜而下，停駐在我的腰上。「腰這個所在擱收入來一點就剛剛好，」她自語著，「妳的腰比陳家小姐的瘦多了。」母親又從我的肩上探出頭來，幫我攏攏頭髮，她滿足地望著鏡中自己的臉，彷彿那件旗袍是穿在她的身上。

然而不到一分鐘的光景，她突以責備似的嚴厲語氣催促我脫下來：「不通給人弄壞去，這是人客明早就愛穿的。」我不敢有任何依戀，馬上把它脫下來還給母親，而母親又坐到她慣常工作的飯桌旁，執起針線來回綴補。我又回到燈下拿起書本，卻看見牆壁上映出母親不斷高舉右手拉出長線的身影，就像是一隻正在吐絲中的蠶。

當天晚上，我夢見那件鮮綠色的旗袍變成一個繭，但困在裡面的我卻因為錯過破繭而出的時機，只能坐下來抱住雙膝，凝視繭外透過密麻絲線傳遞進來的隱約日光。隨著日頭的轉動，我的身軀已經逐漸萎縮下去，肌肉在老皺的皮膚底下流失。當瞳孔逐漸適應繭裡的黯淡光線之後，我竟然看見了父親與母親，他們各自蹲在距離遙遠的角落中，俱已縮小成不到原來一半的身量。我駭然張嘴，不敢驚呼出聲，怕一發聲就會震垮掉他們幾要支離粉碎的脆弱筋骨。於是我們繼續保持身體蜷縮的沉默姿勢。

那繭遂因此顯得過分的空蕩與寬敞。）

導讀

郝譽翔（一九六九－），高雄人，臺灣大學中文所博士，現任職於國立臺北教育大學語文與創作學系，曾獲《聯合文學》小說新人獎等。創作素材多元豐富，以情慾書寫、女性書寫與家族書寫最爲搶眼。整體而言，郝譽翔擅長以精細的感官書寫，窺伺當代人的慾望圖譜，文字華麗，富想像力，對情慾的探索直接且深入，《洗》、《那年夏天，最寧靜的海》、《逆旅》、《幽冥物語》爲代表作品。

〈萎縮的夜〉（獲第十屆「《中央日報》短篇小說獎」第二名，一九九八年），這篇小說描述女兒在父親過世後，嚴詞指控父親生前的種種「罪惡」。她批判父親一手葬送了自己的幸福，更剖析父母變調的婚姻關係，指責出軌帶病的父親（亦曾經歷日本殖民及二二八血腥鎮壓），哀憐不斷自殘的母親、想念自己遠走他方的女兒，探索三代女性的情愛歷史，顯示了題材的特殊性。這部小說的空間書寫也很特別，女兒被迫與父親禁錮在一層三十多坪的公寓之中，陰暗不見天光，但父女倆的生活卻形成強烈的對比，父親擁有旺盛的精力不斷買春，而自己卻迅速衰老，成爲無法破繭而出的蠶蛹。小說刻意透過空間的書寫，將女兒和父親、孫女的命運連結起來，形成極大的象徵。父親過世後，她將父親生前的遺物全部清空，留下空蕩蕩的房間；當她走到自己女兒的房間，從自己女兒的裸體畫和青春的花香氣息，受蠱惑萌生性的慾望，也釋放了長久以來被壓抑的性快感。這部小說探索情慾的角度是獨特的，從父親的性慾過度轉而書寫母親自體性愛，再從女兒的情慾追求，啓蒙了自己的身體覺醒。三代女性透過身體快感，找回認知的主體，也打開了情慾禁區的枷鎖。

〈萎縮的夜〉的敘事手法也很特別，多處展現敘事者「我」對「你」的怨恨，更回憶半生與愛慕男子、丈夫、母親、同父異母姊妹、女兒的複雜糾葛與愛恨情仇。「標楷體」的文字，像是對細明體的文字進行補充、對話、評述與詰問，更擴展了敘事主體情感面向的複雜度。小說更大膽地描述母親、女兒及自己的自慰情節，壓抑的生命終在自體性愛找到破口，耽溺於無邊的荒涼，竟是如此鬼氣森森然。〈萎縮的夜〉利用精準的意象——錯過時機，無法破「繭」而出的命運，以及逐漸萎縮凋零的身體，將母女命運做了平行發展的預告，同時暗示臺灣女性受到日本、國民黨威權政體與家族壓迫的複雜歷史。施叔青認爲，作者寫出母女無法破繭而出的怨怒，「母女孫三代慾望的輪迴、亂倫的暗示，處處令人讀來戰慄，透不過氣來」，再次肯定作家營造氣氛的功力，實屬上乘。

（唐毓麗）

三、性別與身體

父與子

鍾肇政

一

這幢兩層的水泥樓房，矗立在拉拉雜雜地湊在一塊的許多低矮的簡陋屋舍當中，看來有它的偉岸不群的外貌。只可惜附近的一些臭水溝及豬圈、雞塒的臭味，薰得它毫無光彩——這麼說，未免太恭維了這幢樓房了，事實上它只佔了高出半截的便宜，表層水泥有些龜裂了，窗子也似乎不堅牢了，彷彿誰要是用力一推，便可能掉下來。

這水泥房子出奇地來了幾個客人。兩個半老的鄉下人模樣的漢子，外加一個目光呆滯而身材矮小萎縮的半老婦人。他們在阿忠的引導下，進入這所樓房。

一進門，是個大廳。空無一物，且撲面而來的是一股異味與肅殺之氣。右邊是樓梯，左邊是房間。阿忠把客人留下在大廳裏，自個兒從甬道進去。他在左尋右找，可以看出這個年輕人有滿心的期待與懼怕。很不容易說明一個人會有那種複雜神情的，可是它們確實那樣地共存於他的眼神、體態及每一個動作當中。就好像一個小孩來到了一所迷宮，他知道有些東西會冷不防地嚇他——說不定把他嚇得魂飛魄散。

「蠢蛋！該先把客人請進房裏坐下啊。這點禮貌也不懂，媽個巴子，快去！慢著，馬上回來燒壺開水泡幾杯茶吧。」

不一會兒，阿忠又出來了。眼裏帶著一抹驚悸，不過看得出他在使勁地想使自己鎮靜些，堅強些，勇敢些。他自己帶頭，推開左邊房門進去。兩個半老客人跟著進去，矮小婦人在門邊踟躕了片刻，又退回來了。就在門邊，她無助地，手足無措似地悄然而立。房內有一桌、一牀。桌上放著一堆痳將牌子。此外可看見的是一些零零落落垂掛的內衣褲、毛巾之類。

兩個半老漢子四下瞧瞧，搖搖頭。其中一個還好奇地拿起幾隻牌子在手上把玩了一下。阿忠說父親馬上就來，客套了一聲就出去。在門邊，他看到那個矮小的婦人。

「媽，您也進去坐坐。」

「我不要……」

「沒關係的，爸爸馬上就來。」

似乎是這「爸爸」兩個字給了她某種衝擊，她那呆滯的面容上，倏地起了一陣若有若無的痙攣。

她搖搖頭，在一份怯怯裏，似乎有著斷然的堅定。

兒子會意了。他匆忙地又進了房內，搬出了一把折疊椅。做母親的把它接過來，卻搬到樓梯下的一個角落去了。

阿忠剛消失在甬道上，大嗓門就邊嚮邊出現。

「燒開水，懂嗎？快，真是，二十幾歲了，還這麼不懂事。」

他還一連地罵著。似乎是家鄉話，沒有人聽得懂——當然啦，兒子必定聽懂了的。

「哇，稀客稀客。這不是叔叔嗎？哎喲，這麼老了。哈哈哈，真像個老人家了嘛。二十年不見了，難怪難怪。幾歲？五十七，才比我大兩歲啊。」

又說又笑，那麼豪爽，似乎有那麼一點旁若無人的模樣。看來又高又大又壯，頭髮剪得短短的，一身汗衫與短褲，扱著一雙塑膠拖鞋。不過細細一瞧，便知那恐怕不是健康的「壯」，臉圓，肚子鼓起，身上到處都是多餘的肉。

「這位是黃先生，我們村裏的村長伯。」

「呀，是黃村長啊，失敬失敬，多多指教。」大巴掌要吞噬似地把黃村長的手握住猛搖了搖。

阿忠端來了茶。玻璃杯四隻，大小都不一。給每人一杯之後，捧著最後的一杯出去了。那是要給母親的。母親木然地坐在椅子上。她接過了茶，把拿著茶杯的手擱在膝頭上。兒子在椅邊蹲下來。他斜仰著臉看了一眼母親。兩人都沒有了恐懼的神色，有的只是母子相處的溫慰。但誰也不說一句話。

房間裏，獨腳戲繼續在上演。

房門雖然掩著，但那粗大嗓聲一字不漏地響了出來，在空蕩蕩的水泥牆大廳裏引起微微的回響。

二

「嗯，是快二十年了呢。沒有人像我吃了這麼多苦。我幹過收破爛的，後來在臺北衛生局做事。那時，我收入不壞呢。我們有許多可以賣錢的東西。廢紙啦，塑膠袋啦，廢銅廢鐵啦。他們也不能說我什麼，我也不怕他們。我就幹了……有十年呢。後來身體差了。你看，我有心臟病，還要經常吃藥。我吃了這麼多苦，都是為了兩個孩子。嗯，兩個小傢伙都讓我帶大了。一個當兵，這個阿忠嘛，抽上了國民兵，不必當了。所以我也算有依靠了。」

「什麼？孤兒院？我有啥辦法？吃飯問題啊。一個才三歲，一個一歲多，我能一個人帶著這樣的兩個小蘿蔔頭混口飯吃嗎？當然不能。他們到了八歲時，是大的。大的八歲時，我就帶回來了。我讓他們讀書。這個時代嘛，不讀書當然不成哪。大的，國中都唸完了。小的，小學也讀完了。如今嘛，他們都學會了手藝，會賺錢了。我這雙手，把他們養大了，這不是容易的事呢。」

「我常常教他們，做一個人嘛，要守本分，做個頂天立地的漢子。就像我，正正當當做人，非分的財，一個子兒也不取。對親人，對朋友，都要做到仁義。這樣才不枉做一個人的，對不對？」

「打？沒的事。教訓教訓，是有啦。教不嚴，父之過，不是這麼說嗎？可是我那個小子，有一次竟然跑了。就是大的。跑了一年半，人沒影沒蹤的。後來，好不容易才給我找了回來。現在是乖了，當兵，那是革命軍人哩。將來要反攻大陸的，我們會把共匪殺得落花流水。老大目前就是在學習這一套，那家家具工廠的老闆，人挺不錯的，答應退伍回來再請他去上班。都快啦。再過八個月，嗯，八個月不到就可以退伍啦。老二最乖，從來都那麼聽話。以前，兄弟倆在一塊做事，就是那一家家具工廠，做外銷的。那時，每個兒子都每個月拿四千塊給我，現在哪，老二阿忠一個人就拿八千給我，一個人孝順兩份，真是乖兒子。」

「叔叔，請不要說得那麼難聽。我是賭一點小錢，但也是為了打發日子啊。要不，教我怎麼過下去？你看，我如今不能出去工作了，剛不是說過了嗎？還天天吃藥呢。要不是來到這鬼地方，哎哎，我不能這麼說的，這裏也是個好地方，確實是個好地方。可是我老家啊，那才叫天堂哩。我家是大地主，代代書香，也出過不少做官的。要不是那年鬧八路，我也不會跑出來啦。八路，土八路，懂嗎？你們不懂啦，就是共匪。那些共產黨才叫可惡啦。一會清算，一會鬥爭，把好人都殺光。我才十幾歲，半大不小呢，就離開家鄉啦。」

「可沒料到，這一跑就這麼多年，家裏老爹老娘都沒信沒息的，八成是不在啦。一大把年紀，就是還在，在共產黨統治下也不會有好日子過的。更料不到，退伍後，我被你們劉家招贅。說得不客氣，我實在不應該選中你們這劉家的姑娘。那時，我在三坪村營房裏，附近有李家的，潘家的，還有……唉唉，不提了。總之，那些水姑娘都要嫁給我。結果我娶了個醜八怪！哈哈哈，叔叔，那段日子，快樂的事可多著呢。尤其那潘家的小妞，又白又嫩，一雙眼睛真會迷死人的。不說假的，那小妞愛我愛得要死要活。真是。嘿嘿嘿，一點也不假……喝茶喝茶，黃村長。」

三

「老郎，我不知道很多人愛你。不過這個，以後再談吧。今天我們來看你，還請了村長伯來做個公證人，我們還是談談正事吧。」

「對，郎先生，我們都了解了你是個正人君子，很叫人欽佩的。」

「好說好說。叔叔跟黃村長有什麼指教，儘管說。」

「嗯，老郎，是這樣的。我們阿香年紀也不小了，給你們郎家生了兩個兒子，她自己沒有留下一男半女，都給你了，而且上一代人也都不在啦，現在就只有她一個人過日子。我是遠房的阿叔，應當出來幫她說說話。我們族人商量，覺得如果可以，想把兩個兒子中的一個，收回我們劉家名下。阿香孤孤單單的，一把年紀了，該有個人在身邊才是。村長伯，這不是太無理的要求吧。」

「對。郎先生，劉家的事我最清楚了。兩老過世後，阿香繼承了一筆財產，有一家店舖，還有現在住的房子。親親戚戚那麼多，好像都認為這是『絕房』，人人有一份。你看，將來麻煩可真多著哪。所以阿香希望在她下面有個子嗣，好把財產傳給他。也可以說，這是她做一個母親的一番心意。」

「叔叔，黃村長，這些，阿忠也向我提過了，可是兩個孩子都是我們郎家的骨肉啊，怎麼可以再當你劉家的子嗣呢？這是不可能的。」

「可是老郎，你聽我說，名分上不管如何，阿忠是個乖孩子，還是會孝順你的啊。」

「是啊，郎先生⋯⋯」

「不，不，黃村長，請不要說啦。想當年，老人家把我趕出門，說我好吃懶做，只會賭，這公平嗎？天曉得我老郎在朋友間是人人豎起大拇指的好漢哪！我是苦了大半輩子啦，不錯，我老郎這麼多年，沒有賺到錢，是個窮漢。可是反攻的號角就要響了。最多再五年，不會要五年的，我們就要打回去了。我才不要住在這樣一個小地方。我家田地說多大就有多大。你看，我能帶回去的，就只有這兩個小子了。他們是郎家的孩子，誰也不能要他們，我要把他們帶回去。」

「可是郎先生，你也要想想阿香的一番心意。那麼多親戚，隨便過繼一個兒子，是簡單的事，可是她寧願要自己生的。這對你，只有好處，沒有壞處啊。將來打回大陸，照樣可以回去你的家鄉啊。」

「哎哎，黃村長，你要我當一個對不起祖先，對不起郎家代代祖先的不肖子啦。而且把自己的兒子給了人家，我還有什麼面子呢？再說，劉家那一點財產，我還不放在眼裏。不是我誇口，我也有過賺錢的機會，可是我不要那種機會，我活得光明正大，絕不做虧心事。一個人，沒有了道德，還能算是一個人嗎？我那些朋友，個個發達了。我只是不願意罷了。你看，我清清白白，今天還能過得心安理得。不仁不義的人能像我這樣嗎？」

四

小街路的一條小巷子裏的一個矮小而古舊的人家。阿香出去替人家洗衣回來還沒多久，吃過了晚餐，正想沐浴，以便把一天來的疲累洗淨。就在這時，忽傳來急驟的敲門聲。

「阿母，是我，快打開。」

阿香微微一驚。這個時候，阿忠怎麼會忽然回來呢？她急忙走向門口。這孩子第一次回來時的光景，突然地掠過了她腦海。他才八歲，被十歲的哥哥帶著，瞞著父親的眼老遠地從臺北回來的。那時的驚異與喜悅，彷彿就如前幾天才發生的一般。多少年了呢？以後，每年總會有三幾次機會見面，而他們長大以後，跑得更勤了。有時候，每個禮拜都回來。母子相聚了一會，這才依依離去。她十分不忍，因為只要被那個傢伙知道了，一定會有頓好打的。可是，她依然天天盼望著他們會回來，而每次見了面，她總是叮嚀他們不要常常回來，要趁爸爸外出時或是賭了幾個通霄以後會睡一整天的時候才可以回來。

「阿忠！」她幾乎激動起來。「你怎麼……」

「阿母。」阿忠微喘著。必定是下了車就沒命地跑來的。「我把我阿爸的印章和戶口名簿帶回來了。戶籍騰本也請出來了。」

「哎哎，是你阿爸他同意了嗎？」

「不是啦，他怎麼會同意嘛！」

「那，那……」

「哎唷，阿母，你就不用擔心啦。明天，阿母可要記著哦，請人到戶政事務所去辦手續。請那個叔公最好，他好好心。是遷移的，我這就遷回來了。」

「你阿爸是不知道的啦？」

「不管他。」

「萬一他知道了呢？」

「不會的。明天這個時候我會再趕回來，所以明天白天裏一定要辦好，可以嗎？」

阿香思緒儘管遲鈍，但倒也想到了。一定是把老郎的印章偷偷拿出來，去辦了手續的。老郎知道了會怎樣呢？那一年，阿忠的哥哥出走被找回來，差一點就讓老郎給捏死，是阿忠死死攀住父親的手救開的。好忍心的爸爸。那時候，阿忠才十三歲哩。又有一次，兄弟倆稍晚兩天沒有拿錢回去，老郎就找到那家家具工廠了。在工廠裏鬧得天翻地覆，當著老闆面前幾乎捏死了阿忠，只因阿忠說這幾天忙沒時間送錢回去。這也是阿忠告訴她的。

「阿母，你怎麼了嘛。明天我下班了以後再回來拿，一定要辦好，好不好？」

「嗯……」

第二天，阿忠果然又趕回來。阿香託那位族叔，把手續辦好了。叔叔很替她高興，可是阿香擔心得什麼似的。

「阿忠，你看這妥當嗎？」

「沒什麼不妥當的。」

「你阿爸還不知道是不是？」

「我不會讓他知道的。阿母，都說不用擔心啦。」

「可是你要小心哦。哎哎，我真不曉得怎麼才好，總覺得這件事不太……」

阿忠拿了印章和戶口名簿，匆匆地吃過晚飯便又趕回去了。

五

是的，那是一場噩夢。父親就那樣掐住他的脖子。父親氣喘如牛，牙齒咬得咿呀作響。那麼突然地，氣息窒住了，金星四射。是老闆把他救開了。記得脖子痛了幾天。

——他只是生氣了，要懲罰我，嚇嚇我。從小他就那樣對付我和哥哥，不，通常是罰跪加上大巴掌和竹棍。那才叫痛哩。但是想想也真奇怪，我為什麼不把父親的手掰開呢？父親曾經力大無窮，但那是以前的事。嗯，那是好久好久以前的事了……

——母親擔心是對的。也許我不該這麼做。那天，突然想到，就再也不知顧前顧後了。管他！父親不會知道的，就是知道了，也不用害怕。我不能再害怕了。不能再害怕……

阿忠摸黑回到了家——該說是父親的家吧，他一個月也難得回來一次。還好父親不在。他把戶口名簿與父親的印章放回抽屜裏。

正待鬆下一口氣時，不料父親回來了。

「咦，那不是阿忠嗎？」

「是，爸爸。」

「你怎麼又回來？有事嗎？」

「沒有，我回來看看你。」

「昨天才回來過，今天怎麼又……你這小子，莫不是瞞著我什麼？」

「沒有啦，爸爸，再過幾天就發薪了，我會馬上送錢回來的。」

父親不響，上前打開了抽屜，看到放在上面的戶口名簿。

「阿忠！你幹得好事！」

父親向阿忠走過來，氣咻咻地，額上青筋暴露著。

——逃吧！阿忠在心裏喊了一聲，可是雙腿倒像生了根一般地，怎麼也不肯動。恐懼感海濤般地撲向他。

「媽個巴子……看我，把你……把你……」

老郎猛地伸出雙手，攫住了阿忠的脖子。他氣喘得好厲害。

突然，阿忠感到氣息窒住了，金星四射。可是也在這一瞬間，他感到恐懼感消失了。他本能地在運全身的力。他在使自己平衡。他甚至也感覺得出父親的雙手正在刻刻地加重力氣。他想喊，但喊不出。他讓身子往下沉落……沉落……

《鍾肇政集》，前衛出版社

導讀

鍾肇政（一九二五—），桃園龍潭人，彰化青年師範學校畢業。曾任國民小學教師、東吳大學東語系講師、臺灣客家公共事務協會理事長，以及總統府資政。鍾肇政是跨越日、中語言的一代，在一九五〇年代曾與鍾理和、廖清秀、李榮春等臺籍作家發行《文友通訊》，相互交流中文書寫的經驗。一九六一年完成《濁流三部曲》，開啓臺灣大河小說的創作；接續又撰寫《臺灣人三部曲》、《高山組曲》、《怒濤》等代表作，小說建構臺灣的自主性，以土地、人民、現實為依歸。鍾肇政長年筆耕不輟，為推廣臺灣文學、栽培文學種苗竭心盡力，在臺灣文壇與葉石濤齊名，兩人被並稱爲「北鍾南葉」。著有《鍾肇政全集》。

十九世紀俄國小說家屠格涅夫的《父與子》，描寫父輩與子輩兩代之間的思想代溝。鍾肇政深受啓迪，也寫下〈父與子〉（收錄於《鍾肇政集》，臺北：前衛，一九九一年），透過傳統家庭父子之間的矛盾與衝突，揭露父親對兒子的蠻橫獨裁、經濟剝削，以及身體宰制。父親老郎十六歲即隨國民政府播遷來臺，因爲孤家寡人，所以入贅劉家。後因賭博成性被逐出家門，離開時帶走二個兒子。多年後劉家因香火繼承、財產分配的問題，希望過繼其中一個兒子給老郎妻子，由此引發父子衝突，最後以父親掐死兒子結束這一場兒子爭奪戰。

就傳統家庭倫理關係而言，《易．說卦》曾謂：「父者，子之天也」，父親是「天」，父命即「天命」，父親的權力足以主宰兒子的性命；所謂父慈子孝，已簡化成父親對兒子的要求與規範。小說塑造養兒只爲防老的威權討債之父，對待兒子的語言傷害與身體暴力，甚至釀成人倫慘劇，強化傳統之父的猙獰面目。「家」早已變質異化，不能提供孩子保護與溫暖，反過來成爲壓榨的煉獄。至於小說中的母親，沒有自己的發聲權，即便面對親生兒子的撫養權，也要付諸父權世界裡的傳聲筒，才得以表達意見。弔詭的是，不論父親如何荒唐，如何失職，對兒子永遠擁有無上的權力：父親不僅能主宰兒子的前途與經濟，甚至在祖宗家法的制度下，兒子永遠脫離不了父親，而「母親」充其量只是一個沉默者。

〈父與子〉站在兒子立場發聲，反思父權制度，質疑「父爲子」。小說中的兒子逆來順受，最終使他覺醒與抗拒的因素，起源於父不父的枷鎖。在家的空殼化之後，象徵宗法父權、香火傳遞的祠堂，意義已是蕩然無存，於是背離父親而毅然從母姓，挑戰傳統家庭的最大權威。（林秀蓉）

背影

蘇偉貞

她在夜半時分回到陰幽的家中，進屋後並沒扭亮燈光。

月光由她半掩的臥房門縫順著黑暗滑出，其他房間因為並不使用，房門緊緊閉著，彷彿裏頭關著待了更久的黑。

漆黯中她直接走到房間床側快速脫光全身衣服，然後臥倒枕上睡去，過程的急速彷彿刻意避開思考的動線。室內太暗，她躺成一種什麼樣的姿勢變得可疑。

清晨第一道天光由嚴密的窗帘後潛入室內，靜鋪在窗口前的書桌面即不再前進，隱約的光照尚未擴散，如一鍋熬得不夠燙的米粥煨在大氣中，祇火心處集中冒開一撲氣泡，再在爐上坐幾分鐘，就該完全沸開。

渾濁的天光是尚未煮沸的一天。無層次光照中，床上依稀可見一具蜷曲的身體，沈沈貼附床面，在暗澀的氛圍裏，似一朵未睡夠而無法柔軟化開的蓮花。

此時，曙光在桌面已經稍稍往前延伸了幾格，停在一本嶄新的信紙上，那光又彷彿因為陌生，遲疑了一下，然後離開了信紙。

媽媽：

像每天一樣，我在早上六點鐘依時陡地醒來，張開眼睛後即意識到今天不必去醫院，我全身神經即刻鬆懈下來。七點，我會離家去學校辦休學手續，這學期我請事假時數已經超過規定，下學年鐵定要重讀大三，因此不如現在就辦休學省事；妳看，這就是妳不放過我的結果。在妳長期住院期間，我稍微晚點到，無論任何理由，都會激怒妳，妳一發怒便高聲粗氣亂喊護士一通，妳也知道找了來最後是給妳吃兩粒鎮靜劑了事，但是妳就是要護士找醫生來，實習醫生也行，妳強求醫生開藥給妳，妳音調微弱的對醫生強調：「我求求你，我一定是癌症，再不給我動手術，我非死在這裏不可。」

醫生紛紛避不露面，妳轉而逼迫護士：「不開刀，拿藥給我也成。」醫院裏，護士當著妳的面開維他命給妳已經不是祕密了。

妳喜歡吃藥，假若不看緊妳，妳會連隔壁病床的藥一併吃掉，而妳兼吞別人藥分的動作之快，往往在我們發現妳又偷吃別人藥時想攔阻已經來不及了。

媽媽，妳憤怒的時候，鬧雖然是鬧，卻單單不跟我交談；我常想，其實妳心裏有底，我早到、晚到，對妳並無差別。妳是那麼熱中和初識者聊天，假若沒有選擇，拿熟面孔充數也成，妳反正當他們頭次見面。妳從這床聊到那床，這間病房扯到那間病房，面對一張張面孔，醫生說妳會暫時失去對人的記憶，因為陌生而覺得安全。

妳甚至產生幻想，認為陌生者才是妳世上最親的人。陌生人不知道妳的病情，不會帶給妳困擾，便沒有傷害。醫生診斷妳患的是情感性精神病。那就是說妳內心指控我和爸爸耽誤了妳，於是，妳在醫院的時間比在家長，而就醫的日子裏，又不斷的換醫院、換醫生，妳認為熟人不可靠，熟稔以後會進一步產生感情，妳最懼怕碰感情，那讓妳頭痛欲裂。

一個沒有感情的人卻不斷和陌生人接觸，那意味如似一具焦躁的機器人在做試探，因為印刷電路板打鐵，所以無法接受指令，外表看上去好好的一個人。

今晚，我打算到館子清靜地好好吃頓大餐，然後去看午夜場電影，或者走一段長長的路夜遊，至少過十二點才回家。以前因為要留精神看顧妳，我從來不敢太晚到家，深怕第二天起不了床或精神不濟，無法處理妳的狀況。我真不記得自己有多久沒有夜生活了，我的同學們常說夜晚的味道最棒，多年來的生理時鐘教我一天黑便昏昏欲睡，我沒有時間，也不想交朋友，我厭倦與人交談，我寧願有時間多睡點覺。

媽媽，妳聽到嗎？會不會我夜遊剛回到家又像以前由醫院才進門就接到病房打來的電話？電話裏不是說妳鬧自殺就是攻擊他人使之受傷，值班人員每次堅持要我重回醫院處理善後，這是醫院規定，我祇好每一次由家裏再回到醫院，我真怕他們不收妳了。經常我趕去後，妳已經在安眠藥的效力下睡去。我在通知書上簽了名才再離去，回到家往往已經過十二點。我知道再不久妳便會被醫院拒絕要再度轉院而睡不著；但是我同時會泛起感謝爸爸留下股票和房子的心情。股票和房子早年買進價格便宜，因為妳不懂經營，而爸沒空管理便一直留了下來，幸虧妳不碰因此沒脫手而一路狂漲上來，我一直對金錢有分獨特的喜愛，這點簡直令妳鄙視。這些年，我祇要處理掉一幢房子就足夠妳在醫院消耗三、五年；有錢雖然不是一切，卻可以讓妳不斷的換醫院，滿足妳潛意識喜怒不定的情結。

今天，我不想回憶太多往事糾結，我過去的歲月空間充斥著妳放出的氣息，我答應自己今天一定要輕鬆些。媽媽，妳知道嗎？我還小才上小學二年級時候吧？一天，妳又無緣無故地失踪，當我知道自己對這件事的耐性完全沒了，我已經無法再對妳付出一丁點情感時，那時我心底真害怕。

現在情形其實一樣。媽媽，再見！

她通過天黑下來以後清寂的門診大廳走到電梯門口準備上六樓。大廳在白天最喧騰時人與人間容不下另一個人側身過去，休診後，人群立時散得精光；偶爾有病患在夜晚的大廳走動，巡視真正屬於他們的空間，這時他們往往走幾步，坐下喘口氣。她趕到醫院是一路廝殺的過程，街上到處排擠著車龍人陣。

電梯停在三樓老不下來，恐怕正在運病人，三樓是手術房。

樓梯設在電梯門左手邊，依附牆邊往上爬，黑漆一個喇叭口張著，她側頭朝樓梯望了望，愈發覺得那樓梯像一株攀爬植物，她略略遲疑後，走進那個黝黑的洞口。

六樓病房值班台上蜜司田正獨個兒坐在櫃台後填表什麼的，抬頭看到她，淺淺露出微笑打了招呼。

她隨口問：「醫生巡過病房了？」

主任醫生巡房時，她們護士、住院醫生要在後頭圍住聽，她母親的病情倒是沒什麼好發展的了，長期下來一直現在這樣子。

蜜司田不知想起什麼，朝後頭瞟了一眼漫聲應道：「嗳，剛查過！」

她說：「謝謝！」通過服務台往最末間病房走去，經過的病房有沒入睡的，聽見有人，側過頭瞪大了眼睛平平看過來，臉孔鋪在枕上變了形似的，並沒有發出任何聲音。

她母親正背坐在病床邊不知手上忙什麼，對面病人坐在床上捧個罐子吃得稀里糊魯，抬眼看見她在門口出現，倏地笑了，亦沒發出聲音；因為正在吃東西，嘴角額頭油油的，像廟裏供養的一個邪物。

她母親手極忙，配合嘴巴極有節奏飛舞著；她清楚聽見母親口中呼喚她的名字，不知怎麼讓她頭皮一轟；呼喚的下文是土著擊打戰鼓般充滿攻擊性的節拍，她母親高聲朗唸：「戳死妳！妖精！魔鬼！周中涵妳死定了！」

她踱到她母親身後，她母親拿了把磨得光利的小銼刀往一個布娃娃身體臉上猛戳；她母親臉上浮現著難得忘我的笑，聚精會神戳那小人。臉上的笑化開了似的，漫到後頸都是。

她站在母親身後，雙頰不知怎麼默默流下淚水，她輕聲呼喚道：「媽媽，我來了。」

她母親沒有聽到，故意沒聽到似的，緩緩把小人揣到懷裏，假裝沒有任何事。

媽媽：

是的，那天晚上我沒有去看午夜場電影。我非常清楚自己對別人的人生向來沒有多大興趣，在電影院能坐得下去，無非喜歡裏面的黑及有人的對話。妳會笑我沒出息對不對？妳對別人的人生總是興味十足，這些年爸爸過世後留下我們兩人面對，確實單調了些。妳窺視別人、掌握我，這點，妳當然一向清楚。我甚至懷疑，妳對別人的興趣遠遠超過對我，但是掌握我對妳而言更容易。一方面我是妳的女兒妳了解我；另一方面，妳用母女關係管制我。在我們這個社會裏，約束往往被界定為另一種關懷，祇有妳我知道並不是的，妳完全控制我！這些年，妳拋棄了關心的外衣，單單剩下控制，並且明確地讓我知道。妳從來不怕我知道。

我很輕易便記得小時候我們家裏三個人的關係位置，你在家裏老發脾氣，老是病著，妳仇視爸爸，所以仇視他的小孩；妳攻擊他，希望他有回應，但是爸爸早放棄了反應，他沒有心情，因此他也沒有別的女人。我不同情爸爸，也不同情妳。恐怕因為爸爸並不自憐，所以他沒發瘋。爸爸最擔心的是我性格的受妳影響，為了這原因，他甚至曾將我送過一位親戚家，這又引起妳發病，爸爸祇好再帶我回家。他曾經試著和妳談離婚，尚未談到主題，妳先就哭開了，妳的敏感在妳年輕時曾是最大的吸引，後來變相成為一分歇斯底里，妳進而單獨祇相信自己所有的感覺；即使如此，那時候妳還不擅於攻擊別人。爸爸其實亦意識到妳離開他後生活會頓成問題，於是他在逐漸的掙扎中徹底死了心。他越退縮，終於妳也就養成傷害自己的習慣。醫生說，患這症病對別人有攻擊傾向還好，沒有攻擊性的妳這種病人，往往用折磨自己代替攻擊別人以求平衡。或者說發洩。

可以想像的，我和爸爸成了最大的罪人，因為我們的存在讓你自我折磨，是我們妨礙了妳成為健全人格的人。妳甚至在年輕日子不斷離家出走以求平衡，幾天後由我們附近經常遊蕩的浪人送回家。妳每回出去總粧扮得漂漂亮亮，清麗光鮮，回來時也不差，絕非一般人想像中那種流浪街頭的邋遢相，妳怎麼辦到的？那一直是個謎。妳絕沒有和流浪漢們廝混胡纏是可以肯定的，妳就是不要一個人回家。

長期以來妳不斷以這股忽鬆忽緊的精神繩索綁束我們，如妳所預料，我和爸爸確實在妳失蹤那些天萬分不安；妳非智障者，也沒有語言、聽覺、視力上的障礙，所以妳的離家是一種有意識的行為。我們以為：要找妳因為妳有心失蹤而絕對無從找起，因此更加罪惡。

更令人不安的是，妳彷彿確定那些年我雖年幼卻會對這一切發生留下深刻記憶，因此，我想妳是有意選擇一段對我一生都有影響的年齡製造事件。媽媽，如果妳不那麼憎恨我，做不出這樣的行為。

我有記憶以來妳就沒抱過我，在我對身體的性別未完全確認前，妳的冷漠使我對身體一直充滿了莫名的恐懼，尤其生硬於肢體情感的掌握。妳甚至在我處於對身體恐懼期當我面脫光全身，妳展示細白到血管隱隱浮現的肌膚，像一片巨大的湖面結冰，底下仍流著活動的水。我偷偷望著妳，多麼恐慌我的身體和妳不一樣，我多麼害怕我不是妳的小孩。妳淨白的肌膚，完全女性化的身段一直到現在我閉上雙眼仍能清楚看見，但那已不是妳了！和妳近年的身體相較，常讓我不由地產生一分異常的錯覺——妳衰弱的精神內部有一層永不消褪的軀體意志。

爸爸曾經對我說起妳年輕時的獨立，他堅信妳這一生其實更是受害者。他說他並不後悔和妳結婚，祇是沒離成婚覺得遺憾，我問為什麼？他說：「沒有真的完成。」

有種人天生不懂得後悔，妳對他的傷害淹蓋了你們的關係，任何行為便變得無足輕重，何況後悔也不代表什麼，不能改變什麼。

就是在這樣的過程裏，我內心越來越懷恨妳，我怕我一天天更像妳，爸爸便沒這層恐懼，他是妳的伴侶不是妳的子女，他不會承受妳的遺傳。媽媽，很可笑是不是？妳生下我最終的目的卻是毀滅我，印證妳自己永遠不再存在於這個世界上。可嘆妳等不到那一天了。

昨天我早早便睡了，為了避免在妳曾住過的房子裏夢到妳，我一個人住到旅館去。旅館的最大好處是每間房間布置都不一樣，不像醫院所有病房差不多，白色系列設備與藥水味使我呼吸不過來，那真像夢境會擴散的白色無底世界；更像永遠不變化的日子。我從來是一個人去住旅館；結伴，祇合適住院時吧？

在那樣的日子，我每天坐在妳病床邊卻無話可說。

妳住進最後這家醫院不多久，對面病床家屬幫病人請了一位特別看護，我跟妳商量也請一位特別看護。妳一開始便反對後來突然又贊成了，請來李太太沒幾天，妳先是詛咒她，羞辱她，還動手打她，氣狂了的李太太醫院上上下下痛罵妳該送地獄而非醫院。醫生向她解釋妳有病，李太太說：「她沒有病，她精神大得很！她是魔鬼！」

李太太最後見我毫不爭辯才收口，反過頭安慰我以後別再為妳請特別看護就好。她說：「我們出來伺候人賺幾個辛苦錢，這樣的病態，人家簡直會殺了她！」

妳動手撕她衣服，出其不意撫摸她。她今年都近五十了，妳這樣做，無非要趕走她，好使我不得不自己來。爸爸死後，妳唯一的目標就剩我了。

我其實一點不意外，這些年我們家的確沒有其他人，妳不准請佣人，妳不要別人在妳眼前晃，妳高了興會自己出去找人。我們家一直是所有人都不來的地方，人們頂多在窗外經過或者隔了遠遠一條馬路偶爾看一眼，那樣高的院牆能看到什麼呢？

爸爸後來買的都是大廈房子，既住得高又住得寬，我們離有人的地方更遠了。住得高又寬分明是為妳，妳從不明說要求住大房子，然而妳祇要在小房間待上一段時間便露出焦躁憂鬱的神態，別人焦慮是發脾氣或坐立不安，妳則是動也不動越來越消弱，好似那塊空間缺氧。雖說如此，妳並不喜歡固定住同個空間，就算住在同一幢房子，妳也經常換房間住。

於是我們一直搬家，終於我的童年沒了朋友、同學、鄰居。每一回我們搬家，妳便顯出異常興奮，如一位新嫁女子期待新生活。最後幾年妳長年住進了醫院，間歇性回來住一小段時間，我和爸終於安定下來，我才體會到妳不斷換房子不是為了追尋什麼，是為了逃避。妳有心訓練自己克服心理障礙，終於失敗了。

她走出巷口在臨街一幢建築物牆上貼妥一張紅紙招。她賣房子很有經驗了，不一會兒就會有仲介公司打電話來接洽，省掉她找仲介公司的手續。這附近租售房子都是這辦法。仲介公司手腳俐快，好像聞得到訊息。她住的這一區域地段這兩年炒得很熱，早晚人潮如湧，然而店家門面開不多久往往又另換家新賣店，似乎也沒顧客在意，倒像這樣反而安全不容易上老當。

她在不遠處站住，確定有人拿筆抄紙條才轉身走開。

她曾經親眼目睹有人快手快腳撕毀整張才貼上的紙招，有時候甚至不像是仲介公司的。但是她仍不願意登報招售，看報的人太多了，她不確定有誰會看到她登的廣告，她認識的人？在尋找她的人？

她走開後並沒有回家，她沒有辦法白天待在屋裏，任何東西在明光裏都會看得一清二楚地變了形，那種亮似乎永遠黑不下來。

她在十字路口停住，定定看著路口的紅綠燈，對面人潮在綠燈亮起後整個朝她走來，她不禁退後幾步，轉身走到路邊電話亭裏開始撥電話，那頭似乎即刻有人接了電話，她低聲說了幾句，然後輕輕掛回話筒。

她抬眼望見她臨街的房間窗帘整片拉攏的，好像那裏頭有什麼祕密。

她重新回到貼紅紙招牆前，「吉屋廉售，無誠勿試——」她就這樣要把她父親最後一幢房子賣掉了？

她掉過身子，讓自己整個面對街道。他正由街道那頭走來，她無意識微微笑了笑，彷佛沒有預備他來得這麼快。

電話鈴聲一直響在窗帘完全拉攏的房間內，並不知道雖然有人卻不接電話。

那鈴響久之彷彿成為一分試探，在這之前經常不定時響起，因為沒人接，終於這種不定時長響一次成為每一、二小時定時響起。

她和他光著身體並排躺在床上，電話鈴在她彷彿並非聲音。已經半夜了，她家裏怎麼半夜還有電話進來？

「電話在響！」他說。

「我知道。」她有一台答錄機，但這些天她不接電話卻也不使用答錄機，使用答錄機豈不明白證實她回來過。她走近看了眼電話座，想了想又躺回床上。像是她也沒辦法要電話鈴不響，更沒有辦法告訴電話筒她不接電話。

媽媽：

天剛亮我就叫他走了。

妳別問我他是誰，他叫馮新同，這名字對我而言是任何一個名字。

當然，他不是我們學校的，我祇是要他安慰我。我懂事後，對情愛早不去多想，更沒意思把自己的男女關係弄清楚，我剛開始與男生交往時，也曾想過整理對男女關係的態度，一方面看顧妳很累，一方面這層心理越去摸索線越亂。那股空虛祇有在混亂中才不會變為窒息。

現在要我從頭記憶第一個留在我床上的男人是誰，我真的說不上，對這件事的記憶我是老人。

比較確定的是我交往對象時間都不長，多的三、四個月，短暫到有一晚上結束的，我說不上為什麼，我就是畏懼固定的親密關係。我已經有妳，是不是？

妳也不必問從何時開始或者和多少男人發生關係。媽媽，這件事並不如想像中那麼嚴重，我和他們每一個內心都明白負擔不了對方，純粹的肉體關係不見得完全是輕鬆，但是失去對方便不覺得難堪——我不過從事一項運動。

叫馮新同走他似乎有點不高興，他不能了解我為什麼要他走，我假裝未覺察他的心思，我保持以往態度不多做解釋。

他的確有些特別，並不特別到改變我們的關係。

「我媽早死了！我爸在國外做生意。」我淡然簡要地告訴他。死亡需要什麼解釋？如果他知道妳的情況，那才需要解釋。我想我會受不了他的同情以及分析我。妳能想像一分自以為是的同情心態嗎？

媽媽，我叫馮新同走，下次他不會來了，我告訴他的唯一一句實話是：「我要搬家了。」他應當會相信，我已經有些了解他了，這是我要結束的原因。這幾年我的肉體關係如一團亂線，我不在乎更亂一點。找不到線頭由他找不到吧！越滾越大而已。

如果妳想問我怕不怕懷孕？我倒想談談：不會的，我知道該怎麼做，書上寫得清清楚楚。妳知道我從小什麼書都看，我由書頁中明白人情、地理、歷史，還有性。關於兩性，我高中就懂了，懂一點基本避孕常識並不困難，我不要生孩子，以時間的觀點而言，我憎恨延續。

在男女關係上，我不需要他們永遠留在我身邊，祇不過希望清晨第一道陽光照進屋內，我在天光中醒來身邊有人，我尤其依戀在黑暗中嗅到人體味道，不完全為我一個人身體發出。睜開眼睛，我知道我雖然活著，不是一個人。我讓他們晚上來，白天走。

馮新同走後，我並不覺得寂寞，衹是有點想他，不是想念他的身體，我從不想念任何人的身體，是想念他的人。

比起以前跟我上床的人，他不僅溫和且穩定。一開始他根本不想動我，是我告訴他沒有關係，很明確地告訴他不會有問題，他明白我講的意思後更顯遲疑，他說他已脫離大學階段在念研究所，他應該自我負責。

我事後想，也許因為他仍是個學生，所以還擁有潔淨的氣息及熱情，正是我不排斥的，是的，時間讓人的身體光剩下肉的味道，年輕的身體肉的味道不那麼強烈。

妳不會問我累不累吧？這件事早在一開始便注定讓人覺得疲倦。

她放下筆，一封尚未完成的信吧？她起身熄滅最後一盞燈，現在衹剩下她皮膚的光凝滯附著她的身體，環在黑漆依窗的桌前。外頭有窗口的空間都亮著燈，彷彿一向衹要她待著的地方便是暗的，暗到依稀沒有生命。

她由亮的地方收回視線，她身上凝附的光漸漸溶化在黑暗中，沒有邊緣，彷彿被吃掉了。她將臉整個伏埋在信紙上，似乎因為憶起她母親住的醫院和黑的病床而覺得沈重。她這輩子有一半以上時光消耗在醫院裏。誰有從別人的窗口望過自己家的窗口的經驗？由她的窗口望出去，別人的窗口似乎總是亮的。

因為長年不間斷守候她母親病床前養成的習慣吧？她若一個人總要坐著才能入睡。她母親近兩年明顯地一直消瘦下去，她坐在母親的床前，那床一天天彷彿越來越龐大。她怕一個人上床睡，除非有人陪。這幾天，她倒是可以一個人上床睡覺了。

她的臉龐及兩肩埋在信紙沈沈睡著了去，並沒看見對面窗口的燈火熄滅後比她這邊更暗。電話鈴聲久不久便徹響在黑漆中一次。

媽媽：

今天我去看妳的墳地，爸爸生前預購了塊雙穴，但是我不要妳再去吵他，我後來另外幫妳訂了一塊地。

太久沒去看墳地，幾乎要不認得上山的路，管理山頭的老人說前陣子因為要建水壩土地重劃，差點將上山的路給從中劃掉，那就更找不到妳的墳地了。

我也看了為妳訂的壽棺，因為妳要求，爸爸早訂好的。材質很好的一具棺木。店裏每年固定在秋季上一次漆保養防止變形和蟲蛀，多年來，漆的密度讓棺木內部死的味道透不出來。這簡直如同一種有計畫的陰謀。

看守墳地的老人直誇獎我年紀輕輕辦事卻分外穩當，老人問：「母親過去多久啦？」我說「七天！」他又問我怕不怕？我說不怕。我們一邊整理妳的墳地，一邊聊天，老人又問：「今天頭七，人走後今天會回來。媽媽回來過沒有？想不想念媽媽？」我告訴他人死後軀體並沒離開地心引力，所以大家的地位還是一樣的，因此沒什麼好怕的。我說：「沒回來過，當然想她。很想再看看她。」他說他管了幾十年墳地，越管越不知道該不該怕，不過他自認沒做虧心事，所以應該不會招致橫死。他忘了埋在地下的大有人做過虧心事。

我和墓園管理處重新確定了合約然後下山，我下山前，老人鄭重要我沒事最好別常上山，我沒問為什麼。我離開妳第七天了，我已經忘了為什麼要恨妳了。

她第一次發現墓碑的臉不一定朝那個方向，有些朝東望，有的朝向西邊。有的墓塚大約是後代子孫不管了顯得寒磣。那些墓碑的臉都在想什麼？

有些墓碑背抵住她，看著別的方向。她母親不知怎麼喜歡背著門坐，並且在她不在的時候大聲講話，她去的時候不論母親正在講什麼從不打斷。

有天一大早她趕去醫院，醫院半夜打過電話找她，說她母親鬧頭痛，服下鎮靜劑後好多了，這次她不必趕到病房，不過希望她知道這事。她聽著聽著好像每回聽錄音，幾乎在通知的話語裏睡著。

那天她尚未走到病房門口便聽到裏頭傳出異常興奮的聲量，好像剛剛才發現了一個祕密。

她母親床前或站或坐了五、六個病患，男女都有，臉上布滿專注且驚異的神情。

她母親清晰而大聲地：「她才不是我親生女兒，是私生女，我先生在外頭生的！我救了她一命，把她從她瘋了的娘的身邊要過來歸宗，她現在根本是個孤兒，沒父沒母！」

她走到一座一座墓碑前面，誰在石上勒出這麼多子孫名字？然而沒有一塊石碑的歷史是清楚的，無論子孫是誰。

她站在病房門口輕輕笑了，昨天夜半的鎮靜劑對她母親顯然並未發生什麼作用。她亦很清醒，她確定是她母親所生。

媽媽：

妳記得我們的關係是從什麼時候弄壞的嗎？在我偷妳東西以後吧？

我小學時期妳在衣櫥抽屜裏收了一條珍珠項鍊，我到現在也不知道它是真的還是假的。小學過程小女孩最迷戀這種美物，我從沒想過開口問妳要，妳從未給過我什麼。我天真地以為一次偷一顆妳就不會發現，其實妳早發覺了，妳卻不一開始就警告我。妳暗中在旁邊窺視，一次又一次，妳終於自己累積了一個結論——我欺負妳。

妳當場逮到我正偷妳珍珠那刻，妳解決自己面對這事的方式是竭聲逼問我為什麼要這樣對待妳！妳詛咒我並且哭泣，彷彿我真的在壓迫妳！當時我並未被妳驚嚇到而感覺害怕，我立即的反應是——不能教爸爸知道。我哀求妳別告訴爸爸，妳意外理智地答應了，條件之一是完全交出我偷走的每顆珍珠及每天爸爸不在家時罰跪——偷幾顆跪幾天。

我後來追想，妳不告訴爸爸，恐怕是根本不希望他知道妳有這麼一串珍珠項鍊。

連同我交出的散落的珍珠，那串項鍊整條地消失了。我曾經忍不住偷偷搜遍了妳的臥室及所有可能的地方，真不見了，不可思議，家就這麼大。我們都未再提起有關這串項鍊。妳自事發後似乎找到了跟我相處的形式。

所以，妳知道當我女同學說將來她出嫁，母親的首飾都是她的時候，我有多麼吃驚嗎？我從來以為母親們的東西都是她們自己的。

這些年，無論我自己的變化多麼大，我一直努力和那位女同學保持聯絡，我希望我這一生至少看到一件完整的親情關係。我要親眼看她母親將首飾交給她，我尤其喜歡回憶她一件件首飾細數來處的聲調及對她的意義。

馮新同找來大樓那天早上才過一半，大樓警衛回說她經常一早出去，他們交班輪流值班，所以並不確定她都什麼時間回家。

他突然想到什麼，迂迴地問警衛她家裏都有些什麼人，警衛說她家裏人很少，就母親在住院，很久沒回來了，父親早已過世。

「她母親最近過世了是不是？」他想也許最近死的吧？她不是說母親死了，父親還在。「沒有，是父親過世了。」警衛堅持，很急切要再告訴他多些似的，因為機會難得。

他問她母親什麼病，警衛神祕地手指腦袋：「這裏壞了。」

他切斷問話，祇要警衛別提起他來過。警衛把握機會又說了一串：「你放心，我碰不到她，碰到也說不上話。她根本從不問有沒人找她。」

大樓不遠就是馬路，新添了許多賓館招牌，她倒是絕不上賓館什麼的，至少跟他時不上，總到她家。他為她顧慮，問她為什麼不去外頭住，她說覺得肉麻，好像專門存了心去做一件什麼事。他真的不了解空間對她的意義。她說要搬家了，他因為不知道哪裏去找她而仍找到舊地址來發現了事實。她叫他離開的時候心裏是怎麼想的？她好像對人比較沒什麼竟見，很少聽她提起。但是她又說她母親早就過世了？

他站在原地，早晨的陽光就快走到他的頭頂正上方，他卻久久不能移動腳步。彷彿碰到了什麼鬼魅。

他走後不久天便黑了。她又是深夜才回到大樓。管理員看神色等她很久了，見到她立刻由警衛室出來交給她一封掛號信，平平一張臉並未提起白天有人來找她的事；她收下信，看了眼管理員便知道今天有人來找過她。

收醫院的通知書她太有經驗了，抽屜裏有幾十張這樣的紙頭，都是通知她辦理出院的存證信函。她直直走進房間將未折封的信留在書桌上，她這次不會去的。

她在外頭跑了一天現在更清醒了，醫院現在一定靜止得如永恆的夜晚，其實在白天已經就像了。

據說病人大多死在天亮前，過不了黑暗的光。

她平直望到書桌上的函件，「到真正夜晚時分人的靈魂會覺得疲累鬆弛下來嗎？」她下床拿了信撕碎了揉成一團丟到紙簍裏。

她尚未回到床上，電話鈴聲又響在彷彿過不去的黑夜裏，由她背脊後傳來。不過這次沒響幾下便乍然收住，不像醫院打來的那樣沒完沒了。

「他走了以後不會來了。」她腦中突然冒上這句自己說過的話。今天是他找來嗎？她現在還睡不著，閉上雙眼，覺得黑暗有股重量，重重壓下來。有人曾經說黑暗像一個母親。

她由黑暗裏再度坐起身走到電話座旁，不假思索地按下電話答錄機的留話鍵。「也許可以錄下一些別的。」她想。

媽媽：

我已經賣掉了現在住的這幢房子，價錢賣得還不錯，我真的要搬家了，這房子我一個人住的確嫌大了點，以前因為圖個交通方便，去哪裏都不必花太多時間在路程上，這幢房子新建時周圍仍十分荒涼，現在卻成了市中心，我跟這些一點關係都沒有。巷口前幾天開了家二十四時連鎖超市，每回經過那店都覺得裏頭的人立刻像進出熟識的老顧客，貨品放在哪兒大家都摸得一清二楚，這型連鎖店的擺設全省統一，大家在這類店裏過生活而不是發掘寶藏。

妳一定記得以前吧？我小時候一直認為我們家是整條巷子最窮的，妳從未帶我進過商店買東西，爸爸也說我需要什麼他會買回來。大人不懂小孩往往要看到東西才知道要什麼，尤其「觀看」給心靈更強烈的感受，所以祇要有機會進到小店，我一定掀開每個瓶口用力嗅聞，我幾乎總沒有錢可買，別家小孩的零用錢都是媽媽給，妳卻從來不給我零用錢，是爸給我。

後來是我自己不去小店的。妳有次吃我買回家的醃梅子弄得上吐下瀉，當時我有一種奇怪的感受，我覺得妳可以控制自己的腸胃，妳要它怎麼樣它就怎麼樣。妳吐得換不過氣來，隨時呼吸會斷掉一般，我不怕妳死，妳發青的臉色卻令我十分恐懼；最重點是我不願見到爸爸不高興。爸爸仍然知道了，他嚴厲地警告我以後不准進小店買東西吃，我答應了，而且從此沒進過任何那種小店。所以妳可以想像這回我處理妳身後事進出商家的解放出去的心境。

也就由那時起吧？我真不覺得會再缺少什麼，所以我住不住市區裏幾乎沒有任何差異。

媽媽，也許妳不知道這是爸留下的最後一幢房子了，我處理時卻絲毫不難過。妳龐大的醫藥費比想像中沈重得多，爸爸遺留下來的財產不剩什麼了，但是妳可以放心，我不會要屬於妳的東西，即便把剩下的錢財全部燒給妳我也不留一分，但是爸爸的股票沒法子辦過戶到妳的名下，那不是現鈔，我總不能將股票燒給妳！那些股票暫時擺著吧！

醫院寄來的通知函上一再說明她母親病況，希望她趕快出面處理，否則一切將訴諸法律途徑解決。醫院並且簡單地暗示：妳母親急於找妳。通知函向來寫得比較簡單，彷彿要當面時才說明白。她的經驗是——從來沒說明白過。

她母親已經死了，他們卻來告訴她並沒有死。這怎麼說得明白？

她走到電話座旁打開答錄機，一個人站在漆黑的空間裏聽人傾訴。她母親的留話第一個放出來，低忽、焦慮的聲音在電話裏反覆說道：「妳跑到哪裏去了！妳不管我死活了是不是？」變成一個很正常的人，聲音裏居然有著害怕的情緒，她母親以前從來不害怕的。一定是他們撥了號碼要她母親說話，她母親根本不記得家裏電話。

醫生們則在答錄機裏建議將她母親轉給一位專門治那種病的權威醫生，最好早點轉去，也許還有治好的希望。聽起來醫生反而有些反常的焦急。

護理長最後結論：「妳總要來看看妳母親啊！不能當她死了！」

並沒有馮新同打來的電話。

她下定決心似地，將答錄機的插座拔掉任由插頭孤獨地躺在地面。

如此齊全的陣容彷彿這電話答錄機就是一座小型醫院。她在黑暗中笑了。

媽媽：

好吧！我會寄一筆錢給醫院，足夠供給妳開支到不需要為止，我會另外說明妳的墓地位置。妳不用擔心，我認得上山的路，到時候我會去看妳。

至於我以後住哪裏，妳不必知道了。媽媽，妳這輩子都不會出院的，妳離開這間醫院根本沒有醫院可去了。我不相信什麼權威不權威大夫，那不過是醫院趕妳走的一種說法，我不出面而且不短他們的醫藥費，醫院祇好繼續收著妳。這是我唯一想得到的辦法了。

媽媽，醫院裏人多，妳可以有點事做；再說，這間醫院和任何一間醫院對妳而言早沒有了差別對不對？妳待在醫院的時間斷續延長下來在這個月剛好跨過停留在院外、院內的分界點。前年我還在醫院裏幫妳過四十歲生日，妳記得嗎？

這次我離開醫院那天正是妳距第一次入院的二十一週年紀念日，妳喜歡慶祝節日，那天妳怎麼過的？「入院紀念日」？多麼奇特的節日。

再見，媽媽。

導讀

蘇偉貞（一九五四－），祖籍廣東番禺，出生於臺南。政治作戰學校影劇系畢業，曾任職中央電臺、國防部藝工總隊、《聯合報》副刊、《聯合報》讀書人版主編。取得香港大學哲學博士學位後，於國立成功大學中國文學系任專任教職。崛起於一九七〇年代末期，小說題材從癡男怨女的愛慾糾纏，擴及遲暮將軍、囹圄牢獄、眷村兒女等議題的關注，尤其對女性獻身及情慾書寫有深切的反思，突顯獨特的美學觀照。著有《紅顏已老》、《陪他一段》、《世間女子》、《離家出走》、《熱的滅絕》、《沉默之島》等。

母親在父權制度中被指派成沉默、缺席與邊緣的角色，臺灣女性小說家十分重視被忽略及壓抑的母親，深刻了解傳統母親的存在，只是依附於她和孩子之間的關係，而絕非以女性主體存在。蘇偉貞的〈背影〉（收錄於《熱的絕滅》，臺北：洪範，一九九二年），主題即圍繞在愛恨交集的母女關係上，呈現女性存在的困境。其中的母女關係跳脫傾向正面或負面的單一思考，呈現繁複多面的人性展演，更深層觀照女性被宰制的身體。

〈背影〉在敘事手法上，採第三人稱敘事觀點與第一人稱書信體並進，尤其七封女兒寫給母親的書信，既是女兒對母女關係的細緻剖析，也是與母親的訣別告白。小說中的母親因罹患「情感性精神病」，才四十二歲卻在醫院住了二十一年，無論是「家」或「醫院」，都成爲母親身體的囚禁空間。母親的特質在於仇視丈夫和女兒，又時常離家出走，竭盡所能折磨身邊的人。母親的離家出走，意味著逃離傳統妻母神話的位置，藉此追求屬於自我的自由空間。

小說中的女兒，是重視內在自我發展的新女性。女兒眼中的母親，是精神的施害者，有如黑暗的隱喻。女兒從小忍受母親陰晴不定的情緒，以及異常的行徑，影響所及也變成另一個異常者，例如畏懼固定的親密關係、拒絕結婚生子、寧可住陌生的旅館也不住熟悉的家。甚至毅然離棄醫院中的母親，悄悄備妥醫藥費，並謊稱母親已死，暗中買棺木、選墓地、計畫搬家，均透露出她迫切渴望母親消失的心態。女兒決定背離母親，不僅是一項叛逆的舉動，更是女性對自我生存的反思與重建。

王德威〈作母親，也要作女人〉認爲：「『神話』化的母親，『天職』化的母愛，不代表社會敘述功能的演進，反可能顯示父權意識系統中，我們對母親角色及行爲的想像，物化遲滯的一面。」蘇偉貞透過〈背影〉中的母女關係，一則反動神話化的母親，一則質疑家庭與婚姻對現代女性的必要性，期待將女性身體從無私無慾的牢籠中解放出來，以擁有自我的完整人格。（林秀蓉）

四、性別與家庭

自己的天空

袁瓊瓊

她一下就哭起來了。

良三抿緊了嘴坐著，已經不準備再說了。她看著他，眼淚啪啪流下來，流得頰邊癢癢的。不知怎麼，光留心了那癢。良三不知道是什麼看法，面對著個哭哭啼啼的女人。還有良四跟良七。三個大男人一溜圍著她坐著，看她哭。眼淚搞糊了視線，光看到三個直矗矗的人頭。看不清表情。

「嫂嫂。」是良七叫了一聲，他那個方向的人影動了一下。靜敏垂下頭來，在手袋裡找手帕。她擦眼淚的時候聽到良七又喊了一聲：「嫂嫂。」

她答應：「嗯。」

視線又清楚了。良三跟良四都垂著眼，面無表情。良七年紀輕，還不大把持得住自己，坐在那兒，臉都迸紅了。

靜敏看他，他突地立起來：「什麼嘛！」他說，聲音都變了腔：「還找我幹嘛！」

良四拉他：「你坐好。」

良七坐下來了。靜敏看到他眼睛紅紅的，他嫁過來的時候，良七才唸小學，一直到上高中，同她這嫂子感情最好。現在好像也只有他同情她。她心一酸，眼淚又下來了。

良三慢慢的說話：「前頭不是講好了嗎？叫妳不要哭。」他停了一下，仍然是上對下的口吻：「這又不是家裡。」

靜敏抹眼淚。

良四的角色是調劑雙方的氣氛的。他當下應話：「嫂嫂，不要哭，三哥又沒說不要你。」

良三說：「是啊！」他一點也不慚愧：「只是暫時這樣。現在她鬧得厲害，騙騙她。」

她是指那舞女。

他說那個女人的時候，嘴角悄悄的迸了朵笑，只有一剎那。靜敏看得很清楚，不懂他怎麼這樣寡情，總算是夫妻七年。他現在或者是種控制住局面的得意吧！別的男人有外遇，總弄得雞飛狗跳的，只有他，一切安排得好好的。完全拿她不當回事。現在還要她把房子讓給那個女人，而且算定了她會聽話。

良四說：「三哥給你租的那房子，雖然小些，是套房，什麼都齊全的。」

良三說：「住起來很舒服的。」他皺著眉，不是苦惱，是種嚴峻，決定性的表情：「我每個禮拜都會去看你。」

沉默。靜敏拿面紙擦眼淚，極輕的沙沙的聲音，還有她自己吸鼻子，一吸一吸，氣息長長的，像害了病。

良七抱著手膀，很陰沉的盯著她，好像突然成了她的敵人。良四一向是家裡最滑溜的，這時候臉上是適當的凝重表情。良三則呆著臉，好像要睡著了。他難得有這樣和氣的表情，或者他也有良心的，也在這件事上頭感到一點點不忍。

靜敏終於說話了：「為什麼？」

三個人都看著她，靜敏又不說了——她垂下頭來整理一下思緒，有點驚奇發現自己沒想到什麼。

這也算是女人一生的大事。男人有了外遇，現在要跟自己分居。可是她想不出一些別的什麼來，連哭都不大想。為什麼剛才會哭，也許只能歸因於她一向愛哭。也許她給嚇倒了，想不到自己生活裡會出這種事。也許她覺得不高興，這種事應當在家裡講。結果把她帶到這裡來，四個人圍個大圓桌子，就像馬上要開飯。他們兄弟圍著圓桌的那邊，這裡只有她一人坐著，好像她跟他們全不相干。

她應當有點合適的想法才對，比如指斥一下良三的忘恩負義，「我做錯了什麼，你要對我這樣。」電視上演過很多。至少也該一下子暈死過去。可是她光是健康的不痛不癢的坐著，手在桌子底下絞手帕，絞得硬硬的再轉鬆回來。她看到地毯上讓煙燙了一個洞，那是深紅底黑紋的地毯，不仔細還不大看得出來。她又拿手帕擦了一下臉，估計現在臉上是沒有樣子了，恐怕鼻子都肥了起來。她忽然很慚愧。要分手的時候，讓他看到自己這樣醜。

良三說：「她六月就要生了，需要大一點的房子。」

靜敏灰心起來。她應聲：「哦。」一談到孩子，她就覺得灰心乏味，她跟良三沒有孩子，可是她不知道他是這麼想孩子的，他從來也不說什麼。她忽然又想哭了，又開始亂七八糟掉淚，男人們都安靜著。她分明的見著了眼淚落在裙子上，眼淚聲音好像很大，真是啪答啪答落雨一般。

雅室的門呀地推開，服務生現在才進來，也是這家生意太好。靜敏垂首坐著。良三說：「還是吃點什麼吧！這店子是出名的。」

他靜靜的翻菜單，平穩的徵求其他人的意見：「來道蝦球好嗎？」

服務生刷刷的記在單子上。

良四說：「來點清淡的，三哥，你這樣不成的，小心血壓高。」「這是這兒出名的菜，你懂不懂？」

良三點了四菜一湯。

服務生離開。靜敏垂頭說：「我想上洗手間。」

良三說：「去吧！」

靜敏離座，窸窸窣窣在皮包翻東西，終於決定連皮包一起帶去。那三個男人寧靜有禮的坐著。良四甚至做了個微笑。

靜敏合上門。隔著門是那一家三個男人，叫她妻子叫她嫂子的，可是這下她是給關在門外了，她一下有點茫然，忘了自己要做什麼。她發了一會兒呆。聞到飯館廚房飄過來的香氣，熱烘烘的。她沿著通道走，通道底是廚房，看到廚師的白帽子白圍裙和不銹鋼廚具。轉過彎來是餐廳，隔著許多張桌子椅子和人群，自動門就在那兒。自動門是咖啡色，映出來的外面像是夜晚。靜敏看著，很想走出去，人聲嗡嗡的。但走出去又怎樣呢？她覺得有點心煩，結婚七年來一直依賴著良三，她連單獨出門都沒有過，這地方還不知是哪裡。而且她還沒帶什麼錢，因為總跟著良三。現在是給他帶到這裡來講這些事。相信他，他就把人不當回事。

她又氣自己不爭氣，怎麼連錢也不帶呢？她沒辦法的事多著，向來出門是良三把車子開來開去，她懷疑自己就算坐了計程車，能不能把地方指點給司機聽，總之是無能，不怪人家要來甩張舊報紙樣的甩掉自己。

她只好去洗手間。在鏡子裡看到自己果真是花容零亂。她洗了臉，對著鏡子描妝。眼睛哭了一陣，倒是清清亮亮的。她注意鏡子裡的自己，覺得過於精神了，不像是剛受到打擊的女人。可是為什麼要把這件事當作是打擊呢？她覺得自己並沒那麼愛良三。他們的婚姻是媒人撮合的。是很平靜不費力的婚姻。或許良三對那女人的感情還深些，他一說起那女人，有很特殊的表情。

可是她剛才哭那麼多，良三恐怕要以為她崩潰了。她全部的心思只想到要震懾她安撫她，不願她糾纏不放以致失態。他可不知道她根本不在乎。她一直哭，因為怕。而且想到自己要三十歲了，突然變成被遺棄的女人。早幾年的話她還年輕些。年輕時被遺棄比較上有什麼好處，她一時也想不清楚。不過一切事年輕時總要好些。她開始有一點點恨良三，彷彿正暖暖的泡在熱水池裡，良三過來澆人一頭冷水。過後她開始細細的打扮，為良三，她一直是為良三打扮的。又把眼線擦掉了，也是為良三，顯得太容光煥發，良三也許要難過的。他一直認為他在靜敏心裡頭有分量。

回到房間裡，三個人已經在吃了。良三抬頭瞄她一眼，說：「吃一點吧！」

這又是很家常的感覺，一家人坐著吃。良七完全不看她，靜敏不知怎麼，感覺到他那強烈的羞愧感覺，彷彿席上眾人，光他一個做錯了事，她知道良七同情她。良四也許也同情，可是他沒那麼強的道德感，他很挑剔的夾了塊荷葉蒸肉，小心的用筷子把荷葉翻開來。良三一吃起東西來總是心情很好。他慢慢的談是如何發現這館子的。像尋常一般指點著菜對靜敏說：「靜敏，你要研究一下這道菜，人家做得是真好。」

良四問：「她這方面不大成吧？」他不看靜敏，不是說她。「她那種出身。」

良三略微遺憾了：「就是呀！」

靜敏默默坐著，有些難過，當著她，就這樣談起那個女人來了。

良三像要安撫她：「靜敏的菜做得好，那是難得的。」

他賞識她也許就這一樣，良三非常講究口腹的。事實是他們家的男人全是。想到良三那個女人是不會燒菜的，靜敏一下子同情他了，不知怎麼，一下看他是別的男人，同情他妻子不好，忘了他是自己丈夫。靜敏說：「以後你吃不到了。」

良三停下筷子看她：「什麼？」

「我的菜呀！」靜敏漫漫應道。她忽然有種鬆懈的感覺：「我不想分居。」

良三頭一下抬正了起來，彷彿有點變了臉：「剛才不是說好了嗎？」

「我們離婚吧！」

靜敏也覺著了一點得意，那是那三個人一下全抬了臉，都看著她的時候。雖然表情不一樣，而且良七瘦，良三是個圓臉，可是他們家男人長的真像。

靜敏是這樣子離了婚，說出來人總罵她：「哪有那麼笨的。」

劉汾也罵她：「哪有你那麼笨的，你跟人說那麼清楚幹什麼，誰也不會同情你。」

劉汾比她還小兩歲，也離了婚。她的婚姻是另一種，唸高中時候懷了孩子，迫不得已結婚，婚後過不慣，就離了。滿二十歲以前，女人這輩子的大事全經過了。現在孩子養在娘家。她保持得好，看不出來生過孩子，跟前夫還常有來往，她說：「不要他做丈夫，我就覺得這個人真是可愛。」

分手的時候，良三給了點錢，就拿這點錢開了家工藝材料行。店子小，沒有用人，平常忙不過，劉汾會幫著招呼一下，她在對面開洋裁店。閒的時候愛過來聊天，兩個人一塊坐在店面前的臺階上，像小學生。巷口有風送過來，下午，涼涼的。

劉汾是一屁股坐下去，兩腳一叉，天熱了她穿短褲，就手「啪」打了靜敏一下：「你怎麼這樣秀氣，我以為哪兒來的大小姐。」

靜敏是抱著膝蓋，腳縮到裡面的坐法。拘束慣了，一下子敞開不來。

劉汾心不大在，邊看巷口，她兒子快放學了，唸小學四年級，已經好大的個子。劉汾呱啦講著報上登的崔苔菁的新聞：「離了婚怎麼還那麼恨他。我跟小丙一離婚我就不恨他了，嘴也不吵了，架也不打了。」小丙只大她一歲，夫妻倆火氣都大。到現在都不算是夫妻了，小丙來過夜的晚上，他們樓上有時候還一樣乒乓亂響，隔天垃圾桶裡盡是砸壞的東西碎片。

「小丙今天來。」她漫漫的說，心裡有事。

「是呀！」靜敏應她：「最近你們是不大吵了。」

「咦。」劉汾驚詫：「那算什麼吵架，你不知道我們從前，簡直像我是男的，跟我打咧！」她下結論：「小丙現在成熟多了。」

巷口有人進來，劉汾眼尖，看出來了：「喂，謝小弟又來了。」

她是用調笑的心理喊良七「謝小弟」。坐在臺階上懶懶的拉嗓子喊：「嗨，謝──小──

弟。」

良七臉僵僵的過來，劉汾不管，拉他坐臺階上：「喂，好久沒來了。」

良七先越過劉汾跟她打招呼：「靜敏姐。」

忘了他是什麼時候開始改口叫靜敏姐的。靜敏應道：「我拿杯冰水給你。」

端兩杯冰水出來。靜敏留心到良七的背影，他很明顯的瘦了，襯衫裡空盪盪的。

坐下來就問：「怎麼瘦了好多？」

劉汾代他答：「他考試，熬夜。」

她喝光冰水，回自己的店裡去了。

靜敏跟良七一塊坐在臺階上，中間是劉汾離去那塊空白。風吹著，有奇怪的感覺，彷彿坐的很近，又有距離。

良七常來看她。謝家的人唯有他一個人過不去，總是心事很重的，講起話像跟自己生氣：「要滿月了。」

良三那兒生了個女兒。良七垂頭看自己鞋子：「三哥本來想兒子。」

「哦。」靜敏柔和的回答：「男人都這樣。」

良七要抗議：「我不會。」他說著把臉轉過去。

「你還早吧！」靜敏笑他。臉對著良七的後腦，他頭髮老長，厚厚雜雜的一大綹。她說著手就伸過去，拉良七的髮尾：「頭髮好長哦。」

良七吃了一驚，胡亂應道：「誰給我剪！」

「我給你剪好不好？我手藝不錯啦！」她是雜誌上看來的，真正動過手的只有劉汾跟她自己。她把腦袋轉給良七看：「你看看我的頭，我自己剪的。」

轉過臉來時，良七正凝定的看她，憋住什麼的神氣，眼睛裡汪汪亮亮的，靜敏情不自禁的愛嬌起來，她偏臉問：「好不好嘛！」說完了自己先詫起來，良七向來是自己的小叔，看他長大的，可是那一下，他光是個男人。

她仔細的找了張被單把良七渾身圍起來，怕他熱，拿風扇對著吹。先用噴壺把頭髮噴溼，頭髮溼透了貼著腦門，頭一下子小了許多。良七乖乖坐著，渾身包起來，光剩個腦袋任她擺佈。靜敏先用夾子夾頭髮，跟良七說：「像個女生。」她垂眼笑著，良七翻著眼向上看她，頭不敢動。

她說：「你記不記得小時候我老給你洗頭呢！」

良七說是。不知道為什麼要答得這樣正式。靜敏光是想笑，以前接觸良七時，他還是橫頭橫腦的小男孩。現在他真是大了。大半是期末考忙的，連鬍子也沒刮，黑色那麼明顯的小椿椿。年輕男孩的皮肉潤潤的，給人好乾淨的感覺。良七抿嘴坐著，這孩子慣愛擺這種臉。

剪下來的頭髮有煙味。靜敏嗔：「多久沒洗頭啦！」

良七說：「沒人給我洗嘛！」

「你的手呢！」

「被你包起來了。」他的手在白被單下頭動了動。

靜了半晌，靜敏說：「反正我不給你洗喔。」又說：「懶。」

是放學的時辰，巷口漸漸有學生進來。有學生來買線，女孩子一群巴著櫃檯前，靜敏去招呼。她這店子的生意總這樣，一來一大群。女孩們有跟她熟的，咕咕猛笑：「老闆娘，你會剪頭髮啊！」

良七楞頭楞腦坐在櫃檯裡，頭上還夾著夾子，他閉了眼，像生氣，怕是真窘了。靜敏喚：「良七，你去坐裡面。」裡面是她自己住的，良七到後面去，她跟人解釋：「我小弟。」又跟另一個女孩講：「我小弟啦！」其實人家沒注意她的話。她教了幾個人針法。把顏色和花邊本子攤出來給人看。忙了半天才對付完。一忙完就進裡面去。店堂與內室只拿簾子擋著。她掀簾子進去，喚：「良七。」

良七已經把被單解下來了，坐在床上翻電視週刊看。簾子從背後嘩啦垂下來，是她自己編的木珠簾子。世界在外面，可以看見，是零零碎碎的。

房子裡單擱了一張梳妝檯、一張單人床、一張椅子，角落擱著材料和紙箱。良七坐在裡面。她忽然覺得房子小了。她有些拘束，背貼著簾子站著：「良七，你生氣啦？」

「沒有。」良七把書放下：「靜敏姐，你變了，變得比較能幹。」他把手一擺，突然帶點淘氣：「不是說你以前不能幹哦。」

「來剪吧！」

現在就把良七推到妝鏡前，剪了半天，她發現良七光在鏡子裡看自己。遂停了手問：

「怎麼啦！」

「什麼怎麼啦！」

「你一直看我。」她把臉板起來，做潑辣狀。良七是她看著長大的，她不怕他。

良七說：「那不然我看誰？」

「看你自己呀！」

良七又答是。兩人是撐不住的要笑。靜敏小心的問：「有沒有女朋友呀！」「還沒有。」他連笑都抿緊嘴，顯得孩子氣的厲害，靜敏在鏡子裡望他，突然的有點心亂。良七那清楚的五官，也許是照在鏡子裡，異常的明亮，他的下巴是狹狹削過來的，極平滑的輪線，很漂亮。手底下他的頭髮一搭搭，全是溼的，絲絨似的黑亮。她覺得自己沒法控制似的，要癱到良七身上了，她的頭沉了沉，良七的氣味泛上來，是煙燥帶了汗臭，全很淡。她這裡簡直就沒男人來過。

靜敏怕自己。

她說：「我看看外面。」掀了簾子出去。

良七跟了她出來，他把被單子又解了，頭上還是夾子。靜敏想笑。又掀簾子進去。良七又跟進來。

他忽然就說了：「靜敏姐，我喜歡你。」

他自己抵著門簾站著，世界讓他擋著了。那麼滑稽、溼的，沒剪完的頭髮，夾子是灰白色，像頭上棲著大飛蛾。他也害怕，說完了抿緊嘴站著，也是個大人，卻一下子瘦寒得厲害，讓人想摟著在懷裡哄。

他也許這件事想過許久了，說出來像繃緊的弦突然鬆開。臉上不笑，神色像定了心。兩個人都不知該怎麼辦，只是站著。最後是靜敏講：「過來剪吧！」良七過來安坐在鏡子前。

她開始哭。這一點大概一生都不會變。良七要站起來，她按他坐下。一邊眼淚滴答掉著，落在他頭髮上。她一邊剪一邊抹眼淚。良七發急道：「靜敏姐，我，對不起。」

「沒關係，我就是愛哭。」

良七給嚇著了。靜敏覺到自己可怕。又不是很兇猛的哭法，光是無聲的，一下子眼裡蘊了淚水，像日子過得多幽怨。其實不是，離了良三，她覺得自己過得挺好，男人也不是頂重要的。她一鬧情緒總要哭，看書報電視電影，總哭得好傷心。她自己想著又笑了。良七在鏡子裡看她，放了心，害羞的回了個笑。

靜敏說：「我就是愛哭，跟你沒關係。」

她仔細的剪他頭髮。她有點喜歡良七，可是沒有喜歡到那程度，他還小，看他那放了心的樣子。她氣自己，離婚不到一年，聽到男人說喜歡自己，居然還哭了呢！

「良七，你亂來。」靜敏說。覺得口吻不大正派，於是拿剪子敲了他一下頭：「我是你三嫂耶！」

剪好頭髮，她幫他洗頭，窄窄的洗澡間，兩人擠在一塊，良七彎了腰，頭髮浸在洗臉池裡。靜敏左手越過去夾著他腦袋。這麼親近的一個男人，像弟弟、愛人、兒子。

流水嘩嘩，涼涼滑動的水，流過她手指間，她手指間是他一條一條的髮，黑色小蛇般蜷在手背上，漫在水裡的髮飄開來，絲絲絡絡，非常整齊美麗。她也許一輩子記得這些。下午，室外沒有人聲。老風扇在前面店堂裡轉，轟轟過來，又轟轟過去。浴室裡是房子本身的舊，帶著腥腥的腐味，上面浮著洗髮精的草香。良七本身的汗濁氣。他低著頭，給水澆溼了，觸得到的部分全是涼的。他很乖，安靜著，可是好大聲的吸著氣，她曉得他在憋著，她自己也憋著，小心的屏息著，一次只呼吸一點點，可是憋不住的時候就又幽又長的冒出來，像嘆息。兩個人緊張的貼擠在一塊，良七大聲喘著氣，好像曖昧了，可是沒有。

這以後她就不大能安定。總是心惶惶的。把店頂了出去。開始給保險公司跑外務，只有這個工作好找。

每天夾了大包包，見人笑臉先堆起來。她都不相信自己會幹這個。她也並不是能說會道。可是長了張誠實的臉。拉保險時並不跟人強推強銷，只是坐著，資料全攤出來，老老實實唸相關的部分。人說什麼，她都光是答應：「是的。」緩緩的，拉長音調講。讓人覺得她有話說，不敢講。客戶很難避免這種憐恤的心情，如果拒絕了她，總過陣子又打電話來。她業績很好，開始往上爬，做到了主任。

她現在黑了，也瘦了。穿著牛仔褲，因為方便。變得比較不那麼拘謹。眼睛亮亮的，也會坐著時把腿擱得老高。她的笑容是熱誠明亮，老實不帶心機，讓人見了戒心先去一半。

跑保險時碰到了屈少節，兩人不久就住在一塊，這次是她了，她是那另一個女人。她知道他結了婚，可是她喜歡他那副倔倔的樣子。四十來歲，給寵壞了的男人，到現在都還不知道要怎樣生活。他在家貿易公司做經理，靜敏闖進去。那是間發亮的辦公室，全是玻璃、不銹鋼、壓克力、塑膠、鋁與鐵。秩序而明亮。屈少節坐在桌子後頭，乾淨的臉、頭髮，西裝筆挺。他根本不耐煩她，臉繃著，倔倔的。他保過險了。他不需要保那麼多的險。他不願意談這些事。對不起，他還有業務要處理。

他維持了禮貌，送靜敏到門口。他身上甚至噴了香水，是青橄欖的味道。

靜敏決定自己要他。那時候她三十三歲，在社會上歷練了四年，開始變成個有把握的女人。除了她自身的修飾妝扮，她學會運用人，懂得什麼人要怎麼應付，懂得什麼話會產生效果，她心思細密，肯靜靜聽人說話，結果學到了體會別人的感情波動，能窺測別人的想法。

她明白屈少節是什麼樣的人。

她第二次去，打扮得極女氣，薄紗的衣裳，頭髮貼著腦門。她只佔了他十分鐘，並不談保險。

後來她經常去，坐的時候長了。有時候一塊去吃飯。她那時整個愛上他了，突然全無腦筋，什麼也不考慮，就光想見到他。她的把握全失去了，她每天打扮得漂漂亮亮，輕飄飄的到了他辦公室。她端莊坐著，腿縮在椅子下。盯著他，整個人流麗。任何人都可以看出她滿得像裝實了的水瓶，一碰就要溢出來。只除了他，他那頂好看的濃黑眉毛，倔倔的蹙起來，他是個煩惱的人。見面總把眉一抬：「又來拉保險？」

靜敏自己受不住了。她發現自己當真戀愛起來，反倒怕了，她擔不起這樣認真。她愛他愛到覺得自己全身洞明，在他前面，她靈敏得像含羞草，一點點動靜她都縮起來。都這麼大了，玩這些不是太老了麼？她停止去看他。彷彿把他全忘了，但是不能死心。她終於又去了，決心把這件事澄清下來，她就連他對自己什麼想法都不知道。

屈少節還是老樣子，像這麼久的時間，他釘死一樣坐在辦公桌後，一步也沒離開過。他抬頭，濃黑眉毛一跳一跳：「又來拉保險？」

他連詞也不改。靜敏又哭了。

她終於拉到了保險。不久他們就同居在一起。

這麼多的事，講給劉汾聽，好像又很簡單，三兩句就交代了：「我要他保險，他老不保呢！我天天去纏他。」手上抱的是劉汾新生的兒子，又胖又重，贅得手酸，她換個手抱。劉汾接過去：「我來吧！」

她問：「後來呢？」

靜敏說：「後來我們就熟了，他也保了險啦！」

劉汾看著她，下斷語：「我看你現在過得很好。」她解釋：「你看上去很漂亮。」

「哦。」靜敏失笑。

劉汾又跟小丙結了婚。兩人在市區裡開了餐館。劉汾現下是坐鎮櫃檯的老闆娘，發了福，坐在櫃檯裡，白白胖胖像剛出籠的饅頭，她把小孩放在櫃檯上，給他抹口水。

靜敏逗他：「我們別的不要，光要吃這個小豬哦！」啃那孩子：「吃一口，吃一口。」

有客人進門，服務生招呼不來，老闆娘親自下海，劉汾嚷嚷：「坐這裡！要點什麼。」

這孩子下地就認了靜敏做乾媽，熟得很，孩子給逗得直笑。靜敏懷疑自己是不是不能生。或者是年紀到了，她極想要個孩子，少節的孩子。

劉汾過來拍她背：「靜敏，那桌客人問起你。」

「哪一桌？」這是常事，她本來見過的人多，跑保險跑的。

「我帶你去。」靜敏笑瞇瞇的，抱著孩子，一張張桌子擠過去。那桌上坐了對夫妻，帶兩個孩子。那位太太老遠就盯著她看，很謹慎的。那男人給孩子擦手，偏著臉，直到靜敏走近了……才抬起頭來。

是良三。

靜敏喊：「是良三。」確實有點驚喜。雙方都各自介紹過。劉汾把孩子抱走。靜敏熱烈的又說：「好久不見了。」

是這麼多年的閱歷練出了她這種見面招呼，良三詫了一下，帶了笑，也一樣客氣的：

「你變了很多。」兩個人這時候是沒有過去的。良三也像初識的人，靜敏覺得忘了許多事了，良三過去不是這樣，可是她記不起良三從前的樣子。

她扶著椅背站著。他們一家四口正好佔了桌面四周的椅子，毫沒有讓坐的意思，靜敏於是老實不客氣的挨著那個大女孩坐下來。這也是過去的靜敏沒有的舉措。她看到良三那奇怪的表情。良三又說一遍：

「你變了很多。」

「人總是要變的。」靜敏笑。她現在怪異的感覺到出現了兩個自己。她很少想到過去的自己是什麼樣子，但是守著良三，從前的自己就出來了，她忽然強烈的感到了現在的自己和過去的自己許多差異。

她笑，托著臉，懶散的。知道自己使那個女人不安：「良三，你也變了。」

「沒有。」良三連忙否認。

「胖了。」

「沒有。」還是否認。良三突然老實得有點可憐。

兩人談了些近況，良七出國了，小妹嫁了。靜敏為了面子，謊稱自己結了婚。良三睜直了眼問：「那是你兒子？」

他是指劉汾的小孩。

靜敏半真半假的：「是啊！」

良三突然衰頹了，掙扎半天，他遺憾的說：「想不到你也能生兒子。」

桌面上另外三個女人，良三的妻和良三的女兒，他們安靜的發著呆。靜敏很了解做良三的妻子是什麼滋味。她帶點憐恤的看那女人。穿著素色的洋裝，非常安靜溫順。她認識良三時是舞廳裡最紅的，現在也還看得出人是漂亮的，可是她有點灰撲撲的。

那就像那個女人代替靜敏在良三身邊活下去，灰靜、溫靜、安分守己。或許她也很快樂，靜敏從前也不是活得不好。因為那個女人，她現在在過另一種生活。她覺得自己現在比過去好。她主動跟良三的妻子微笑，善意，可是管不住自己想胡調一下。她問：「良三晚上睡覺還不愛刷牙嗎？」

良三夫妻都變了臉。良三笑：「呵呵。」那女人氣了。她也許不像表面那麼溫馴。她這下又是她自己了，不是另一個靜敏，她也沒有要哭的意思。或許回去她會跟良三吵鬧。

靜敏回到劉汾這兒。她特地叫廚房炒一盤敬菜給良三夫婦，向廚房走，從廚房飄來白色的熱氣，廚師的白衣，亮晃晃的餐具，在許多年前也有這麼個印象，為什麼飯館的廚房都是一個樣子。

可是她現在不同了，她現在是個自主、有把握的女人。

導讀

袁瓊瓊（一九五〇—），祖籍四川眉山，出生於新竹，臺南商職畢業。起初以筆名朱陵寫作新詩，繼以散文和小說知名，並長期參與電視及電影劇本寫作，曾獲《聯合報》文學獎小說及散文獎。她的小說試圖參差對照，顯現新舊女性面臨的衝突與掙扎，深刻地描寫婚姻的矛盾與對立，關注到女性的自我實現與成長。著有《自己的天空》、《春水船》、《兩個人的事》、《滄桑》、

《又涼又暖的季節》、《今生緣》、《袁瓊瓊極短篇》等。

八〇年代臺灣女小說家所塑造的女性形象，已經逐漸擺脫傳統的悲劇命運，轉向女性自主意識的建構，〈自己的天空〉（獲第五屆「聯合報文學小說獎」首獎，一九八〇年）即是代表作之一。小說描寫女主角靜敏因爲丈夫外遇而離婚，進而蛻變成一位追求自我肯定的女性。靜敏受到傳統根深柢固文化的影響，適婚年齡之際，便急於進入婚姻，期待自我成爲符合社會期望的賢淑女性。林麗珊在《女性主義與兩性關係》中說：「傳統社會文化對男女性別刻板印象的教育是鼓勵男性往『公領域』發展，努力進取，追求社會上的『工作成就』；女性則被鼓勵留在『私領域』內，學習如何從一個家庭進入另一個家庭的美德，表現『持家成就』。」因此，從「男主外，女主內」到對丈夫從一而終的心態，深深束縛傳統女性自我發展的可能性。靜敏婚後即以家庭爲生活重心，安分守己地依順丈夫，以符合普羅大眾的社會價值。

古時「無子」是「七出」的第一要件，所謂「不孝有三，無後爲大」。小說中靜敏離婚的原因，乃出自於傳宗接代的父權迷思；結婚七年膝下無子，導致丈夫理所當然地與第三者有了孩子。其他家人沒有理會靜敏被丈夫背叛的心情，也沒有指責第三者破壞家庭。不同於傳統女性的宿命觀，靜敏拒絕丈夫妄想坐擁齊人之福，被迫發出「我們離婚吧！」的聲音。破繭而出的靜敏，從開手工藝店到拉保險業務，經濟開始獨立，同時正視情慾的需求，成爲獨立自主的女人，飛向屬於自己的天空。

這篇小說情節緊湊，故事曲折，充滿戲劇張力。最特別的是結構上首尾以餐廳「飯桌」爲扣連意象，「飯桌」本是家庭的重要象徵，藉此點出靜敏浴火重生前後的不同，意象設計精巧得宜。結尾靜敏已脫離「飯桌」，告別昔日閉鎖於家庭的「灰靜、溫靜、安分守己」的自我，轉而成爲現今「自主、有把握的女人」，覺悟到自我存在的價值。（林秀蓉）

妖精

王定國

到底不是真心想去的地方，車子進入縣道後忽然顛簸起來。

他們的心思大概是超重了。從後照鏡看到的兩張臉，可以想像內心還在煎熬，處境各自不同，連坐姿也分開兩邊：一個用他細長的眼睛盯著後退的街景，彷彿此生再也不能回頭；一個則是雙手抱胸挺著肩膀，像個辛酸女人等待苦盡甘來，一臉熱切地張望著前方。

我載著這樣的父母親。途中雖然有些交談，負責答腔的卻是我，時不時回頭嗯喔幾聲，否則他們彼此間無聊的斷句難以連結。他們都還小。就生理特徵來說，要到垂老的腦袋覆蓋著一頭銀髮，那時的坐姿也許才會鬆緊一致，然後偎在午後的慵懶中看著地面發呆。人的一生除非活得夠老，漸漸失去愛與恨，不然就像他們這樣了。

我們要去探望多年來母親口中的妖精。

那個女人的姊姊突然打電話來，母親不吭聲就把話筒擱下，繃著臉遞給我聽，自己守在旁邊戒備著。

「唉，真的是很不得已才這麼厚臉皮，以前讓你們困擾了，真對不起啊。但是能不能……，我人在美國，這邊下大雪啊，聽說你們那邊也是連續寒流，可是怎麼辦，我妹妹……。」

我還在清理頭緒的時候，母親卻又耐不住，很快搶走了話筒。

「啊妳要怎樣，什麼事，妳直說好了。」

對方也許又重複著一段客套話，她虎虎地聽著，隨時準備出擊的眼神中有我曾經見過的哀愁，那些數不清的夜晚她一直都是這樣把自己折磨著。

後來她減弱了，我說的是她的戒心。像一頭怒犬慢慢發覺來者良善，她開始溫婉地嗯著，嗯，嗯，是啊全世界都很冷，嗯。天氣讓她們徘徊了幾分鐘後，母親彷彿聽見了人世間的某種奧祕，她的回應突然加速，有點結巴，卻又忍不住插嘴：「什麼，妳說什麼，安養院，她住進安養院……。」

然後，那長期泡在一股悲怨中的臉孔終於鬆開了，長長地舒嘆了一口氣，整個屋子飄起了她愉悅的迴音：「是這樣啊……。」

掛上電話後，她進去廁所待了很久，出來時塞滿了鼻音，一個人來回踱在客廳裡，那時接近中午，她說：「我還要想一下，你自己去外面吃吧，這件事暫時不要說出去。」

所謂說出去的對象，當然指的是她還在怨恨中的男人，我的父親。

他是在跑業務的歲月搭上那女人而束手就擒的。他比一般幸運者提早接觸心靈的懲罰，或者說他自願從此遁入一個惡人的靈修，有空就擦地板，睡覺時分房，在家走動都用腳尖，隨時一副畏罪者的羞慚，吃東西從來沒有發出嚼動的聲音。

午飯後我從外面回來時，客廳的音樂已經流進廚房，水槽與料理台間不斷哼唱著她跟不上的節拍。她突然發現自己才是真正的女人吧，那種勝利者的喜悅似乎一時難以拿捏，釋放得有些生澀，苦苦地笑著，大概是忍住了。

父親回來後還不知道家有喜事，他一樣把快退休的公事包拿進書房，出來準備吃飯時，才知道桌上多了三樣菜和一盤提早削好的水果。在他細長的鳥眼中，這些東西如夢如幻卻又無比真實，他以謹慎的指尖托住碗底，持筷的右手卻不敢遠行，只能就著面前的一截魚尾細細挑夾。如此反覆來去，愈吃愈覺得不對勁，眼看一碗白飯已經見底，他只好輕輕擱下碗筷，不敢喝湯，像個借宿的客人急著想要躲回他的書房。

「漢忠，多吃一點。」母親說。她滑動轉盤，獅子頭到了他面前。

我沒聽錯，多年來這是第一次，母親總算叫出他的名字，那麼親暱卻又陌生，像一桶滾水倒進冰壺裡，響起令人吃驚的碎裂之音。她過去多少煎熬，此刻似乎忘得乾乾淨淨，沙啞的喉嚨也痊癒了，一出聲就是柔軟的細語。

當然，他是嚇壞了。但他表現得很好，除了稀疏的睫毛微微閃跳，我看不出他作為一個懦弱的男人，在這樣的瞬間還有什麼可以挑剔的。他把魚尾吃淨後。聽了她詭異的暗示，果然暫且不敢提前離席，委婉地夾起盤邊的一截青蔥。等著從她嘴裡聽出什麼佳音。

我聽見他激動的門牙把那截青蔥切斷了。

漢忠，還有獅子頭呢。我心裡說。

她的笑意宛如臉上爬滿的細紋，一桌子菜被她多年不見的慈顏盤據著，爲了這些料理她耗盡一整個下午，我懷疑要是沒有那通電話，這些菜料不知道躲在什麼鬼地方。他們之間的恩怨讓這個家長期泡在冰櫃裡，多年前我接到兵單時，妖精事件剛爆發，家裡的聲音全都是她的控訴，男人在那種時刻通常不敢吭聲，沒想到時日一久，他卻變成這樣的父親了。

青蔥吞了進去，她的下文卻還沒出來，他只好起身添上第二碗。平常他的飯量極小，別人的一餐可以餵他兩頓，此刻若不是心存僥倖，應該不至於想要硬撐。顯然他是有所期待的，畢竟眼前的巨變確實令人傻眼。

但是別傻了，漢忠。什麼苦都吃過了，還稀罕什麼驚喜嗎，回房去吧，不然她就要開口了，除非你真的想聽，你聽了不要難過就好……。

菜盤轉過來一隻完整的土雞，還有煎炸的海鮮餅，還有一大碗湯。

果然，她鄭重宣布了：那通電話，那個妖精，那安養院的八人房……。

「聽說她失智了。」她舉起了脖子，非常驕傲地揚聲說。

我看見那顆獅子頭忽然塞進他嘴裡，撐得兩眼鼓脹，嘴角滴出油來。

「聽說一件冬天的衣服都沒有，我們去看看她吧。」母親說。

棉襖、長襪、毛線帽和暖暖包，一袋袋採購來的禦寒用品堆在我的駕駛座旁。一切都由她作主，昨晚那頓飯吃完她就出門了，聽說買這些東西一點都不費力，憑她當年抓姦的匆匆照面，那兩條光溜溜的肉體如今還在眼前，想也知道那妖精的胖瘦原形，肩寬腰圍一概來自那段傷心記憶，不像她自己買一枝眉筆要挑老半天。

一大早督促父親向學校請了假，接著說走就走，顯然是為了親眼目睹一個悲劇才能安心。她昨晚應該睡得不好，出門時還是一雙紅腫的眼睛，遲來的勝利使她亂了方寸，不像他吃了敗仗後投降繳械反而安定下來。

我覺得她並沒有贏。那女人是被自己的腦袋打敗的，何況那也只是記憶的混亂，說不定從此可以忘掉愛的紛擾。失智不過就是蒼天廢人武功，把一個人帶回童年的荒野，任她風吹雨淋，化成可愛精靈，再回來度過一段無知的餘生。反倒是她這個受害者還走在坎坷路上，若不是慷慨準備了一堆過冬衣物，簡直就像是押著一個男盜要來指認當年的女娼。

安養院入口有個櫃檯，父親先去辦理登記，接待員開始拿起對講機找人。我們來到一排房子的穿廊中等待，一個照護媽媽從樓層裡跑出來，邊說邊轉頭尋著建築物的角落，「奇怪啊，剛剛還在的呀。」

母親四下張望著，廊外的花園迴灌著風，枯黃的大草地空無一人。

「喔，在那裡啦，哎喲大姊，天氣那麼冷……。」

隨著跑過去的身影，偏角有棵老樹颯颯地叫著，一個女人光著腳在那裡跳舞，遠遠看去的短髮一叢斑灰，單薄的罩衫隨風削出了纖細的肩脊。

父親跟上去了，他取出袋子裡的大襖，打開了拉鍊攤在空中，好似等著一隻鴨子走進來。那幾個乏味的舞步停曳下來時，她朝他看了很久，彷彿面對一件非常久遠的失物，慢慢搖起一張恍惚的臉。

靜靜看著這一幕的母親，轉頭瞧我一眼，幽幽笑著，「妖精也會老。」

那件棉襖是太大了，他從後面替她披上時，禁不住她一個觸電般的轉身，左肩很快又鬆溜出來，整條袖子垂到地上。

她跟著他來到穿廊，眼睛看著外面，臉上確有掩不住的風霜。但我說不出來，她身上似乎有著什麼；還有著時間過後的殘留吧，那是一股還沒褪盡的韻味，隱約藏在眉眼之間，想像得出她年輕時應該很美，或許就因為這份美才擄獲了一個混蛋吧，怎麼知道後來會這樣一無所有。

父親難免感傷起來，鼻頭一緊，簡單的介紹詞省略掉了。幾個人無言地站在風中，母親只顧盯著對方，從頭看到腳，再回到臉上，白白的瘦瘦的臉上依然沒有任何表情浮現出。

「有沒有想起來，我們見過面了。」母親試探著說。面對一張毫無回應的臉，在母親看來不知是喜是悲，也許很多心底話本來都想好了，譬如她要宣洩的怨恨，她無端承受的傷痕要趁這個機會排解，沒想到對手太弱了。她把手絹收進皮包，哼著鼻音走出了廊外。

我們要離開的時候，那女人不再跟隨，她總算把手穿進了袖口，牢牢地提上拉鍊，然後慢慢走進旁邊的屋舍中。然而當我把車掉頭回來時，這一瞬間我卻看到了，她忽然停下了腳步，悄悄掩在一處無人的屋角，那兩隻眼睛因著想要凝望而變得異常瑩亮，偷偷朝著我們的車窗直視過來。

長期處在荒村般的孤寂世界裡，才有那樣一雙專注的眼神吧。我想，父親是錯過了；倘若我們生命中都有一個值得深愛的人。

導讀

王定國（一九五五—），彰化鹿港人，臺中僑光商專畢業。曾任建設公司企畫、臺中地檢處書記官、國家企畫公司總經理、《臺灣新文學》雜誌社長，以及國唐建設公司董事長。一九七〇年代崛起文壇，小說題材大多環繞於商場鬥爭與家庭革命，筆觸精緻縝密，充滿人道關懷。著有《離鄉遺事》、《宣讀之日》、《我是你的憂鬱》、《沙戲》、《那麼熱，那麼冷》、《誰在暗中眨眼睛》、《敵人的櫻花》、《戴美樂小姐的婚禮》、《昨日雨水》等。

〈妖精〉（原載於《自由時報》副刊，二〇一四年三月十九日），故事以兒子的視角來觀看父親、母親和第三者，讓家庭的外遇故事有了不同詮釋的可能。小說刻意跳過外遇原因及情感鋪寫，而是專注著墨於父親的道德譴責，及母親得知第三者失智住進安養院的心情轉折。外遇事件爆發後，對家庭往往造成極大的殺傷力，有別於〈自己的天空〉以離婚收場，〈妖精〉則固守道德倫理的規範，維繫家庭的完整，其中畏罪、卑微的父親形象，在家有如沉默的寄宿者，顯然與傳統父權的男性位置有著落差。令人玩味的是，小說結尾兒子爲父親與第三者失去的「眞愛」感到唏噓：「我想，父親是錯過了；倘若我們生命中都有一個値得深愛的人。」透過兒子表達這段不倫戀裡的眞情，寄予深刻的同情。

王定國擅長「以愛爲礙」，來傳遞情愛世界掙脫不了的苦難；他認爲唯有透過愛與寬恕，方能提升承受苦難的能力，以及獲得解決與救贖的可能。小說中的母親面對父親的出軌，想必煎熬，充滿悲怨，尤其當得知妖精的下場時，應是反擊的最好時刻；然而母親卻慷慨地爲她準備過冬衣物，陪著父親爲她送暖。這一場陳年的女人與女人的戰爭，沒有人是勝利者，兒子道出第三者「是被自己的腦袋打敗的」，反倒是母親「這個受害者還走在坎坷路上」，透露兒子對母親的不捨之情。母親並非犀利人妻，面對妖精的老病，或許有些許遲來勝利者的喜悅；然而當她幽幽地笑道：「妖精也會老」時，顯然在宣洩怨恨之餘，同時帶有美人遲暮的悲憫。小說在這些溫暖與冷酷交織的情節中，提煉人性的可貴，彰顯慈悲的寬容。

〈妖精〉風格精細簡約，敘述節奏有致，尤其在氣氛與意境的渲染上，別具用心。如母親精心準備料理以宣告妖精下場的詭異氛圍，以及妖精深居安養院的孤寂蕭瑟，處處可見作者注重細節的刻畫。（林秀蓉）

五、性別與飲食

童年故事

平路

0

童年已經愈來愈遠了。

1

談話中，我卻一再地提起我的童年。彷彿是我書架上包羅萬象的文庫：每翻一頁，都可以替我爾後的行為找一套發人深省的解釋。至於我年歲漸長的生命，只不過是童年經驗在時間裡的延伸；而我努力替自己的人生尋出脈絡，另一種解釋正是——我始終在苦苦地增補我的童年！

2

其中包括我與女人纏繞不清的關係：百試不爽地，我總在關鍵時刻……陷入年幼時最甜美的記憶。

當我的手往乳房上攫捉的一瞬，我習慣把女人的奶頭夾在我右手的食指與中指之間，用左手扳過她的臉來，我的口唇湊近她的，輕輕擦幾下，再深而長地親吻下去。除了神經末梢傳來酥酥麻麻的快感，我的舌頭捲著另一隻充滿津液的舌頭，喘口氣的分秒間，我會讚嘆地說：「記得我母親就是這樣溫軟而多汁！」

我繼續向下搜索。我閉上眼，把女人葡萄粒一般的乳頭放在嘴裡咬嚙（小時候的繞口令，吃葡萄不吐葡萄皮？），甜絲絲的，我的味蕾將這一刻的情愛經驗與童年記憶連結在一起，由滲出來的奶香，口腔中頓時翻湧起母乳的滋味；鍋裡正烙著餅，還有黃騰騰的煎包、裹在茼蒿裡的麵疙瘩……母親喚我的小名，火毒毒的灶前，她敞開衣襟，等我撲進她的懷裡。

「差不多了，再多塞一點菜，四周鼓起來，那就更像我當年愛吃的——」下個時刻，冷氣機吹著，廚房的抽油煙機呼呼響著，坐在碗筷擺得齊整的餐桌前，我咂咂嘴巴，對著正把剛出鍋的韭菜盒子遞上桌的女人發表評語。

看到女人從廚房跨出來時汗淋淋的臉，事實上，我所能夠聯想到的也是童年記憶裡的母親。母親有極闊大的一雙做事的手，在油亮的圍裙邊緣搓著，指頭沾了一層厚厚的麵粉。那白色的抖落下來的微塵，隨母親的腳步在空氣中翻飛。母親身上，總帶了一些髮油味、花露水味，到了傍晚還有一股淡淡的狐臭。

我出神地想著，一面在這緊要關頭想出比較準確的字眼：「噢，對了，因為是一種混合的氣味，包容一切的大地，也是我童年安全感的主要來源。」

晚上，偎在女人身邊，我也喜歡用鼻與嘴在女人的腋下與腿彎翻找。對方咿咿啊啊的聲音裡，我在深耕一片水汪汪的禾田，或者，更回到童年的聯想是——將潤滑的春泥翻攪開來。我想著母親飛快的動作，用兩根筷子就可以拌肉餡：一把小白菜、一塊里脊肉、一個雞蛋清、一匙小磨麻油，筷子畫出一道道的波紋，碎爛的白菜與肉末的纖維之間好像有一種拉不斷的黏連。濕濡的感覺裡。我也試圖進入女人的身體，四面都是牽扯的張力，我禁不住洶氣了起來……小時候，踩在板凳上，我就這麼好奇地把手指頭戳進肉餡，看母親在大碗裡變的什麼魔術。

溫存了一陣，聲音盡量放得輕柔，我向身邊喘吁吁的女人說：「對我這樣的男性，終其一生，呃，都希望回到母親身邊。」

說完後，坐直身子，替自己點上一根菸。其實，我知道自己跟她提起童年也別有所圖：這是不斷地表明心跡，告訴她，我雖然愛她，我尤其習慣被人愛，我總向她要得多一些，比我能夠給予她的多些！

當年，屋裡充斥的都是母親的氣息。不起眼的角落，父親坐在舊藤椅上。他有一副好脾氣的面容，中山裝穿在他身上，只覺得口袋特別多，好像我們國校學生的制服。父親拉過藤椅，他挨著我坐了下來，默默為我削好鉛筆，一根根放進鉛筆盒裡。他還喜歡為我包書，舊了就換個皮面，日曆紙翻過來，明星的大耳環包了進去。然後父親站起身來，在我新理的平頭上磨蹭他的下巴頦，一面自言自語：

「做功課，學的，爸都不會了？」

我皺皺鼻子偏過身體，他那件磨得起毛的中山裝上，有一股「新樂園」菸的臭味。

「檢查是肺癌，沒三個月，早就去了。」向枕在我肩膀上的女人做了結論，我狠狠地連抽幾口香菸。女人柔情地橫過一隻手，幫我把菸熄滅。

說實話，我常在想童年給我留下了什麼影響：平凡而知足的生活，除了蒙受女人的眷愛，我對人世間所求有限，童年記憶像一張溫暖而熟悉的牀，我躺在上面搖晃晃地進入了夢鄉。

3

當我的嗅覺漸漸魯鈍起來，懶得再去辨識各個女人身上不同的味道，在我心裡，適時出現了另一幅童年的圖像。

許多的場合，我必須要從沒什麼希望的因緣中脫身，幸而還有童年的記憶，可以代我解釋為什麼與女人重複著不動情的肉體關係。好像某種障眼法，我與女人上牀，正因為我認定那種關係並無進一步發展的可能——

因此也辜負了不少真情！

女人低聲啜泣的時候，我才一點一滴地透露出來我的童年並不那麼尋常，占去我後來大部分記憶的母親原是繼母。至於我的親生母親，剩下片段的鏡頭，以及聊勝於無的幾個場景。我說，這大可以說明我性格之中寧可陷溺在欲望裡……卻無能掉入情網的一面。

說著，我便在心眼裡重溫那幾幅有些模糊的畫面。母親用手掌托著我穿開襠褲的屁股，哄我，指給我看竹竿上翻飛的衣衫；要不，就是母親抱我坐在門前的台階上，冬天的太陽灰慘慘的，烤地瓜的手推車無聲地滑過去。時間靜止了，好像電影裡的停格，我愈來愈不能夠確定記憶的可信程度。

有一次，讓我自己也大吃一驚的是：我居然向枕邊的女伴侃侃說著，記得穿了件大翻領水手裝，海軍藍的短褲，偎在母親懷裡，半歲吧？一歲吧？而一面說我一面想到：這畫面與一張擱在照相館櫥窗的放大照片並無二致，照相館坐落於我上班必經的街角，而我每天走在騎樓底下。不知道從哪一日開始。這個鏡頭以假亂真地混入我童年的記憶。

「像什麼？神情像長了翅膀小天使；我那上了釉彩一般小臉蛋，酷似馬槽裡的耶穌。」將錯就錯，說起凝定在鏡頭裡的童年，我簡直眉飛色舞。

女人抬望的眼瞳裡露出虔誠，宗教的意象必然具有淨化的功能。此刻，我專注的眼光早已超越了被單外面她性感的裸肩……

「斑駁的三兩張小像，我的母親，端莊而美麗，頭頂上彷彿有圈亮光。」我看著玻璃窗上方的一角夜空，幾句話的工夫，就將貞潔的瑪麗亞也一併鑲入我記憶的櫥窗。瞥了一眼身邊女人活色生香的臉龐，我頓時又有些抱歉，悄聲說道：「所以啊！你要原諒。不是不肯，是我愛上任何的女人，都要冒著讓那小像更加模糊的危險。」

女人顯然尚未死心，但還是懂事地點了點頭。靜默半晌，她又輕輕問：

「後來你那位繼母，對你好嗎？」

這一刻我腦海裡，果然浮現了繼母的模樣；輪廓很深的黑眼睛，笑起來亮閃閃的牙齒，臉上一塊五毛錢銅板大小的疤，映著燈光顯出兩種顏色，中間比周圍粉嫩些。

我的記憶中，當年她剛住進我家，我脖子上還掛著圍兜，站在竹子做的搖籃車裡。我好奇的眼光跟著她的身影左右擺動，看她坐在小板凳上搓洗衣服、哼著小調跪在地上擦地板，想來……也是我度過童年時光的方法。我一年一年長大，等我嘴角長出了青色的鬚芽，她那中間有一條乳溝的胸脯繼續在我眼前晃啊晃的，如今再回憶，我盤算的大概始終是怎樣報復嚴厲的父親！那時候，每聽見吉普車轉進巷子，我就在書桌前連打幾個冷顫，幾分鐘後，父親在玄關裡脫掉大皮鞋，把綴著梅花的軍帽搭上帽架，接下去，我便要接觸父親濃眉底下管訓部屬的目光。

「關鍵是我老爸，做錯了事，他動輒用腰帶的金屬環扣抽我，那一年，我十二歲。」說著，覺得當繼母的面接受懲處的畫面就在眼前，背上火辣辣地痛。

「你提起的，後來發生了一件，啊大事，究竟什麼事啊？」女人翻過身來，用手腕托著腮，興致勃勃要聽下面的故事。

我笑而不答，逕自開始我再一個回合的前戲，用我毛扎扎的腮，搓揉著牀上追根究柢的女人。傻瓜，她想要知道什麼？她又自以為知道什麼？原只是露水姻緣，就一心一意把我當作標的物，直想要虜獲，大概準備到手後，就看成幼年失怙的案例來感化。可惜她但憑直覺，欠的是理論根據。此刻我成年人的思慮裡，早已添上了弗洛伊德對於這種事情的種種闡釋：其實，正如我自願沉湎於沒有責任的情色關係，多年來不長進的日子，無非是對父親那套價值觀的徹底反叛！

我長吁了一口氣，不顧身底下的女人這一刻猶然有所期待的眼眸，我快刀斬亂麻地告訴她：「我怕——怕任何需要付出、需要認真對待的感情。」同時，想到因為自己的童年記憶就注定了今生薄倖，我不禁黯然神傷起來。

4

從一個女人的牀上到另一個女人的牀上，我愈來愈難以區分她們的面目。當我厭倦了這樣的放浪形骸，另一種感官的記憶在我心裡逐漸成形。

如今，我懶得再去一一描述我的父母親長什麼樣子？穿什麼衣服？……之類瑣屑的事，清晰的倒是關於聲音的印象。我對身邊一同眠食的女人說道：「聽掛鐘滴答，家裡那台順風牌電風扇，每到半圈的盡頭就吱嘎一聲，再往回轉！」

女人已經習慣我在她耳朵邊自顧自地絮叨。她哪裡明白？童年經驗與我目前的心境其實有脫不開的關係。

我依然不厭其煩地告訴她，即使到了現在，我都習慣在被窩裡等她上牀。當年我豎起耳朵，聽著母親臨睡前從這間屋踱到那間屋，再換木拖板走在水泥地上，把喝剩的茉莉香片倒進花盆裡，檢查門栓，關煤氣爐，熄燈，換回小花園鞋店的繡花拖鞋，皮底，在地板趴搭趴搭發出響聲，拉上過道紙門，對著鏡子，取下一根一根髮夾，柔軟的大波浪披散在肩上，看了半天鏡子，雪花膏在臉頰畫著順時鐘的圈圈，然後拿起金屬鑷子，在眉心處細細密密地夾著，空氣裏嘶的一聲，鑷子上有根斷成半截的毛髮。我閉著眼睛，心裡卻在估算母親每一個動作需要多少時間，為什麼這樣久呢？我益發焦躁了。直到母親在我身邊那一塊榻榻米上臥下來——

繼續沉浸在回憶中，我用慢悠悠的聲音說：

「以為我已經睡熟了，母親替我把被角掖掖好，我卻可以瞇著眼注意她的動靜。有幾次，母親坐著而並不躺下，就著吊掛下來的一盞燈，的的撥起了算盤珠子，聽著，我就知道那本家用帳上又出現了補不完的窟洞。」

我愈說愈傷感起來，想的是風雨聲大作的日子，洋鐵皮的燈罩搖搖盪盪地，母親單薄的身影映在牆上，四周的紙門颳得吱嘎有聲。第二天早晨，院子裏落下了一地髒兮兮的扶桑花。

有時候蟲聲唧唧地，月亮從窗戶照了進來，睡在我旁邊的榻榻米上，母親面色白得像紙。我說，當時突然擔心，擔心母親停止了鼻息，就剩我一個小孩要面對這險惡的世界。而我伸過手去，放在母親鼻孔底下，久久，才感覺到些微的暖氣。

「哎，你的阿爸，也太不顧你們了。」每回聽到這裏，女人例行地為我悲嘆一遍。

父親？我只記得他騎重型機車進門的聲量，鑰匙茶几上一擱，脫下的金錶噹啷一聲，然後他在桌前坐下來，一口一口地扒飯。對著這一刻表情中充滿同情的女人，我自言自語地講道，母親原是好人家的女兒，過世前多少年，都在忍受那一樁並無起色的婚姻。

平躺著，我聲調不緩不急地繼續說：「要知道，一切無可挽回，我人際關係上的疏離已經成形。這是我童年生活中難彌補的缺憾。」

女人顯然從來沒有弄明白我的意思，一面聽著，熱乎乎的身子就貼了過來。「睏了，太睏了。」我說，慌忙往牀的另一邊躲閃，同時機靈地抽回她試著要握進掌心內的那隻手。

黑暗中，我一直很警醒，直到我的側面響起了輕微的鼾聲。其實，我只要女人睡在我身畔就好，她體腔內的呼吸，淙淙琤琤，好像一闋催眠曲，又好像小溪的水在我旁邊上下奔流。我總等聲音突然高亢起來才碰碰我身邊的女人，要她改換一個姿勢，那是我與她身體唯一的接觸！

偶而真的難以入眠的時刻，我無趣地想著，不僅是欲望的銳減，除了聽覺還像當年一樣機敏，味覺、嗅覺……其他感官都在逐漸退化之中。不少時日，我把那台喜美停進車房，鑰匙往電視機上一擱，坐在菜擺好的桌邊，無意識地，我只是一口一口往嘴裡扒著飯。

5

想起來，回憶與時俱遷。一生之中，我說過許多童年的故事，每一個都比前一個更為切合我當前的心境。

各個故事裡，對我日後行為發生重大影響的童年經驗恰似可以移動的積木，等待著排列組合。譬如，為了解釋我與同性朋友之間的勃谿，有一次，我所記得的童年突然多了三位兄長，個個好勇鬥狠……。

除了橫生出的枝節，我的童年又如一塊大海綿，隨時向眼前的經驗吸取含蘊其中的智慧。譬如，才讀了某位偉人的勵志小故事，我的童年就發憤圖強起來，自行剪接上在溪邊看小魚逆流游泳的一段。前些時日，我在電視上看了一部拉丁美洲的電影，果然從我的記憶深處，也浮現了一位白髮皤皤的老祖母，睡著與醒著沒有區別，不斷發出夢囈：敘述家族光榮的過去。看她從浴盆裡站起身來，赤裸而巨大，如一尾讓海水分開來的白鯨！

6

還有一組故事沒說給人聽，那才是我記憶中真正的童年。我去編織各種荒唐的故事，目的也在混淆旁人的視聽，以確保我珍藏在記憶裡的經驗不受任何的汙染。

直到有一天，一個接一個的故事之間，我預感到自己最害怕的終於發生，就在一去不回頭的時光裡，虛構的故事……竟然消溶了我真正的童年……

導讀

平路（一九五三—），高雄人，臺大心理系畢業，美國愛荷華大學碩士。曾任《中國時報》主筆、香港光華文化新聞中心主任，任教於臺大新聞研究所與北藝大藝術管理研究所。平路最初以政治小說進入文壇，後以推理、科幻及後設等多變形式，開創小說新疆界；更以女性觀點、女性主體與女性文體重新改寫「民國的歷史」、「大一統的歷史」，顛覆大敘事的虛妄，以新歷史小說解構歷史的樣貌。她的各式創作，包括小說、散文與評論數量均豐，不只探究女性議題，而是將反對霸權的姿態擴大到語言的牢籠、意識形態的箝制、歷史敘事及性別制約等面向。重要小說包括：《禁書啓示錄》、《百齡箋》、《行道天涯》、《何日君再來》、《東方之東》、《黑水》。

〈童年故事〉（收錄於《百齡箋》，臺北：聯合文學，一九八八年）描述一位成年男子，非常喜歡跟情人提及童年經驗，更沉浸在不斷陳述故事的樂趣上，無法自拔。而他不斷演繹、延伸與增補的童年故事，也成爲一張不斷拼貼、層層疊加的身世恩怨圖，與他的人生及親密關係、眞相辯證都產生了有趣的火花。

〈童年故事〉張開記憶大網，首先探觸的就是「飲食男女，人之大慾」。「性」帶來肉體的歡愉，「食」則帶來口舌的滿足，人們對於性愛與飲食的欲求，原是本性的一部分。小說巧妙地透過男子與情人性愛的過程，口舌嚙咬的快感，從津液的共享到乳頭的奶香，喚起童年味覺的記憶，「我的味蕾將這一刻的情愛經驗與童年記憶連結在一起」，他想起了母親烹煮的食材，還有母親獨有的氣味。對於童年味覺的絕對依戀，他也要求女伴複製童年一樣的滋味，小說利用味覺的聯繫，寫出懷舊情感與母性依戀。

但童年記憶與人生的關係，果眞如佛洛伊德學說所述，童年的失怙與創傷，勢必帶來價値觀決定性的影響嗎？童年經驗成爲解釋因果關係最佳的依據，正好提供給男子一個自我寬宥的遁詞，讓他繼續在「我怕——怕任何需要付出、需要認眞對待的感情」的感情自剖中，瞞騙情人，度過餘生。小說指出另一種可能性，人們不是被童年經驗影響了人生，而是「童年經驗與我目前的心境時期有脫不開的關係」，是人們虛構了、創造了過往的記憶。小說精采演繹了人類記憶與言說的複雜性，不是建立在固定的論述上，而是建立在一個不斷變動與重新詮釋的過程中。文末，主角道出，從未「言說」的故事，才是「記憶中眞正的童年」，點出最大的弔詭。（唐毓麗）

男人是一道菜

郭強生

五十個伏地挺身完畢，他今天的健身功課算是告一個段落。

隋任賢對自己所擁有的一副健壯體格十分自豪，每晚都要花上至少一個小時，在他臥室角落裡那整套的健身用具上運動鍛鍊，非到汗流浹背不善罷甘休。

憑著這身傲人的肌肉，他已成為某外國健美先生營養食品在台的廣告專屬模待兒。滿街跑的公共汽車車體上都貼著他的海報。『自己看了也爽！』他穿著野戰小短褲，赤裸著胸膛，露出自信的微笑，但是消費者不會知道，他自己並不服用那些藥丸。

他本人常以美食家自居。

『吃是人生一大享受，怎麼可以用那些藥粉、藥丸代替呢！』隋任賢私下總跟朋友們表示：『懂得吃的人並不容易發胖。像我，吃是為了要滿足口腹，鍛鍊身體是為了滿足視覺，兩者並行不悖！』

他是個實際而有效率的人，律己甚嚴。自從三年前因為排隊買電影票與黃牛起了爭執之後，他便暗下決心為自己重新造型。原本書卷味濃厚的他，在一年之內果真改頭換面，成了一個走路有風的昂然大漢。

經過了競爭激烈的廣告公司甄選，隋任賢從近五百人中脫穎而出，成為國內第一位直接與廠商訂約的專屬男性模特兒。

但是他並不是個會因此而滿足的人。一來他不希望長久被媒體定型為『雄性大哺乳動物』，二來經過廠商一年來的強力促銷，男性健美已在國內蔚為風尚，他可預見當他明年合約到期的時候，會有更多臉蛋比他俊，身材比他更可觀的新人想擠進這行，當年他的優勢將不再那麼明顯，因此他已在著手為他的下一步作生涯規劃。

這一年多來他常被邀約至各種不同的聚會場合，什麼電影首演啦、新書發表啦、百貨公司落成開幕啦……雖然有時他也搞不太清楚自己在場的功能，但是他一概禮貌赴約，拓展自己人脈。

有他的地方，總不免圍了一群異性。他俯臨環顧，不免有些飄飄然。他的傾女性主義的親和態度，更為他贏得不少人緣：

『女性塑身之外，男性也該自覺。我們男人以前的確太不體貼，未曾顧及各位的樂趣。』

他略帶挑逗的語調，總要引來女性們一陣竊竊私語與暗暗心喜。幾個日後熟稔的女士，更訝異隋任賢對美食的研究，常在他的帶隊下，試嚐了台北市諸多頗具風味的餐點，從法式起司鍋到西班牙海鮮飯，中國北方泡饃到南洋咖哩，沒多久隋任賢在台北貴婦圈中就有了非常鞏固的地位。

某大出版事業，握有數本國際時裝雜誌中文版發行權的女東家，便提出資助隋任賢旅遊世界各國，撰寫美食評鑑的計劃。

隋任賢自然不會拒絕，這是他轉業兼轉型的絕佳機會。

以他現有的形象名聲，到時候出版一部暢銷的美食指南並非難事。然後，也許他還可以發展他的連鎖餐廳企業，開設以他為名的健身中心……

沖完涼走出浴室，隋任賢穿著他的白色浴袍，打算把他的法語教學錄音帶放進隨身聽，躺在床上好好享受一下暫時與台北脫離的情調。

就在這個時候電話鈴響了。他這些日子以來有點對忙碌的社交感到倦怠，但是為了維持良好的人際關係，他不得不勉強摘下耳機去接聽。十一點？他看了看錶，對有人如此不尊重別人的生活作息微覺不快。

『請問……隋任賢先生在嗎？』

『我是。哪一位？』

聲音有點耳熟，會是哪家傳播公司的節目助理嗎？他們常在最後一分鐘為明天的電視錄影臨時徵召上節目的來賓。

『阿賢，我是林婷香。』

『林婷香……好久不見啦。』隋任賢果然吃了一驚，這是他半年來接過最意外的來電。

林婷香是他大學時的同班同學，畢業後就沒有再聯絡過了。她從哪兒弄到他現在的電話？『最近好嗎？……有跟其他人保持聯絡嗎？……改天大夥兒真該找機會聚一聚，畢業多少年了？——』

他一貫以他流利客套的方式應對，不料對方竟聽不出他委婉脫身的意圖。

『阿賢，我現在就在你家附近，我可以過來看看你嗎？』

『什麼？』

『阿賢，你還在為我們那時候分手耿耿於懷嗎？』

『喔，當然不是……』隋任賢有些慌了手腳。盛名之累，他真是當之無愧。校園裡那時的陳穀子爛芝麻，竟然六七年後還有人要與他重溫？

『只是，現在不會太晚了嗎？』

『我只是想看看你，我坐坐就走。』

隋任賢記得林婷香是那種文靜溫柔的女孩，當初發生關係，她還哭了呢。也許她現在成了一個不快樂的主婦，每天看到他的照片貼在公車上，不免有些惆悵。想看看我？隋任賢本想回她一句：每天到處可以看見，還看得不夠嗎？

但是他不是個冷酷的人，他喜歡林婷香小心翼翼的語氣，心想這個乖巧的女孩應該不會給他惹來什麼麻煩，他也就答應了。

不過忘了問她，怎麼還有我的住址，隋任賢抓抓頭，站在立地穿衣鏡前對自己顧盼了一番。忘記問她現在是不是已經結婚了，他記得林婷香有著滑潤的肌膚和纖細的腰肢。待會兒她看到了自己這身結實的肌肉，也許會情不自禁吧？——

還不及他更衣，林婷香已經撳他家的門鈴。隋任賢懷疑她根本就是伺踞在他家巷口，飛來的也沒這麼快呀。

一開門，隋任賢著實倒退了兩步，嚇得說不出話來。

記憶中的林婷香已經被一個陌生的、龐然大物的臃腫女人所取代。

要不是那雙堪稱水汪汪的眼睛沒變樣，隋任賢絕對不敢相認。眼前這個女人怕沒有一百公斤?!怎麼會是當年校園裡與他初試雲雨的林婷香。

『啊，請……請進。』

『認不出來了，對不對？』

『不是，我因為……』

『我完全胖脫了形，我知道。』林婷香邁著八字步一路晃進了屋來：『你也變了很多。』

『是啊是啊。』

隋任賢目瞪口呆地，差點忘了關門。這完全不是一分鐘前他所想像的重逢。他突然有了很壞的預感，這個女人就這樣登堂入室，到時候她若賴著不肯走，他恐怕免不了一場九牛二虎的肉搏。按體型論，他一時還真沒有勝算的把握。

『你一個人住嗎？』林婷香在客廳裡巡了一圈，已經有點氣喘吁吁：『可以參觀臥室嗎？』

『香香——』隋任賢決定不吃這個眼前虧，也許好言相勸還可以挽救情勢。

『我一個單身漢的房間，亂七八糟的，見不得人。』

『你還記得我叫香香？』

『是嗎？一時衝口而出——』隋任賢故意裝作一副大智若愚的樣子：『也許該改稱某某夫人了？』

『你看我這個樣子，會有人要嗎？』

林婷香突然像被踩著了尾巴，提高了嗓門：『你是想挖苦我？』

『怎麼會呢——』隋任賢邊說邊抓緊了自己的浴袍開口，不讓自己的身體暴露在她面前。

『你幹嘛？』林婷香朝他走近了兩步：『人人都可以看，就我不行？』

『衣冠不整，太不禮貌——』

『若不是我親眼看見，我還真不敢相信，隋任賢成了這樣一個大肉彈。』

『啊？』隋任賢不自主朝自己浴袍裡瞄了兩眼。他難道不是標準的身材？還是近日多吃了幾次起司鍋，身材有點兒走樣？

要不就是這個女人——精神不正常！

『你知道嗎？你這一身的肌肉，總讓我想起福華一樓自助餐的那道烤羊排。厚實紅潤的一大塊放在案上，我每次都要服務生切一大片給我——』

『林婷香，妳說這話是在侮辱我！』

『對不起啦。大概從像我這樣一個女人嘴裡說出來，就會變成侮辱。換了漂亮的小姐，你大概會覺得是恭維。』

林婷香邊說，一屁股便在沙發上坐了下來：『我就是這樣胖起來的。自從看見你頻頻出現在廣告上展露肌肉，我便覺得十分受到刺激。這個男人以前是我的！現在他成了台北市——不，全國人人眼前的一塊沙朗牛排。你記得我以前在大學的時候吃素嗎？現在我是一個標準的肉食動物，我一看見烤肉、牛排、巴比Q、漢堡，便迫不及待地想吞進自己肚子裡！』

隋任賢覺得自己快昏倒了，眼前金星飛舞，全身虛脫無力：『林婷香，那已經是快八年前的事了。』

『七年零三個月。』

對方立刻糾正了他：『我那時候還是處女，我以為你說要娶我是真話！』

『妳理智一點好不好？難道妳連自己無法控制食慾也要怪在我頭上？也許妳只是內分泌出了問題，妳需要的是一個醫生。妳今天來這裡根本是大錯，妳以為我會對八年前——好吧，七年零三個月前的事請求妳的寬恕嗎？』

隋任賢失去了一向對女士的好耐性，實在是因為他不覺得自己是在跟一個女人說話，對方虎視眈眈地，活像一隻母灰熊：『那時候我們才二十歲，我沒有逼妳，妳自己也願意的！分手的時候我們也都是平心靜氣的，好聚好散。妳不能因為接下來的十年生活不如意，妳就跑來我這裡無理取鬧！』

『我跟你說我生活不如意了嗎？』林婷香憤怒地拍著沙發上的座墊：『你憑什麼覺得你過得比我好？只是因為我的外形？你以為你擁有了健身房的成果，就可以這樣隨便對人下結論？』

『肥胖是墮落的象徵！』隋任賢冷笑了起來：『如果妳生活如意，妳就不會用食物企圖填補空虛。肥胖的人沒有自尊、沒有毅力、沒有正常的社交、沒有——』

『哈！』林婷香拍起手來：『你的自尊、你的如意又是哪兒來的？是別人給你的。是你出賣身體與微笑換來的，你有什麼呢？』

『不要強辭奪理。我有POWER！我的身體給了我驕傲和力量，妳們這些女人看著我的海報的時候，我的POWBR變得更強！妳能否認嗎？』

『你如果真有POWER，你現在跟我說話的時候為什麼會這麼不安？』林婷香打開手提袋，撈出了一條奶油巧克力棒，剝了包裝紙便送進嘴裡狠咬下一截：

『你沒有力量。你根本無法控制什麼樣的人在看你的海報。像我這樣肥胖的女人、色迷迷的老頭、滿臉青春痘的高中女生……他們都在那裡盯著你瞧！不要自欺欺人了……沒想到他們果然說中了，說你看到我時會有這樣的反應。』

隋任賢摀住自己的耳朵，轉身想逃回臥室裡。他唯一的念頭是報警！他終於見識到人的自私與嫉妒是多麼可怕。林婷香分明是想污損他，藉以彌補被人嫌棄污損的挫折感。

『他們那時候就告訴我，隋任賢是個虛榮浮誇的人，利用自己的外貌做為晉身之階。我還跟他們說，不是的，我從大學就認識他了，他不是這樣一個人……』

隋任賢不由得放慢了步子。林婷香的語氣突然轉成了感傷。他這才注意到她抓了巧克力棒的手上，戴著一顆光燦的鑽戒。

『我是胖了、醜了，可是我這些年依然相信你是個肯上進、有才幹的人，我甚至不覺得你現在看起來比較好。我喜歡你以前的樣子。現在的你，只不過是人人進了餐廳都可以點的一道菜——』

林婷香嘆了一口氣，失望地放下巧克力，扶著沙發把手好不容易撐起身子站定：『你應該去打聽一下，派森文化傳播娛樂企業是誰的？』

隋任賢覺得身體裡的血液一股腦兒往頭上衝。

『原本是我先生的，他過世後我便接手。』

林婷香又從提袋裡拿出了手機，按了一個號碼：『喂，小董，你把車開過來吧，我十分鐘以後下去，就在你剛剛送我下車的地點……』

『婷香，妳？——』隋任賢的袍帶鬆了，但是這會見他已無暇他顧。

『我們其實是很恩愛的。五年前他心臟病突發，留下我一個人。我因為心情不好，放肆地大吃大喝，是這樣才胖起來的，跟你沒有關係。』

林婷香看著隋任賢目瞪口呆的神情，忽覺有些不忍：『這兩年你在一些闊太太圈裡很活躍。我常聽見其他一些太太們提起你，說起你們上館子看畫展什麼的。我知道我自己這個樣子，不能見你……』

『不不，香香，我誤會妳了——』

『好了，你也不用跟我應酬了。』林婷香擺擺手：『我叫公司的林總明天把支票送過來。兩百萬夠你這趟美食之旅了。』

『婷香，我不能——』隋任賢衝過去抓住林婷香的手：『妳不懂。我也是為了事業。我除了這身皮肉，什麼也沒有……』

『我沒有怪你呀。』林婷香溫柔地望著他：『我知道你不會沒有分寸的。我用這種方式與你相認，也是不想讓你為難。一旦成了菜單上的一道菜，難免會有身不由己的感覺，不是嗎？』

隋任賢想說什麼，被對方舉起手制止：『如果我們從不認得，你想你會用什麼方式去迎合派森集團那個痴肥的女董事長呢？好在你我是舊識。』說罷便轉身離去。

好在是舊識……

重新站在穿衣鏡前，隋任賢努力端詳，開始研究該如何在最短時間恢復自己的原貌。

導　讀

郭強生（一九六四－），臺北人，臺灣大學外文系畢業，美國紐約大學戲劇碩士、博士，爲「有戲製作館」負責人，曾任教於東華大學英美語文學系，現任教於臺北教育大學語文與創作學系。郭強生鍾情於小說、散文與戲劇創作，早期文學風格，受到張愛玲與三三集團的影響極大，從「小說族」受到矚目，常書寫愛情的考驗與成長主題，後期文學轉趨深沉凝鍊，加入身分認同、情慾認同與人生的辯證。重要小說爲：《傷心時不要跳舞》、《夜行之子》、《惑鄉之人》。《非關男女》獲時報文學獎戲劇首獎，長篇小說《惑鄉之人》獲得金鼎獎，散文《何不認眞來悲傷》獲得金鼎獎文學圖書獎。

郭強生《情人上菜》與李昂《鴛鴦春膳》有不少共同性，同樣以文字饗宴演繹「情慾與食慾」曖昧複雜的關係，郭強生酷異地以「菜要好吃，書要好看」八個字，爲小說作序，點明綰合食慾與情慾的感官書寫，絕對能滿足讀者多重期待。〈男人是一道菜〉（收錄於《情人上菜》，臺北：皇冠文化，一九九七年）描述健美先生隋任賢傲人的肌肉，讓他迅速成爲媒體的寵兒，由他帶領的美食團，每每搶攻各國美食與精細味蕾；他追求美食，憎惡肥胖，也成爲貴婦圈中炙手可熱的男模。當他覺得人生志得意滿時，被他無情拋棄的舊情人，找上門來了。

隋任賢平日積極形塑自己「傾女性主義」的形象，把「我們男人以前的確太不體貼」掛在嘴上，看似擁有開明平權的性別意識；當他看到臃腫的林婷香，鄙視她放縱食慾、堤防她貪戀男色，都顯示最僵固褊狹的性別歧視、肥胖歧視和身體想像。作者透過精采的對話，利用林婷香故佈疑陣的誘導，揭示隋任賢最不堪的處境：他曾是戀人最珍視的珍寶，卻不懂珍惜；他最自傲那緊緻厚實的身體，不過就是資本主義交換法則下待價而沽的「大肉彈」，淪爲人人可點「菜單上的一道菜」。他爲有錢人出賣自己的肉體，利用外貌作爲擴張財富的不二手段，早淪爲買家慾望的投射物、一個被物化的客體；他卻無視自己的處境，仍沾沾自喜，極度自戀，還以至高無上的姿態數落昔日情人，可笑的程度，莫此爲甚。小說的人物塑造，立體又精準。王德威曾指出，「在實際風格方面，郭強生大體承襲了張愛玲、白先勇的傳統。寫人情世故的曲折忸怩處，精緻冷冽，確是維妙維肖」，可謂一針見血。

〈男人是一道菜〉充滿幽默的諷刺性，將異性戀男強女弱的權力關係，做了有趣的翻轉，更將虛假的「傾女性主義」面孔徹底撕毀，留下無地自容的男性苦苦求饒。這個結局，也是女性優雅反攻，最頑強有力的一擊。（唐毓麗）

六、性別與情慾

西拉雅族的末裔

葉石濤

潘銀花用鋤頭扛了一畚箕牛屎來到蓮霧果園的時候，太陽還沒有升得高，可是暮春五月的陽光還是那麼地灼熱，她早已弄得香汗淋漓了。

這兩分多的蓮霧果園是她家唯一的祖傳財產，她家其餘的三分旱田是她的Arit（祖先）向府城大地主龔家租來的，每年要繳的佃租是那麼地重，繳了佃租之後幾乎沒剩下多少糧，所以果園那翠綠的蓮霧是她家賴以維生的唯一寄託。這翠綠的蓮霧是新市這一地區的特產，臺灣別的地方也有人種，可是沒有她家鄉的果子這麼甜，這麼脆。她的Ma（父親）和Na（母親）非常頑固，那租來的三分田地如果改種陸稻，也許生活會好過一點，可是Ma和Na卻墨守成規非種高粱不可，所以她家所吃的米都還得去糴。

此外，她所住的新店部落是個小部落，只有十八戶，人口八十多人，卻全是基督徒，禮拜天都要帶著羅馬字聖經到村集會所去做禮拜，由於沒有長駐的牧師，府城的教會總會派一個牧師前來講經、唱聖歌，洗滌他們的靈魂。每年農曆九月十六日是阿立祖的生誕，可是她的族人兩三百年來早已習慣於信仰耶穌，連個祖廟也沒蓋，只有九月十六日這天才由阿春尪姨（女巫）率領去知母義部落參加阿立祖生誕祭典。

潘銀花小心翼翼地在每一棵蓮霧樹根邊挖了小溝、把牛屎埋進去。這些牛糞都是她每天在通往府城的牛車路上揀來的，她的Na總是向人誇讚她的勤勞和能幹。蓮霧正當繁花滿樹，蜜蜂在白色花朵間忙著採蜜，她挺直了腰板，正在鬆一口氣的當兒，忽然劃破寂靜的空間，像炒豆子似地響起了兩、三聲槍聲。起初，她以為那是府城的第四部隊在演習，但卻不太像；因為槍聲只有幾聲就沒有了，而且也聽不見日本軍野獸似地奔跑的腳步聲和吶喊聲。

潘銀花忘去了Na常給她的叮嚀，別去管閒事這句話。仍然放下了鋤頭，向果園盡頭的河岸走去。那只是一條小溪，可是河灘特別寬，滿地都是龍舌蘭和菅草。

她站在一棵蓮霧老樹下往下看下去。太陽已升得快靠近中天，這幾天來不斷下的春雨，使得河水高漲，在灼熱的陽光下河流像一條橘色的帶子蜿蜒地邐迤開來。

就在靠近河水的龍舌蘭叢生的地方，潘銀花看見穿著獵裝和高筒皮鞋的一個年輕人倒在地上，不時痛苦不堪地呻吟著。他的腳邊摔著一枝槍，依稀可以看出那只是打小動物或小鳥用的空氣槍罷了。年輕人的腰帶綁著一個網袋，裏面裝了兩、三隻羽毛色彩灰黑的野鴿子。潘銀花覺得好笑，以為這獵人沒射中野鴿子卻反倒射壞了自己的腿。可是他的呻吟聲越來越大，這叫潘銀花覺得有些不忍起來，她輕快地走向河灘，迎接她的是那年輕人一雙求救的可憐的眼睛。那年輕人臉色白皙，似乎很久沒受過太陽曬，可是卻濃眉大眼，倒長的英俊，這使得十六歲的潘銀花有些害臊起來。

「你怎麼了？哪兒受了傷？」潘銀花羞答答地問。

「我好像摔斷了腿呢，右腿疼得不得了！」那年輕人振作起精神來勉強的回答。

「這怎麼辦？」潘銀花遲疑未決。

「麻煩你去找個小樹枝把我的腿固定起來好嗎？」年輕人倒有了主意。

潘銀花用揀來的樹枝和他口袋裏的手帕把腿綁好，無計可施，只好扶著年輕人，讓他用另一隻健康的腿跳了幾步，結果他還是軟癱在地上，汗流浹背地喘息著。

「我回去叫Ma和幾個人來把你扛回去，不過你還是忍耐走幾步到果園樹蔭下去躺著才是。」

「你說什麼？Ma是醫生嗎？」

「不！我們部落裏沒有醫生。Ma是我父親的意思。」

「哦，我明白了，原來你是住在新店村的Chiraya（西拉雅）族呢！」

「西拉雅族？我不懂。」

「你們部落不是膜拜盛水的壺和豬頭骨？」

「沒有的事！你怎麼亂說！」潘銀花有些生氣起來。

「好了好了，對不起！請你速去速回！」最後一句話是用日本話說的。潘銀花沒上過公學校，聽不懂日本話，但是她猜也猜得出來。

她收拾好畚箕和鋤頭趕回家的時候，她的Ma潘紅頭正給黃牛套上車軛要叫牠拉牛車到田裏去，這正好派上用途。Ma聽完了銀花上氣不接下氣的報告，呸——一聲吐出了如鮮血般的一口檳榔汁，眉頭深結。

「他是我們頭家龔家二少爺龔英哲，他喜歡打獵，常來這兒走動，看樣子，我非駛牛車把他送回府城不可！好了，咱們這就去了！」

他們父女倆趕到蓮霧果園時，那龔英哲已不再呻吟，倒安祥地睡著了。搖醒了他後，在牛車上鋪了一層厚厚的稻草，讓他舒舒服服地睡在上面，父女倆就分擔工作，做爹的專心駛牛車，銀花就用弄濕的毛巾來替他擦汗。過急水溪時，二少爺頻頻喊口渴，銀花只好從牛車上爬下來，用餵牛喝水用的杓子舀了河水，讓他喝，此外就是拿了一把破油傘替他遮住了惡毒的太陽了。

掌燈時分，牛車輪子發出轔轔的刺耳聲音，駛上一條繁華大街。亮起來的街燈把大道照得如同白晝一般明亮。

潘銀花坐在牛車上目瞪口呆地看著這車水馬龍，熙熙攘攘的熱鬧景象。

「喏！這兒就是『大舞臺』啊！臺南府城最著名的戲院呢！」她的Ma潘紅頭解下頭上紮著的藍色Sarip（頭巾），頻頻拭汗。潘銀花不是沒有來過府城，曾經有好幾次她的爹要來賣甘藷或薪柴的時候，她也跟著他來過。只是那多在清晨，去的地方又是東門城外的「蕃薯市」，接觸的都是窮人，很少看見這麼多裝束打扮入時的男男女女。

「到了『大舞臺』了嗎？那就快了，拐過彎就到『范進士街』啦！」不再呻吟的二少爺龔英哲挺起半身來如釋重負似地嘆息。

「少爺，讓你受苦了。今兒個天太熱了些！」潘紅頭埋怨起天氣來。

「還好，若沒有碰到你們父女，我不知要在河灘躺多久。特別是銀花，如果沒她一路上照顧我。我一定被曬得頭暈腦脹了。謝謝你啦，銀花！」二少爺瞄了銀花一眼，不知怎麼的，紅漲著臉說。

「這也沒有什麼。你倒很熬得住。」潘銀花安慰了二少爺。她也偷偷地瞄了他一眼，剛好四目碰觸，驀地她的一顆心加快了跳動，這年輕人實在好看。

牛車從種有綠草花卉的圓環，拐個彎，駛入另一條較寂靜的大道，這無疑的是龔家所在的「范進士街」了。約略駛了片刻光景，就在「赤嵌樓」對面的二樓洋樓前面，牛車忽然停下來。亭仔腳裏有一個僕人打扮的老頭兒正焦急不堪地看著他們牛車停下。一看見牛車停了馬上走過來。

「樹清伯，我把二少爺帶回來了。」潘紅頭垂手站立恭敬地說。

「噯呀！你是紅頭仔，原來二少爺是到新市去的，他怎麼的又坐了牛車回來？」大掌櫃的樹清伯這才露出了一點笑容。

「他打獵摔斷了腿呢！」潘銀花插了嘴。

「摔斷了腿？英哲啊，你太任性了！頭家娘擔憂得快哭出來了呢！」樹清伯埋怨起來。

「沒事，你不用煩惱，把我抬進去屋子裏頭要緊。」龔英哲苦笑著。

不久，從屋子裏頭響起了雜亂的腳步聲，兩三個精壯的漢子跑出來七手八腳地把龔英哲抬進去。隨後打扮得花枝招展的丫頭前呼後擁地圍著一位纏足的半百老太太走出來，那就是龔英哲的母親龔家頭家娘了。

「紅頭伯，虧了你父女倆照顧他回來，否則他不知會弄得怎樣了！真多謝！這位是你千金，哦！叫做銀花嗎？這名字倒蠻吉利的。你這女兒長得多俏！」

頭家娘拉起銀花的小手。仔細端詳起她的容貌來，頻頻誇讚。這叫銀花羞得連頭也抬不起來。

「改天我再到你家謝謝去。天也晚了，今兒個晚上在這兒過夜。」頭家娘說。

「不了！明兒個早上還有一大堆活兒要幹，我們得趁著有月亮趕回去。」

「是嗎？不過也不用那麼著急吧，總得要吃頓飯再走。」頭家娘叫一個小丫頭帶他們到後院子去。這是三進落的大宅子，宅子正面對著大街的地方蓋成二樓樓房，但是經過一處鋪著花崗石的天井走進去，卻是道地的古老房間。房間不知有多少間，走了片刻，才走到屋後的院子。院子裏種滿了玉蘭花、含笑花、桂花等多種香花，紅磚高牆邊的石榴花正盛開著胭脂紅的花兒。廚房就在後院子的一個角落，似乎下人都在這廚房進餐，至於主人們似乎另外有個餐廳的吧，銀花也搞不清楚。雖說是跟僕人丫頭一塊兒吃的飯，可是仍然是大魚大肉的，那過年過節才吃得到的烘肉滷蛋滿滿一大碗，好像丫頭也懶得去吃它。她的Ma潘紅頭幾乎喝光了一瓶金雞酒，連連打呃。她的族人一向是以豪飲著名的。僕人和丫頭們都挺和氣地給潘銀花的碗子裏夾了菜。吃罷飯，那掌櫃的樹清伯吩咐廚師替他們包好了一大包吃剩的菜；有些是乾料，有些是醃肉。潘紅頭這一下子樂壞了，這些菜少說也可讓他一家人吃上好幾天。

臨別的時候，專門服侍頭家娘的丫鬟阿鶯姐，又給銀花一大包衣服，說是小姐們不穿的舊衣，但還是簇新的，請她別嫌棄。

「紅頭伯，銀花姑娘，頭家娘也許會到你家去玩玩。不過這要等二少爺腿治好了再說。二少爺現在臺北的醫學專門學校唸書，快畢業了，將來是個西醫呢！」阿鶯姐笑嘻嘻地說。

「吃了飯，又送我們這麼多東西，請替我向頭家娘多謝！」潘紅頭高興極了。

離開潘家時快要八點了，月亮還在東方天空，靠著那皎潔的光，牛車駛離了府城，駛過花木扶疏的「臺南公園」，駛進一片漆黑的曠野裏去。

潘銀花坐在牛車上，覺得非常幸福；但這幸福感是來自一餐飯或人家餽贈的一大包衣服，抑或那英俊的二少爺，這她就搞不清楚了。

夏天快要來臨的時候，她的Na潘紅頭採了一籃子碩大的翠綠蓮霧果子，老遠跑到府城去。說是要送給頭家娘嚐嚐，趁便也探視一下二少爺的腿治好了沒有。當然這種行動裏面也暗暗含有上次受到招待和餽贈，非報答不可的意思。潘紅頭並不喜歡龔家，他們是業主，雖然佃租催得沒那麼兇，可從來也沒減少過一毛一錢，每年都要設法非繳清不可；好像臺灣每個地方都一樣，這叫做「鐵租」，鐵定非繳不可。佃租既然躲不開，為什麼還要送禮？所以哪怕是爛掉的果子，潘紅頭寧願餵豬也不願送給龔家，他也從來沒送過，這乃是破題兒第一遭呢！

傍晚時候，喝得酩酊大醉的潘紅頭，才搖搖晃晃地回到了家。顯然是在龔家吃了一頓豐盛的午餐。

潘銀花的Na金枝仔嘴巴裏嘀咕著，把她的爹扶進屋子裏頭，倒杯冷開水給她老爹喝。銀花就牽著那帶有一點印度白牛血統的黃牛到戶外去，繫在一棵木麻黃樹下。

「阿花，牛車上有一包糕餅和鹹肉，另外還有一大包衣服，這是頭家娘要送給你Na的，你把它拿進來！」

從屋子裏頭響起了已經清醒不少的潘紅頭的濁聲。

「Ma我知道了。」潘銀花在餵牛的青甘蔗葉下面摸到了兩包東西：一包是竹皮包的，那一定是菜餚了，另一邊卻是用白棉布包的，那就是衣服罷。

當潘銀花走進屋子裏去的時候，她的Ma和Na臉色凝重地交耳接頭不知商量些什麼。她為了討Na的歡喜趕快要打開包袱的時候，她的Na金枝仔連忙搖了搖手，制止她。

「阿花，你過來坐。Ma和Na也下不了決心呢，要看看你答應不答應？」Na很憂慮地說。

「什麼事？那麼嚴重？」

「頭家娘給你爹說，二少爺已經從臺北醫學專門學校畢了業，將要在臺南醫院做見習醫生。以往他都在外地唸書，沒在家裏待過，所以也用不著服侍他的丫頭。此次，他要回家住一段時期，所以也就需要貼身丫頭了。頭家娘的意思是要你過去，聽說這也是二少爺的意思。你肯不肯？」金枝仔不知擔憂什麼，一直嘆息。

「他們龔家也算是書香人家，從來沒聽說過虐待下人這樣的事。你也看見了，的確很厚道。你在這草地跟著Ma、Na過日，雖不欠三餐飯，可也沒見過世面。要不要去沾沾富貴人家的珠光寶氣？」潘紅頭倒輕鬆地說。

潘銀花的眼前驀地浮現了二少爺那細白如少女的臉以及鮮紅的小嘴。耳畔響起了那跟體格不相稱的粗豪聲音。不知怎麼搞的，想著想著，猝然臉都紅起來。

「再說，頭家娘開出的條件也很優厚。先給我們安家費一百圓，這夠我們兩個老的吃上五個月了。此外，你不是終身賣給他家為奴的，每個月吃穿不算，還有月給（薪水）十五圓呢！積下來也夠做嫁妝啦！」愛貪小便宜的金枝仔好像心動了。

「我不知道服侍二少爺，我做得來做不來呢！一切聽Ma、Na決定吧！」潘銀花的心早已飛到那溫柔鄉的府城龔家去了，但不好意思明白說出來罷了，只好推給爹娘去做決定。

「短則一年，長則二、三年，銀花還小，等到要出嫁時才辭工回來便是。到那時候二少爺也會成了親，自有新娘去照顧他，咱們阿花，也可以回來了。」最後Ma毅然下了決心，這事就這樣決定了。

然而她的Na金枝仔仍然放心不下，像他們很多族人所做一樣，決定去找阿春尪姨卜一下銀花未來的運勢。金枝仔準備了五毛錢的紅包，事先通知阿春姨準備妥當，這才偕了銀花一起到阿春姨家去。

入夜是一片漆黑，沒有月亮，甚至一點微風也沒有，遠處暗暗響起了悶雷，似乎颱風快要來臨。阿春姨家住在新店部落西側的一片香蕉田裏，她也養了許多條豬，所以一走進香蕉田裏，蚊蚋羽蟲驀地撲到顏面來，癢得難受。摸黑走到那土角厝，就看見屋子裏頭的朦朧油燈光照出的黑影，正在激烈地抖顫著身子作法；那便是阿春姨了。

祭壇上有三個盛滿水的陶壺插著菅草，此外就是豬頭骨了，陶壺前供奉米和烈酒。

當金枝仔和銀花走進屋子裏面的時候，阿春姨發出可怕的吼聲，睜大眼睛。銀花知道神靈已經附身了，所以開始大聲哭泣悲嗚。銀花哭著哭著，本來是假哭，但想到這一去不知有什麼事情會發生也就害怕得真哭起來。

阿春姨進入恍惚狀態，猝然倒在泥土地板，四肢抽搐了一陣子，然後復歸寂靜，像死人一般紋風不動了；這好比是歷驗了世間最大苦難後得到安息一般。

金枝仔和銀花一直恭敬的坐在泥土地板上安靜地等著阿春姨復甦。等了片刻，阿春姨緩緩地睜開了眼，露出了一絲絲笑容。

「我看見了銀花抱著一個男嬰坐在太師椅上。旁邊站著穿西裝的文雅年輕紳士。忽然一陣羽搏聲響起，衝過黑夜，一隻色彩斑駁的老鷹飛進來，把男嬰啣走了。然後，天火下降，整個富麗堂皇的正廳猛烈的燒了起來，大家驚惶失措的四處逃散了。」阿春姨把她所看到的情景心有餘悸似地說起來。

「銀花抱著男嬰？這是什麼意思？難道她嫁給了二少爺不成，這是不可能的。再說，又來了天火，把一切燒燬，這更是荒唐！」金枝仔滿面狐疑，不解似地說。

「我也不知道是什麼意思。不過，如果說銀花出嫁，那麼那家一定是富貴人家。我還看到銀花穿金戴銀的，一身綢緞。那客廳裏的擺設也不同凡響，有很多值錢的古董呢！」阿春姨倒輕鬆的說。

「這到底是好是壞？」金枝仔憂心忡忡。

「哪有什麼好壞？這就是命。誰都改不了！」阿春姨的信心倒沒動搖，她確信她的確看到了銀花未可知的將來。

千謝萬謝之後，金枝仔和銀花踏上歸途，母女倆一路上沒講話，各自埋頭思考，反覆檢討阿春姨的每一句話，但是最後還是落得滿頭霧水。

「唉！別去管它了，聽天由命吧！」這是金枝仔沉思默考後所獲得的唯一結論卻等於是空談了。

龔家老爺曾替日本仔當過「學務委員」，本來不願意把自己的子女送去唸日本冊，可是自己家人不去上日本仔的學校怎能勸別人的孩子去唸日本冊？真所以他只好把子女一個一個送去上公學校（小學）。其中二少爺龍英哲特別聰明又眉目清秀，很討日本仔先生（老師）喜愛，破例去唸了只有收容日本人子弟的「花園」小學。然後接著唸兩年「高等科」，這就順利畢業州立臺南一中，考上臺北的醫學專門學校。

潘銀花到龔家的第一天先去見龔老爺，他通常都在二樓的書房裏很少出來走動。龔老爺年紀約莫五十多歲，一身前清秀才的打扮，書房裏盡是些線裝書。老爺看她長得纖巧，雖然肌色黝黑、眼睛深陷也毫不介意，叫她好好幹。倒是頭家娘很照顧她，特地派了阿鶯姐帶她去前次吃飯的廚房旁小房間安置了她。房裏有寬大的紅木床，簇新的棉被，還準備了臉盆、香皀、牙粉之類的盥洗用具；那香皀香得不得了，銀花睜大驚奇的眼睛聞了又聞，恨不得整天帶在身上。她在家是偶爾用鹽巴刷牙的；阿鶯姐說每天早晚都得好好刷牙以免口臭太濃，被二少爺嫌棄。洗澡時用大木盆，熱水要從廚房裏提，洗過的髒水別給人家瞧到，要趁著黑夜倒入廚房後頭的大水溝。潘銀花聽著阿鶯交代的生活細節，每一件事都覺得新鮮，哪來這麼多規矩？這簡直是磨人的。洗澡嗎？她向來都是跳進河裏胡亂泅來泅去就算數的。

第二天清晨，當廚房裏響起有人走動的腳步聲時，銀花就醒起來，就在用布簾隔開的一個角落的小馬桶上解了大便，然後去廚房裏提了一小桶熱水，半桶留給自己洗臉刷牙，那香皀就捨不得用了。

她躡手躡腳地走到二少爺的榻榻米房，二少爺還沒起床。她輕輕地拉起窗帘，讓陽光透進來，把小木桶的熱水倒進臉盆，放好毛巾和牙刷，返身要走出去。

「銀花嗎？我今天不吃稀飯。叫罔市婆替我烤兩片土司抹上奶油，煎個荷包蛋。」二少爺在床上躺著，瞇縫著眼，很高興地看著銀花，這使得銀花害臊得快要哭出來。

「你會習慣的，我傍晚才回來，午飯是在醫院的餐廳裏吃，你把我昨夜換的內衣褲拿去洗。襯衫要燙哦！」

二少爺笑嘻嘻的又吩咐了。

「什麼叫做土司？」銀花不懂。

「就是那長條的Pão啊？」

「什麼叫做Pão?」銀花更不懂了。

「哈哈哈……算了，你只要去給罔市婆講就行！」二少爺一點也不生氣，他知道銀花是聽不懂日本話的；可是他也聽不懂西拉雅話呢，這不就扯平了？

梳著「大頭髻」的罔市婆聽銀花說到土司的事情，真的，笑得人仰馬翻，著實奚落了銀花一陣子，銀花看見碟子上的兩片香噴噴的土司和荷包蛋，暗地裏流下了眼淚，此類事情不只一次。這一天她碰上了好幾次。送走了少爺，打掃了房間，拿了白淨淨的長袖襯衫，她卻沒法使用那熨斗，她盯著那奇形怪狀的小鐵器兒發呆了一陣子，還好，阿鶯姐跑過來示範了一番，她這才弄清，原來先要把燒紅的木炭放進小鐵盒子裏，還要事先嘴裏含水，像噴霧一樣在漿硬的襯衫上噴水才得去燙平。

吃過午飯，在自己房間裏小睡片刻，就有大小姐屋子裏的小丫鬟翠玉來叫，說是頭家娘和幾個太太要玩四色牌，叫她去張羅茶水。

「阿花啊，這是頭家娘一番好意。無論哪位太太贏了錢，都有賞錢可領。」小丫鬟說。

「我不懂四色牌，是賭錢嗎？」銀花好奇的問。

「是啊！賭的雖是一毛、兩毛的，可是一個下午玩下來很可觀呢，有時十多圓呢！」小丫鬟吐了舌頭，做了個鬼臉。

「十多圓，是我一個月的月給吔！」銀花也心動了。

看了一個下午的四色牌，銀花似懂不懂地了解了四色牌的玩法。頭家娘大贏，賞給了她一枚五毛銀幣，這叫銀花心花怒放，這中間，只是跑了好幾趟廚房沖茶，準備了熱毛巾，讓各位太太揩拭了臉和手罷了。

二少爺回來，仔細的教導她怎麼去把西裝掛在衣架，又教她怎樣用鞋油擦亮黑鞋，銀花生性伶俐，這都難不倒她，她最怕的是二少爺動不動就拉起她的手來教她做這些那些的，每當二少爺的手抓住了她的手時，好比有股電流貫穿身體似的，她覺得四肢發軟。

晚餐倒不用她去伺候，二少爺在樓上起居間跟他爹娘大姐一起吃。他的大哥龔英輝聽說還留在日本東京考那什麼「高等文官試驗」，想當法官還沒回來。罔市婆說，龔家擁有兩百多甲田地，他們家的祖先前清時曾經在噶瑪蘭做過縣官，代代都有人中過舉。

二少爺吃了晚飯回到房間，銀花早就在榻榻米上鋪了棉被，又把書桌抹得乾乾淨淨。此外，在廚房旁的洗澡間有個日本式的大木桶，她裝滿了水，在那大浴桶下面的燒火口裏塞進gara（焦炭）好容易才燒得通紅，不久大浴桶裏的水也燙得插不進手了。

「你很勤快啊！銀花！你累不累？」二少爺要進去洗澡間時深情款款的瞄了一下銀花。

「怎麼會累？我在家從Tantun露出臉以後一直要不停地幹活兒到晚上咧！」

「什麼叫做Tantun？」龔英哲驟然眼睛亮了起來，很有趣似地問。

「太陽啊！」銀花很後悔，說滑了嘴又把她族人的話講了出來。

「銀花，這樣吧，我今兒個晚上開始教你學講日本話，你教我西拉雅話好嗎？」

「西拉雅話？我不會講！」

「你不是常講嗎？譬如Ma、Na、Tantun，那不是西拉雅話是什麼？」

「那是我們族人的話。我的Ma、Na，也不會講整句的，只是偶爾會說一、兩句罷了。我也是Ibutun（臺灣人）呢！」銀花氣得聲音高昂起來。

「好了，好了。你當然是臺灣人；否則也不會哼歌仔戲的都馬調了！哈哈哈……」龔英哲有些快樂起來。

「你幾時聽到的？」銀花害臊得臉也漲紅了。

「你不是時常在房裏哼呀哼的嗎？唱的極好。你有歌唱天才，可惜沒去當戲子。」龔英哲挖苦了一下。

「戲子，我才不幹呢！」銀花很不屑的噘起了嘴。

豐衣足食的日子，使得潘銀花有些豐滿起來。她的乳房挺著，她的腰肢圓鼓鼓的，幾個月不到，她出落得猶如一朵盛開的玫瑰，然而她黝黑的臉色不因用香皂而潔白起來，同時她深陷的一雙大眼睛也總是帶著野性的光采。

由於她工作勤快又不計較做笨重的粗活，上至頭家娘下至廚娘的罔市婆都很疼她；只是口沒遮攔的小丫鬟時常在暗地裏叫她「番仔」，她聽見時有些惱怒；她不懂她和別人有什麼不同。

如果二少爺興致好，晚上他看完厚厚的《外科實例》的書就叫她泡個紅茶，放兩塊方糖和煉乳。每當她泡紅茶時都覺得那茶香好聞，但從來不想去喝，那是很貴的舶來品呢。

二少爺叫她坐在旁邊，教她講日本話。由於她目不識丁，沒法靠書本去教，所以只好像鸚鵡似地二少爺講一句，她就跟著學一句。幾個月下來，銀花也會講幾句單語，聽得懂二少爺吩咐的話了。每當二少爺叫她名字，她就用清晰的日本話回答他：「哈伊！（是）」這使得二少爺覺得很舒服。她也教二少爺她們族人的話，可是她所知不多，整句的話說不上，只能說Zarun（水）、Uran（雨）、Tabin（鞋）、Baun（海）、Baraitun（洋裙）等此類單語。此外，銀花會唱族人的四方歌，唱得屋子裏頭充滿了古代臺灣大自然豐沛的氣息。在銀花的部落裏，女性是佔上位的，所以她是天真無邪的，從來不分二少爺和她的性別，也不自覺她是個身分低微的下人。二少爺受過新式的高等教育，自然也就沒有什麼歧視，只是有時她的主子和下人覺得她太任性了些，少缺拘謹。

她喜歡二少爺是事實，否則她也不會離開爹娘來做龔家的佣人；她也知道二少爺喜歡她，否則也就不會待她如親人了。二少爺當然得討門當戶對受過教育的新娘子，她這一輩子永沒有希望得到二少爺，但是她願意獻身給他，這是無條件的；因為從這種結合裏她將會得到無上的快樂。

盛夏的一個悶熱晚上，潘銀花正蹲在榻榻米上替二少爺鋪棉被，吊蚊帳。天氣燠熱，從臉上一滴滴的汗水掉落到發散著微微草香的榻榻米上來。潘銀花索性脫掉了襯衫，露出裏面的白棉內衣來。吊好蚊帳，她回過頭，想要從榻榻米床上爬下來時，卻發現不知幾時進來的二少爺，正盯著她隆起的胸部，紅漲著臉，呼吸急促如風箱般地響著。

「少爺，你喝了酒，我替你泡紅茶去！」銀花抓起上衣，穿上木屐。

「不用了。銀花！你喜不喜歡我？」龔英哲不待她回答，就用力抓住了她的雙手。她聞到酒香、香皂味和年輕漢子特有的野獸般猛烈的體臭。

龔英哲使勁的把她摟在懷裏，看她一點兒也不反抗，任他擺佈，這才湊近了嘴唇。他空出來的一隻手，撫摸了她的胸部，逐漸沿順著胴體抵達三角地帶。

這時候，潘銀花的身體內部好似有一枚炸彈爆炸開來似的，她使勁的摟住了二少爺，這使得二少爺似乎得到鼓勵，將她推倒在榻榻米上。

她光裸著身子，任二少爺撫摸；這本是她的願望，她也無所悔恨。她夾緊了二少爺的腰部，讓他壓在她上面喘著氣猛烈地動。二少爺進去她裏面以後吐出了滿足的凱歌，繼續動了好久，直到銀花覺得猶如在大海裏擺盪的一艘小船，在夢裏漂泊了一陣子。

她的肉體是豐滿的，她的感覺是尖銳完美的。她是為燃燒生命而活的道地的女人。

潘銀花是從小勞動慣了的，她是大地的女兒，是臺灣這塊豐饒的土地培養出來的精壯的兒女。她像大地一樣貪婪地吸盡了每一滴滴到她身子裏頭的種籽，很快就有了孕了。

從那天晚上開始，幾乎每夜她都會溜進二少爺的房間裏去，纏綿終夜，直到天亮，東方露出魚肚白以後，才溜回自己房間裏打盹片刻，然後忙碌的一天又開始。有時，她深夜還有活兒要幹，來不及去二少爺的房間時，二少爺也會偷偷摸摸地來找她，捨不得離開她越來越豐滿的肉體。她覺得非常驕傲，二少爺過了這麼久，熟悉了她肉體的每一個角落，還是被咒語鎖住了似的迷戀著她的肉體。既然身心是一體而割裂不開的，她相信二少爺的靈魂也被她牢牢的掌握住了。

他按照Na平常教導她一樣，用條白綿布把腹部綁得緊緊的，以免肚子大起來，被人發現。她不怕被人發現，但她不得不替二少爺著想。

有天夜裏，激情過後，風平浪靜，二少爺的手慢慢的撫摸了她的肚腹，他這才感覺到銀花的肚腹隆起來了。他愕然驚醒，惴惴不安的問起話來。

「銀花，你是不是懷孕了？」

「虧你是個醫生，你現在才曉得！」銀花抓住了他那柔軟的手輕輕撫摸了一陣子。

「那怎麼辦？」二少爺茫然的瞪眼看天花板說。

「我要生下來，我要有個你的兒子。」銀花堅決的說。

「如果不是兒子呢？也許是女的。這種事情麻煩了點。怎樣？叫我婦產科的同事做『搔把』把孩子拿掉？」二少爺不愧是醫生，非常理性。

「不！我要生下來！」銀花絕不妥協。

「那麼，只剩下一條路可走，我絕不逃避責任，立刻娶你爲妻吧！」二少爺沉思默考後說。

「不！那是辦不到的。」

「為什麼？」

「你是個醫生，又是個書香門第之後，我配不上呢！嫁給你之後，你我的麻煩多，永遠不會有幸福的。」銀花含笑的說。

「那麼就沒有什麼路可走了。你打算怎麼辦？」

「我們是兩廂情願，誰也不欠誰！再說，我的族人跟你們的想法不同，Na才是一家之主，至少Ma和Na是真正平等的。我可以擁有沒有爹的兒女呢！」銀花冷冷的笑開了。

她非常高興二少爺不是那自私自利滿腦子舊思想的漢子，他說要娶她為妻的這一句話也著實感動了她。但是她很明白這是不可能的；縱令他們倆的愛情永遠不變，也無法禁得住別人的冷言冷語和暗箭傷人。她看過大自然裏的無數交媾；花粉黏住了雌蕊，子房就暗地裏結胎；公牛和母牛交配自然就要生出小牛來，大地上的一切就這樣生生不息的，何嘗聽說過誰應為子女的出生負責任？

過了幾天，阿鶯姐面帶笑容的來找銀花。雖然阿鶯姐一直很開心似的笑，可是她一雙水汪汪的眼睛卻好幾次偷偷地瞄了銀花的肚子，這是瞞不了銀花的。

「頭家娘請你過去談談呢！」阿鶯姐說。

「我正在忙，二少爺的襪子還沒修補好呢！」銀花噘起嘴，指著手裏的針線說。

「那也沒什麼要緊，走吧！到頭家娘屋子裏去。有好消息呢！」阿鶯姐似乎在暗示頭家娘心情愉快不用害怕的意思。

潘銀花照鏡攏了一下頭髮，就跟阿鶯姐走了。頭家娘正在抽水煙袋，那用錫打造的煙盒咕嚕咕嚕的響。頭家娘抬眼看到銀花驀地滿面春風，眼睛離不開她微微隆起的肚子。

「銀花，別老是站著，坐下來。」頭家娘體貼地說，叫阿鶯姐搬來一張籐椅坐。

「多謝，我習慣站呢！」銀花仍然站著。

「銀花，英哲告訴我你有孕了，是不是？」

「……」銀花有點害臊，只好輕輕地點了頭。

「英哲說要娶你，這也是應該的，不過……」頭家娘很難為情地頓了一下：「我們家大兒子英輝還在東京準備考試，未曾娶妻。我非常高興英哲先有了孩子，說起來這也是我們龔家第一個內孫，你理該有相當的身分地位。從今天起，你不用幹活兒，每個月不領月給，比阿鶯姐多領一點例銀，這樣好嗎？」

「銀花，頭家娘的意思是說，你已經不是外人，是自家人，你懂嗎？」阿鶯很羨慕似地說。

「頭家娘，我做活習慣了，二少爺仍然由我服侍吧，至於要多給我錢，我先謝謝你。起碼可以讓我爹娘過得舒服一點。」潘銀花毫不含糊地說了。

「雖然英哲沒成親就先有了你，我們也認你為龔家的一分子，算是做小的吧，你明白嗎？」頭家娘最後亮出了牌。她要銀花做妾便是。潘銀花默默地接受了，但她心裏打的是另外一個主意。

過了舊曆年不久，有天晚上，寒流來臨，天氣轉冷，冷得牙齒格格地響。銀花躺在床上望著窗戶外的玉蘭樹在冷風裏瑟瑟發抖。不久，她也開始發抖，冷汗直冒出頭額，一陣陣的疼痛從腰部衝到她腦門上來。她的孩子正在撕裂著她，掙扎著要脫離黑暗，來到這多彩光明的世界。

潘銀花不想藉助任何人的力量讓她的孩子來到這個世界，她拚命咬住棉被的一角，壓住像野獸般要迸裂出來的可怕呻吟聲，她疼得要昏迷過去，但是她卻能咬緊牙關一次又一次地忍了下來。她感受到她下部的裂口逐漸擴大，由兩指寬到三指寬……以至於孩子的頭和身子整個脫離了她的身子。她感到黏黏的血在她大腿間滴著，恐怕把被褥也染得血紅了；事情來得快，她根本來不及鋪上油紙，死去活來的不知拖了多久時間，陣痛一波波地來襲，疼痛之間，她清醒地憶起了來到龔家以後的一齣齣情景。

當遠處傳來雞啼聲的時候，她用力把雙腿一踢，猝然聽到呱呱落地的她的孩子嘹亮的哭聲。她驀地覺得腹部的一塊石頭落地似地無上的舒鬆。她眼睛含著淚，挺起半身來，看到在她股間紅紅的肉塊，像淋了雨似的濕淋淋的。「是個男兒呢！」她終於不辜負龔家的期望替他們家養下了第一個內孫。但他也是她的孩子，這才是重要的。她勉強伸手去拉開紅木床的抽屜，把預先準備的小剪刀和紅線拿出來；那是二少爺怕產婆的器具不乾淨，先在醫院裏消毒過後收在抽屜裏的；此外，還有一大疊草紙和棉花，那是要她用來揩拭污物的。

潘銀花的族人是不用剪刀剪斷肚臍的，如果在田間，通常她們族人的婦女會用銳利的菅草葉或者隨地可揀到的任何東西剪斷肚臍的。不過，二少爺曾經說過那不足為訓，會帶來嚴重的後果。

潘銀花用手隨便擦拭了眼瞼上的汗水，看準了肚臍，將它剪斷。這個時候新生的嬰兒不知是否不舒服，扭歪了臉，拼命地，著了火似地哭起來。

潘銀花心滿意足地用手輕輕拍打著嬰兒的背，由於一夜積下來的疲勞，昏昏沉沉地睡著了。睡得那麼深，她一隻手抱緊了嬰兒，不知睡了多久。

當嘈雜的一屋子裏人聲響起來時，她愕然醒覺，看到從沒有下過樓的頭家、頭家娘和二少爺正全都屈身注視著她。看她醒來時，全都露出笑容，頻頻安慰她。

「你是勇敢的孩子！」頭家說。

「銀花！臨盆了也不叫人，如果萬一不順利怎麼辦？」頭家娘笑得合不攏嘴，略略責備了她。

「我很好！孩子呢！我的孩子呢！」銀花看不見嬰兒而著急起來。

「喏！罔市婆和阿鶯姐正洗他呢！你瞧！」二少爺握住她的手，空出的一隻手把她的頭抬起來，讓她看見罔市婆和阿鶯姐正手忙腳亂地用軟布揩拭嬰兒，再讓他穿上衣服，最後用小毛毯小心地包起來。嬰兒只露出半個臉，用他那跟二少爺一樣的又大又黑的眼睛好奇地轉呀轉的。

「漂亮的孩子呢，小雞雞又挺大的，頭家娘，我非討個紅包不可！」阿鶯姐高興地嚷。

「依你，依你，我會給你一個大紅包！」頭家娘把嬰兒死命的抱在懷裏，逗他笑。

龔家上下所有的人都對她不薄。雖然她在龔家還沒有什麼確定的身分和地位，既不是丫鬟又不是主子，但很明顯地沒有人再把她看做是佣人了。罔市婆每天把煮爛的一隻麻油酒雞端給她吃，雖然她能起來走動，也不讓她下床，而且對她講話的口氣，多少帶有點客氣了。阿鶯姐每天幫她洗嬰兒，教她不能用香皂，那會叫嬰兒打噴嚏的；她覺得這事兒倒新鮮。二少爺每天下班回來就用消毒水仔細洗了手才來抱嬰兒，跟她有說有笑的，似乎有了孩子，他對銀花的感情又加深了些。

然而在這幸福的環境裏，銀花逐漸鞏固了她的決心。她不能一輩子這個樣子待下去；這樣，無異是被人餵養的牲畜呢！固然牲畜不怕沒飯吃，但是這飯不是自己的勞動換取來的。她必須在自由的天地裏，靠自己雙手勞動，養活自己和嬰兒，這樣才是頂天立地的Chiraya人！她將帶著她的Karawai（兒子），離開龔家獨自過活去。她不想生活在這高牆圍繞的籠子裏，夜夜盼望著二少爺來跟她纏綿，打扮得花枝招展，猶如一隻被養肥的孔雀。她相信二少爺是真正愛她的；離開了他，他一定會傷心得茶飯不食。但她仍然覺得她不屬於他，也不適合他，她是屬於大地和泥土的，總有一天，她定會找到新的愛情，建立新的Tatakak（家），找到同她一樣屬於曠野裏的精壯漢子。

暮春的傍晚，她的Karawai（兒子），已經能咿啞咿啞地發出含糊的聲音了。她換上以前來龔家穿的那一套舊衣服，把兒子用毛毯裹得如同竹筍似地緊緊的揹著，右手提著換洗的尿布和她積下來的幾百圓，從後院的側門，偷偷地溜出去。她不打算回到這溫柔鄉；儘管這一年來有許多快樂和傷心的記憶，但她把這些都拋棄在背後了。她也不打算回到新店部落去；當然有一天她也會回去看看年老的Ma和Na，但不是現在。她的錢足夠讓她在偏僻的山地裏買一、兩甲田地，蓋個土角厝安居下來。如果水土適合，她還打算種植一些翠綠的蓮霧，聊慰思鄉之苦。

那麼到底去哪兒？她心意已定，她要到「大內」去；那地方離開她家鄉不遠，而且她族人的分支早就遷到那山地，開墾了不少荒地。

她昂然回頭過去看那龔家宅子，緩慢地向西邊沉下去的紅紅的太陽，正把龔家宅子的天空染得通紅，這晚霞叫人誤覺好似龔家失了火，正熊熊燃燒一般。

她驀地憶起了尪姨阿春的話；那麼這就是她所說的天火下降了？一點兒也不靈呢！說是有老鷹飛下來把男嬰啣走了，那來的老鷹？難道我就是老鷹？銀花格格地笑出聲來。當然，阿春姨的預言也不是完全不靈的，我不是有了男孩嗎？

潘銀花加快了腳步走向火車站。她可以在火車站過夜，明兒個早上搭早班的「興南客運」車，到「大內」找她陌生的族人去。他們一定會幫她忙的。

導讀

葉石濤（一九二五—二〇〇八），臺南市人，省立臺南師範專科學校特別師範科畢業。集小說家、散文家、評論家、翻譯家與教育家於一身，共出版二十多本小說，爲臺灣文學最重要的奠基者與開拓先鋒。葉石濤撰寫的《臺灣文學史綱》，突顯臺灣文學的獨立價値與特色，建立以臺灣爲主體的文學論述與抵殖民史觀，影響甚鉅。小說面向多元豐富，早期追求豪放浪漫唯美的風格，戰後從批判寫實主義轉變爲黑色幽默，後來更發展成多元族裔小說、異色小說的格局，是國內少數橫跨戰前及戰後的代表性作家。代表作品有《異族的婚禮：葉石濤短篇小說集》、《賺食世家：葉石濤黑色幽默小說選》、《三月的媽祖：一九四〇年代葉石濤小說集》、《蝴蝶巷春夢》等。卓越的文學成就，曾獲行政院文化獎、國家文藝獎的肯定。

葉石濤的〈西拉雅族的末裔〉（收錄於《西拉雅末裔潘銀花》，臺北：草根，二〇〇〇年）以獨立自主的平埔族女子爲主角，更將西拉雅族的身分，堂而皇之推向文學殿堂，充分實現葉石濤多元族裔觀，強調女性意識，肯定女性主體性，貫徹抵抗漢化精神的代表著作。潘銀花到龔家幫傭後，她對原漢身分與階級差異，有更深刻的理解，但她依然選擇眞誠面對自己的情感與慾望。她與龔英哲夜夜繾綣，終於生下了他們的孩子，但她不願成爲他的小妾，也不願變成被丈夫豢養的女人，只想回到她想念的土地與原鄉，繼續勞動，擁抱生生不息的自然與生命。潘銀花以出走的行動，宣告她是身體的主人，也是情慾的主人，更是命運的主人；她既不受漢人思想的束縛，也不受人倫禮教的壓抑，更不受階級身分的牽制，在西拉雅族豐厚的文化與信仰裡，她找到回家的路。

小說中大量書寫平埔族的宗教信仰、生活模式，更突顯獨特的宇宙觀、自然觀與人倫觀，呈現與漢族中心論完全不同的生命價值與倫理抉擇，〈西拉雅族的末裔〉開創出更多元的想像空間。《西拉雅末裔潘銀花》的系列小說，多以俏麗豐滿的潘銀花為主角，書寫她與五位不同男子的愛戀經歷，也象徵了鮮明的身分認同與族裔命運。葉石濤塑造潘銀花為「大地之母」的形象，融會了包容、陪伴、給予、勞動與生育的多重形象，也對男性作家習慣的文學修辭——男性掌控土地／女人／殖民地的陳詞爛調進行翻轉與突圍，取代為女性陪伴土地／男性／母土，開創出鏗鏘有力的性別抵抗與族裔傳奇，在族裔政治、性別政治與家國論述上提出創新的視野。（唐毓麗）

和服肉身

江文瑜

1

應門的是一位中年穿亮黃色和服的女性，眼部下方畫了細緻的眼線，對林竹芙深深鞠了一個躬：「初次見面，諸多關照，我是霧島育子。」「啊，是霧島老師，初次見面，諸多關照。我是林竹芙，真的很抱歉遲到了，這裡的住戶都沒寫住址，好難找啊。」額頭前的汗珠滴到眼睛時，她吐出台灣口音的敬語，同時注意到霧島和服上的竹子原本搖曳的姿態，有些欲墜的不穩，發出沙沙的低吟。

五分鐘前，額頭上的汗珠非常強勢，硬是從皮膚竄了出來，因找不到住址，在這個隱蔽的小巷中，竹芙心跳不規律的昏厥感襲來，手上寫著住址的白紙已經被她的手掌捏了幾次，縐摺清晰可見。

過於擔心日本的準時規則被自己打破，竹芙卸下鞋子後，腳拇趾往內緊縮，腳汗滲了出來。「來，第一次來放輕鬆些，大家都已經換好了和服，她們會等妳。」霧島盯著她的脖子看，竹芙從霧島那裡接過一個透明塑膠袋，打開後是件粉紅色和服，點綴幾隻飛舞的蝴蝶，細看背景有模糊的櫻花陪襯，另外還搭配了一個橄欖綠的腰帶。她的眼神瞄過去，其他的女人都挺直背脊，撐開胸部的線條，和服彷彿要繃開似的，鮮豔的色澤還散出京都寺廟的沉香味。每人直視著她，眼珠蘊藏窺視的力道，彷彿瞬間可以褪去她的衣衫，讓她徹底赤裸。

「各位，這位是我們今天新來的同學，林竹芙桑。」霧島說完，其他的女性每人都鞠躬，竹芙又注意到她們的胸部跟著往前，乳房的形狀把和服撐得更開，幾乎下一刻就要掙脫出來。

「大家好，我是來自台灣的林竹芙，請大家多指教。」

「來，第一次我教妳如何穿，下次同學可以幫忙妳。」一邊說著，霧島已經熟練展開那件粉紅色和服，前後套在竹芙身上，在她面前將左右兩邊的布調到適當角度，然後左邊在上，整片和服的布跨過右邊。兩條粉紅細長帶子為了繫住布的位置，很快裹緊她的腰身，她必須挺起胸膛，壓縮小腹，呼吸才能順暢，此時她感覺腰部產生細緻變化，當那個部位緊縮之後，身為女人的意識提高，自然也把臀部緊縮，往上翹了起來。

霧島的身手矯健，很快地那條橄欖綠的腰帶，已經在繁複的步驟中，變成了肚子前的蝴蝶結，像是一隻巨大、翅膀點綴櫻花、準備起飛的綠蝴蝶。竹芙還來不及細看，那款蝴蝶結已經被移到背部，她從鏡子中，側身看那隻蝴蝶，緊黏在背部，彷彿她身上湧出了花蜜，吸引了那隻龐大的昆蟲。

「穿和服不是件容易的事，要練習好幾次，才能上手。沒關係，同學都會幫妳。」其他同學站在那裡等待，他們連凝視都呈現了一致的表情，竹芙再次湧出自己赤裸的影像。

同學們很快跪在地上，一把扇子放在前面，向霧島老師鞠躬，說些感謝的話語。這是開始上課前的固定儀式。同學站起來後，演歌的音樂同時響起，這些日本女人本能似地將扇子遮住臉龐，轉身九十度，若隱若現的白色襪子，摩擦地板，「原來她們都已經學過一陣了。」

「來，跟著跳，讓妳的身體跟上來，心也就跟上來。」霧島老師拿著精緻的日本扇子對著竹芙的胸口，扇子上的澄色混雜大量的金色，房間整個點亮起來。

當時在地鐵看到課程廣告時，腦海浮現兒時與父親一起看的日本電影中，傳統舞者身上的神祕氣質，厚重的白粉下，真正的面目有些朦朧，她想這樣的課程對她目前正在兼差的工作應該相當有幫助。

來自熱帶島國的她，被和服的腰帶束縛了腰部之後，感覺自己的意志受到衣服的制約，反而會幻化出某種過去無法滑出的舞步，腳下的布拉扯著她，同時腰帶的緊度，讓她覺得自己像個重新學習爬行的嬰兒，重新認識這個世界。

她亦步亦趨跟著，時而拿起扇子向前畫圓，時而轉動扇子，好幾次她的扇子從指尖噴了出去，墜落地面後發出碰撞聲，她尷尬重新撿起那把喘息的扇子，但其他同學彷彿一切都沒發生，繼續隨著歌曲的前進，身形緩緩隨腳趾移動，他們的和服搭載著肉身，在浮光裡漫遊，每把扇子展開後，都是一場夢境的蔓延。「我在水波裡嗎？」好幾次竹芙以為自己漂浮在池塘裡，身上和服的蝴蝶幻化成蜻蜓，準備再度起飛。

「來，把動作做出來，日本舞踊的精神藏在細節裡。到目前為止，妳們的細節仍沒有完全表現出來。」霧島的聲音保持一定的頻率，呼應她腳步的輕緩，卻中氣十足，對應拇趾的抓地。

「眼波帶動妳的眼神，所有的神韻都藏在眼睛裡，眼睛活起來，不能讓妳的眼睛沉睡，眼睛探看四周，卻不驚擾，連灰塵都可以平靜……」

其他的同學跟著調整臉部的肌肉，露出放鬆後的嘴角，但竹芙仍無法掌握要領，臉部的線條緊繃。

「來，用腳拇趾呼吸大地的氣息，每次的移動都要把重心下移，妳主宰自己的命運，猶如主宰著妳所站的位置。」霧島老師來到她的身旁，示範基礎動作，將上半身往後斜四十五度，展開特殊的弧線，身體向無限處延伸，「來，這時腳拇趾更要抓穩地板，就像是妳的人生，無論如何傾斜，妳的地盤仍然穩住，不會倒掉！」竹芙瞬間眼眶被淚水濕潤，閃閃發亮，「對，自己要穩住，不能垮掉！」眼前的弧度完全是個令人遐想的身姿，竹芙同時想到自己在眾人面前的裸體姿勢，此刻的霧島除了身著和服外，幾乎就是自己的化身了。

她短暫出神，強光打在自己裸露的胸部上，肌肉微微浮動，前頭站滿正在素描她身體的學生，直接碰觸空氣的肌膚將在燈光下變成油彩不同深淺的區塊，她刻意在乳頭上塗抹茉莉香水，但香味在暖氣房裡蒸發得非常快速，她想學生雖無法把香味畫進畫裡，但總會有催化作用，或許使用了不同的色調來強調胸部的肌膚……。

她又聞到茉莉的花香，有些微醉，想模仿霧島此刻的角度，向後傾斜四十五度，卻沒站穩，整個身軀向後退了幾步，往地上重重蹬下去，她逐漸感到呼吸有些困難，眼前冒出了黑影，耳朵也被氣流堵住，朦朧中聽見同學驚呼了一聲。

幸好，那件和服的腰帶幫她擋住了與地面的巨大碰撞，只微微有些腰痠，她又站了起來，「啊，身體要多鍛鍊了，年紀輕輕的，這樣太禁不起考驗了，跳日本舞蹈和練太極拳一樣，沒有人能打倒妳，只有妳自己。」霧島以元氣的聲音吐出每個字。

兩顆巨大的汗珠從竹芙的額頭滑下，緊身的和服催出她一身汗水，尤其與腋下接觸的和服潮濕了一片，擴散到連背後的那隻蝴蝶都濕了，重量加重了。

「去花園透個空氣吧，從這邊出去左轉，那裡可以讓妳鬆緩一口氣。」

「啊，」竹芙輕聲回應，她訝異眼前的霧島，整個容顏流露著慈悲，彷彿把自己擁在懷裡。

當竹芙跨出這間舞蹈教室，清風從眼前吹過，裡面的同學仍移動她們的舞步，竹芙依然感覺自己正褪去衣衫，裸露的肌膚與窗外的天空映照著對比的顏色。

穿上木屐，腳上的白襪滲出的汗水黏在木屐上，她聞到自己的腳汗味，不過一陣微風很快將味道吹散。木屐聲清脆著地，才幾個步伐，再往左轉個彎，眼前立刻現出了一片色彩繽紛卻又獨具枯山水風味的花園，五月的氣候仍遺留下許多紅色椿花，她也認得出旁邊種了幾株櫻花木，這時櫻花都已經凋謝，長出了嫩綠的枝葉。花園中有個小水井，水從一截竹片緩緩流出，竹芙因為自己名字的關係，每次看到竹子，都會心跳加快，趕緊快步過去。

就在此時，一個影子閃過她眼前，起初她以為是錯覺，再次眨眼睛，發現影子就在她附近，這個影子激起不尋常的心跳，猶如預示將有事情發生般，她的無意識被朦朧的水滴漫開，開始放大視野，搜尋影子的來源。這時，她的五種感官同時開啓，聽見風刷過葉片激起的閃亮感，注意到從竹片流出的水也透出了澄色的光影，聞到椿花叢誘發的香味帶點迷醉，連肌膚都感受到被花粉襲過的幸福滋味，混雜的感覺從胸口湧現，直入她的喉嚨，口中的唾液分泌了甜味。

「啊，影子就在那裡。」她看見了，從一株椿花木後面延伸出來。「形狀不像是椿花……」喃喃自語的她注意到影子會前後微動，形狀也有些奇特，於是放輕腳步，怕驚擾了那片影子，「說不定影子會突然消失呢。」她忘記剛才重摔在地時背部隱約的疼痛，用傾斜的身姿，逐步趨近那個影子，卻又拉開一點距離。

影子變得越來越大，她越小心不要踩到了影子。

瞬間角度的驟變，一個真正的人出現在眼前，剛才被樹叢遮住了，竹芙被這完全出乎意料的景象震懾到，嘴裡的叫聲只到喉嚨就被壓下來了。一個坐在石頭上閉眼的男人，以打坐的姿勢前後輕微搖晃著，似乎是睡著了，但又有種隨時可能打開眼睛的警覺樣貌，光影落在他的鼻頭上，拉出了兩頰的陰影。

那一刻，彷彿喚醒竹芙第八意識裡沉睡的影子，這張臉的面容進到視覺的瞬間，她深埋在體內的各種光明與黑暗同時攪動起來，混沌不明的氣脈猶如迴旋的漩渦從底部上升，隨著秒的推進，灰濁的顏色逐漸褪去，眼前有種透明的光包裹著她。

眼前男人的臉龐，像極了她在畫上看到的佛陀與武士的混合容顏，看似睡著的神貌，安詳而不為所動。鼻形又映出西方人高聳而狹長的山脈狀，厚的嘴唇彷彿訴說著他豐沛的情感流動在每根敏感的唇部神經裡。

竹芙想再多看一眼這樣的臉孔，但馬上意識到附近似有腳步聲靠近，剛才的放鬆感又轉為緊繃，一時不知該將自己的身體放在什麼位置。一種突然撞擊的恐懼感，讓她害怕會驚醒眼前的男子，破壞掉剛才瞬間所凝聚的那座閃著光亮的魔石，魔石上坐著一位令人安心又迷惑的男人。

「竹芙桑……」，她好像聽見細碎的聲音從另一個方向傳來，她離開了幾步，又感覺捨不得，男人還是看起來像是打坐似的，眼睛沒有張開，她猶豫著要不要在離開前，躲在某處用小石頭丟過去，發出某種撞擊聲，看看是否可以看見男人張開眼睛的模樣，但她喜歡這種安靜的氛圍，在男人的影子前蹲了下來，屏住氣息，用手在影子覆蓋的泥土面積上，寫了一個「竹」字，然後轉身，迅速消失在這片光影交錯的椿花叢中。

「竹芙桑，今天的課程已經結束了。自家要多鍛鍊，年紀輕輕的要隨時傾聽身體的聲音。」霧島老師說話的同時，同學們正在脫去和服，換回原來的衣服。

「剛才妳的背包裡的手機一直響。」一位同學過來對她說。

「啊，真對不起，我以為手機關掉了，很抱歉打擾大家了。」竹芙從皮包拿起手機，裡面有三通來電未接，還有簡訊。

原來的模特兒今天臨時有事，今晚有空來代替嗎？五點前請回覆。

竹芙匆忙趕往畫室，因為有些距離，她連晚餐都無法吃，就必須趕緊坐地鐵過去。今天為了第一次的日本舞蹈課，特別到美容院梳個髮髻，「索性就直接穿和服過去那邊，說不定今天可以……」一路上她都打著如意算盤，「今晚算是支援性質，應該可以有不同的展現方式。」

2

畫室在京都東山區某個幽靜小巷子的二樓。竹芙尚未喘過氣來，已經有人來應門，是一個未曾見過面的、看起來已經可以歸類為年長的男性，他幫竹芙開門後，禮貌式的問候：「初次見面，請多指教，感謝妳幫這個忙。」

竹芙瞄過去，老師與學生似乎都已經準備就緒，每個學生的畫架上已經貼上空白的大型畫紙，她開始擔心這樣的場景與她原本預期的不同，喘息著走去老師身邊，把老師叫到角落，小聲說：「今天可不可以不要裸體？穿著和服不方便立即脫掉，中間休息時間也不方便換裝。」

繪畫老師停頓了幾秒，嘴角湊到她的耳朵：「你今天很特別，或許對學生來說也是個特殊訓練，不過今天或許可以動作大膽些，穿著和服也可以產生裸體的效果，妳自己琢磨琢磨……。來，不會有問題的。」老師拍了她肩膀兩次，彷彿一切都拍板論定。

走上凸起來的木製檯子，那裡放個椅子可以讓她支撐力量，擺出各種姿勢，側邊矗立高架檯燈，整個燈泡正好懸放在頭上，有利於打光到身體的不同部位，一站到那個檯子上，竹芙馬上感受燈泡的熱度朝她的脖子襲來，尚未站穩就已經感覺汗珠快要從頭頸交界處滴出來，她脖子上那幾塊小的疤痕，每次遇熱就會輕微疼痛，但竹芙趕緊擺出第一個姿勢，兩腳一前一後，兩膝微觸，挺胸縮腹，身體傾斜四十五度，「嗯，帶點撫媚邀約的神情。」她想起今天下午的舞步，學習日本舞踊能開發自己的肢體潛能，或許五種感官也同時被激發。這次她的腳拇趾已能與地面保持穩定的碰觸。

學生拿起炭筆在空間裡滑動，這個傾斜姿勢讓竹芙產生了信心，不像以前完全赤裸那種毫無遮掩的時刻，時而懷疑自己身上哪個部位多了幾條不協調的肌肉，也感覺脖子上的疤痕很想藏身，此刻她深呼口氣，打算再把胸部拉高，她斜出去的眼角忽然落在剛才那個為她開門的年長男人身上，「啊，他也在畫畫！」

過去三個月來，她也見過不少年長的學畫學生，但這次這位看起來臉上的線條似乎寫著他深邃的年紀，無論如何，歲月都無法以隱身術躲藏，他凹陷的眼睛裡帶著難以測量的熱度，從眼角四周溢出來。

應該是那樣的熱度，快速擴散到竹芙的和服，頓時那件和服有種密不透氣的緊繃，直接壓著她的身軀，她意識到那兩顆眼睛所閃出的不尋常訊息，感覺自己又和過去一樣，再次赤裸地被旁邊的燈泡照得渾身通紅，連兩腿間的肌膚都滲透過去了。

朦朧間又進入第一次在眾人前脫衣的狀態，當時室內的暖氣直襲到毛細孔，在猶豫與放膽之間，生存的慾望讓她裸露胸部的剎那拋棄了拘謹，深呼了口氣後，盡量讓臀部和胸部都以最佳的弧度展現，恥部附近的陰毛有時被空調器的暖風吹動，間接搔到她的兩股之間，同時一股氣流向上奔竄，那時突然有種想要啜泣的衝動，腦中升起男友離去的背影，還有為了支付他生活費耗掉的所有積蓄，如今好像只剩下這個依舊仍有曲線的身體，可以抓住些什麼……當她意識到眼睛已經潮濕了，狠狠吞了幾次口水，從胸口下指令給自己，在這個時刻，不能有所閃失。終究勉強將嘴角很細緻地上揚，讓在場所有的學生看不出蛛絲馬跡，「冬天的暖氣可以蒸乾自己的眼睛，即使要落淚，都要在寒風裡。」她輕輕對自己說話。

現在，她已經習慣了，肢體語言逐漸脫離生澀，有時還流出多餘的自信，她必須說服自己稍微謙虛些，收斂些過於張揚的想要肆意展現的慾望，「花要美到恰到好處。」她時刻這樣激勵自己。能征服日本人的眼睛，帶給她微妙的上升感，猶如氣泡在海底深處，緩緩往光的地方移動。

但今天這個年長男人的眼睛如此不尋常，激出自己是青春花瓣的滋味，羞澀中還帶著引誘蜜蜂的本能，或許被蜜蜂螫過後，花瓣就蛻變成蝴蝶了，竹芙感覺身體有種被採摘花粉的幻覺，被取出了身上的汁液，賀爾蒙因此微妙轉化。

在微調身體的弧度中，十分鐘速寫很快到了，她趕緊換個姿勢，或許是下午練舞的啓發，她很快想起接續的動作，坐在椅子上，些微展開和服的下半身，讓兩隻小腿像掀開簾幕般從後台走出，雪白的肌膚一出場果然引來人影的騷動，從她的仰角看下去，那些學生的身形都縮小了，有時像是縮成塊狀黑影，對比於台上被強光包圍的光暈，剎那間那個年長男人的眼神產生巨大的變化，無法控制的眼波流光撐開整個眼睛的池塘，整個眼角泛滿了湖水，幾乎灑滿整張臉龐。那是錯覺嗎，從竹芙的角度斜角看過去，那個男人的眼珠彷彿浮在一大片水面上，成了會漂流的黑色巨石。

竹芙趕緊縮回眼角，讓自己的視線投在別處，否則感覺那顆石頭就要漂流到自己的和服邊的小腿肚上了。

接下來的每十分鐘的動作中，她刻意避開他的眼睛，有意無意望向窗外，那裡似乎有些飄動的星光，偶爾從玻璃窗閃過，好幾次下午那個在花園裡打坐的男人的臉龐也像是氣球從玻璃窗飛過，重複又飛了回來，有一次竟然看見那個男人張開了眼睛，頑皮的表情朝窗戶內看進來，竹芙感覺自己與他的眼神交會了，在玻璃窗戶的映照中，兩艘眼睛的船駛向彼此的港灣，「啊！」她驚呼了一聲，隨後發覺自己的聲音好像超出預期，已經瀰漫開來，四周的學生也許被這一聲微微攪動，「他們好像有些坐立不安。」這樣想著時，發覺自己竟然已經鬆開了和服，清楚露出了肩膀上方與脖子交界處的疤痕。

「來，休息十分鐘，大家喝個水上洗手間。」川上老師朝竹芙的方向過來，湊過她的耳朵，「做得真好，越來越專業了。」順道拍拍她裸露的肩膀，她趕緊把下滑的和服，往上拉，重新遮住那幾塊疤痕。

正想走往洗手間的同時，眼角餘光感覺年長男人往她背部靠近，屬於男人的髮雕味道已經清晰可聞，最後終於有隻手拉住和服背面的那隻蝴蝶，彷彿那隻蝴蝶即將要脫離棲息飛出去，她回頭時差點撞倒他低下的頭，「啊，對不起。」

「想告訴妳說，我今天來真是遇到奇蹟了，平常我很少來，今天突然想來看看畫室，順便也加入畫畫，感受一下氣氛。」

竹芙還不知道如何回應，男人繼續從手上遞過一張名片。

吉田真治，銀閣畫室經理

——美麗的畫總是讓你駐足片刻，

同時看見銀杏的金黃。

「啊，名片還寫上句子。」

「嗯，妳呢，有名片嗎？」

「沒印名片。這裡的生活費太貴。」

「年輕人態度要放輕鬆，尤其在日本這樣緊張的社會……」

竹芙卻看到男人的右手不自主地抖動幾次，又聽他繼續說：「雖然對妳這麼說，我自己也越來越感覺時間的迫切了……，一種抓不住的感覺……對了，聽妳的口音，應該不是日本人，是哪裡來的？」

「台灣來的，在日本三個月了。」

男人的眼睛瞬間和先前竹芙觀察到的一樣，黃色的流光，像是從眼眶湧溢出來，灑洩在整張臉龐，眼睛因為睜大，瞳孔幾乎被水波淹沒，竹芙從近距離幾乎捕捉了這個畫面，突然間她感覺自己和服上的蝴蝶，彷彿棲息在那些水波上，得到舒緩的呼吸。

男人緊咬的牙齒似乎也鬆開了肌肉，輕微移動嘴角，想說些什麼，繪畫老師的拍手聲傳了過來：「各位，繼續就位，大家要開始畫畫了。」

男人對竹芙鞠了躬，伸出兩手握了竹芙，「手有些冰冷呢，身體要多保重。希望下次還能再看到妳。」

五分鐘後，當她重新站上那塊突出的木檯，強光再度射在脖子附近，這次她直接面對剛才對話過的男人，對方手的餘溫似乎還在，來日本三個月了，第一次有人透過手傳送溫度，擴散全身，幾乎要催促出汗珠，她深吸幾口氣，從鼻子吸氣，微張嘴呼出空氣，眼前這位年紀幾乎可以成為自己祖父的男人，驅走了她潛藏在身體裡的寒意，這樣的力道讓她有些心驚，浮現了小時候外公牽著她的手去看電影，在戲院門口一直用日語與其他的朋友交談的情景。

錯覺似地，她的和服猶如已經被這個男人的手從肩膀撥開，透出雪白的上半身，乳頭被他溫暖的手擠弄著，接著男人的牙齒幾乎就要靠過來，這時和服上的一隻粉色蝴蝶飛過來，停駐在乳頭上，振動刻上斑紋的翅膀。大學時期與班上好友在房裡觀看租來的光碟裡年長男人用羽毛輕撫中年女人乳房的鏡頭，此刻完全融入，羽毛與蝴蝶的翅膀合而為一。

等她回過神來，才發現原來男人作畫的角落，與其他的學生分開，沒有人能看見他的畫布裡到底畫了什麼，但隱約幾次看見他的手些微顫抖，彷彿那隻沾上油彩的畫筆，隨時可能墜落在地上，把地板塗上顏色。

原來，她重新擺出的姿勢完全背對其他學生，他們看到的是她穿著和服的背影，還有已經裸露的背部肌膚。幾分鐘過後，她轉身過來，調整坐姿，站了起來，把左腳置放在椅子上，學生開始彼此交頭小聲說話，她知道這個姿勢有些打破傳統，穿和服的女性應該更拘謹些，即使要表示掙脫束縛的解放，也要做得含蓄，否則猶如褻瀆了那一身優雅的服飾色澤與材質。她使力將自己藏在和服下的兩個大腿距離拉近，一旦這個動作完成，奇妙地她的身姿又回復了和服的規範，此刻她看起來有著古典與現代的絕妙體態，當她意識到脊椎要挺直，猶如跳日本舞踊時的拉高胸部時，她幾乎已經蛻變成一隻破繭而出的鳳蝶，與身上所有的蝴蝶飛舞在這個光蘊集中的花園。

但瞬間又退回繭中，當台灣的情景閃過念頭，當男友被警察帶走的那個夜晚，她躲在棉被中哭泣，然後在朦朧中睡去，夢裡，自己在京都的清水寺仰望著這座千年古寺，那裡祈福的煙在夢裡全都飄到自己頭上。醒來後，她決定自己想親眼看見清水寺。

這個畫室離清水寺很近，在五條通的巷子裡，剛到日本時，急著打工賺錢，在暫住的公寓信箱中，看到徵繪畫模特兒的廣告，到了現場才發現是必須裸體的那類模特兒，那時毫無猶豫答應了這個工作，尤其第一次上場前，畫室的老師特別在她的耳邊低語：「我們不需要過去有經驗的女性，很容易上手的。」說完還有意無意地在她的肩膀拍了兩下。

她又擺了另一個介於開放與拘謹的姿勢，因為逐漸了解日本社會的需求，她慢慢歸納出什麼是可以引發興趣的肢體語言，她發現台灣的店面許多都可從外面看到裡面的所有內容，透光的玻璃，明朗的氣氛，但京都裡的店總是被各種帷幕包裹著，站在外頭時，店裡的一切唯有透出神祕的微光。

下午那個男人的青春臉孔竟然與這位年長男性微顫的手融合，托起她的臉龐，近到可以聞到對方的呼吸，靠了過來，嘴唇幾乎要沾到自己的上唇了，急促的呼吸讓她分泌了許多唾液，她讓舌頭輕輕頂住上顎，在那裡上下滑了幾次，想像自己開始吸吮著對方嘴裡的汁液，這些不著邊際的白日夢，讓自己可以擺出以前無法模擬的姿態，只有在這樣的狀態中，全身鼓脹的夢幻，有種陳腔又新鮮的更新力道。

「好了，今天就到這裡。」繪畫老師用力擊掌，她被突然的拍動驚嚇，脖子瑟縮，上面的疤痕被擠了下去，她沒想到連手臂都起了雞皮疙瘩，好像被強烈集體霸凌過的羞愧，將她從樂園趕回地獄，快速回到現實，她趕緊拉高那件鬆掉的和服，這次她真的要把衣服的位置歸回到最恰當的位置了。

「真是太美妙了，幾乎無懈可擊，要繼續幫忙我們大家喔。」繪畫老師又湊過來，在她的耳邊說話，竹芙感到有些距離上的壓迫，往後退了一步，身上的雞皮疙瘩仍未退去。

趁大家在收拾畫具的時間，她迅速整裝，未上洗手間補妝，幾乎以逃走的心情，想趕緊離開這間畫室，快速在門口換穿配合和服的木屐，匆忙彎腰，想讓那雙木屐滑進已經被汗水浸濕的襪子，可是無論如何改變角度，那雙木屐都不配合，像是縮水般，與她的腳形不合。

「對不起，這是我的木屐。」旁邊一位大約二十幾歲的學生站在她旁邊，看著竹芙腳下那雙木屐，竹芙幾滴汗滴下，正好落在灰色地板上，像是下面兩顆偷窺的眼睛。

其他學生也都湧上拿他們自己的鞋子，原來看似寬闊的玄關，忽然像是縮水般，竹芙被擠到牆角，空氣瀰漫侷促的呼吸，混雜汗味與髮味，牆壁也滲出一些古老檜木板的潮濕氣息，這是第一次竹芙注意到這個房子比她想像的還要古老。

在這群年輕的學生眼中，她似乎隱形了，大家匆忙離去，沒有人對她點頭致意，是她的裸體模特兒的身分羞辱了自己嗎？還是這群學生在下課後就無法面對一個在現實生活中不會存在的場景，以畫筆畫裸體只存在非常特定的時空中，到了玄關，一切都重新歸零了？

第一次，她感覺自己比之前更痛苦地喘息著，從台灣躲來日本，現在似乎無處可躲。但這是躲嗎？她在這間教室用了假名，以後離開了日本，不會有人認識她了，這是她唯一仍感到安全的方式，她不斷說服自己，這是參與藝術的高尚服務，身體是最值得尊敬的殿堂，只是在此刻，自己的價值信念為何完全崩潰？

突然，在絕對的喧囂後的寧靜中，有雙充滿皺紋的手遞來了她的木屐，抬頭一看，是那位年長男人，用顫抖的聲音說話：「對不起，讓妳久等了。妳進來時木屐沾滿了泥土和稻草，我想幫妳清一清，畫筆裡有任何灰塵，人的鼻子是非常敏感的……。不過，剛才妳離開得太快，來不及告訴妳，我把木屐放在另個櫃子，不希望妳的和別人的混在一起了。」

「啊，」竹芙的眼眶中逼出了大顆的淚珠。

「出門在外，自己要堅強，有空打個電話給我，我有些話想告訴妳，還有一件事想請妳幫忙……」

「幫忙？」她的聲音幾乎聽不見。

「妳如果願意打電話給我，我會告訴妳細節，會付給妳工作費用，可以減輕妳的生活負擔的……。對了，謝謝妳今天來，讓我重新燃起了完成願望的渴望，今天真是美好的一天。」說完，老年男人又伸出了雙手，與她再握一次手。

竹芙走出這棟畫室時，感覺男人的眼光仍一直看著她的背影，直覺感到那種眷戀的眼光，不是此刻開始的，而是從遙遠的過去已經啟動，直到這一刻，某種壓抑的情緒，終於透過那玄關的簾幕打開了，從玄關到正門的走道邊，燈光照亮了青苔，散發出某種寂靜的黏味，她不敢回頭看男人的身影，害怕繼續看出更多的埋藏在男人心中的故事與渴望，但其實她對這個男人的過去一無所知，所有的感觸，都是直覺的反射。

她無意識地走著，直到進到臨時居住的公寓，那坐落在五条通的巷子中的一個小房間，小到只有台北父母家的一個房間而已的小鳥巢。

3

第二次走入霧島老師的舞蹈教室時，竹芙立刻察覺空氣裡瀰漫著和第一次完全不同的氛圍，原本看似端莊有禮的同學，私底下聒聒噪噪，交頭接耳，她這次提早了十五分鐘來到教室，比較能悠閒地換上和服，並自己練習把腰帶弄個好的蝴蝶造型，上次回家後，她靠著電腦上的指示，練習了好幾次。

「……霧島老師要宣布……重要的……，真的？」竹芙斷斷續續聽到一些字和聲音，但無法把內容接起來。

她靠了過去，想加入她們，表達自己的友善，「妳們剛才說有重要的什麼嗎？」

「啊，我們是說，重要的人〈大切な人〉。」說完，兩個同學都用和服的袖子遮住嘴巴，掩飾自己想要大笑的神情。

「重要的人指的是誰啊。」竹芙問。

「告訴妳，日語的『大切な人』是非常『神祕』的表達方式，可以是妳的家人，最尊敬的老師，最重要的朋友，或是，戀人……」

「啊，有什麼我可以知道的嗎？我很好奇日本語言中的曖昧氣……」

下一個字還未說出，霧島已經現身，並大聲拍手，「趕緊準備好，今天的課程會準時開始，來，竹芙桑，今天妳已經可以適應了吧。」

「謝謝老師，一切都好。」

霧島頭挺得很高，拉長了脖子，露出了上次沒有顯現的白皙弧度，竹芙估計霧島至少超過五十歲，但頭髮仍然在舞室裡閃閃發亮，走過的地方都留下一種介於香水與禮佛冥想用的香粉的味道，這次的和服上面換成了紫色的櫻花，旁邊點綴了畫上葉脈的葉片。繞了房間幾圈後，她退回到放音樂的音響前，按了幾個鈕。

「今天，在上課前，我要宣布一個好消息，我們準備了許久的舞目，終於構思出來了，整個要表演的舞都編出來了，原本廣彥一直苦思了數月，都沒結果，上星期他在睜眼的剎那，看到地上寫了一個字，已經有些模糊，但仍可辨識出是『竹』字，他覺得那是宇宙送來的珍貴訊息，從『竹』字出發，他有了全新的想法。現在我們請廣彥出來與我們分享舞曲的概念。」

廣彥從房間的某個門現身，幾乎是像演舞台劇似的，出來時聚光燈同時照在頭頂，陰影與身軀同步移動，咻一聲，已經在眾人的鼓掌聲中，站穩在舞台的中央。如夢幻地出場，身上穿的男性和服，托出了他高大的身軀，因為腰帶的襯托，下半身顯得相當修長，霧島口中的廣彥，讓竹芙無法壓住怦怦的心跳，先前看到的佛陀與武士的面容，現在張開了眼睛，竟然還有畫像上基督的神韻，那是竹芙過去在翻閱西洋畫冊時，注意到古典宗教畫裡，耶穌的容顏，這三方的組合，攜來充足的光源，從四面八方照射過來，瀰漫在房間的每個角落。

「大家辛苦了！剛才霧島老師提到，新的舞蹈編舞已經完成，我們將會在一個月後，於傳統藝術中心公開表演。」竹芙從她的距離，注意廣彥有著日本人少有的雙眼皮。

「今天很高興第一次向妳們報告這個好消息。待會我們就會先把其中的一段，在這裡向妳們示範，希望更能引起妳們對舞蹈的興趣，日本舞步的精髓在於精氣神……」

霧島插話進來，「對，妳心中有強大的能量，就會表現出氣魄。氣魄會帶出細緻，細緻帶來悸動。」

廣彥的聲音飽滿而低沉，像是每年最後幾分鐘，在寺廟裡敲打的鐘聲，傳到遙遠的山中，驚醒黑暗裡的青苔：「我睜眼的剎那，看到沉在泥土中的『竹』字，一股暖流流過我的心，就像是風帶來了熱情又沉靜的味道，那一刻，得到了靈光乍現的靈感。」竹芙感覺廣彥的眼睛似乎往她的方向看過來，她渴望著他的眼神。

但霧島的神情更引人注意，臉頰浮出櫻花的粉紅，像是用胭紅塗上淡粉色，在仍是春天的五月，櫻花又回到人間。「這是關於愛的舞曲，傳統的日本舞踊經常是淒美的故事，但是在這次的新編舞曲中，『竹』是隨風搖曳的，就像是愛情，在迎接風的時刻，身軀更加柔軟，竹與風就能完美譜出愛的弧線……」

同學都用力鼓掌，竹芙聽到「愛的弧線」時，胸口猶如被一條線用彩筆畫了過去，留下一道深溝，她的眼睛無法離開廣彥，很想繼續聽他從山谷來的鐘聲般的嗓音，她想知道更多關於他與「竹」的一切，彷彿那是生命中可以抓住的救贖，廣彥似乎要開口繼續說話，但隨即被霧島打斷：「從上星期開始，他加緊與作曲家討論，編出了歌與舞蹈，我第一次被這樣的舞所震撼到，同學們，妳們的年紀可能還無法了解，那種竹子被風撫摸過的流動感，生命裡如果多了這些流動，我們不會再失落……」

廣彥回報了一個微笑，他走向放音樂的地方，與霧島小聲說幾句話，前奏展開，古箏的滑動，三弦琴的間奏，他們兩人開始逐漸靠近彼此，又分開，又靠近，舞步已經開始，多次他們彼此看著對方的眼睛，又把眼神轉開，歌詞響起：「竹子隨著風，如此貼近，又瞬間分離，有種難分難捨的纏綿，男女之間的離與合的無奈，卻是帶著幸福的期待」，三弦琴的急切帶了進來：「在塵封中，忽然竹子的倒影，我的臉滿是清澈，被影子洗過的臉龐，我靜坐……」

這時，竹芙的眼眶無法控制地湧出了淚，她知道那是從體內非常深層的地方湧出來的情緒，一時無法理解的混雜感，埋藏著過去的糾纏與現在的糾結，共同編織出的黑影，會移動般地在體內到處躲藏，直到這一刻，被眼前的一切給催促了出來，無法再壓抑下去了。

莫名地對廣彥投射了情感，之前才見了一次的男人，她卻想把自己內心那些曾被傷害過的，曾被壓下的，對他喃喃傾訴，但眼前的這個擁有聖潔容顏的男人，如此靠近，又如此遙遠，永遠無法說出是自己寫出了那個「竹」字，那是當下的熾烈感覺，當她回去寫出那個字時，潛意識已經引領著她說出一些話。在這異國，孤獨的人際關係，複雜的日語，自己就像個無法完全掌控說話的孩子，有時結巴著，或許只有裸體擺在眾人面前的那個剎那，純潔到毋須言語，而比言語更加純粹，那時她可以感覺在這個異國存在的價值。

霧島與廣彥繼續舞蹈著，古箏與笛聲交錯，風的模擬，歌詞的流動，他們兩人融入在舞曲裡，但竹芙卻浮現著「大切な人」的字眼，那是他們彼此的關係嗎？「但『大切な人』也可指師生關係吧。」她這樣說服自己。

「就到這裡結束，這個舞曲還有後續，但要留點神祕，要妳們自己去看。」「好！」霧島拍了手，「我們今天的課程正式開始，廣彥要告退了，他還有許多事要處理。」

其他學舞的同學都大聲鼓掌，他向大家鞠了一個躬，那個剎那，他的和服稍稍鬆脫，竹芙隱約看到他和服裡的肌肉，屬於男人的色澤，青色的和服裹著引發想像的肉身，如果可以，她想要更仔細觀看肌膚的質地，但畢竟一閃即過，廣彥又直了上半身，除了頸子和少數露出來的皮膚外，他的身體躺在和服下面。

竹芙感覺廣彥又朝她的方向看過來，定住了幾秒鐘，而後又移開眼神。短暫的互動，稍縱即逝，她感覺像是吃到酸的葡萄，胸口瞬間一陣緊縮，之後霧島老師說了什麼，她都沒聽見了，直到下課，內心深處一直耳語著：「喉嚨的某個部分一定卡住了，要說些話。」

走出那間教室，那時已經靠近黃昏，暗影逐漸侵蝕天空，向四方瀰漫擴散，她試著讓自己站穩些，趕緊打開帆布袋，拿出裡面的錢包，裡面裝了幾張到日本後拿到的名片，找到寫著「吉田真治」的那張，毫不猶豫地撥了電話。

4

從不遠處望向那棟房子，吉田的光影出現在門口周邊的石頭上，瞬間就變成了具體的人形，好像算準了時間，當兩人的步伐同時停下，正好是彼此可以說話的距離。房間裡面的光流出門外，落在吉田的鼻梁上，兩顆眼球在黃昏中依舊露出輪廓。竹芙還未進門，已經感受到整個房子的溫度。

「歡迎到我的家裡。」吉田靠過來，握住她的手，手的溫度和上次一樣，在她的手掌心停留下來，想要開口的心情湧上。一進門，她馬上看到一棵巨大的樹木，挺拔聳立，被黃昏的餘暉裝飾了葉片的色澤，整棵樹彷彿會晃動似的，可以聽到風吹過葉片的沙沙聲。

「這棵櫸木是前面的屋主留下的，已經三十多年了。有空時，我就會坐在下面，感受到櫸木的細碎聲音。年紀大了，沒人可說話，總是對著櫸木低語。」

說完，他伸手摸櫸木的樹皮，「來，摸摸看，很老的樹了，很有質感。」蒼勁的質地在竹芙的掌心流過，太陽還未完全下山，那棵樹彷彿接住了白天與黑夜的交界處，帶著朦朧的堅毅。

「吉田叔叔家裡沒有其他人嗎？」

「一個人住，除了這裡，就是那間畫室。在那裡比較與人有互動，否則常常一整天沒說到一句話。」「來，從這邊走。」吉田並未引領竹芙走到客廳，反而從旁過的走道穿過一個小花園，來到後門馬上銜接樓梯，可以通到二樓去。

爬樓梯時，吉田腳步緩慢，喘息聲越來越清晰：「直接帶妳到我的畫室，很多畫想讓妳看。」兩人的腳步與木造的階梯碰撞，整個房子的靜謐中，階梯的嘎嘎聲在樓層間跳動。一進到二樓，她幾乎「哇」了一聲，整個房間掛滿畫作，有些還堆疊在地面，幾個角落被疊高的畫奪走了銳角線。

「這是過去三十多年的畫，其他有些賣掉了。」

快速環顧四周，竹芙感覺呼吸像是液體瞬間凝固了，必須抓穩自己的腳跟，防止暈眩，尤其這層樓似乎承載了巨大的重量，地板輕微晃動。房間裡的畫作中各式的裸女特寫，每幅畫都搭配一隻鳥，與裸女的身體部位纏綿交錯。左前方那幅巨幅的油畫，裸女胸前的兩顆乳頭，油彩厚塗，猶如真實地從畫裡凸出來，各自被一隻大鳥的尖嘴頂住，私處下方還有另外一隻體型比較小的鳥，覆蓋紫色羽毛，層次分明。

「很好奇我的畫都是裸女與鳥吧！來，坐在這裡，會緊張嗎？嘴巴閉得很緊。」

「真的有點呼不過氣來，自己雖然當了裸體模特兒，不過真正看到畫作中的女人時，真實的感受……」

「妳來到這裡，我已經等了三十幾年了。」

「三十幾年？」

「來日本做什麼？」

「算是狼狽逃來日本吧，本來做設計，有案子就接，收入還不錯……」

「我也猜妳是從事藝術和美感相關的工作。」

「前男友捲走很多人的錢，包括我，警察帶走他的那晚，我夢見了清水寺。」

「有時候在必要時刻，要多說出妳心中的話，有人傾聽是巨大的幸福。」

竹芙的胸口一陣熱流，催促眼眶裡的淚，有溫度地從眼角逼出，她趕緊搜尋包包裡的衛生紙，但什麼都沒摸到，吉田遞來了一盒衛生紙。

「好好發洩吧。要振作起來，告訴妳，如果和吉田叔叔比起來，妳算是很幸福喔。我這三十幾年來都是用繪畫把我胸口的鬱悶發洩出來的，否則人早已經崩潰了。」

「我這樣算是幸福？」

「不是嗎？可以自由，本身就是最大的幸福。一九七〇年代，我來日本留學後，再也沒回過家鄉。」吉田拉著竹芙的手，「過來這裡坐，這麼年輕，很幸福的。」

「也不年輕了，都過了三十五了。」

「現在回頭望過去，三十幾是人生的黃金時期，只是那時自己不是這樣想的。不過，我的確是三十五歲時，懷抱興奮的心情從台灣來到日本，卻變成終生的遺憾。」

「啊，吉田叔叔，你也是台灣人？怎麼不和我說台語或華語？」竹芙幾乎以高八度的音調吐出每個字。

「那妳不就太輕易知道我的身分了嗎？那樣妳會太早失去對我的好奇。」說完，吉田露出了一種調皮的笑，彷彿回到童年時光的真摯。但這種表情乍然消逝，在黃暈的燈光下，吉田的臉迅速被暗影遮住了半個臉頰，「我已經用日語溝通了四十幾年，感覺台語已經埋葬在我的記憶裡。妳聽說過黑名單這個名稱嗎？當年到慶應大學念醫學系，參加了幾次抗議美國與中國建交的活動，也加入台灣人在日本的組織，不知為何被列入了黑名單。一被列入，就歸不去故鄉……」

「解除戒嚴以後呢？」

「心中充滿了無法訴說的遺憾，連父母親過世時，都無法親自去參加喪禮，那樣的土地，我無論如何都無法用我的腳再踏上去。」

他站起來，跺步到牆上的巨幅畫旁，上面的鳥以近乎誇張的角度抬頭頂住了女人的乳頭，那張長喙，整片黑色，連接頭部的一半面積。他沉默了數分鐘，竹芙這才嗅到整個房間瀰漫了各種顏料的氣味，還伴隨潮濕的滲透感。看過去，那隻鳥竟然感覺眼眶潮濕，彷彿有滴淚水就要掉到喙上。

「鳥的眼睛看起來有些濕潤，吉田叔叔。」

「猜猜這是什麼樣的鳥？」

「鳥的喙與部分臉龐都是黑色的。」竹芙靠過去，快貼到畫面，那隻鳥巨大的軀體，壓下所有周圍的陰影，彷彿就要展翅飛越畫框。

「對，妳注意到黑色了！哈！我被列入了黑名單，因此自己變成了黑面琵鷺。這種瀕危的鳥類，我看成是自己的化身。」

兩人的笑聲融入了空氣，站在畫前，沉默地各自搜尋自己想要進一步看到的細節，窗外已經完全幽暗。

竹芙伸手去碰觸畫中的乳房，重重疊上的油彩，摸起來粗糙又帶著堅硬，手指的觸感連結了過去男友經常捏她乳房的畫面。

「醫生擔心我很快就不能拿起畫筆了……。」

「我的手越來越顫抖，如果我離去了，黑面琵鷺又少了一隻。不，應該說已經瀕臨絕種，像我這樣時刻懷念故鄉的黑面琵鷺，已經絕跡。鳥時刻想飛的，我來日本避自己的寒冬，卻飛不走了。」

「吉田叔叔，我也是來日本躲避冬天的，我們都是黑面琵鷺。」

「誰說妳是黑面琵鷺，妳的皮膚那麼白皙，要用比喻也要恰當，是不？何況妳隨時可以回到台灣。」他轉身回頭，重新坐回椅子，把先前小桌上準備的茶倒了出來。

「其實，我不確定我是否隨時可以回到台灣……，現在仍無法面對那邊發生的事。」

「茶都快冷了，剛才妳來前還熱騰騰的。」吉田握住茶杯，一直聞著茶杯裡的味道，「趁著茶還有溫度，想請問妳一件事。」

彷彿費了許多力氣，他壓低了音量：「今天我給妳比往常模特兒三倍的價格，讓我單獨畫妳，讓我完成最後一張圖的心願。在這裡很安全，妳可以放心。」

「啊，」竹芙移開視線，不敢直視吉田，依舊看到畫面裡那隻黑面琵鷺的長嘴，抵住了女人的乳頭，等到她回過頭來，吉田握住茶杯的手發抖，她可以清楚看見茶的輕微晃動，還有手上的皮膚發皺到好像一張紙被輕易地不斷揉碎。

那張發皺的手的紋路，幾乎是兒時看到外公的手的記憶，小時候她很喜歡阿公用手撫摸她的頭。「需要擺出什麼姿勢嗎？」

「只要妳打開兩腿，我會想像黑面琵鷺經過了那樣的甬道，回到母親的子宮裡。重點是，妳是台灣人。透過妳，我想回到故鄉。」

半個小時後，竹芙按照吉田的要求擺出姿勢，那張冰冷的椅子很快被臀部的溫度加溫，與她的皮膚直接碰觸。吉田拿出一件上面有黑面琵鷺的和服，讓她披上就露出胸部與下半身。服飾上的黑面琵鷺出現在腰部下方，從吉田的角度，那隻黑面琵鷺抬頭，正好仰望著竹芙的那個私處。

這一刻，她全然相信吉田早已準備好這些畫面，她不確定是否有其他的女人曾穿過這件和服，但此時她確實是完全擁有了這件高級的服飾，琵鷺旁一輪金色月亮，將黑色襯托得十分華麗，琵鷺的臉部與羽毛也點綴了一些金箔，在黃暈下產生流動的視覺。

「頭可以轉動，比較不會累。我只會畫從乳房到那個敏感部位。」先前她將眼睛的餘光定在前方的那幅巨大的黑面琵鷺畫作，現在她輕鬆環顧四周，保持頭部以下的定位。幾分鐘後，她再一次感到震驚，屋裡所有的裸女，完全沒穿和服。

「剛開始還可與她聯繫，後來就失聯了。輾轉聽說改嫁了。心靈上最痛苦的，還不是被列入黑名單，而是與自己心愛的人完全無法聯繫的那種撞擊。你完全不知道她如何了，有時還會嫉妒地幻想，她已經投入別的男人的懷抱了。」吉田的眼睛在身體與畫板中穿梭，嘴巴吐出的話語填滿了整個房間的寂靜。

那聲音顫抖得很厲害，竹芙只坐在那裡，反而可以專注各種細節，聲音裡透露出的絕望感，撕裂了空氣中的平靜。

「嫉妒是人世間最可怖的情感，沒人襲擊自己，是自己的無邊想像力襲擊自己，一個細胞一個細胞的，最後被大海整個吞噬了，無法吸到氧氣，而後徹底死亡。」

「吉田叔叔，你那樣不信任她嗎？」竹芙不確定「她」指的是誰。

「本來很信任的，但後來失去聯繫後，自己開始得了『失去妄想症。』想像她在男人的懷抱中喘息，乳房上下劇烈跳動，男人舔舐，最後進入了那個聖地，每個深夜，這樣的畫面強占了我的腦海，變成夢魘。」

停了許久，他才繼續說：「某天，夢魘終於引爆，我精神不穩，在醫院實習時，與病人嚴重衝突，被醫院記過，經過了一段難受的日子，最後終於離開醫界。」

吉田的聲音依舊顫抖，手卻在畫布上不停動著，「妳知道的，很多醫生會畫畫……。」

他眼神重新落在竹芙的身體，竹芙想像，此時她的身體正在被全方位窺視著，她已經變成了吉田口中的「她」。不自主地，她稍微調整了腳趾的位置，讓那個地方再展開些，這個動作拉開了大腿兩側的距離，同時她拉拉了和服，意識到私處某些濕潤的液體，已經沾到椅子上，如果她再移動，那些汁液就要黏到臀部了。

瞬間，一隻黑面琵鷺的長喙頂住她的私處，伸進了那裡延伸出來的密道，裡面黑暗的洞穴被攪擾起來，隱藏在裡面的壓抑與慾望同時被那張喙的形狀勾住，像一把長柄的黑湯匙，撈起了裡面所有曾經沉澱下去的喜悅與悲傷，混雜著欲求的渴望，那隻琵鷺每往前挺近一點，黑喙就往更深處前進，終究抵住了子宮，用尖的鋤頭，耙梳子宮的土壤。

那是種前所未有的感受，像是即將要尿出來的快感，那長柄鋤頭在那裡耕耘著一片可以長出綠牙的嫩土，前後鬆開附近的軟泥，潤澤大地的噴泉即將到來，那片原先已經乾涸的大地，將開採出一塊新的水源。可是，還未接到泉水，黑面琵鷺整個頭伸進了洞穴，牠的身體太大，擠滿整個甬道，羽毛想要掙脫而展翅，這隻琵鷺想要飛出這個狹小的洞口，卻整隻被夾住了，哀嚎的聲音從那個喙發出了悠遠的回音，連雙腳都陷入了泥淖裡，逐漸往下沉去。

竹芙想發出叫聲，「有隻黑面琵鷺進到我的身體，陷落下去了。」但卻聽不見自己的聲音，吉田走了過來，想用力將那隻黑面琵鷺拉出，越拉那隻鳥越變越大，最後頭頂衝破她的腹部，從肚子處伸了出來，血液沿著腹部邊緣湧出。

竹芙終於用生命的力道吼出了「啊！」

「發生了什麼事？」她聽見吉田的聲音從耳邊傳來，摸到他手心的溫度，「一隻黑面琵鷺跑到我身體裡去了。」

竟然聽見了吉田的笑聲，「妳有豐富的想像力，剛才看見妳把和服上的那隻黑面琵鷺壓在臀部下面，我過來幫妳調整姿勢。」

竹芙仍感到自己私處的異樣，剛才究竟發生了什麼事，已經無法清楚再次感覺。她拉著吉田的手：「吉田叔叔，今天我有些累了，下次再繼續好嗎？」

「剛才說的那些傷心的往事，讓我們兩人都累了。但是忍不住說了出來，這三十年來，第一次把這樣的感覺說出來，而不是用畫的畫出來。」

「我想，我能拿畫筆的時間大概不會太久了，我已經有了初期的『帕金森症狀』，這次妳能來，我真的充滿了感激的心情。」

「其實，是吉田叔叔你的手心給我的溫暖。來到日本，才真正感覺到什麼是孑然一身，我夢中的清水寺，終究是看過了。」

「對了，我拿上次妳去畫室時，我幫妳畫的圖讓妳看。我躲在角落畫的東西，沒有人看過。」

畫裡的女人，神情與面貌與竹芙有些相像，但不完全像，與今天一樣披著和服，「我那天的和服不是這樣穿的。」她低聲說著。裸露的兩個乳房上各停了一隻蝴蝶，蝴蝶的顏色五彩繽紛，將竹芙裸露的膚色襯托得十分飽滿。

「你把我和服上的蝴蝶畫到我的肉體上去了。」

「坦白講，那天我眼裡看到的，妳身上的和服與肉體幾乎連為一體，我透視到妳身體裡面的聲音，只是把那樣的感覺畫出來而已，而且這幾乎是我三十多年來第一次畫蝴蝶，從沒想過，畫蝴蝶比畫黑面琵鷺更令我激動。」

「從來沒有，真的從沒在畫時，看到除了黑面琵鷺以外的動物，以前的裸女模特兒，無論如何美麗，站在那裡對我來說都是一樣的。或許，我從妳的眼中看到了某些……」

「啊，吉田叔叔，不瞞你說，那天我其實……」

吉田的胸膛堵住了竹芙的整個臉龐，在極短的時間內，他已經緊緊擁住了對方，手臂放在她的背部，這時他才意識到，竹芙仍然披著和服，只要他一用力，扯下那件衣服，她就會光滑赤裸地滑入他手臂的海灣裡。但他只是輕輕撫揉著竹芙的背，隔著和服，但竹芙的乳房，已經貼著他高大身軀的下胸部，他清楚感覺兩粒豐滿富彈性的女性特徵，正與他的心近距離對話。

竹芙並沒抗拒，反而用腹肌將胸部往前些，與吉田的衣服靠得更近，她有些不確定自己是否期待他伸手愛撫她的胸部，但朦朧地幻想著他即將用嘴舔舐兩個乳頭，這個想像讓她身體匯入細流，隨著黏稠的液體沾濕了和服的一個角落，滲透到大約是黑面琵鷺的眼睛位置。

兩人急促的呼吸穿過他們起伏的胸膛，來回之間，彷彿下一刻馬上有新的浪頭，越是期待吉田的嘴部停靠在她的乳房，她的呼吸節奏就掀起更多漣漪，兩人的心臟似乎互相微細地較勁，都在等待著下個新的漩渦，揭開兩人的交纏，吉田終於移動了放在背後的手，竹芙閉上了眼睛，但手卻朝她想不到的方向，手心停在她的頭頂，短距離來回摩挲著她的頭髮。

那種力道，多麼像是她的阿公，小時候經常摸著她的頭，說著：「小芙的頭髮好香。」腦海中阿公的影子滑入，這一刻她感覺阿公真的摸著她的頭，阿公那雙粗糙的手，總讓她安心。這時，她心中有種深切的渴望浮出，她想與這個年長的男人身體完全密合，突然，她希望吉田真的以黑面琵鷺的化身，藏身到她的體內，在那裡吉田可以得到完全的安全，那個甬道，真的帶他回到想念的故鄉，終於他可以停泊靠岸了。

彷彿很漫長又短暫，吉田的手心始終停留在頭髮的位置，探索著髮絲的每個部位，「我不知道這是因為我的記憶已經模糊，還是歲月留下的只有想像。在畫室看到妳，誤以為妳是我的她，應該說，她是我的妻子。」

「我可以……」

吉田無法抓住對方話裡的意思，兩人開始沉默。他的右手依舊在頭髮所及的地區漫遊，手指探索著髮絲孕育的每吋土地，時光從髮梢的隙縫流過，五月的夜，氣溫與白晝相差甚多，偶爾寒氣也會襲擊，竹芙的體溫逐漸下降，從腳趾來的冷颼感從下往上掃過肌膚，她些微拉開貼著的身體，摸到吉田有些乾燥並露出骨頭的手背，然後引導他的手掌到自己呼吸節奏有些不均勻的胸部，吉田似乎有些躊躇，往後退了些。

「竹芙，今天到這裡為止，已經完全超乎我的預期，這樣就夠了，我這個七十幾歲的歐吉桑，已經很開心了。」

「嗯，知道了，時間也已經晚了。」

「畫還沒畫完，還會有機會的。說不定我的黑面琵鷺已經蛻變了，需要一些時間轉變外觀。」

竹芙慢慢褪下披著的和服，又多看了上面的黑面琵鷺幾眼，緩慢穿回自己原來的衣服。吉田從口袋裡拿出一個信封，「等妳回家後再看。」

他們共同走下先前一起爬上的階梯，如今同樣發出嘎嘎的木板聲，混雜清晰可聞的昆蟲夜啼。穿過那棵櫸木，如今在月光下，樹葉似乎攜帶了夜的祕密，色澤在幽暗中穿過灰黑的天空。

吉田在門口再度握住竹芙的手，那雙手的溫度依舊，但已經沾上些夜的水氣，感覺沒有之前的乾燥了。出了大門，竹芙沒有回頭，在暗巷中走了很遠的路，直到她相信吉田的視線已經無法看到她的背影，她快速轉進另一條比較大的街道，那邊的整排路燈，把整條路照得既幽靜又喧囂，依舊有不少的車子與行人在已經夜深的連鎖店附近進出。

她發現原來整晚自己與吉田都沒吃飯，現在意識到肚子的嚴重飢餓，聽到肚子發出攪動腸子的聲音，但她迫不及待拿出皮包中的那個信封，裡面有支票與一張手寫的信。支票的金額，讓竹芙幾乎暈眩起來，遠超過之前的預期，她趕緊依靠路燈的光亮，讀出信上面的字句。

竹芙，謝謝妳！經過今晚，我這隻黑面琵鷺已經回到故鄉，我會開始準備起飛，真正飛回那個內心記憶中的故鄉。而妳這隻蝴蝶，一定能飛出那件和服，降落在妳親自設計的肉身上。

她拿著這封信，一直走著，風鑽過頭髮的縫隙，掃過脖子附近的幾處疤痕，那是被前男友用激烈的方式咬出的痕跡，她伸手摸摸那幾塊凹凸不平的皮膚，想起這些疤痕都沒出現在吉田先前在畫室畫的那張畫裡。

她繼續一直走著，月光跟隨著她拉長的身影，腳步聲切割風的流動，不遠處，聽見了叮噹的響聲，掃過附近顫動的樹葉，發出窸窣的回音，「那是清水寺傳來的鐘聲嗎？」

導讀

江文瑜（一九六一—），臺中人，德州大學奧斯汀分校碩士、德拉瓦大學語言學博士，任教於臺灣大學語言學研究所暨外文系，為臺灣知名的語言學家、文化研究學者。江文瑜除了學術表現傑出之外，創作表現也非常亮眼。她曾擔任「女鯨詩社」的召集人，一九九九年出版詩集《男人的乳頭》，以戲謔與狂想，書寫女性的感官及身體，挑戰性別偏見，獲得陳秀喜詩獎的鼓勵。二〇〇〇年以「阿媽的料理」系列詩作，建構飲食奇妙的意象，獲得吳濁流文學獎的肯定。二〇一六年出版《佛陀在貓瞳裡種下玫瑰》，以巨型組詩，透過貓的生命歷程，呈現生命哲思。二〇一七年出版第一本短篇小說集《和服肉身》，曾獲《九歌一〇五年小說選》入選鼓勵。

〈和服肉身〉（原載於《文學臺灣》第九十九期，二〇一六年七月）巧妙地融入了舞蛹、裸體模特兒與畫作等藝術素材，利用兩位臺灣人在京都的相遇，編織細密的慾望／藝術之網，探索情感創傷、情慾、政治迫害與自我追尋的出口，善用東洋文化與日本元素的烘托，以新穎的題材，塑造了一種如夢似幻的愛慾情境，特別迷人。小說透過順敘，以林竹芙一連串的肉體探索與藝術啓蒙，勾出情感黑洞及濡濕慾望。她先穿著和服學習舞蛹，覺得自己穿上和服之後，女性意識也隨之提高，像蝴蝶也開始張望自己的慾望。畫室內老畫家燒灼的目光，使她蛻變成「青春花瓣」，散發性荷爾蒙的氣味，當她無法抑制對他投射性幻想時，她的肢體也變得更加動人，她以自己的裸身，成功地完成了一次具有震撼力的展演。當她來到老畫家的畫室，穿上黑面琵鷺的和服時，交織幻覺、記憶與蛹動的肉身／藝術聯想，讓她與他在「異色」扮演中，各自滿足了自己的憧憬與慾望；她透過性幻想，完成了一次激切的性愛，他則透過她肖似妻子的扮裝，重回愛情、重回臺灣，他們都從肉身耽美，再次找到人生的力量。

〈和服肉身〉透過繁複的意象，以詩的思維，深刻的指明肉身／藝術耽美的同源，也寫出了情慾／藝術主客體流轉的況味；並藉著肉身之美，朝著四周黑暗投射金色的光芒，寫出肉身／藝術爲耽美之痛源，亦是離苦得樂之療方，將情慾耽溺之幻境，做了更精采絕倫的想像。這部小說透過成功的意象與造境，以蛹舞、三弦琴、竹與風的離合「忽然竹子的倒影，我的臉滿是清澈」、裸女與黑面琵鷺、少女與蝴蝶等意象，顯示歷經傷痕的肉身，就如「壓下所有周圍的陰影，彷彿就要展翅飛越畫框」，避冬的黑面琵鷺或蝴蝶，都將在肉身／藝術探索中找到飛翔的自由。（唐毓麗）

七、性別與越界

童女之舞

曹麗娟

十六歲的時候，有一次我跳沒有配樂的獨舞。舞畢，觀眾中有一人大喊：「看啊！這是死亡與童女之舞。」此後，這支舞就叫這個名字。

——Isadora Duncan

其實，我一直很想送鍾沅一朵花。

那種淺紫色的玫瑰，半開，帶著水珠。

你見過那種紫嗎？如果你染過布你便知道，那是一種很難控制的色澤，偏紅不對，偏藍不對，偏亮不對，偏暗也不對。不是染劑比例的問題，也不是色層順序的問題，那絕對無法控制。即使染出來了，也只是碰巧，第二次你絕對無法控制。還有，它不是均勻的紫。還有，你絕對找不到一種胚布的質感像那種花瓣的質感。

第一次見到那種玫瑰，那種紫，我就想送鍾沅。我也曾以每朵十三到十六塊不等的價錢，買過一朵又一朵半開的、帶著水珠的紫玫瑰，但我從不曾將其中任何一朵交到鍾沅手中，因為，是的，因為鍾沅根本不愛花。

1

那年夏天我們十六歲，在南台灣最炎熱的城市。藍天空洞得駭人，彷彿可以吃掉天底下的一切；柏油路淌著汗冒著煙，彷彿就要融成汩汩黑河。就在那樣熱得人無所遁形的炎炎九月，我們考上那城市第一流的高中，並且相遇。

那天早晨我去註冊，就坐在公車最前頭的位置。途中某站乘客都登車畢，司機剛踩油門，卻見前方有個女孩向司機招手，疾疾前奔。我不由得傾身看那女孩——不只因為她穿著和我同樣的制服，不只因為這所女中的學生沒有人像她那樣把白襯衫放到黑裙子外面，不只因為她的百褶裙短得只及膝蓋。我會看她，是因為清晨的陽光剛好從路樹枝縫間篩下，圈圈塊塊灑在路面，她就穿過那一地參差光影，兩隻著白鞋白襪的腳交錯騰空、落地，遠看竟如奔馳在崎嶇岩地的蹄子一般！

你絕對可以說這太湊巧，因為我們竟然同班。

兩個同班又搭同一路公車的女孩如何結成死黨毫不傳奇，兩個十六歲的女孩自相識之初便迅速蔓延一種肆無忌憚的親密，也不需要什麼道理。每天早晨見面，鍾沅必定從左胸口袋裡掏出一朵花給我，有茉莉，有栀子花，後來也有桂花。每節下課鈴一響，鍾沅必定拉我頂著烈陽在新鮮的校園四處探險，直至上課鈴響方橫越操場一路奔回教室。鍾沅進教室有個招牌動作——當然這得拜她那那雙蹄子般的長腳之賜——她從不好好走前門或後門，而是高高撩起裙子，自窗口一躍而入。我每每先回自己位子坐好，轉頭看鍾沅單手撐著窗櫺，兩腳一提，輕輕落地，從不失誤。

後來我才知道這是鍾沅進教室的基本動作，從幼稚園到高中行之多年。她自小就是個瘋丫頭，千篇一律的教室格局和一成不變的上課下課令她生煩，便來點變化以自娛。國中之前，她是在男生堆裡「混」的，國中她念了私立女中，面對一干文靜用功的女同學，她頓失玩伴，只好把佻野的玩勁拿來運動，加入了排球與游泳校隊。跟鍾沅在一起，我那懵懂的十六歲心智彷彿對人與人之間感覺開了一竅，乍然用心動性起來。鍾沅則說她初見到我那兩隻生生嵌在臉上的圓眼睛，便想問我是否看到另一個世界。當然，我們之間，到底是誰先喜歡誰至今仍是未了公案，然那早就像無數開天闢地的神話一樣，無關合理，也不需論證了。

那天，鍾沅開始加入我們學校的泳隊集訓，我背著書包立於池畔等她。昏暗天色裡我尋找著池裡的鍾沅，突然池邊的燈一柱一柱放出光芒，我瞧見兩隻溼亮的手臂迅速划開蓬蓬水花朝我游來。到了池邊，鍾沅倏地自水中躍起，柔軟光滑像魚一樣。水自這條直立的魚的髮梢滴落，沿著臉龐、頸子……一路淌下，在腳丫周邊蓄積成灘。我仰首看鍾沅——她高我甚多——她的黑髮搭貼在腦後，襯得一張臉水亮清明，那頸上的血管、懸垂在下巴尖上的水珠，還有嘴唇、鼻子、眼睛、眉毛……我一下子看呆了。眼前的鍾沅像尊半透明雕像，自裡隱隱透出一道十六歲的我從未見過的光。霎時，如魂魄游出軀殼般，我忍不住伸出手碰觸光源……

當我的指尖碰到鍾沅那溼涼富彈性的、呼吸的肌膚時，我才轟然一醒，回過神來。一股混雜著奇妙、驚懼、興奮、羞赧的熱流在我體內疾速奔竄，我無措地垂首。鍾沅近前一步，托起我垂下的臉。她呼出的氣息往我面前一寸寸移近，我無助地闔上眼。鍾沅的唇往我眉心輕輕一啄……

從此，每天見面分手鍾沅必定在我眉心這麼輕輕一啄，不管是在校園裡、公車上、馬路邊。我一方面貪溺於這奇妙美好的滋味，一方面又看到了周遭異樣的眼神。我不禁開始惶亂憂懼著——一個女孩可以喜歡另一個女孩到何等程度呢？

那回我們去看《殉情記》，回家的路上鍾沅突然看了我好一會，「妳知不知道妳有點像奧莉薇荷西？」

「哪裡像？我才不要死！」

「嘿，死的是電影裡的茱麗葉，又不是她。」

「反正我不像。」

我定定看著這個跟我手牽手的女孩，突然一股莫名的委屈與不安襲上來。我覺得自己像個傻子，打從我坐在公車上第一次看到她我就像個傻子。我根本不會打球，不會游泳；我的個子那麼矮，頭髮那麼短，裙子那麼長……我跟她，完全是兩個世界的人。

突然我放開鍾沅的手，「我們不要在一起了，我跟妳不一樣，好彆扭。」

鍾沅怔忡半晌，也不看我，只是直視前方沈沈道：「隨便妳。」

此後一直到翌年夏天，我天天提早出門延後回家，錯開鍾沅搭車的時間。在學校，我沒有再和鍾沅說過一句話。

高一下，期末考前，週末下午我在圖書館念書，念著念著忽聽到群蟬齊嘶，吱吱直搗雙耳。我摀住耳朵，那聲音卻以更高的頻率穿透耳膜，直貫腦部。我再也坐不住了，只有收拾書包離開圖書館。炎熱的午後我背著書包彷彿迷路般茫然行走於校園，最後來到從前與鍾沅常去的側門老榕樹下。坐在樹底攤開書，猝不及防的豆大淚珠竟啪答擊中書頁——晴天朗朗之下，我再也無處閃躲，天知道我是怎樣捨不得她。鍾沅竟翩然而至。

「嘩！妳！」她驚呼。

鍾沅略顯尷尬地隨即轉身把一隻腳頂住樹幹，假裝彎腰去繫鞋帶，我抹掉眼淚，側頭看她。她繫鞋帶繫得很慢很專心，頭髮垂下來遮住大半個臉，鼻尖上冒著一粒粒細小的汗珠，簾子一樣的長睫毛一動不動。繫好一隻鞋她換另一隻。最後——似乎準備好了——她挺腰站直，拍拍手上的灰塵，撥開汗貼在頰上的一綹頭髮，朝我咧嘴一笑：「嗨！」

背光站在我面前的鍾沅看不清是什麼表情，彷彿還在咧著嘴笑……她沈重的影子蓋住我，我抓著書本陡地起身。

「嗨！」我幾乎喘不過氣來。

「我正要去游泳。」她說。

「哦。」

「要不要一起去？」

「我不會。」

「教妳，很簡單。」

「我沒有泳衣。」

她想了想，「我的借妳。」

我猛搖頭：「我們個子差那麼多……」語未竟，鍾沅已一手抓起我的書包一手拉著我鑽出榕樹旁的小門，直奔馬路。

到公車站牌下，鍾沅鬆開我的手，也不看我，只是咬著指甲張望車子。我把那本還拿在手裡的書收進書包，一時之間覺得熱氣難擋，眼前的柏油路升起縷縷焦煙。我搓搓手，手心都汗溼了。

我們在八德新村下車，鍾沅父親是飛官，所以她家比眷村裡一般人家大而且新。打開鐵門，入眼是寬敞的院子，一大蓬高高的軟枝黃蟬冒出牆頭，靠牆左右兩排花壇，種著茶花、杜鵑、茉莉、菊花以及許多我叫不出名字的花。一輛橙色單車站在屋前的桂花樹下。我想起從前鍾沅每天早晨送我的花，大約就是院子裡摘的吧。

「喏，」果然鍾沅彎腰摘了一朵茉莉遞給我，「我反正不喜歡花。」

屋裡沒人，大白天卻還亮著燈，薄弱的黃光在敞亮午后顯得突兀而多餘。「每次出去都不關燈。」鍾沅啪答關了燈，轉身補上一句：「我說我媽。」旋即進房。

客廳櫥櫃上層擺著一張嵌在木框裡的大照片，想必就是鍾沅的全家福——只有三個人。她父親極挺拔，偎在他旁邊的鍾母只及他耳下。鍾沅母親雖嬌小，但那懾人的年輕美貌與倩笑卻是中年女子少見的。我發現鍾沅那雙單眼皮長眼睛、菱樣的上彎嘴角以及尖下巴是得自她母親，而挺鼻梁與身長則得自她父親。

房間裡傳來砰砰聲響。「童素心！妳進來一下！」鍾沅喊。我應聲進房。鍾沅面對一排攪得天翻地覆的衣櫃坐在床沿，手裡拿著一件紅色泳衣。「喏，就這件，我升國二暑假買的，沒下過幾次水就不能穿了。妳一定可以穿。」

那天下午從八德新村出來，我們便乘著鍾沅那輛橙色單車在街上瞎逛，因為我月經來，沒辦法下水。「所以我好煩當女生。」鍾沅說。她提議去釣魚、溜冰、看電影……都被我一一回絕。也許是因為太熱，也許是因為期末考的壓力，也許是因為經期的情緒低潮，總之我極其躁悶不耐起來：「妳不覺得我們這樣子很無聊嗎？」

鍾沅挑眉橫我一眼，沒有說話。

一路上，我坐在單車後座，目光所及剛好是鍾沅的背。白襯衫迎風鼓動，隱約可見裡頭的胸罩樣式——三條細細的象牙色帶子，一條橫過背部，兩條直越左右肩胛。我突然發現鍾沅直接就在胸罩外套上襯衫，不像我還在中間加了件背心式的棉白內衣。這遲來的發現令我恍然大悟——我和鍾沅，都是不折不扣的女生，即使我們穿胸罩的方式不一樣，即使我們來月經的時間不一樣。

就在我家巷口，鍾沅讓我下車。

「我很可能會留級。如果留級，我就轉學。」說完，她疾馳而去。

我凝望鍾沅遠去的背影，只覺胸中有股氣窒悶難出，脹得胸口疼痛不已。

高一結束，鍾沅果然留級了，高二開學那幾天，我接到她寄來的一封短箋。

「我轉學了，再見。」

沒有稱謂，沒有署名。短箋裡夾著一小把壓扁的、碎成乾花末的桂花。秋天還沒來，我知道它當然不是那年的桂花。

再見鍾沅，已是兩年後的夏天。

聯考過後一日下午，我倒在榻榻米上邊吹電扇邊看《威尼斯之死》，在悶熱的天候與阿森巴赫的焦灼裡，我昏昏盹睡過去。睡夢中，依稀有熟悉的呼喚自遠方傳來。「童素心……童素心……」我翻了個身，在夢境與實象之間混沌難醒。「姐，有人找妳。」突然妹妹來推我。

我吃力自榻上爬起，蹣跚走出房間，穿過客廳去推開紗門。霎時，兩隻惺忪睡眼被突如其來的烈焰燙得差點睜不開——鍾沅！

她跨坐在橙色單車上，單腳支地，另一隻腳弓起跨在我家院子的矮牆頭。一件無領削肩的猩紅背心並一條猩紅短褲，緊緊裹住她比從前更圓熟的軀體，裸露在艷陽底下的黝黑臂腿閃閃發亮。她習慣性地撩開額前一綹頭髮，頭髮削得又短又薄。

半晌，我發現鍾沅也在打量我。我不由得摸摸兩個多月沒剪且睡得一團糟的亂髮，再低頭看自己——寬鬆的粉紅睡袍，上面還有卡通圖案與荷葉邊呢。我朝鍾沅赧然一笑，鍾沅也朝我笑：「去游泳？」

海邊滿是人潮。這個南台灣的炎夏之都總沒來由的令人騷浮難安，數不清的男男女女只有把自己放逐到島的最邊緣，尋求海洋的庇護與撫慰。

我和鍾沅坐在擋不住烈陽的傘下，好一陣子沈默。

「妳都沒長啊？這件泳衣還能穿！」鍾沅忽道：「還有這撮頭髮，」她側身摸摸我後腦勺，「還這麼翹。晚上帶妳去剪頭髮，打薄就不翹了。」

「不行，我不能剪妳這種樣子，我頭髮少，而且臉太圓。」

鍾沅兩手托住我臉頰，左扭右轉，認真端詳。

「嗯。」她點點頭，「留長好了，妳留長髮一定很好看。」

接著鍾沅打開背包，探手往裡翻攪，找出一瓶橄欖油。她旋開瓶蓋，倒了些油在掌心，便繞到背後為我塗抹起來。

我想當時鍾沅的指尖一定感覺到我汗涔涔的背部霎時一緊，可能她也感覺到我的顫慄了。我抑遏不住地挪動身子——長到十八歲，除了母親和妹妹，這是第一次有人碰觸我裸露的肌膚，而且這人是鍾沅。「那麼怕癢！」鍾沅帶笑的聲音自身後傳來。

鍾沅按住我肩膀，在我背上輕輕搓揉——我頓時從嘈雜人聲與炙陽海風中抽離，一股不知來自何處的熱流貫穿全身，像要將我引沸、融穿一般。鍾沅的手在我背上滑動，左一右一上一下……我歙張的毛孔吸入她暖烘烘的鼻息。她的手指彷彿有有千萬隻，在捏著、揉著、爬著，我的身子不住往下滑，怦怦心跳催促我，催促著……啊，我整個要化成一灘水流在這沙地上……

不知過了多久，鍾沅將瓶子交到我手中。

「手腳和臉也擦擦，不然會脫皮，很痛的。」

我悠悠回神。「妳不擦？」

「出門前就擦過了。而且我常這樣曬，沒關係，妳看我都已經曬得這麼黑。」

擦完，我將瓶子遞給鍾沅。

「想過我嗎？」突然鍾沅說。

「什麼？」我一時沒弄懂。

「算了，沒什麼。」

其實我馬上就懂了，只不知該如何回答。

「妳呢？」我問她。

鍾沅鬼鬼一笑：「跟妳一樣。」

黃昏後人潮逐漸退去，我和鍾沅才下水。我那在體育課被逼出來的泳技極差，只能勉強爬個十公尺，鍾沅不一樣，她根本就是條魚。她游來竄去，忽而將我按入水中，忽而潛入水裡扯我的腳，直鬧到我筋疲力竭，才放我回到岸上。

我躺臥沙灘靜聽濤聲。涼風襲來，鹹味淡淡，片刻間，我感到前所未有的暢快歡欣。鍾沅如此之近，海如此遼闊，沙地更穩穩實實地接納了我，一切曾委屈、憂懼、恓惶無措的，都暫時遠去。

不久鍾沅也上岸了。我一動不動躺著。她掀掀我眼皮，按按我胸口，又碰碰我鼻孔。「嘿！」她叫。我不作聲。「童素心！」她又叫，我依然不作聲。「妳死掉啦童素心？」鍾沅大喊：「童——素——心！」隨即往我腰側一捏。

我尖叫著翻身滾開跳起來，鍾沅在一旁鼓掌大笑。

回家的路上，我們走走停停，不知哪來一股瘋勁，又哈癢又捉迷藏玩得好開心。快到我家時，鍾沅搖頭晃腦地吟哦起來：「童……素……心……」

「幹嘛？」

「沒幹嘛，妳家到了。」

我才剛從後座跳下，鍾沅便掉轉車頭，揚長而去。

我怔立巷口，搞不清楚鍾沅到底怎麼回事。忽地，自漆黑的馬路彼端傳來一聲驚天動地的呼喚：「童素心！」鍾沅扯開嗓子沒命放聲：「童素心！我——想——妳！」

我木然站在原處，極目凝望黑暗盡頭，隱約可見鍾沅定定不動的形影。我緩緩張開嘴，也想對那頭的鍾沅大喊。聲至喉間卻窒塞難出——那一切曾經委屈、憂懼、悽惶無惜的，又蔓延周身，將我牢牢捆得動彈不得。

終於，鍾沅還是走了。

大一寒假我又見到鍾沅。那晚是年初三，我們坐在河堤邊，鍾沅已經開始抽菸，抽一種綠色包裝的玉山菸。她一樣抿著微翹的彷佛含笑的唇，過一陣吸一口菸，白騰騰煙霧好像從她的嘴巴、鼻孔、眼睛、耳朵一股腦兒冒出來。她說抽菸讓她覺得比較不那麼冷。

是真冷，我。這回鍾沅是來告訴我她已經懷孕了！

她跟的人已經在牢裡，她叫他石哥。石杰大鍾沅七歲，也是他們八德新村的。事實上石杰的弟弟石偉才是與鍾沅一淘玩大的哥兒們，石偉上官校去圓他的飛行夢去了，石杰則跑了幾年船，最近才回來。鍾沅跟石杰在一起不過短短兩個月，卻已見識了許多新鮮玩意兒——場子、應召站、兄弟、大麻……還有，性。

鍾沅平靜說著，像在說別人的事。

「會不會痛？」我竟先想到這個。

「妳說第一次？」鍾沅很認真想了想。「還好，是那種可以忍受的程度。可是奇怪，我沒流血。」

「報上說運動、騎車——」

「嗯，有可能。」

「妳為什麼……不避孕？」我盯著地上的菸蒂問。

「其實才，兩次吧，都很突然。」

「不能不要做嗎？」

鍾沅看著我，沉思片刻。

「我沒有拒絕，因為我很好奇，我不知道男生和女生有什麼不一樣⋯⋯做了以後我才曉得做愛很簡單，不過可能還有一些別的什麼吧。」

「什麼？」

「比方說——」鍾沅把菸扔到地上踩熄，然後跳上堤防坐在我身邊，抓起我冰涼的手指頭一根一根玩。「比方說，我在想，兩個女生能不能做愛，如果我是男生我就一定要跟妳做愛。」

「那懷孕怎麼辦？」

「妳是說我們還是我？」鍾沅拍了一下我的頭，笑道：「傻瓜，拿掉就好了嘛。」

「嘿！」她好像突然想到什麼，陡地放開我的手跳下河堤。「我們來放沖天炮。」說著走向單車拿背包。

我也跳下河堤。鍾沅掏出一把沖天炮，兩個裝了石頭的可口可樂罐，兩枝香。原來她都準備好了。

我們把罐子擺在河堤上，插進沖天炮，點燃兩枝香。點香時，鍾沅側頭問我：「妳說我們第一枝炮要慶祝什麼？」

「慶祝過年。」

「好，慶祝過年。過了年我們又長大一歲嘍！」鍾沅按下打火機，那一小盞火光映得她的眼睛又亮又大，她笑得那麼開心。「第二枝炮慶祝我們見面。」

兩枝沖天炮「咻——」一飛沖天，在寒冷的夜空畫下兩道細小卻清晰的弧光，然後消逝在遙遠的遠方。

隔天，我們照約定的時間去醫院，醫生是石杰的朋友，關於安全和費用我們都不必操心。坐在手術室外，我回想鍾沅躺在手術檯上的模樣，打了麻醉劑之後她便閉著眼睛安靜睡著了，連眉間都那麼平，彷彿作著香甜的夢。她裙子下面的兩隻腳敞開來，分別擱在兩頭高高的金屬架上。那兩隻會跳躍打水、蹄子一樣美麗的腳……我還是忍不住哭了起來。

那晚我留在鍾家，半夜醒來，見鍾沅斜靠床頭不知想些什麼。「還痛嗎？」我問她。她搖搖頭：「和月經來的感覺差不多。我在想，今天在醫院好像作夢一樣，我只記得躺下去，打針，然後醒來……我什麼也不知道，什麼也沒看到——童，妳知道兩個多月的胎兒有多大嗎？」

我沒作聲。

「這麼小。」鍾沅伸出食指和拇指比畫著，「醫生說，大約五公分。」她飄忽一笑，「只有這麼小。好奇怪，我們竟然都是從那麼小變成這麼大的。」

我推開被子，靠到鍾沅身邊，抓起她的手緊緊握住，心口彷彿裂開一個深不見底的洞，好痛，好痛。

同年夏天，鍾沅終於考上大學。

2

從南台灣到北台灣，我們在異鄉繼續未完的青春，一步步向成人世界邁進。離開了故鄉的藍天艷陽，高中時期的往事彷彿突然失去它最適切的布景，怎麼擺都不對勁。終於，一種不知道是誰先發起的、迥異以往的新模式，在我們之間逐漸成形。

我自然已蓄起長髮，而且還是奧莉薇荷西在殉情記裡的那種長髮。另外，因為好奇以及其他原因，我開始和學長姚季平談著不知算不算戀愛的戀愛。

至於鍾沅，她當然不可能把時間花在功課上，除了游泳她另外迷上跳舞、電影、小劇場。不過令她在校園裡聲名大噪的倒不是這些，而是平均半學期換新一次的戀愛事件，對象男女有之。

這樣的情況下我們反而比以前更常見面了，只是難得單獨見面。鍾沅每有新歡必定踩著我宿舍後山那條小路來見我，我和她的歷任情人皆相處甚歡，她和姚季平也很能哥兒們一番。偶爾，她會悄悄在我宿舍留下她母親給她的巧克力、香水或Coty乳液、瑪麗關口紅；偶爾，我會寄給她兩本沈從文、魯迅或老舍的盜版書。彼時化妝品還沒開放進口，大陸作家的作品尚未解禁，藉這些不易取得的東西，我們溫習著或許已經不存在的默契。

鍾沅對季平的真實觀感我不得而知，而我與她眾情人是否真能相處甚歡，也只有我自己明白，尤其是一個喚小米的女孩。小米是鍾沅第三任女友，交往最久，幾乎整整一學期。她頭一次與鍾沅來看我，我便大吃一驚，她留著與我一模一樣的中分細鬈長髮，額頭比我還高，眼睛比我還圓還大，個子比我還矮。無論說話、行走、坐臥，她都旁若無人偎膩在鍾沅身邊，兩眼瞅著鍾沅不曾移開。她的肆無忌憚是溫和的，卻直逼鍾沅。

然而她們還是分手了。

小米單獨來找我，我看她神色便覺不妙，果然在她背包裡搜出一小瓶氰化鉀（她是化學系弄這東西不難）。我望著小米那張因過分抑制激動而變形的娃娃臉，再看看那瓶奶粉一樣，可以迅即致人於死的東西，一時百感交集。我不能躲避自己說我一點也不在乎她們分手，甚至我可能還有某種竊喜的成分，但，鍾沅啊，我竊喜什麼？小米可是想尋死的。頓時，我憤道：「鍾沅那個人妳還不懂嗎？要跟她在一起就要有她那種本事！就算跟她一直下去又怎樣？妳想過沒有？做一輩子Lesbian啊？妳不苦不累不怕？別傻了，鍾沅的新歡可是個男的！」

一段話說得我脊骨發涼——這是說給誰聽？我何時蘊積了這麼多不平之詞？我又不平什麼？思及此，我才發現自己是左手握著瓶子，右手緊攥拳頭，幾乎暴跳起來吼出這麼一段流利至極、抑揚頓挫的話語。

小米呆視我半晌，抹去眼淚，恍然道：「我的天！童素心妳比我還慘。」

此事我在鍾沅面前隻字未提，也許小米也並未向她說起，總之，鍾沅依然帶著她的情人走上我宿舍後山那條小路。

大四寒假，我和李平走完中橫回到家，得知鍾父殉職的消息，剛好趕上公祭。那天，鍾沅的舊愛新歡幾乎全部到齊，男男女女一字排開，差可組成一支喪樂隊。鍾沅誰都沒理，也沒哭，默默跪在靈台旁答禮。鍾母素衣淨容鬢插白花，由三兩女眷陪坐一旁，那憔悴的模樣在哀喪的場合裡，竟依然令我驚豔！

我因要送季平去車站，更兼中橫一趟走下來早已累垮，匆匆上完香便即離去。臨走，我轉頭隔著眾人看鍾沅，她仍跪在綴滿黃白菊花的靈台旁，也遙遙望著我。四目交接的剎那，我突然想起當年陪鍾沅去拿孩子的情景。

是的，陪鍾沅。

我曾天真得想要與鍾沅相伴，從十六歲時我就偷偷這麼想。在她奔跑的時候，在她游泳的時候，在她難過的時候，在她開心的時候，我都想伴著她。然而我們能像日升月落恆久不渝嗎？我們能一起吃飯穿衣睡覺相偕到白髮蒼蒼嗎？說我們是兩個不同世界的人不如說我們是兩個同樣的人——同樣是女人——這恐怕才是我真正不能擺平的罷！幾年過去了，越長大我便越膽小懦弱得無能承擔那樣的天真。我的吃力、無奈，在四目交接的剎那只有轉身離去。

春假前某天深夜，鍾沅突然跑來找我。「陪我回家好嗎？」

我們連夜搭車南下，剛好趕上南台灣的清晨。鍾沅打開鐵門，院子裡的桂花樹迎面而立，杜鵑也零星綻放，花壇裡的雜草長了一些。門口有雙漆皮高跟鞋——想是鍾母的——其中一隻倒在晨光中微微發亮，旁邊則是一雙男人皮鞋。鍾沅看了那雙鞋一眼，緊抿著唇。

推開紗門進屋，一個中年男人身穿睡衣手拿報紙剛好從洗手間出來。

「啊！沅沅回來了？」顯然嚇了一跳。

「嗯。羅叔早。我跟同學，去玩，順道，回家，馬上就要，走了。」鍾沅結巴起來。

鍾母端了菜從廚房出來，看到鍾沅神色大變，放下碟子兩手搓著圍裙。

「媽！」鍾沅低喚她一聲。「我——我們要去玩，馬上就走了。」

「沅沅妳——」她母親道：「妳們吃早飯沒？」

「吃了。」鍾沅語畢進房胡亂抓了兩本書，拉了我便走。

沒多久鍾母便再婚了，對象就是鍾父的同學羅叔叔。婚禮前夕，鍾沅來找我。「雖然實在太快了點，不過這樣也好，免得擔心，她是很需要人照顧的。」鍾沅說。當時我正忙著準備畢業考，看她神色如常也就沒有留意。待畢業考完方覺不對，喪父沒有哭，母親迅速再嫁也沒反應，這的確是鍾沅，但絕不是面對我的鍾沅。她或許該對我說：「妳知道死亡是怎麼回事嗎？」或者：「我媽不知道會不會帶我爸的照片去？」這才是我的鍾沅。

然而這幾年來鍾沅曾對我說過什麼？我知不知道她在想什麼？她的瘋狂戀愛行徑我了解多少？往後，她是回「鍾寓」還是「羅寓」呢？

畢業考最後一科交卷，我便急赴鍾沅住處。遲了。人去樓空，連休學都沒辦。

即使是在事隔多年的今天，失去鍾沅消息那一年的情景我都不堪回首。我幾乎崩潰，連尋找她的能力皆無。日日，我翻看大小報紙的社會版，對可疑的無名女屍或自殺新聞作各種可怕揣想，或喃喃自語，或怔忡出神，或痛哭失聲。意外的是，這樣大的難關竟是季平伴我走過來的。

他擱下手上的碩士論文，南來北往打聽鍾沅下落。「我了解鍾沅跟妳的交情。」他說。我不知道他能了解多少，但確實心生感動，也豁然平添幾分自責自戕的空間。就在我丟了第五份工作，體重也將跌破四十公斤時，季平終於忍不住了：「妳這樣莫名其妙糟蹋自己到底對得起誰？父母？鍾沅？還是我？妳以為我這樣大海撈針找鍾沅很好玩是不是？我只想提醒妳——全世界不是只有妳有情緒，人生也不是只剩下悲哀，日子要怎麼過，妳自己決定吧！」

二十五歲生日那天，季平花了近一個月的家教收入請我去吃法國菜。坐在優雅講究的餐室裡，在德布西的音樂與莫內複製畫包裝下，人們輕酌淺笑，一片溫柔安逸……真是久違了啊！人世，生活。突然我心底升起一股極鄭重深沈的抱歉——對季平的抱歉。一頓飯，可以有很多種吃法；愛一個人，也有很多種愛法。季平的用心到此地步，我卻是對他或對鍾沅都做錯做壞了。

深夜回到住處，我房間門把上斜插著一束花。

鄰房的學妹一旁叨絮說著有個女孩來找過我，留下這把花，又說那女孩如何活脫像Vogue雜誌上走下來的Model……學妹的話一句句飄得老遠，我怔立門邊，雙手抖得抬不起來。半晌，我解下繫於門把上的白緞帶，輕輕抽出那把花。是淺紫色的玫瑰，一共二十五朵，半開，帶著水珠。花束裡夾著一張卡片：「生日快樂。」沒有稱謂，沒有署名。

鍾沅啊！

我默默拿著那束花，良久，淚水決堤而下。

原來鍾沅失蹤那一年都跟晶姐在一起，她們是在BAR認識的，時間是鍾母結婚前夕，也就是我畢業考前，鍾沅來找我那晚。

那一年，鍾沅偶爾在晶姐的精品店幫忙，更多時候不是窩在家裡看錄影帶、打電玩便是在BAR、舞廳、冰宮裡消磨時光。晝伏夜出，白了皮膚，加上晶姐店裡的當季歐洲時裝，難怪鄰房學妹見到鍾沅要驚為天人了。

教我吃驚的倒不是鍾沅——她依然沒變——教我著怕的是晶姐。頭一回見她，隔著她店外的玻璃，當時剛好沒客人，她像尊蠟像般手持一杯咖啡斜倚在沙發上。那姿勢、線條、皮膚、五官、化妝、服飾，從頭到腳，完全無懈可擊。太無懈可擊了，反而令人無言以對。鍾沅拉著我推門進去，未等鍾沅介紹，她便了然一笑：「童素心？」說著斜睨鍾沅一眼，鍾沅說：「晶姐妳別嚇她。」我尚來不及反應，晶姐便起身牽我走向展示架。「自己挑兩套喜歡的，算是晶姐送妳的見面禮。」她那隻手是冰的。

幾乎每天，鍾沅駕著晶姐的白色奧斯汀來接我下班，與我一起吃晚飯。「姚季平要我盯妳吃飯，妳看妳瘦得像隻鬼！」我們鮮少談及過往，未來也沒有特別的計畫可講。季平服役前我們已訂婚，等他退伍找妥工作就結婚。鍾沅則打算跟她母親及羅叔一起移民美國後再繼續念書。每晚見面，鍾沅仍帶花給我，有時是一串玉蘭，有時是一枝百合、晚香玉，更多時候是玫瑰，各色的玫瑰。當然那些花已經不是摘來的，而是買來的。

有回週末我們看完電影逛到公館夜市，在擁擠的人群裡為方便走路，鍾沅又牽起了我的手。看到地攤賣襯衫，一件兩百九，兩件五百。鍾沅捏捏我的手：「買兩件好不好？」我笑著朝她點頭。買了襯衫，我們又到外銷成衣店挑了兩條一式的長褲，迫不及待跑進更衣室換上。換好衣服，我和鍾沅妳看我，我看妳，一模一樣的棉白襯衫與牛仔褲。

「哇！情人裝！」鍾沅興奮道。

那晚，當我們各拿著一支霜淇淋又蹦又跳衝進晶姐店裡去接她時，她臉上霎時露出異於平常的神情。平常我們去接她，晶姐總是微笑著給我和鍾沅一人一個擁抱，有時她會撥撥鍾沅頭髮說：「明天去阿傑那邊把頭髮修一修。」或者攏攏她衣領嗔怪：「衣服也不燙一燙。」對我，她多半會拉拉我的手，「晚上鍾沅帶妳去吃什麼？要吃胖一點，不然我們怎麼跟季平交差？」但那晚，當我們向她張開雙臂圍上前去時，她卻身上一閃，尖聲道：「小心弄髒我衣服！」她指著霜淇淋。

鍾沅聳聳肩，一屁股坐上沙發。我則悄悄到後面洗好手，趕緊幫晶姐收拾店裡。

正當我蹲在櫥窗底下，拿吸塵器清理地毯死角的灰塵時，一旁的晶姐突然問我：「小童，妳愛不愛季平？」我愣了一下，匆忙點著原本已低垂的頭。

「妳比鍾沅大還是小？」她又問。

「小，小三個月。」

「嗯。」她彎腰幫我攏起垂到地毯上的頭髮，「有時候我覺得自己好老。」

「怎麼會？」我無措地仰首看她：「晶姐才比我們大一點，而且看起來還更年輕！」

「少來！」她戳我一下，似笑非笑，「我看妳跟鍾沅才是真的金童玉女。」

我不知如何回答，幾乎把頭都要埋進吸塵器裡去。

「算了，不嚇妳，」晶姐緩緩道：「也不嚇我自己。」

平常回家路上晶姐總會把這一天的生意、客人的趣事、下一季的流行趨勢與進貨計畫等等說給我們聽，這晚她卻出奇沈默。鍾沅也是，除了對前面一輛走在內線不打方向燈便突然右轉的車子罵了聲：「幹！」之外，她都沒開口。倒是我下車時，她們異口同聲跟我道了再見。

隔天深夜，我終於接到晶姐電話。

「鍾沅走了。」

「……」

「還有一雙球鞋忘了拿，妳有空來幫她拿去吧。」

「……」

「我本來還計畫著給她添這買那，巴望著去送機呢！都要出國了，她就這麼等不及？臨走還留了一筆錢說是還我，天哪鍾沅她到底還有沒有心肝？連這一點點餘地也不肯留給我！」

「晶姐……」

「快兩年了，我從來不知道她在想什麼，打從那晚在BAR裡看她喝得爛醉把她帶回家，我就不知道她在想什麼。」

「晶姐……」

「我也不指望她跟我一輩子，誰不知道這種感情要海誓山盟是笑話？可是她說走就走妳知道嗎？說──走──就──走……」

「晶姐……」

「小童妳去告訴她……」電話彼端已泣不成聲，「妳告訴她，三十幾歲的女人沒有多少時間好去愛一個人……」

默默拿著聽筒感覺彼端晶姐的心，我再說不出當年會對小米說的話。

3

鍾沅走的那年，我們二十八歲。

飄著細雨的南台灣仲夏夜竟已有絲許涼意，我騎著單車，持姚童聯姻喜帖，緩緩向八德新村行去。一路上往事歷歷，兩個穿白衣黑裙的十六歲女孩彷彿就在前方追逐奔跑，清脆的笑聲在我耳際轟然迴盪……青春與愛，熱與光，似點點星火向前路焚燃。

快到八德新村時，一輛計程車自前方路口拐進巷子，遠遠的，就在路燈旁停了下來。車門彈開，一截小腿伸出來，漫空雨點似銀珠灑上那截光裸的小腿。接著又出來一截小腿。隨後，整個人都站出來了。計程車離去，那女子在原地定了幾秒，往前走兩步，停下，然後便扶住路邊的電線桿，勾起一隻腳，側彎身去拉腳上的鞋帶。她腳上是黑色平底涼鞋，細細的黑皮帶像小黑蛇一樣自她腳背交錯纏繞到腳踝。她的黑底閃銀光削肩短上衣並桃紅短裙，在空曠的暗夜巷中更加顯得詭艷異常。那裸露的頸、臂、腿，我看了多少年，此刻方看出它們孤絕的線條來。

「鍾——沅！」我大喊。

羅叔的宿舍與鍾沅從前的家只隔一條巷子，院子裡也有好花，鍾沅彎腰折下一朵插在我鬢上。「什麼？」我問。「花啊。」她說。

鍾母和羅叔已經睡了，安靜的客廳裡家具幾乎撤光。我隨鍾沅走進她房間，房裡只餘一張床墊、兩把小籐椅，敞開的衣櫥零星掛著幾件衣服，地上擱著幾只旅行箱。我將喜帖遞給鍾沅。

「哪天？」鍾沅說著打開喜帖，低頭看了好一會兒，邊看邊拿手指在紅底燙金的「囍」字上來回拂拭。「我來不及參加了，機票已經confirm。」

我輕輕抽下她手中的帖子，擱在旅行箱上，然後拉過她的手，緊緊握著。

「鍾沅——」

「幹嘛？」

「我有話跟妳說。」

「我知道。」

「我一直沒說。」

「我都知道，真的。」

「那妳告訴我——」

「告訴妳什麼？」

「兩個女生可不可以做愛？」

鍾沅聞言緩緩垂下頭，沒有回答。半晌，她的頭與肩膀開始顫動，兩隻手緊緊互扣著，手也在抖。最後她抬起溼糊的臉，兩隻血紅的、汪著淚水的眼睛盯著我，定定搖頭。

「不——可——以！」

我站起來捧起鍾沅的臉，俯身往她眉心深深吻下。滾燙的熱淚自我眼中向鍾沅額際灑落，聲嘶力竭的蟬鳴如雷貫耳……許久……鍾沅張臂圈住我，把臉埋在我胸前，像個孩子一樣嚶嚶啜泣起來……

一九九〇年夏日午後，我步出醫院，站在深色玻璃門前看著自己的影子怔忡出神。我輕輕按著尚未隆起且毫無感應的肚腹，想著醫生的診斷：兩個多月……妳知道兩個多月的胎兒有多大嗎？鍾沅貼在玻璃門上朝我笑……這麼大……她伸出食指和母指比畫著，五公分……

回家與季平通過電話，我伏案給鍾沅寫起信來——

顛倒的，只有白天
黑夜麼？氣象報告說
紐約陰雨最高二十六度
台北下午我行過
日焰焚焚　灰飛煙升的馬路
親愛的紫玫瑰
只有妳感覺我最真實的溫度
十個月足以完成什麼
我的紫玫瑰？
倘若在子宮裡孕育
某個生命
一切可能與不可能
是否都將和他
一起誕生……

導讀

曹麗娟（一九六〇—），彰化人，淡江大學中文系畢業，任職《漢聲雜誌》編輯。她的作品雖然寥寥可數，卻常獲文學獎的肯定，《童女之舞》是第一本小說集，其中收錄作品：〈紅顏〉獲一九八二年《聯合報》小說獎，〈童女之舞〉獲一九九一年《聯合報》短篇小說首獎，〈關於她的白髮及其他〉獲一九九六年《聯合文學》中篇小說推薦獎，其餘兩篇為〈斷裂〉、〈在父名之下〉。題材聚焦於同志身分認同的矛盾、社會道德價值的迷惘，以及女女情慾的越界，是同志文學中相當受矚目的作家。

在傳統異性戀規範中，只有「男——陽剛特質——異性戀」與「女——陰柔特質——異性戀」是符合所謂的正當性，並將生理性別視作社會性別及性慾取向的源頭。這個分殊嚴明的本質化邏輯，在政治解嚴與社會變遷的互動中，激烈展開對傳統舊價值體制的試探與反叛，開始聆聽到越界的異質之聲。由於異性戀中心觀念的支配，使得同志文學長期被邊緣化；然而九〇年代同志文學版圖逐漸擴張，突破性別的二元對立，創造多元共存，具有兼容並蓄的寬厚，〈童女之舞〉即是代表作之一。

性別越界書寫的一大特色，在於主流價值／身體情慾／自我認同之間的辯證。〈童女之舞〉藉著時間的軸線，經由第一人稱敘事觀點的倒敘手法，進入童素心（我）、鍾沅十六歲到近三十歲的感情世界。由於主流價值對於同志的污名化，使同志的認同發展經常受到阻礙。童素心、鍾沅在愛慾癡戀中掙扎浮沉，原本純眞的妄想與殘酷的現實產生強烈衝擊，更加惶亂憂懼。特別是童素心，一開始對女女情感充滿質疑：「一個女孩可以喜歡另一個女孩到何等程度呢？」她對同女情感保持壓抑、迴避的態度，因而走向異性戀婚姻。相較於童素心的被動退縮，鍾沅則顯得主動開放，她直白表述：「兩個女生能不能做愛，如果我是男生我就一定要跟你做愛。」可見其游移在異／同性戀的矛盾，也挑戰了女性去情慾化的壓制。

從小說開頭的引文，可知題目發想自美國舞蹈家鄧肯（Isadora Duncan，一八七七—一九二七）的自傳《死亡與童女之舞》。童/同女的青春戀情，難道就是註定要走向死亡嗎？小說結尾，已婚且懷孕的童素心寫信給鍾沅說：「親愛的紫玫瑰/只有妳感覺我最眞實的溫度」，童素心，最終確認情歸女女，信中也暗示著未來「一切可能與不可能」的誕生。在歷史過程中，在社會脈絡裡，同志找不到確切的位置，他們以漂流的姿態在異性戀國度逐波浮沉，〈童女之舞〉寫出女女在「異」國的漂泊，刻畫一幅越界的心靈地圖。（林秀蓉）

窺

徐嘉澤

夜裡，窗外燈光閃爍，車影流光一一倏忽而去，窩在棉被裡聽自己平緩的呼吸聲。旁邊的他一個轉身，儘管閉著眼睛的同時，我仍感受得到小皓炙熱的眼神盯著我直瞧。他的呼吸沉穩，像是熟練的犯案老手毫不緊張。他探手到床頭取走我的手機，窗外燈光及屋內交錯的影落在眼皮上，構畫出他的一舉一動。按了幾個鍵約莫幾分鐘後，他悄然將手機放回到原本的位置。

這情形在我和M一起時也常發生。

夜裡，M昏黃燈光的房內，音樂聲緩慢流洩，Chill-out緩慢穩重的節奏一拍一拍地打著，美麗女聲吟唱異國歌曲。他的身影如貓悄然，小皓和M都以為我不知道究竟發生什麼事。但其實，我是個易醒體質，從小就是這樣。母親同父親小聲囁嚅般吵架，我閉起眼專心聆聽。細碎聲音變成短暫的夢魘附身，壓過來，昏沉之中，我將那些不愉快的記憶全當成夢一場。

每個夜晚，一家三口窩在租賃來的小房間內，每每父母親為了金錢在夜半裡小聲地吵架時，那些鏗鏘似玻璃的碎語，都足夠將我的夢境一一刺破。學會在被驚醒的同時，不動聲色調整好呼吸。母親說：「你又把錢拿去借給那群豬狗好友，我們母子窩在這邊，日子該怎麼過我都不知道了。」母親抱怨著，聲音帶著泣述，父親安撫：「這是最後一次了，這是最後一次了。」

整夜沒睡著的我，失足陷溺於昨日的哭泣聲。

每當M或他翻起我身邊的東西，像偵探檢查的時候，我總能察覺。M會檢查皮包裡的名片、發票，手機裡的訊息或通話紀錄。小皓顯然沒他那麼聰明，大抵只查詢手機裡的內容。認識M，是在南部的一家Bar裡。夜晚的人兒都寂寞，尤其秋天，特別想找個溫暖的身體。這並不是一種肉慾，只是單純想找個人能窩近身邊，不說一句話也好，靜靜分享彼此的溫暖。那一晚，M的朋友先離去，我看在眼裡。舞池間我靠了過去，假裝不經意摸了他的手、他的背。趁著酒意摟上他的腰、吻上他的唇。青春時的一切都是美好的。夜正美麗，我和他驅車前往他的住處。兩人再喝了些Gin。略寒的秋季裡，M聽著我陌生的音樂，節拍像是為迎接愛麗絲前往奇幻王國準備，我一下跳了進去，他是著西裝的兔子先生，認真帶領著我進入他的世界，進入他。

很多時候，讓一個人發現祕密，並不是代表這個人不夠細心、無法守密，而是他刻意讓所有的事實被攤開來——以不需要開口的方式述說。

每個人，尤其是現代人都有個「潘朵拉的盒子」，可能是日記、手札，但最常見的是手機和電腦。看似無言的東西裡，卻蘊藏最多的祕密。曾經，我登入小皓的電腦看了些隻字片語、曾經他拿了我的手機瞧了些小小呢喃。然後，兩人就在默靜無言的場景中，一個背西、一個向東——讓我想到《白蛇傳》故事中，許仙為了探究娘子是否為蛇精，忍不住以雄黃試探。我學到的是，每個人能緊守自己的小祕密是最好的事——兩人相處的重點不在於怎麼將對方緊緊抓牢，而是知道對方要的是什麼。抓緊了，不過就是掐死一段感情。

「如果你的男友亂動你的電腦和手機，你會和他分手嗎？」小斐睜大眼邊喝著手邊的飲料問著。

「裡面有什麼祕密嗎？」

「很多祕密。」她答道。

「把自己當成旁觀者看他的反應，不是比和他分手有趣多了？」當時我如是說。

「我男人總愛動我的手機和電腦，他都以為我不知道，其實，我才沒他想像中的那麼笨。不過他也很厲害，儘管發現到有那麼多人愛慕我、追求我，或甚至發現我和其他男友有精神上或肉體上的出軌，他到現在仍沒打算要攤牌或是分手。」她將殘留在杯底的飲料一口啜盡，繼續抱怨：「真是一個難搞的男人。」

躺在床上，房間的冷氣轟隆轟隆。「也該換一台了。」我想，都十幾年的舊冷氣了。將冷氣開得極冷，跑到櫃子邊翻出幾件毛毯和涼被，一件一件加在身上，想像著有M在時的重量，卻怎麼也模擬不出當時的情境，索性將一床的棉被全推下床。想像M的身體和形狀，以雙手擁抱他的方式幻想著他在這。這房間內逐漸散失他的氣息，只有他殘存的一些物品：香水、皮帶、一些零錢、一些德文日文的教課本，及他咧著嘴笑的照片。

我們算是情人也不算是情人，什麼關係很難說得清。

每回跟男友小皓吵架的時候，我習慣一甩頭、門一摔就逃到他的小屋裡，靜靜窩在他的身邊。他不會多說一句話，只是安靜的拿杯熱牛奶，在房裡點上溫暖小燭火，將兩人相依的影子牢牢釘在牆上。音樂從房間一隅輕輕流洩，他從不多問我也從不多說。從Bar認識那一晚後，他便任由我出入他的地方。打了把鑰匙交給我，不論他在不在家，我總有個避風港。

那天，進到他的屋內，習慣性從冰箱拿出健怡喝、打開桌上的健達巧克力啃、隨手挑張不知名的CD聽，躺在床上聽著外頭偌大的風聲伴著音樂異國風，一下子就被拉進夢的深層，回到初認識男友小皓時的情境——夏日午後，慾望橫生，我決定找個人狠狠的做愛，差不多的情形不知道上演多少次，藉由肉體宣洩來消除悶熱的暑氣。轉進熟悉的巷內，步上二樓，交了錢換取鑰匙和毛巾，找到置物櫃，褪去衣物圍上毛巾，那時還不是男友的小皓，在這陰暗的場所陽光般笑著。

「噹瑯！」鑰匙插入的細微聲音讓我往夢的出口走，儘管閉著眼也知道M已到家，他的氣息很快瀰漫開來。溫暖的特質飄散屋內，我可以想像到他接下來的所有動作——先將公事包放在一進門，餐桌的木頭椅上、脫去西裝，吊掛在房間門的掛勾。將襯衫褪去、西裝褲脫掉，僅著一件內衣和內褲。接著，到廚房打開冰箱內的礦泉水大口大口喝下，咕嚕咕嚕。一如往常的動作連串做完。

喝完水之後聽到蓮蓬頭的水聲，他現在正在浴室裡，將頭上的髮膠洗掉，再洗把臉，才算是完成整個儀式。

他輕聲的靠近我，儘管離得遠，但鼻息從上方如雪般飄落下來。我知道他正盯著我瞧，那時，我早就攀在意識的牆上，用耳朵觀察他的一切：打開皮包的聲音，手機按鍵的聲音……，就算他不是扮演男友的角色，但也盡可能的想了解在我周遭發生的任何事情。待他所有動作完畢後，才若無其事的叫醒我。

「起床了。」他說：「肚子餓不餓？要不要一起出去吃個東西？」

在這樣的夜裡，能聽到他說上這樣一兩句話語已經足夠。他不貪圖性，也不奢求愛，只是以他認為紳士的方式對待我。當我需要他時便出現，當我回到男友小皓身旁，他也是笑著目送我離去。

以前有過幾次，我在夜裡失去方向，常常往三溫暖遛去，一夜的溫存卻只換來更巨大的寂寞。現在，只和他在一起看個電視、吃個飯、聽個音樂都叫人覺得幸福。

「不如你把男友甩掉，和M先生交往不就得了。」小斐某天提起這主意。老實說，這樣的念頭不是沒有想過，只是想到，和男友剛認識時也甜蜜過一段時間，但隨著時間累積，兩人之間的互動不像以前，甜蜜和浪漫逐漸被時間的灰塵所蒙蔽。

如果愛情真是如此，那不管換了誰，不都是大同小異的結果。

「這種想法太悲觀了喔！」小斐不管何時何地跟我說話，總是不斷吃著或喝著東西：「就像A男人的吻總是讓我有感覺，但B先生的愛撫卻常讓我身體顫動不已，C先生則總能帶給我一次又一次的高潮。」她邊嗑著瓜子邊說道。

「沒人像妳那麼肉慾好不好，妳真是『慾女』耶妳。」我說。

男友帶給我的性的確是美好的，那只單純是性，關於愛，滿足卻很少。還是因為這樣的生活已久，習慣他的存在，所以更不易感覺到愛的成分？和M在一起，性的方面很淺，感覺就像沒有也沒關係似的，但卻彷彿隨時漂浮在愛裡。

M書桌上堆滿著電腦書籍、時尚雜誌、日文德文教課本，還有一台筆記型電腦；右邊是他布置的一整面Lomo牆，紅的、藍的、綠的，各樣式的照片排列其間。右後方是個大書架，擺著哲學書，大抵是馬克斯主義之類，太過抽象性的書籍。

他只著一件小背心、一件內褲在房內使用電腦，大聲哼歌，練著最近幾張新專輯，從網路下載的歌曲、從網站抓下歌詞，當成迷你KTV一樣練唱著，桌上泡好一杯冰蜜茶。我坐在一旁百無聊賴的玩弄自己手邊的相機。他唱起歌來的聲音和平常說話有些不同，歌聲中帶著點沙啞，聲線中帶著無所謂，一首首的情歌從他嘴裡流洩出來，彷彿男歡女愛、生死離別都能輕輕鬆鬆。

「為什麼不交個男友？」我小心翼翼的問。

「如果身邊的人總來來去去你就會知道，有時候抓住的東西不見得就是你的。也不是因此就消極的不理他，而是用另一種方式關心他照顧他，以自己認為最對的方式以及對方最舒服的方式。就像當時我們有機會認識彼此，一夜溫存之後，你惦記著我、我眷顧著你。就算知道你有另一半，我也會感謝老天爺，讓我的生命中曾經有你這樣的一個人進入。我只想好好把握當下，至於以後，你有你的抉擇，我能做的就只是這些。」他抿著嘴笑，看著我繼續說著：「每個人都像是一朵雲，在彼此的天空中來來去去，我希望現在這個時刻，你能在我這停留稍微那麼久一點。如果，當真要交男友的話我想就是你吧！」

拿手中的相機胡亂拍著這房間內的景象，將他認真說這些話的表情一併攝入。

我將M的一番話跟小斐說，小斐愣了一會說道：「可能他只是單純想要談戀愛的感覺，但又不想要負戀愛的責任。」

我替他辯駁：「如果這樣，他又為何把鑰匙那麼重要的東西交給我呢？」

小斐聳聳肩，嘴裡嚼著口香糖，一副不關她事般一派輕鬆說道：「我哪知道！人心最難料。」

我喪氣地問：「是這樣嗎？」

「說實話……」小斐將嘴裡的口香糖吐掉，認真看著我，「我很嫉妒你，有一個你愛的男友和一個那麼死心塌地愛你的……」小斐停頓了會小心說道：「算情人好了。在我身邊，我見到的盡是想要享受肉體歡愉的男人，他們不斷的進入我、擁抱我，在我耳邊愛的呢喃，但他們沒有人是認真的看待我。一夜溫存之後，儘管他們想裝得若無其事，或繼續和我交往，但我知道內在有些東西已經轉換。當他們的慾望出現時，那是一種真實，一旦滿足之後，他們全顯得畏縮、退卻。對於自身的慾望三緘其口，好像那一夜都是個意外般。就算從他們口中吐出『我愛妳』，我也當成是他們嘴裡輕洩而出的穢物。」

我從沒看過激動的小斐，竟一口氣說那麼多話，讓我有點驚訝。小斐給我的感覺總打扮的亮眼，該笑的時候就會認真笑，她不忌諱和男人上床，她認為這只是順從自己最原始的慾望，不需排斥也不隱藏。但往往，那些男人不是想完全掌控她，就是離開她，她習慣了這樣的模式，反正，她也從不缺男人。

小斐拿起桌邊的巧克力棒，一口一口的送進嘴裡，她的情緒逐漸緩和，變成習慣中的小斐，她安穩的啃著巧克力棒說：「反正你和小皓在性上面很合得來，和M在愛上面很契合，不管最後你選擇和哪個在一起，或是同時進行，你都會幸福的。再不濟，至少你還有我這個好朋友陪你啊。」她俏皮地笑著。

「上次，妳不是問我如果有人偷翻我手機或電腦會怎樣嗎？」我突然記起小斐提過的話題，想到了一個怪怪的主意。

「嗯！對啊！怎麼嚕？你有其他的意見了嗎？」她從桌上那盒甜甜圈裡挑出一個，配起她的特調奶茶喝。小斐習慣將水煮燙倒入紅茶壺中，將一壺的錫蘭紅茶葉泡開，約莫五分鐘，再將裡頭的紅茶倒出來，配上煮好的鮮奶一起混合，放在桌上等它自然冷卻後，再仔細平穩如供神般放入冰箱，等它隔天冰涼、味道完全溶在一起時才慢慢喝。

很多時候，我覺得小斐並不是輕忽情愛，而是像泡紅茶一樣的小心謹慎，她需要很多道繁瑣的步驟，才能肯定是不是愛對方，但往往在步驟一或二時，對方可能已經按耐不住先投降，於是在感情上小斐只能獨飲。

「祕密。等著瞧吧！」我笑著對小斐說道。

許仙對白素貞不夠愛嗎？

是的，他不夠愛。所以他想徹底將這一場鬧劇揭穿。就算只是心魔作祟，也要將一切毀滅再重建。

許仙對白素貞夠愛嗎？

是的，他夠愛。所以他要證明一切都是不存在的，只要能證明一切不存在，他就能以他愛她的方式或理由來實施。

我愛小皓或M嗎？

或許都不愛或許都愛。我自己也不太清楚這其中的分界，愛或不愛都僅是一線之隔。

那他們呢？不愛我嗎？愛我嗎？或許也是一線之間。

我想知道是不是有人能超過這樣的一個界限。

晚餐間不安的用手機傳了封偌長的訊息，小皓看在眼底卻不發一語。我不看電視只是假裝玩遊戲般的，又多按了幾組字才又送出去另一封訊息。一直到小皓洗完澡，終於微皺著眉頭用他偌大的手拍著我的頭說道：「好孩子，摸手機一天了，該休息了。」

他一把將我拱起，置在他的肩上，整個世界開始旋轉。我們很熱衷這樣的遊戲，在他肩上世界變得不一樣。熟悉的屋子變得有點怪異，高度不同原來也會改變一個人的對事物的看法、想法。最後的結果總是被他一把丟上床，然後他撲上來，我就著他的吻，枕著他的手，兩人一同沉沉的睡去。

夜裡，他的手探到桌上拿起我的手機，細微的動作像夜裡緩緩生長不讓人發覺的植物。他另一手臂被我枕著，邊查閱著手機上的一切。他的心跳一聲一響清晰的傳了過來，他的呼吸變得些許急促，但仍以不將我吵醒的姿態，將手機置回原來的位置。

夜很深，我很快的就又陷入夢鄉。

其實現在的自己很幸福，我也不知道到底哪裡不滿足。或許，太過幸福才是叫人覺得可怕不安的吧！因為——你、永、遠、不、知、道、幸、福、會、在、何、時、離、你、而、去。

隔天下午，M還沒下班前進到他屋內，選了House風格的CD，從冰箱自主的拿了些水就著口喝，拿起他床頭的小熊玩。我拿出自己準備的雜誌、漫畫躺在床上，每看完一本書或吃完一樣零嘴便往地上一丟。很慵閒的午後時光，只有學生才有資格做這樣時間的大量浪費——感覺時間自己多的是，再怎麼浪費都可以。

在漫畫最好笑的那一片段中，聽到鑰匙的聲音，我趕緊整個人縮進被子裡，調整鼻息。不一下子，M進到房間裡來。每當看見我的鞋子在門外時，他大致上會先見到我才安心。有時我喜歡玩一些奇怪的遊戲，大抵是幫他脫全部的衣服，或是穿上他衣服，假裝我是他、他是我這樣的劇情。他配合得很好，一點都不生澀，彷彿一切都沒什麼大不了。或許是這樣的個性更容易讓人覺得舒服。

我把此刻當成是另一個遊戲，假裝我睡著然後仔細觀察他的遊戲。不過沒什麼意外的，他依照以往的模式，褪去西裝及外褲只著內衣褲，開冰箱的聲音，接著進浴室打開蓮蓬頭。當他完成他的儀式靠近我時。會聞到一股洗面乳的味道漸漸襲來。錢包和手機特地放在地上，和一堆零食漫畫堆在一起，層層疊疊，他找起來較不容易，也比較有挑戰感，他連最後的儀式都完成之後，才一如往常般把我輕聲喚醒。

他將下巴靠在我的肩上，用力地嗅著我身上的味道。「下午安啊——睡飽了嗎？」問著：「晚上去吃Bagel如何？」

我摸摸後腦勺，惺忪著眼。「嗯！」我說。

和M吃完Bagel，跟小斐約在咖啡店內。沒什麼客人的咖啡店，點了冰拿鐵，小斐點了很多的食物，一臉興奮。

「怎樣你前幾天說的祕密完成得如何？」她摩拳擦掌似地好奇問著。

我洩氣地說：「我有點可以體會妳當時說那句話的感覺了。」

「哪句話？」她不解的望著我。

「就是妳男人看妳電腦手機，發現妳有追求者卻不為所動，妳覺得很難搞啊！」我說。

「那跟你的計畫有啥關係？」她已經攻陷了一只草莓塔。

「其實小皓和M都會慣性動我電腦和手機，有些祕密不想被他們知道的，便被我刪掉，覺得無所謂的就放在那邊，就像是把大點心藏起來，只放些一小屑屑在旁邊吸引他們的注意。那一天我們聊完，讓我覺得同時愛兩個人，或被兩個人愛是一件很辛苦又痛苦的事，所以想說，只要其中一個人自動退出不就得了？甚至做好兩人都不要的心理準備，這樣我也可以不用主動提分手，做這麼麻煩的工作。所以我去辦了一個新的門號和手機。」

「辦了新門號和新手機？好像跟這個故事一點關聯性都沒有。」她毫不留情的將藍莓慕斯大口吞進。我懷疑小斐其實是個甜食機器人，她裡面有個祕密的四次元空間，能將世界上一切的甜食過渡到另一個世界。她的任務就是不斷將甜食帶入肚內。在大量攝取甜食之後，她竟仍能保持最完美的體態。也或許因為她是機器人，所以才能若無其事的看淡任何感情吧！從咖啡店向外望去，明明夏天就快來了卻沒有這樣的感覺。雨持續小小的降下，積在地上的水，讓雨濺入起了漣漪，加上行人匆匆行過的水痕，整個畫面步伐快速交叉，配上店內播放的古典交響樂，一幅熱鬧的雨天景致。

小斐手指滴答敲著桌面，細長的手指上有著最流行的指甲彩繪。頭髮垂落，她用細長的指尖將頭髮略到耳旁，耳垂大剌剌掛了一串細碎水晶。

小斐很有女人味，所以很多男人喜歡靠近她，她有一個固定的男友，但又同時和許多人「約會」。她說這種「Open relationship」是所謂的「開放性　關係」。但，我想她的頓點用錯地方，應該是「開放　性關係」。不過，對她而言這不是單一選項，而是兩者皆可。

小斐攪拌著咖啡，一臉狐疑地盯著我瞧，好奇地問道：「然後呢？你該不會說因為多辦了門號和手機，所以以後誰打來就能夠很清楚，在小皓家時就將M專用機關機，在M那邊時便將小皓專用機開機吧？」

「才不是這樣！」我說：「亂沒創意一把的……而且，我並不介意被小皓發現我腳踏兩條船的事，如果他真的要離開我，那也是老天要給我的處罰。」

「不然呢？」小斐喝了一口咖啡，搖搖頭，顯然不夠甜，她又倒進了一些砂糖。

我望著眼前透瑩的水杯說道：「新的門號我存在原本的手機裡，取名為Ben，聽起來像Bang，那種一槍就能結束的俐落感覺。我化身為Ben，傳了不少的甜言蜜語過來，打了不少的電話到自己的手機。交叉的傳訊息、打電話、接電話，製造出這幾天聯絡頻繁的樣子。我的手機裡有太多Ben的訊息，還有未接來電、已接來電、已撥電話、已傳訊息等。按照往常把手機擺在小皓和M能夠輕易拿到的位置上，他們都看過卻沒有半個人提這件事……」

「是因為被他們發現你的惡作劇了嗎？」小斐兩手抵在桌上，嘴巴輕咬著指甲，睜大眼彷彿聽一場偵探懸疑解謎的過程，專心地望著並聽著，但又好奇的插入話題。

「應該不是……」我停頓了會，把手機裡存的訊息拿出來給小斐瞧，「妳看，我甚至寫了：『雖然我有一個男友和一個情人但我仍感覺到空虛，我想和他們分手，說不定，我們能在一起，Yours。』他們還是一樣若無其事。我想他們可能也早就想跟我分手很久了，只是沒開過口。或許這對他們而言是個好機會，只等待我先開口，就像，我在等待他們開口一樣。」我落寞的說完。

「Oh、My、God！你一定是瘋了吧，這是什麼爛計畫啊，你在考驗人心耶。我的天啊！人心最禁不起考驗，我告訴你……」小斐微怒的說著：「今天如果你對他們沒感覺，你就老實告訴他們，這樣的傷害遠遠比你現在做的來得小。如果你不知道該怎麼處理這處境，可以把大家約出來聊聊，談談彼此的看法不要逃避，如果你覺得害怕，那可以約我，我一定會力挺你到底，但是，你現在的作法太過分了。如果我知道我的男友這樣對待我，我一定恨不得手上有把槍把他斃了！相信我，誠實，會讓一切事情簡單。你現在這個作法只會讓三人的關係複雜化。」

我低著頭，「對不起。」

「你該跟他們說而不是我。」

步出咖啡廳，濕冷的氣候，對著咖啡店內的小斐說再見，離開咖啡店前小斐告訴我：「站在好友的立場，我不願意見到你受到任何人的傷害，當然，我也不希望你惡意的傷害人，如果只是無意，就像你不小心同時愛上小皓和M，那並不值得你歉疚。我們窮極一生，可能都無法了解真愛是什麼，追求愛情始終是好的，無論是愛或是性。」店內的小斐挺直腰，笑容像夜裡白燦的花，停駐在那。

美好的東西總是讓人想親近，小斐是、小皓是，M也是，他們對我來說都是美好的。此刻的自己心裡想著誰，閉上眼，仍沒有答案，夜空烏壓壓只有幾滴雨持續飄落。

回到住處，小皓早就回到家，整個人屈在沙發裡頭，看著螢幕上的無聊戲劇。他看得出神，我硬擠進去那狹小的沙發內，將頭靠在他胸前。他剛洗好澡，身上散發出沐浴乳淡淡的清香，未乾的水珠沿著髮末滴了下來，他探手過來將滴在我臉上的水珠擦去，說著：「怎麼啦？今天那麼愛撒嬌。」

我窩在他身邊一句話也說不出口，拿出兩隻手機，擺在桌上，他不發一語眼睛直盯著螢幕，或許他在等待我開口跟他說分手。我深吸了一口氣緩緩說著：「我覺得自己很幸福，但常常會不知道自己在做什麼，認識你之後，我終於可以不用再去三溫暖尋求其他的體溫，而感到大鬆一口氣，甚至常感謝老天爺對我那麼好，把你賜給我。但有一次在Bar裡，我認識了一個人，M，他讓我覺得很舒服，不知怎麼回事，兩人就在一起了。他也知道你的存在，但依然接受我。最近，我覺得自己幸福得可怕，我不知道自己到底有啥資格可以同時擁有你和他，所以才做了這蠢事。」

小皓只是眼睛直盯著螢幕不發一語，我繼續說著：「我手機裡頭的Ben是我自己，我想知道如果我這麼做，你和M會怎麼做？我以為最差的狀況大概就是離開我吧！如果我想繼續和M在一起或和你在一起，遲早都會有人離開我，我不知道會是誰，所以才這麼做，想加速結果的到來。」

小皓的手依舊搭在我的肩上，緊緊的擁住。他關上電視，將我抱得更緊，說著：「今天我愛你、我喜歡你，我只想就像現在這樣能夠緊抱著你、陪在你身邊，當然看到那些東西讓我心情非常憤怒，知道有M的存在，也讓我超級不舒服。但我知道，每個人都是不一樣的，今天我可以忠貞的愛你一個人，不代表你也會這樣的對待我，我知道。我不想把自己的想法和對待另一半的標準強行放在你的身上，我只想讓你知道，你對我而言是最重要的，就算我強行要你和M分開，將來難保不會有第二個M、第三個M，我只希望你在做你想做的事情之前，仔細的想想，『我』在哪裡，是不是在你的心裡？如果有，你也覺得你那樣做是會讓你快樂的，那就去做，但不希望你一再地做出這種讓自己後悔的事，不要又陷入現在的苦境裡，傷害自己也傷害我、甚至別人，好嗎？」

我伏在他的胸前聽著他的心臟聲，「砰、砰」穩定而堅毅地跳著。我知道小皓不說謊，他說這樣就是這樣，在他懷裡彷彿做了一場很久的夢，他抱著我，我擁著他，「對不起。」我說。

「你不欠我一個對不起，因為我做不到你想要的，所以你才會這樣。」小皓說著，他一把將我抱起，置於他的肩頭，笑著說：「不過，這一點倒是我的絕活和強項。」

他轉圈圈，整個世界搖搖晃晃。

「我好愛你喔！小皓。」我大聲說著。

「我也是喔——」他大聲地吼著：「喔——喔——喔——」

夜裡，我和小皓兩人躺在床上，我窩在他的身旁聞著他身上的氣味。在三溫暖初次見到他那天，就像現在這樣在兩人做完愛後，我將整個人埋進他的身子裡。

「很像小朋友耶！」他當時這麼說。

我格格笑著，在這幽黑的四方空間裡，可以聞到他爽朗的陽光氣息，「你不也只是個大男孩！」

我一翻身，整個人壓在他的身上，兩人臉注視著彼此。明明初識，卻覺得好像認識很久一樣，他的手扶著我的腰，慢慢的在夜即將隱退之際，再度進入了我。

隔天。在這空間中過了多少時間一點概念都沒有，伸手不見五指的地方，我以為他會像過往的過客般，一清醒便消失不見，但撇過頭，他就在那。他就著門外滲進來的光專心的看著我，熾熱的眼神彷彿要將我燒盡，他慢慢吐出：「我、們、在、一、起、吧！」

離開三溫暖，陽光大得嚇人，彷彿要把人晒暈，他走在面光處將陽光遮掉一大半，那麼一個大個子卻如此貼心，兩人緩緩就著那條筆直的馬路勾著手前進，我說：「那我們就在一起吧！」話才說畢，他就一把將我高高舉起，讓我跨坐在他肩上，在那樣的氣候、街道上，我們用這樣的方式走了三分鐘。

那時，我直覺自己會愛這個男人，一輩子。

回憶那時初識情況，想到之前小皓對我說的話，我知道就算我用兩輩子來償還他的愛，都不足夠。

隔天下午來到M的住處，仔細地看著他屋內所有的東西，彷若一場告別儀式般一一仔細看過，從整櫃的唱片中挑了Drun 'n bass風格的CD。往外看去，盡是一片大廈。如果用遠鏡頭從外拍攝，我想自己就只是畫面中的黑點而已吧？百無聊賴等待他的過程中，拿起掃把、抹布將他屋內仔細的打掃過一遍，再隨意翻翻他書桌上過期的舊雜誌。

在他屋內其實很多事情可以做，有電腦可以上網、有零食飲料可以食用、無聊時甚至可以把他衣櫃裡的衣服都換上一次。不過來他這，我大多做的事就是從床頭的櫃子上挑張CD專心的聽著，聽著他曾提過的唱片，想彌補我不及他的部分。希望能在他的興趣上有共同的話題，我一直很努力，如果把所有學問都分成幼稚園、國小、國中、高中、大學、研究所等階段的話，我想我對音樂了解的程度，大致上只有幼幼班吧？

聽到第三張專輯之後，他回到住處，先進到房內將西裝、襯衫、外套脫去。「今天怎麼沒先休息？」他問。我從床上坐起，靠近他，左腳板踩著他的左腳、右腳底踏著他的右腳。

「要去哪？」他問。

這是我們玩的小遊戲之一，兩人必須面對面兩腳兩腳緊連著。「先去廚房好了。」反正他接下來也一定是去廚房拿礦泉水出來喝，兩人一步一步小心走著，像是跳著滑稽的舞蹈般，一起滑向廚房。

他打開冰箱喝著水的同時，我低著頭說著：「我想和你玩個遊戲。」

他不疾不徐的喝完水問道：「什麼遊戲？」

「不過在遊戲之前我要先跟你坦承一件事。我的身邊只有你和小皓，沒有別人，真的，手機裡的訊息只是我刻意要看你和小皓的反應，說實話我不知道你們誰會先離開我。」

「這些我都不在意……」M急著表達他的想法，我沒讓他說完接著說：「我知道你不在意，所以我要和你玩個遊戲。」

M像是妥協，斜著頭吸了口氣說著：「我去浴室洗把臉，你先去客廳坐著等我，乖！」像是哄小孩般的語氣。

他從浴室出來，又轉進去廚房拿了兩瓶飲料、一些零食放在桌上。我弓著腳窩在沙發上，把所有手機的祕密仔細告訴他，接著我說：「我覺得自己離家太久了……」

「把這當成是你自己的地方，我從來沒要你做出任何決定，我保證自己什麼都不會做，只要你在這邊我就覺得很開心，我們可以只是好朋友。」

「你閉上眼。」他闔眼，靜靜聽我說著：「這是我最任性也是最後的要求，我們來玩回到過去的遊戲，回到在Bar的那一天，我沒跟你回來你也沒跟我上床，我們現在只是普通的朋友狀態。」我將他親手給我的鑰匙放回他手裡說著：「我知道我什麼都沒辦法給你，如果繼續和你這樣下去，你會越陷越深，越沒辦法找到一個適合你的正常戀情，我會成爲阻礙你正常戀愛的主因。另一方面，我會覺得愧疚你而更不易脫身，我想讓你知道，我希望你能得到幸福，更甚於希望自己能否得到，如果你沒辦法得到你該得到的幸福，那我會難過的。」

鑰匙置回到他手上，他靜靜闔上手掌。音樂滲在空氣中，他的氣味伴隨著音樂一點一點的飄散，我們窩在彼此身邊，只是聽著音樂，「咚咚、咚咚」音樂節奏一聲聲擊進彼此心中。

M終於開口：「給我最後一個擁抱和吻好嗎？」他懇切地說，我想拒絕，怕這舉動會再度傷害彼此，卻忍不住緊緊擁抱他，在他臉頰上留下一個歉意。

「這樣也好。」M緊緊擁著我說著張愛玲的名言，「他是你的玫瑰，你的紅玫瑰，我希望也能成為你的玫瑰，你的白玫瑰，我希望自己會是你心中永遠的床前白月光。既然你都想好要離開這，我希望他將來不會成為你眼中牆上的一抹蚊子血。」他繼續說著：「我希望能就這樣一直下去。」

他抱得更緊，我幾乎喘不過氣。

「該走了。」我說：「再見！」將他的身子拉開一個手臂的距離。我知道這個距離會永遠一直這樣下去。

從M的地方步出，天色已暗，白月以優雅的姿態停駐在那，臉頰溫熱，手一摸，才發現自己流下淚，既然決定要專心的愛小皓，那就專心的愛吧！或許如M所說，他會成爲我心頭的白月光，這樣也沒什麼不好，該回家了我想，眼前的路不斷往前延伸，通往的或許是天涯、或許是……海角。

導讀

徐嘉澤（一九七七－），高雄人，畢業於國立屏東師範學院特殊教育研究所，曾任高職、國小教師。二〇〇五年以〈三人餐桌〉獲時報文學獎短篇小說首獎，二〇〇八年以〈有鬼〉獲《聯合報》散文首獎。小說題材大多關注社會議題，如身心障礙者的生命困境，詐騙風行的醜怪現象，以及同志的情愛糾結等，著有《窺》、《類戀人》、《大眼蛙的夏天》、《不熄燈的房》、《詐騙家族》、《討債株式會社》、《他城記》、《第三者》等。

性別議題在傳統臺灣社會總是失語的，更遑論挑戰異性戀體系的同志論調。值得注意的是，白先勇在六〇年代就已經開始描寫越界的同志小說，如〈月夢〉（一九六〇）、〈青春〉（一九六一）、〈寂寞的十七歲〉（一九六一），以及〈孤戀花〉（一九七〇）等，呈現作者在同志書寫上的試驗與突破。之後更進一步建構長篇的同志小說《孽子》（一九八三），不僅企圖在異性戀國度重新尋找同志的身分認同，同時去除被污名化的鎖鍊。較諸白先勇的同志書寫，徐嘉澤的〈窺〉（收錄於《窺》，臺中：基本書坊，二〇〇九年），已無同志遭到歧視、貶抑的凌遲過程，而是聚焦描寫男同志在精神與肉體的感情需索，拓出了二十一世紀同志小說的視野。

〈窺〉採第一人稱敘事觀點，全篇扣緊「窺」的動作，男友小皓、情人M，常常趁「我」睡著，取「我」手機偷看通話紀錄，或從皮包、名片、發票窺測出軌的蛛絲馬跡。周旋於三角戀情的「我」，則假造簡訊，製造情愛關係紊亂的戲碼，希望其中一方自動退出。小斐是「我」的異性知己，也是感情討論的對象。相對於小斐遊走異性戀的性開放，「我」則專一忠誠，於是結束手機的窺探遊戲，也告別情人M，彼此祝福，回到「眞愛」的男友小皓身邊。小說剖析同志感情世界的揣測、試探、需索的微妙心理，也大膽寫出聽覺、觸覺、嗅覺等感官情慾。

結尾融入張愛玲〈紅玫瑰與白玫瑰〉中的經典名句，透過情人M道出：「我希望也能成爲你的玫瑰，你的白玫瑰，我希望自己會是你心中永遠的床前白月光。」有別於〈紅〉中被社會價值宰制的佟振保，「我」誠實做自己的主人，忠於男友小皓，典藏情人M純潔的情感，可說是對愛情最誠摯的實踐者。〈窺〉表露男同志最內在、最深層、最私密的情感，藉著愉悅的精神／肉體之愛，表現自我身分的逾越。（林秀蓉）

八、性別與習俗

吊人樹

王拓

三月二十三，太陽如一盆金圓的炭火，高高地燃在天頂，燒炙著八斗子全村的人心。節日歡騰的氣象，隨著逐漸爬高的太陽加濃。一群穿著嶄新咔嘰布裝的小孩，在頂著布篷、高高架起的戲臺下互相追逐。戲臺的左邊，散佈著賣蓮霧、巴拉、花生糖的小擔攤，以及賣各色各樣冰水的手推車。幾個小孩正從新剪的衣褲裡掏出角角銅幣，爭著看泰山與猩猩的小電影，有的則拉著彈簧的弓把，和賣冰的鬥賭。

戲臺的對面隔著一片空曠的廣場，上去是一座小小的山丘，度天宮便冷嚴地峙立在山上，宮外絡繹不絕的善男信女，穿著花花綠綠的衣裙互相穿梭在人群裡。平時和太陽互相鬥艷地光裸著身體的討海人，也穿戴齊整，恭謹地在廟前朝天頂禮。

討海人的臉上洋溢著被節日的氣氛感染的虔敬。神案前飄起陣陣檀香，燻燻然噴向媽祖赤褐冷嚴的臉顏。

廣場的一面延伸到沙灘那邊，一面延伸到賴海生家門前的大榕樹下。

大榕樹在艷陽裡巨人般地俯視著三月二十三日的熱鬧，一大片樹影覆蓋在賴家的屋頂上，且伸進賴家的門檻，如一隻來自幽冥的怪手，壓覆在賴家貼著好幾道神符的大門頭。大樹下已堆置了一堆金黃貼著錫箔的紙錢。樹枝在陽光下靜止著，周遭散發出一種被壓抑的悶熱。

一陣喧天動地的鑼鼓聲，突然令人猝不及防地自度天宮的廟門前響起來，「輕郎！狂！輕郎！狂！」，一如每天早晨，隨著第一條漁船駛進灣澳時帶來的魚腥。在逐漸炙熱的陽光下升騰，隨即在海風的揚佈下，鼠疫般傳遍了全村的每個角落。

一陣陣劈劈剝剝的爆竹聲，隨著在鑼鼓喧天中炸裂。於是，一隻被高高擎舉地迎向太陽，咧開血紅大嘴滾動著兩顆巨兇玻璃眼的獅頭，便在沉悶且令人動容的「痛！痛！痛痛痛！」的皮鼓節奏中，率領著神的儀隊向山下行去。媽祖沉靜地坐在神輿上冷眼注視前方，獅頭迎著陽光，在聖母的垂注下，上下翻動。濛濛煙塵在爆仗的炸裂聲中迷漫，善男信女對著逐漸向山下被煙霧送走的神明膜拜。不嫌地上的髒塵，不避天頂的炙熱，度天宮外錯落地跪列著海的兒女們。

討海人的虔敬。呵呵！媽祖啊！討海人偉大仁慈的救主，庇佑呵！

獅隊在鑼鼓的節奏中緩緩地向山下行去。後面聚隨了一大群討海的人，有的手上拿著香炷，有的牽著小孩。男女老幼從四面八方越更攏聚了起來，八斗子這條唯一的碎石子路上，延迤著一條長龍般的人潮。鑼鼓與人聲的喧嘩，淹埋了八斗子海灘上的浪聲。而洶湧的人潮後面，還有幾個小孩子，一絲不掛的，正一腳高一腳低地向前奔趕著。獅隊每經過一家門前，就接受一大串爆仗的迎接和歡呼。

當獅隊到達廣場時，鑼鼓聲忽然變得強迅起來。獅頭凝重地昂舉起來。獅頭後面的人群也逐漸散佈開去，自動地圍成一個圓形，神輿也稍稍退後了。獅頭左右擺動著昂舉起來了，弄獅人的臉上現出一片莊嚴的神色，在鑼鼓「痛愴！痛愴！」的節奏中又緩緩地拜到地上。然後弄獅人的腿忽然迅快地向前伸直，獅頭又突然地向上擎舉。鑼鼓瘋狂地擂響，於是一齣莊嚴且虔敬的舞誦便在三月二十三的艷陽下開始了。

弄獅人從廣場的這邊舞呵舞呵，舞向戲臺，只見他單挑著一腳，揚在空中，如一個醉酒的人，搖搖晃晃地配合著鑼鼓的節拍，然後又看他站直身體向前踏了三步，獅頭便親暱地在戲臺兩邊的幹柱上抖動。

圍觀的人群嘩騰著。

「咦！好久沒看過玩這個獅頭了嚒！」一個剛剛加入圍觀，戴著斗笠的討海人，抽著菸不很恭謹地，但充滿著驚奇地說。

「你不要亂講話！」站在他前面的一個六十幾歲的老人，手裡拿著香炷，回頭來斥責他。

「哦！阿吉叔，是你呵，」戴斗笠的笑著說，「今年怎麼忽然想要弄獅了，是誰的主意呵？」

「你真的還不知道？」阿吉叔向旁擠了擠，那個戴斗笠的便向前踏了一步，填上那個空隙。

「村裡兩個月前開會時，度天宮的爐主起先也主張要弄獅，後來聽說獅頭放久不用已經壞了，不是就決定取消了嗎？」

「阿標仔！不是我說你，」阿吉叔帶點教訓的口吻說：「村裡人都說你沒神沒鬼，我看果然不假，連媽祖生日這樣重大的事情你都不知道，你還有這臉做八斗子土生土長的討海人？再講嚒！沒神沒鬼的報應你難道也不怕？」

「我怕啊，怕啊！」阿標有點裝痴作態地笑著，望著那弄獅的人問道：「今年弄獅這個人是誰？」

「是誰？就是這裡旺伯的兒子海生啦！」阿吉叔指著大樹下的屋頂說。

「哦——，海生，他今年捕漁的成績很好！他應該弄這個獅。」

「這只是一部分原因。」阿吉叔說。

「一部分原因？難道還有其他的原因不成？」阿標看了阿吉叔一眼，不解地問。

「講起你來，實在不像個八斗子的討海人，村裡的事情你會生疏到這境地，實在呵——」阿吉叔雖然還帶著點責備的口吻，但是語氣已經稍稍緩和了一點，對這個後輩他是不好太計較的，何況對方又是那麼想知道底細一般地在問著，能有這麼個機會在後輩面前顯示一點自己的見多識廣，在阿吉叔的心裡總是高興的事情。

「你知道海生的女人阿蘭不是有點憨呆憨呆嗎？」

「是啊！去年年底她怎麼忽然會變成那個樣子，實在令人想不通，這樣一個漂亮伶俐的女人。」

「就是說嚒！阿旺伯為了這個媳婦不斷地請神問佛，求籤卜卦，你知道聖母怎麼指示？講起聖母來實在是靈驗，連阿蘭本來帶有神經底的事祂都知道得清清楚楚。」

「神經底？阿蘭以前就有神經病？」阿標驚疑地問：「這怎麼說呢？」

「是啊！媽祖這次指示說，阿蘭最近被鬼沖了邪，所以神經病才又發作起來的。」

「鬼沖到！哈！那有這種事！」阿標帶點譏諷不信的口吻大聲說。

「你知道什麼？人家阿旺伯都講通通對，說他家阿蘭剛嫁過來的時候就是這個樣子，憨呆憨呆的，也不講話也不笑也不吃東西，聖母如果不靈信怎麼會知道。」

「那又是怎麼回事？像阿蘭那樣伶巧的女人怎麼會有神經底，打死我都不相信。」

「是啊！不講實在也令人難信，但是事情是這樣的！」阿吉叔說：「阿蘭還沒有出嫁的時候曾經到臺北替人幫傭，你想想看，這麼個漂亮的鄉下女孩到人地生疏的臺北，怎麼會不出事嚒！據說，有一個外鄉人看上了阿蘭，她父親感到不妥當，才把阿蘭帶回家，但是阿蘭當時卻不肯，要死要活都要留在臺北，他家怕出事才趕快把她嫁出來的。後來就變成這個樣子了。」

「照你這樣講，到底是怎麼回事？」

「依我看，」阿吉叔顯得老於事故地說：「多半是被那個外鄉人做了手腳了，讓她喝了符水也說不定。」

「嗯——」阿標遲疑了一下說：「就算媽祖真的這樣靈驗吧！但是無法醫治也是沒有用呀！」

「囉！」阿吉叔指著弄獅的說：「這不是在醫治了嗎？」

弄獅的已把獅頭掉了個方向，朝向賴家門口的大樹，圍觀的人立刻紛紛慌匆地後退。鑼鼓在一個短暫的間歇之後突然轉為急密，弄獅的突然以快跑的姿勢向大樹衝去，並且疾烈地抖動獅頭，使繫在獅頸上的小鈴發出細碎的叮響。然後倒退了三步，獅頭又恭恭敬敬地挨到地上，開始了另一場舞誦。鼓聲捶擂得比先前更猛烈，鑼鈸「悽狂！悽狂！」地捶敲得價天響。獅頭舞得沉重有力，弄獅人似乎已使出混身的氣力，在進行一項生死的搏殺。看他揚腳踢腿，欠身舉臂，都似乎被奇秘的神力所鼓滿。

「實在，實在，這個獅頭弄得實在是好，實在是出色！」

「是啊！你看那兩條腿，直就是直，彎就是彎，一點都不取巧。你看，你看，這招怒獅抬頭使得多有勁！」

獅頭昂立著，在大樹的周圍繞走，鼓聲越敲越急，弄獅人也越繞越快，旁邊圍觀的老人都不住稱賞，實在是十年來最精彩的一場獅舞。弄獅人此時將身體貼在樹幹上，獅頭沿著樹身蜿蜒著向上舞弄，一支特別突出的枝椏，如一隻巨粗的手臂伸向空中，獅頭努力地向上，弄獅人已墊起腳跟，並且往上縱跳，但是仍然無法鉤到枝椏。

「你說，阿吉叔！」阿標狐疑地問：「這是媽祖在醫病？」

「是啊！對你這種沒神沒鬼的人講當然不相信，但是我告訴你，去年我那個弟婦，不是病得連人都抬到大廳了嗎？家裡人心想是死定了，後來還是我勸我們進財，不如到度天宮去許個願，做個功德。當時進財對我這個老大的話也是將信將疑，也還虧他肯把死馬當活馬醫，不然現在我那個弟婦早就不知已經死到第幾殿了。」阿吉叔望了望弄獅的，又接著說：「這次也是我勸阿旺伯到聖母面前許的願，由他們賴家出錢做了一個新的獅頭，並且由海生來舞弄這場獅，我敢保證，媽祖的靈信一定會佑庇他家的阿蘭好起來。」

「哦——，原來如此。」阿標點點頭有點眩迷地望著空地上弄獅人近乎顛狂的舞姿。

鑼鼓聲已漸漸喑啞了下來，那個舞弄獅尾的人裸露著上身顯出一付寬闊的肩膀和胸膛，彎曲身體俯身在樹下，兩個手掌互相勾叉著放在背後。那個撐舉看獅頭的人踏上他的手掌，輕輕地晃動了一下，又向上踏跨在他的肩膀上。獅頭便高高地舉起，左右前後地搖擺在大樹上那枝特別突出的枝椏上。鑼鼓聲又漸漸在加強了，獅頭跟著加強的節奏也顯出艱困地用力的樣子。獅頭上串掛的小鈴在搖擺中發出叮噹的脆響。弄獅人的動作很細緻，獅頭來回在枝椏上逡巡，像個負責搜索的隊伍，唯恐疏忽了任何一個藏在死角的敵人。

「阿吉叔，你說阿蘭被鬼沖了，是不是指去年年底那個吊死在這樹上的外鄉郎？」阿標看到弄獅人這樣在樹下舞弄，也猜到了一點端倪。

「是啊！聖母指示的就是這件事。」阿吉叔說：「實在講，這棵樹是應該砍掉的，否則不知什麼人遲早一定會被捉去當替身。」

「是啊！我也是這樣講過，外鄉郎死了以後當然想要回故鄉去，他如果不捉個替身，怎麼回去？而小孩老是喜歡在樹下玩，實在害人憂心。」旁邊另外一個人忽然插進來這樣說：「但是阿旺伯不肯，有什麼辦法？」

「哦！是火土呵！」阿吉叔和那人打了個招呼，說：「但是阿旺不肯也不能怪他，這棵樹我們做小孩時候就有了！我們從小都爬過。你又不是不知道，這是阿旺的祖父當年在阿旺出生那一天種的，這明明是阿旺的命根呀！」他和阿旺伯畢竟是從小長大的好友，禁不住還是要替阿旺伯辯護。

「那個外鄉郎也是作孽，世界那麼寬闊，什麼地方不好死，就是要死在這裡，尤其是在年到節到的時候，這本來就是壞兆頭。」

「幹伊老母！應該把他扔到海裡餵魚，還替他收屍作功德，真是幹——」

「話是可以這樣講，但是事情不能這樣做，」阿吉叔說：「俗語講，人死了最大，做神了，所以對死人我們應該敬畏，免得他拚生拚死鬧得你全村不甯靜。」

此時鑼鼓聲顯得更沉重了，敲鑼打鼓的人都使出渾身的力量，像是唯恐敲不破那些鑼鼓似的，弄獅人在鑼鼓聲的刺激下又圍著大樹跑起來，不知道什麼時候，那堆金黃的錫箔紙錢堆也被點燃了，熊熊的火焰在太陽下，加倍地烤炙著人的神經，圍觀的人紛紛嘩嚷著後退。一直站在後面旁觀的神輿，此時也加入了舞誦的行列。

事情就發生在去年年底，漁村裡大家都忙著預備過年的時候，那一陣子的天氣比往常都怪異，太陽炎盛得像個六月天。海邊的船一隻隻像沒蓋的棺材停曝在沙灘的陽光下，海浪的泡沫在太陽下翻滾，老一輩的人都經驗老到地議論；這種天是好兆頭，明年一定好漁季！果然今年漁季就來得特別早。而就在這個時候，漁村裡來了一個三十幾歲的賣藥膏打拳頭的外鄉人，這也是以往所沒有的，賣膏藥變把戲一律都在夏天，那裡有年到節到的時候出來跑江湖。但是十二月天，討海人沒事做，也樂得能有這種閒暇的娛樂。

狂郎狂郎狂郎！「來喲，大家趕緊來！來看變魔術耍把戲打拳賣膏藥！」狂郎狂郎狂郎！

「各位貴地的父老兄弟，小弟今天來到貴地攪擾各位，心裡很不安。小弟來到貴地，不是為了賺錢，也不是為了做買賣，而是要和各位交個朋友。」外鄉人的鑼狂郎狂郎地敲得價天響。

「俗語講，在家靠父母出外靠朋友，古代人也講，四海之內通通是兄弟，小弟今天來到貴地，承蒙各位光顧捧場，非常感謝。」外鄉人操著一口流利的本地話，向四周作了個拳揖，然後又拿起銅鑼敲起來。

「喂喂！小孩子，看把戲不能講話，」他說：「我知道討海人冬天沒錢賺，大家吃飽沒事做，所以今天純粹是來給大家娛樂消遣看熱鬧，如果各位有興致，不妨拿張木板凳坐到這個大樹下，看我變把戲打拳頭。」狂郎狂郎。

這個外鄉人長得好身材，高大的身體架著一付寬闊的肩膀，濃眉大眼，卻長著一副挺秀的鼻嘴，臉上略略顯得蒼黃，好像是身上泛黃的衣服反映的顏色。他的衣袖上，有一邊缺了個扣子，當他比手畫腳地講話時，衣袖便晃盪晃盪地飄者舞著，飄舞得人心裡惶惶的。一條已經發黃的西裝褲，穿在他高大的下身，一大截的小腿光裸在外面，整個地變了形狀。沒有穿襪子的腳，套在軍用大皮鞋裡，令人心裡起一種滑稽悽惶的感覺。

空地上的人群越圍越多了，站在後面的討海人，都讓小孩子高高地頂坐在肩胛上。十二月的陽光白悽悽地曬照在八斗子的沙灘，令人身上起一陣陣酥癢懶散的感覺。大樹底下的陰影，像一隻黑色的麻布袋將人們吞食進去。外鄉人把鑼「噹！」地丟在一邊，捲起兩隻鬆寬的衣袖，恭謹地向四週作了一個英雄揖，隨即雙拳一分，左右張開地擺上架式。右腳緩緩向上提舉，左手化掌為爪，突然吐氣開聲，一聲平地驚雷般的震喝，使近旁的觀眾不禁為之動容。於是一陣劈啪的掌腳互擊的節響，遂在外鄉人舉拳揮腿時此起彼落。大樹的孔隙漏灑出來的光暈，時而點佈在外鄉人泛起紅光的臉上，並點點滴滴地綴飾在他的左右，產生一種像舞臺上的水銀燈所製造出來的效果。同時因為沒有鑼鼓聲的助陣，顯得更加和一般賣膏藥跑江湖的不一樣，而增加了人們那份奇異的感覺。

圍成圓形的人群似乎都被這種情景給引入一種新鮮好奇的情境裡，除了外鄉人舞動拳腳的聲音，和時而為配合手腳的揮舞而揚起的呼喝聲之外，大家都那麼靜氣摒息，眼睜睜地望住場內舞動的身影。沙灘上的海浪，在陽光下翻起一朵朵白色的水花，潮聲顯得纏綿低徊，而又無可奈何。只見場內的人影，突然左腳屈蹲，右腿又迅疾地平伸外掃，隨即又單腿立起，一招金雞獨立化為萬流歸宗。只見外鄉人雙拳一抱，連說了兩句「獻醜！獻醜！」，才聽見場外響起一陣劈劈啪啪的掌聲。

這些討海人平時也組社練幾招拳棒，大家對這外鄉人的拳腳功夫實在是佩服，即使連那個自稱為福建泉州人的阿福叔，比起他來似乎還有些遜色。只見外鄉人又拿起銅鑼狂郎狂郎地敲起來。

「小弟今日來到貴地，不是來演功夫出風頭，也不是要來賣膏藥作生意，實在對大家講，小弟來到貴地是為了向各位打聽一個人。」他說：「我雖是一個羅漢腳，但並不是從小就沒有父母沒有家。這種故事要講起來話就長了。」

於是充滿血光與火光的故事，便從海的那邊談起了，海浪的潮響低沉而又無奈地回應在天地間的空隙，「嘩——啦——」，「嘩——呵啦——」。浪花在白悽的十二月的太陽下翻滾。無聊的討海人，聚精會神地聆聽外鄉人在斷斷續續的鑼聲伴奏下所敘述的故事。

原來這個外鄉人，幾年前曾入過獄，倒不是為了偷竊搶劫或殺人，而是為了一個女孩。他說，自從出獄以後，三年來，他已從臺灣頭找到臺灣尾，又從臺灣尾找到臺灣頭了。

「人家都勸我乾脆死了這條心，說女人心是海底針，說她一定是嫁人了。」他說，「但是我怎麼能死心，她已經懷有我的孩子，至少我也得看看我的親骨肉。」

這個故事實在值得同情，他們本來是一對恩深情重的好夫妻，但是女孩的父母卻活生生地扯散了他們，還因為這樣而使外鄉人戴上一個拐誘未成年少女的罪名而入了獄，唉！這種年頭，事情實在是沒什麼是非得講的，實在呵！說到後來，連外鄉人的鑼聲都啞喑了。一些圍觀的軟心腸的女人，都被感動得眼眶紅紅的。

　　但是未完的故事卻突然地中斷了，外鄉人神情怪異目不轉眼地注視人群的東邊，此時賴海生和阿蘭他們這一對夫婦正在人群中往裡邊擠，他們的孩子高高地坐在賴海生的肩膀上。外鄉人突然站起來，手裡提著的銅鑼「噹朗」一聲掉在地上，剎時吸引起圍觀人群的注目，本來只顧低頭往裡塞擠的賴海生和阿蘭，也因此而抬臉目注著場內。而外鄉人對這聲引起大家騷擾的「噹朗」聲，好像是沒有感覺似的。而此時阿蘭卻突然連一句話都沒對她的丈夫交代，就匆匆地擠出人群跑回家去了。坐在賴海生肩上的小孩，因為外鄉人怪異陌生的眼光，和媽媽的突然離去，而慌張得哭了起來。賴海生安慰著輕輕地拍撫孩子伸掛到他胸前的小腿，他並不注意太太突然離去的行動，又繼續擠身到人群的前面，然後把孩子從肩上抱下來，放置在坐蹲於大人腳板前的小孩群中。並且還指著外鄉人哄騙著孩子說：「不要哭！不要哭！阿爸疼你！再哭這個人會把你捉去哦！」此時外鄉人已彎腰去拾撿地上的銅鑼，並從彎腰的姿勢中，抬起臉來注視著海生和他的孩子。臉額上的紋疊和形狀，因此而整個歪扭地變了形。小孩子一聽到父親說這個人會把他捉去，又看見外鄉人這樣扭歪的面孔，果然就害怕得反身拖緊爸爸的大腿，不敢再哭了。

　　而此時外鄉人的銅鑼已經再度又急又密地響起來了。只見他低歪著頭，右手死命地揚捶起來，像是要擠盡吃奶的力氣一般，掛在左手上的銅鑼，便在這般重力的猛擊下，激烈地顫搖抖晃起來，如一隻無依的船，在黑夜的狂風暴雨中翻滾掙扎於洶濤巨浪裡。且因鑼面已稍許的破裂，而呻吟出喑抑的「悽情！悽情！」的聲音。

後來阿旺伯為了阿蘭的神經病到度天宮去求問媽祖的指示時，經驗老到的討海人，都很敬畏媽祖的靈驗，說阿蘭被那個有神經病的外鄉人的鬼魂沖了邪，是再確實也沒有的理由了。在那時節，外鄉人的神態完全是個神經病的樣子。而有幾個討海人也特別為此作證說，當時他們看到阿蘭的臉色，是這樣的白森呵，如果不是和這個神經的外鄉人相沖了邪，她怎麼會在看到外鄉人時這樣白森著臉色，慌慌張張地跑回家去呢？

就在那一天的次日一大早，外鄉人又在賴家大樹下擺上攤子，鑼聲又喑啞地被敲響了，這種聲響是給人這樣一種悽惶而又撕裂的痛楚呀。外鄉人把箱子通通翻出來，一疊一疊的藥膏散亂地放置在地上。他打著鑼，大聲嘶喊著：

「來呀！大家趕緊來喲，來拿免費的膏藥，打傷跌傷火傷刀傷最有效。」

「平時一包賣二十，今天和大家做個朋友，不要十塊，也不要五塊，多少錢？」他用力頓了一下，「不用錢啦！今天和貴地有緣分，免費送給大家。朋友做到這裡為止，如果各位用了有見效，請大家多多替我的兒子禱告。」外鄉人像個發狂的人拚力地虐擊那片已現出裂痕的銅鑼。鑼聲好悽啞呵！狂郎狂郎的鑼聲裡，還拉曳著一聲聲軟弱的「悽情悽情」的尾音。

這個外鄉人實在真奇怪，賣藥不拿錢，而且還說了這許多奇奇怪怪使人迷疑的話，昨天他已經是神經神經的樣子了，今天還這樣一邊打鑼，一邊說話，一邊還流淚呢！實在使人不明白。但是他這樣慷慨的行為，卻博得了討海人的好感。大家都說他這樣好心腸的人一定會有好報，說他一定能找到他的兒子和那個女孩。討海人的女人們並且都表示，如果發現了那個女孩，一定會通報給他知道。

但是，當天的夜裡，外鄉人卻被發現吊死在賴家門前的大樹上。繩子掛在那一截空出的枝椏上，半夜裡的街路燈，把這截枝椏，連同懸吊著的外鄉人的黑影，投射在海生和阿蘭的房間的玻璃窗上。如一隻伸自黑冥中的鬼手，森然地自毛玻璃上探進屋裡。而阿蘭自午夜夢醒時，所發出的恐怖的驚呼，遂把這件不幸傳出八斗子了。阿蘭的神志自那夜看見吊死的外鄉人之後，就迷糊不清，病態更加嚴重起來了。

外鄉人的死因當然是由於神經病發作的緣故，當地派出所的警員聯同衛生所的醫生，證明了他神經病發自殺身死。便找了兩個人，草草地完了他的後事。但是村裡的人認為，逢在這樣年到節到的時候，吊了個死人在村裡，實在不吉利，為了討個吉利的緣故，所以就由里長領頭，捐了些錢替外鄉人完了一場功德。

*

廣場上疊擠的人群愈來愈多了。人聲喧嘩在太陽的炙熱下。抬神輿的人，不知何時已如癡如狂地奔跳起來。神輿的旁邊，扶著一個手上拿著捲燃著的黃紙的人，口中不斷地在喃喃誦唸著搬請眾神的令咒。過節的氣氛漸漸被燃燒的印著錫箔的紙堆引燃至高潮。抬神輿的像隻被激怒的野獸，圍著燃燒的火光奔跳，口中且呼吐出羊癲瘋般怪異的聲音。這是一種原始的火祭，瘋狂且帶有傳染性的祭典。

弄獅的賴海生擎舉著沉重的獅頭，沙地上深印著他的步痕，豆粒般的汗珠自他的臉上淌下。一條短布袴已濕得像剛從海浪裡爬浮起來的溺鬼一般，汗水從布袴的邊緣沿著腿肚流下來。鑼鼓突然又再度急密地響起來。成串的爆竹，連續地燃爆劈劈剝剝的炸聲。濃厚的硝煙瀰漫在空氣裡。賴海生的腿顯得有點抖顫了，重濁的呼吸如鼓風機鼓動時的聲響，隱約可聞。而在這種連續的緊鑼密鼓中，他本已減歇了的興奮，又再度被逗引了起來。四周此起彼落的叫好聲、喝彩聲，又使他精神飽滿地舞下去。

聖母呵！請你看看我的表演，為你的節日所作的舞誦呵！我是個虔誠的討海人，請你保佑我的阿蘭吧！媽祖哦！請你垂憫呵！救救我那可憐的女人！

獅頭忽然上下左右地扭動起來，繫在獅頭上的銀鈴也叮叮噹噹地響了起來。然後又對著賴家的大門高高地昂舉著。阿旺伯站在門檻裡，手上的香炷裊繞地升起陣陣輕飄的煙塵，口中低聲地唸誦著祈福的禱詞。獅頭又在賴家門框的邊緣，上上下下親暱地顫搖，突然又見弄獅人的雙腳交互地倒退，然後一個旋轉又向上蹦躍，一會兒又彎身俯地，時而又獨腿單挑，一下子又急步向前。三月的陽光突然加倍地炎盛起來，圍在四周的人群都頻頻地擦拭著不斷冒流的汗液。弄獅人突然在地上作了幾個連續的翻滾，臉朝天空，對著炙熱的太陽，兩腳不斷地在空中踢動，一下子又見他一骨碌地反轉身，單腳跪了起來。

阿旺伯隨著弄獅人彎身下拜的動作，又朝門外拜了一拜。他在村裡是個頂虔誠的討海人，每年過節對聖母媽祖的奉獻，他總是拚其所能不落人後，他常常對海生他們這一對年輕人告諭；什麼不信都沒關係，只有這個神呵，他說，千萬都要記存在心裡，這麼多年來，家裡每次都能在困難的時候轉危為安，聖母的恩惠實在不能忘記。他常常說阿蘭，什麼都好，就是對拜神敬鬼的事不太經心，而海生也差不多。他總是嘆氣對人說，他們這個家如果不是他早晚燒香燒得勤，對媽祖的事情熱心奔走，噯！他說，恐怕就不會有這麼好過囉！

「就單說去年的三月二十三吧！」阿旺伯在阿蘭神經又再度發作後，一想到阿蘭平時對神的輕蔑，就禁不住要在左鄰右舍的面前訴說阿蘭忤逆神的經過，好像是說阿蘭的神經發作是她自己作的孽，並不是媽祖故意不保庇他們。

「雖說家裡沒錢，但是過年過節總也不能拜得太不像話呀！只殺了一隻三斤半的雞和鴨，我說乾脆把另外養著的兩隻雞也殺了，你猜她怎樣講；拜個意思就好了，幹嚒要殺那麼多。嗳！」阿旺伯嘆氣說：「少年人不知輕重，不知神對我們多麼愛顧多麼重要，以後他們自己掌家就知道囉！」

弄獅的對著賴家的大門舞弄了將近一刻鐘，便又繞著大樹奔跑了一陣，然後才轉身向海灘奔跳過去，四周的人群也跟著向海灘圍攏。

阿旺伯站在門裡，恭謹地彎腰低首，恭送著奔向海邊的獅隊，然後又跪在門檻上，誠敬地朝天深深禮拜。海灘上的鑼鼓聲喧囂地向空中揚佈，「情！痛！狂！情！痛！狂！」阿旺伯把頭額頂在地上，心裡反覆地誦念；救苦救災的聖母媽祖喲！我們是一家敬神的討海人，可憐我家海生的虔誠！讓他悔過吧！保佑他的阿蘭趕緊好起來喲，大慈大悲的聖母喲！要保庇呀！我們是你忠誠的子民，一家虔誠的討海人。

而此時，神輿已經在海灘上來回地奔跑好幾趟了。鑼鼓的音響，狂悽狂悽地捶擊著八斗子正午的陽光。

「就這樣子看，說阿蘭是給鬼沖了也不是沒道理。」阿標想了想，終於做了這樣的結論。

「當然啦！」阿吉叔這才露出快慰的神色說：「聖母如果不靈驗，我們的日子要怎麼過？我們八斗子這幾年日子能愈過愈好，不是聖母在庇佑是什麼！」

「講起來也實在湊巧，那個外鄉人別處不死，偏偏就要死在阿旺伯這個樹上，」阿標像是在自言自語：「照這樣看來，實在也只能說是被鬼沖了邪。」

「會好啦！被鬼沖到也不是什麼絕大的症頭，」阿吉叔很有信心地說：「聖母如果連這點本領都沒有，那還稱什麼神明！」

此時，空氣裡散佈著一種三月二十三的節日裡，海上升起的特有的味道，滲合了濃厚的硝煙和香灶上飄起的輕輕的檀香，以及人們體汗的怪味，刺激著討海人敏感的神經，使他們漸漸地如癡如狂起來。賴海生的神志也漸漸被這種狂醉的氣氛給傳染了。鑼鼓的聲響一下又一下地擂擊下來，他把獅頭高高地舉在頭頂上抖動著，仰起佈滿汗珠的臉，對著太陽。一種炙烤人心的熱氣揚佈在廣場上，夾雜著爆仗炸裂的聲音和鑼鼓的音響，強悍地刺戟著整個八斗子的神經，使得全村都陷入一種微微的昏迷中。人們漸漸開始鼓噪起來了，引燃的紙堆漸漸狂熾地燃燒起來。人們不斷地喝彩的鼓噪，逐漸匯成一股歡呼的激流。抬神輿的人突然幾個縱跳，躍進那堆盛燃的火海裡，跳出來，又躍進去，反覆來回地奔跑著。歡呼的激流響徹在八斗子的海灘，流遍了每一個心房，響徹了全村每一個角落。

鑼鼓狂風暴雨般急驟緊密地擂起來，一陣陣巨濤怒浪般的雷響，捶擊著賴海生的耳鼓，他覺得自己像被一股無法抗禦的浪頭給抬舉起來一般，身體已被一種強悍的巨力給操縱了。他心裡不安地惦念著他的女人，神志微微地迷亂起來了。

哦呵！阿蘭仔，我的女人呵！聖明的媽祖啊！請看我為你舞弄的獅頭呀，你要庇佑啊！保庇我的女人好起來。我是虔敬的討海人，你的子民呀，聖母啊！請你垂聽，請你垂聽啊！

保佑我可憐的阿蘭哦！

歡呼聲越來越響，越來越強，像一片暴浪狂濤，彌天蓋地地將人壓覆著。賴海生艱困地舉起獅頭，臉孔白森得沒有一點血色。眼裡映現著一群黑壓壓的人頭，人頭的周圍燃映著一片熾熱赤紅的火焰。賴海生覺得自己的意志已脫離了軀殼一般，被那股將他抬舉起來的浪頭給強悍地操縱了。

賴海生突然一個顛步，舞向火裡，火光突然暴烈地突跳起來。

媽祖喲！保庇我們呀，我們是你的子民！呵呵，好燙的火好燙的火呵。

討海人的歡呼聲，如浪濤旋流山洪暴發般，響徹了八斗子的沙灘響徹了度天宮的山頂。

咦呵！討海人的虔敬，媽祖喲！保佑我們平安幸福，我們是一群你的子民。

劈劈剝剝的燃爆聲掩沒在悽狂雷擊的鑼鼓音響裡，而鑼鼓的音響，被討海人的歡呼聲壓服了。

而賴海生蒼白的臉頰，映照著紅殷的火光。

＊

隔天早晨，海浪安靜地打在沙灘上，一如往常底「嘩啦——嘩啦——」地嘩唱著。阿旺伯打開大門，準備打掃門前的廣場，突然發現一雙女人的腳懸空地掛在那截突出的枝椏上，一如那外鄉人的模樣。而那截枝椏在朝陽的映照下，將它的陰影投壓在賴家的門楣上，門的中央正貼著昨天媽祖出示的驅邪的神符，如一隻來自地獄的鬼手，將阿蘭提吊在半空。而樹下積滿了昨天燃放的爆仗的紙屑，和金黃的錫箔紙錢的灰燼，上面蓋著一層昨夜飄落的殘葉。

導讀

王拓（一九四四－二〇一六），基隆人，政大中文所畢業。曾任《人間》雜誌社社長、政治大學及光武工專講師、民進黨祕書長、立法委員，畢生積極參與文學活動與政治運動。王拓在一九七六年出版第一本小說集《金水嬸》，因刻畫漁村困頓的生活經驗而聲名大噪。鄉土文學論戰如火如荼展開時，王拓和陳映真、王禎和、黃春明、楊青矗等人被歸為「鄉土派」作家。王拓後因「美麗島事件」入獄，獄中完成《牛肚港的故事》及《臺北，臺北！》。王拓寫實風格強烈，淳厚自然，被視為長期關注庶民生活與鄉土經驗的本土派作家。

〈吊人樹〉（原載於《純文學》第四十二期，一九七〇年九月）是王拓進入文壇發表的第一篇小說，充分顯示作家敏銳的觀察力，小說描述外鄉人到漁村賣藝後，在賴海生家門口的榕樹上吊自殺，引起村人恐慌，也引發了阿蘭隱藏的精神病再度復發。鄰人紛紛猜測，阿蘭受到外鄉人沖煞，必須在媽祖壽誕時，以新獅頭作法，利用聖母的聖靈保佑阿蘭。阿旺叔甚至指責媳婦阿蘭觸犯最重要的禁忌——事神不敬，沒準備厚禮，必然受到瘋病的懲罰。村人包括海生都認為，只要擴大舉行祭神聖禮、虔敬禮神，就能治好阿蘭的疾病，這個想法正與小說結局形成極大的落差，阿蘭最後選擇吊死在榕樹下，透過極戲劇性的衝突與結尾，指出臺灣民間長存的迷信及盲點。

〈吊人樹〉中，除了質疑迷信思想之外，也對具有封建思想的性別偏見提出反思。阿蘭家人不允許她與外鄉人戀愛，強迫已懷孕的她嫁到漁村，也鑄下了她的病根與日後的悲劇。此外，海生同樣事神不敬，卻未受到嚴厲的指責，阿旺叔與村人執信利用降魔儀式替阿蘭治病，是贖罪最好的方式，也可看出，不論在病前或病後，女性都是輿論／文化積習「規訓與懲罰」、「凝視與矯正」的對象。小說透過完整的故事，顯示了性別框架潛藏了偏見與盲點。

山田敬三認爲戀鄉的王拓，常以故鄉八斗子爲場景，精準地寫出漁民生活的實景，「描述漁民淳樸迷信的文化」，刻畫他們既保守又辛勞的生活。彭瑞金認爲：「構成王拓早期文學特質的兩大元素，一是八斗子漁村的現實，一是他對現實的批判性。」這部小說書寫媽祖信仰的神聖性，是小說中不可忽視的亮點，也是記錄民間信仰的重要篇章；更特別的，外鄉人的賣藝經驗，豐富了鄉土小說的人情趣味，作者更藉由民俗的禁忌，寫出了男女關係的癡纏糾葛，藉由灰暗的結局，由動而靜，強力反擊迷信的思維，諷刺宣告媽祖神威再神通廣大，也解救不了殉情相依的男女，啓蒙的意圖甚是強烈。（唐毓麗）

灰眼黑貓

陳若曦

在我們鄉下有一個古老的傳說：灰眼的黑貓是厄運的化身，常與死亡同時降臨。

阿青：

你託人捎來的書和信我收到了，這本書我非常喜愛，謝謝你。

你殷殷問及文姐，阿青呀，叫我怎麼同你說呢？可憐的文姐，算命的說她沒有長壽相，但誰會想得到竟這麼年紀輕輕地就去世了呢？我怕想起她，但她的影子總是在我眼前。一想到文姐，我不覺深深詛咒所謂的命運，我奇怪難道真沒有人逃出命運的安排？果真有命運，誰是主宰呢？我恨不得同它開個空前的玩笑！

我清清楚楚地記得，那天是元宵夜。母親和我正陪著大媽在堂屋裡吃元宵，大家默默地，沒有人說話，母親一定想起了你，她幾次放下筷子，搖頭嘆息。突然大生氣急敗壞地打開門跑進來，口吃地喊著：「阿文……她死死了……」我一聽，呆住了。大媽便「哇」地大哭起來，手搥著胸口，悲悲切切地喊著：「阿文我苦命的女兒啊！我跟著你去吧！」母親含著淚勸慰她。我呆望著大生，他的嘴唇發紫，臉上肌肉繃得緊緊地。突然他一轉身，向門跑去。我扔下筷子追了出來。在打稻場上，我趕上了他。

他一句話也不說，我默默地跟著他走。月亮被濃密的烏雲蓋住，四方一片漆黑，風聲呼呼，寒氣襲人。穿過桑林，我便聽到嘈雜的人聲，有幾盞風燈在遠處像鬼火一般晃來晃去。

我和大生一路摸著黑到了危巖，危巖上已經擠了很多人，有的高舉著風燈，探頭望著巖下，臉上充滿了恐怖；有的圍著一個小孩，他眼睛瞪得大大的，又害怕又興奮地，指手畫腳地講著。「……貓死命的跑，她死命地追，一直從桑林瘋狂地跑過去……後來我挑了柴想回去，就聽到一聲尖叫，我想一定有人跌下去了，所以趕緊跑去喊人……」

我緊隨著大生擠進了人群，不顧一切地掙扎到危巖邊。當我向巖下望去時，我的眼淚一下子全湧了上來。阿青呀，寫到這裡，我的手幾乎握不住筆管了。誰能想像我們童年時最美麗最親愛的伴侶今夜會變成這副模樣：仰著臉躺在枯乾的荊棘上，染血絲的頭髮散亂覆著半邊的臉頰，嘴角淌血，一對眼睛可怕的張開，在昏暗搖晃的燈光下泛著無神的光彩。

保長趕來了，他喊了一個青年人陪大生攀著藤蔓下去。他們帶了繩子預備把屍體吊上來。當搬動屍體時，大家發現了一隻黑貓壓死在下面。大生自作主張，把黑貓隨地埋了。

我站在危巖上哭泣。望著陰暗的天空和大地，我頻頻呼喚文姐。然而黑暗包容了她、黑貓和我的眼淚——還有我童年的一切回憶。

朱家的人真沒有良心，個個都是鐵打的心腸。文姐不知前世做了什麼壞事，這輩子纔會嫁到這種人家。出事那夜，連個人影都不見，直等人把屍體抬到他家大門口，還說惡死的不好走大門，只讓人從小門接進去。可憐呀，文姐死了連大門也不能進！

阿青，有時我覺得文姐倒是死了好，雖然我一想到她的慘死就難過。從她出嫁之後，她就不曾有過最好日子過，到她神經錯亂時，她的一生已經完了。近來我常愛獨自沉思，文姐的影子老在腦海中出現。想到她的悲劇，我不禁深深懷疑我們現在的風俗與制度。在大都市裡的人一家不會想到，封建的殘餘在這窮鄉僻壤仍有這麼大的勢力吧！

你一定很關心大生，可惜我不能告訴你他現在怎樣了。文姐死後，我只在她墳上見過他一次，他驟然蒼老了。有人常看到他在危巖上獨自默坐，可是清明節不到，他就走了，再也沒有消息。

大媽自從文姐死後，一直躺在床上。她心臟病又發作，近來常昏迷不醒。母親搖頭嘆息，我怕大媽是不久於人世了。

母親要我再告訴你，阿青，趕緊回來吧！盼望你的來信和動身的日子。

阿蒂

×月×日

十年前，當我還是一個梳著辮子的小女孩時，我跟文姐最要好。她不僅是我心目中的偶像，也是我們附近一些孩子們的偶像，因為她美極了。沒有人不喜歡她，滿大媽更是疼得什麼似的，只有大伯拿她不當一回事。他覺得生女孩是道地的賠錢貨，有時幾杯酒下肚就翻來覆去地埋怨大媽，說她不爭氣，不給他養個男孩子好傳宗接代。又因為我們張家兩房都沒有男丁，他就有討小的意思，常藉題和大媽吵。不管大伯怎麼想，我們都以文姐為驕傲，她有時愛耍小脾氣，可沒有人忍心責備她。

在故鄉，秋天是屬於我們小孩子的。收割後的稻田，金黃色的原野，山巔、溪邊，都是我們的天地。那時候，我們最熱心放風箏，總是在比賽看誰的風箏做得最大，最漂亮，放得最高。風箏的樣式包括各式各樣的飛禽走獸，有時用顏色紙糊，有時用綢子做。文姐的手巧，他的風箏在我們當中是數一數二的，只有大生偶然能同她比一比高低。大生是一個孤兒，收養在我表叔家，從小給表叔放牛。我們玩在一起，一直是很親密的。

記得那年秋天的一個下午，我和文姐、阿蒂在堂屋裡學繡花。正有一針沒一針地扎著白布時，突然屋外響起悠揚的笛聲，這是大生的叫喚。文姐扔下了針線，提起她新糊的風箏就跑。我和阿蒂也在屋角裡找到我們可憐的作品，拿了趕快追出去。在榕樹下，我們找到了大生，於是大家興沖沖地奔向原野。路上碰到了花家的雙生兄弟和一些鄰家的小孩，每人手上都提了一具風箏，於是由文姐和大生帶頭，浩浩蕩蕩地趕向朱家收割完的大稻田。

朱家在故鄉首稱大富。他家的田一望無垠，秋收後，一片平坦，光溜溜地，我們最愛在上面來回奔跑，無拘無束地。

花家小孩最性急，兩兄弟剛踏進田裡，就放開線，手捉了線頭，開始頂著風跑。一會兒，哥哥的老鷹經過了幾下顛仆後，就漸漸擡起了頭，在蔚藍的天空中耀武揚威；弟弟的卻掙扎了幾下，終於慘跌了下來。這時阿蒂的小鳥也放了出來。大生的老人臉飄著長鬍鬚，在空中咪咪傻笑。楊家小妹妹的燕子也上了青天。只有我跑得跌了一交，卻始終對母親替我糊的香爐子一籌莫展。文姐看到我的懊惱，義不容辭地先替我放起來，一會兒，我的香爐也高高擠在它們當中了。

「阿文，怎麼你的青蛙還不放呀？」大生捏著線，一邊跑一邊叫。

「阿文，來吧，看看你的青蛙會不會跳得比我的老鷹高！」花家大哥哥得意洋洋地向文姐挑戰。

文姐抿了抿嘴，不屑地瞧了瞧他的老鷹，於是放鬆了手中的線，開始認真地跑起來。

「看呀！看呀！」她仰起頭來喊著，繼續向前跑。那隻背蛙，大肚子，突眼睛，迎著山風抖擻了兩下，便一鼓作氣地直上雲霄，睥睨一切地在空中跳躍。

「青蛙最大，飛得最高，阿文又贏了！」

文姐露出藏不住的微笑，我也跟著驕傲地笑了。

玩了一會兒，大家收了風箏，在田壠上坐下來休息。額上的汗珠一會兒便被強烈的山風吹乾了。這時阿蒂看到了遠處路邊有一隻小貓，便好頑地走去抱了回來。它全身烏黑閃亮，毛軟綿綿的，抱在手裡也不掙扎，大家都逗著它玩，覺得可愛極了。

「啊！灰眼睛！」楊家小妹妹突然驚叫了起來，「媽媽說過的，灰眼睛的黑貓最不吉利，看到它會死人的！」

「死人？」文姐滿不相信，「真有這回事？」

「我不信，我怎麼沒有聽說過？」大生說。

「嗯，我記得我祖母也說過，黑貓長著灰眼睛會帶來霉運，它是壞蛋投生的，」一個女孩很嚴肅地對文姐說。

「我也想起來了，」阿蒂接著說，「大媽以前說過，在生阿文時，她看過一隻灰眼睛的黑貓呢！」

「結果呢，還不是生下來了？」

十幾張小臉都注視著這小黑貓，它馴服地依在阿蒂的懷中。「多可愛呀！它不會不吉利的，」阿蒂輕拍著，低低這樣說。

突然，「啊」一聲，文姐那對又黑又深的眼睛亮了起來，像夏天夜空裏的星星。「我們讓小貓來放風箏吧！」

「對呀！」大家拍手叫著，興高采烈地從地上跳起來了。

於是文姐放起了青蛙。待它飛高時，她從阿蒂手中接過小貓，靠了花家兄弟的幫忙，把線套著小貓的頸子繫緊，就把牠放了。起先小貓在稻梗中衝來突去，嚇得咪咪地叫，孩子們看著，覺得很滑稽，開心地拍手笑了。漸漸地，青蛙飛高了，風箏線把小貓帶著跑，我們跟在後面趕，一邊嘻笑著。

天已近黃昏，山風刮得強了。忽然，青蛙迎著一陣疾掃而來的山風，搖了搖肚皮，陡地往上竄去。這一來，小黑貓竟被帶上空中。大家開始覺得不對，害怕起來了。花家的兄弟仍然拍手叫著，我卻覺得心往下沉了。阿蒂用手抓住了我的袖子，緊緊地不放。我們緊張地跟著風箏跑，它在天上，我們在地下，大家恐懼地追趕著。

突然，一聲劇烈的哀號傳到我們耳中。回頭一看，一個老太婆額上纏了一塊黑紗，正跌跌撞撞地闖進稻田，手招著被拖去的黑貓，痛苦欲絕的叫喊：「天呀！是誰……是誰這樣虐待我的小貓？救救牠呀……」她一面喊著，一面喘氣連連地跑著。我的腳像鉛一般重，不知所以地跟在文姐後面跑。

風箏往山那邊飛去，小貓已成一團黑影，漸漸地它成了一個小黑點，越遠越小。在靠近危巖時，風箏斷了線，黑點便像流星一般，無聲無息地跌下來……

「啊呀！」老太婆慘叫一聲，跌坐在地上。她的臉漲得紫黑，臉上皺紋可怕的扭曲著，眼睛深陷下去，在深窖中透出噬人的光焰。我們停了腳，恐怖地望著她，沒有人敢說話。

「我可憐的貓，噢，我的寶貝，我的命根子呀！」她突然像嬰孩一般哭泣起來，還發出乾啞的聲音。「誰害死你呀，你就跟住他吧！啊……你們這些小流氓，那一個害死牠，我咒他，他一定不得好死，他家的人都不得好死，活該絕子絕孫……」

她突然指著我們，狠狠地罵著：「天老爺有眼呀，我咒詛你們！你們都該折壽！」她坐在地上，從她咬牙切齒的口裡吐出一連串惡毒的咒罵。我們像生了根似地站在她面前，恐懼地望著她。不久，老太婆又悽慘地號哭起來，然後又掙扎著站了起來，兩手掩著臉走了。她頭上的黑紗遠了，但她慘厲的泣聲隨著風聲，像烙鐵一般打進我們的心坎。

好久，我們沒有話說。

「她是一個瘋婆子，」一個女孩先開口。

「我也聽人家說過，」另一個接著說。

文姐呆視著前方，臉色蒼白如紙。她突然低低哭泣起來，大生趕緊扶著她先走了。斷了線的風箏不見影子了，天是一片灰色。

文姐十七歲那年，鄉裡很多人來提親。大媽因她是獨生女，挑剔得厲害，所以雖然做媒的多得戶限為穿，卻始終沒有說定給那家。我的父親很早就去世，所以家裏一直由大伯當家，他的話一向被我們家中大小奉為法典的。大伯讀過一點書，可惜從不會好好利用。在家裏，他放著一副嘴臉，擺出高高在上，不可侵犯的神氣；可是在外面，他的所為沒有一件值得我們效法。這就不提了，他最可恨的事還是喝酒。我一直覺得文姐的一生是埋葬在他的酒杯中。

一個秋天的夜裏，大伯喝得醉薰薰地回來。那時我們正在堂屋裏閒話。他一回來就倒在門檻上，大媽趕緊攙著他進臥房去。文姐微微皺了皺眉頭，沒有說什麼。不久我們聽到房內有爭吵的聲音，一會兒大媽一個人氣憤憤地走了出來。

「大姊，為什麼吵了架了？」母親關切地問。

「咳，說起來氣死人，那一家提親不可以答應，偏偏糊里糊塗地許給朱家！」

「朱家？」文姐一聽，霍地坐直起來，滿眼不信地望著她母親。

「怪不得我呀，阿文！這全怪你爹喝醉了酒做的事。」

「朱家？前些日子好像喊媒人來過……」母親側著頭回憶。

「是呀！當時我一口拒絕了，」大媽說，「我可是曉得朱家大太太德性。小時候，我常吃她的虧，我們還吵過一次架，好久沒講過話。當年，如不是她……」突然她沒有說下去。我後來才曉得，若不是朱太太未嫁時先使了手段，挑撥離間，大媽是會嫁到朱家去的。

朱家誠然是富有，大年爹娶過兩房姨太太，其中有一個活生生地被大太太虐待死。她娘不甘心，上門來查問，被朱太太像潑淘米水似地攆了出去。棺材也不給像樣的，竟比死個丫頭還不如。朱大年據說識不得幾個大字，去過幾趟城市，自傲得很，吃喝嫖賭無一不精。脾氣可得了他母親的真傳，指使下人像對待畜生一樣，他的一雙眼睛長得極不老實，附近的女孩子總是小心地躲著他。

可憐的文姐，從此再難得見她甜蜜的笑容了。對於未來的夫婿，她一句都不提，只是每天默默地、懶懶地縫著嫁衣。大媽起先很不高興，不時還埋怨丈夫糊塗，後來竟興沖沖熱心地辦起嫁妝來了。至於大伯，似乎早忘了這件事，每天照舊吃了飯，叼個煙斗出門逛去了。

不久朱家擇吉來下聘。喜餅冰糖，堆積如山。賀客盈門，伯父母笑容滿面，喜氣洋洋。只有文姐沉著一張臉，可是人家只當著她害羞。過了冬至，文姐的嫁期到了。

出嫁的那天，天氣一晴如洗，十一點剛過，朱家放了八人擡的花轎過來。拜別了父母，文姐被扶上花轎擡走了。十二部押著嫁妝的車子跟在轎後；我和阿蒂扮陪嫁的，也乘了兩人擡的轎跟在嫁妝後面，就這樣吹吹打打地進了朱家大門。

新郎穿著紅掛黑袍，出來開了花轎門，攙著新娘出轎子。後面隨著媒婆與陪嫁，緩緩地進了大廳。大廳裡設著喜堂，牆上掛滿了喜幛，賓客擁擠在兩旁。朱大年的父母高高地坐在太師椅上，做出一付莊嚴威風的臉色。新娘隨著新郎叩三個頭後，從地上站起來。朱太太仔細地端詳了她一番，然後解下一對翡翠手鐲給她帶上。過後她擺了擺手，儀式就算完了。新郎留在外面招呼客人，我和阿蒂則護送新娘進了新房。

雖然已是冬天的季節，卻只覺得到處悶熱一片。文姐求我給她找一杯茶。我正枯坐得不耐煩，遂欣然地答應了。我並不知道朱家的廚房在何處，只好瞎闖去。

剛拐過兩個房間，我便聽到另一房間裏有女人談話的聲音。

「……新娘子倒真漂亮，可惜太太好像不怎麼頂高興似地。」

「那當然。這門親是少爺堅持的，太太未必贊成。你曉得我們太太跟張大媽在姑娘的時候就吵過嘴呢！而且我剛剛還聽到她給老爺說：『新嫁娘，竟然沒有一滴眼淚！那一點像大家閨秀？』唉，阿文姑娘為什麼不哭幾聲呢？」

哭幾聲？我覺得莫名其妙，難道新嫁娘即使開心也非裝著號啕大哭不可嗎？不開心，哭又何用？

裝著無意地碰見她們，我客氣地向她們要茶。其中一個跑去拿，另一個站在那裡呆呆地瞧著我，好像我是一個怪人一般。一會兒那拿水的女人匆匆忙忙地跑過來，杯中的茶已點點滴滴地潑了一大半。

「阿菊，阿菊，前廳裡不知出了什麼事，廚房的人全湧去看了！快，快！」說著她把茶遞給我，拉了另一人就跑。我望了望那半杯茶，遂隨手一擱，也跟著她們的背影追去。一路上我漸漸聽到嘈雜的人聲。正要跨過大廳的門限時，朱太太也從對面廂房裡出來，皺著眉，一臉迷惑不解。

大廳裏擠了很多人，大家圍了一口大衣櫥（那是文姐的嫁妝之一），指手畫脚地議論紛紛。有人說道：「朱太太來了！」大家乃壓低了聲音，閃開身來，讓出了一條路。朱太太昂著頭威風凜凜地走過去，但是半路上，她的眼睛忽然恐怖地吊了起來，嘴巴不自覺地張開，脚像生根一般提不起來。我好奇地擠向前，一看到那打開的衣櫥，我也呆住了。

在衣櫥的上層，打開的一個抽斗裡，一隻貓蹲在一捲捲美麗的花邊上，純黑的毛閃著亮光，珍珠一般圓的眼睛，放出冷酷的鐵灰色光芒。它蹲在那兒，鎮靜，自若，又帶著嘲弄，無所畏懼地反瞪著這些集中在它身上的目光。

媒婆手中抓了一串鑰匙，鐵青著臉，不知所措地站在人堆前，不時地看看衣櫥，又看看面色可怕的朱太太。

「新娘家裡的人未免太欠當心了，怎麼好把這……留在衣櫥裡。」人羣裏有人低低地說。

「可不是，」另一個壓低了嗓門，「而且還是灰眼珠的黑貨兒。誰都知道這個最不吉利……」

突然，朱太太厲聲地喊起來……「阿福！喊人把這些嫁妝全給我退回去！把張親家請來見我！」

她的臉色由白轉青，眼睛射出怒火。全場靜寂無聲。

「阿升！把貓給我捉出去吊死！」

「使不得呀，朱太太，弄死它會得報應呀！」一個老人上來阻止她，畏懼地瞧了一眼衣櫥。

「我說，朱太太，」另一個走上前說，「您得趕忙請個法師來，好驅除惡煞野魂，還有新娘子……」

「天呀，喜事成災禍了！」說著，朱太太連忙回過頭來對她呆若木雞的兒子說：「去，趕快去請！」

朱大年剛跑出去，他老爺正抓了鴉片煙槍，拖了布鞋，跌跌撞撞地趕過來。不知前因後果的他，狐疑地望著大家，又看了看他太太，問道：「這到底是怎麼一回事？」

「灰眼……黑貓……」

朱太太手抖抖地指著衣櫥。

他聽了，剛轉過身子，黑貓「噗」地一聲跳出來。老頭子嚇得，「啊」了一聲，整個身子栽下去。「救命啊！」

朱太太喊著撲過來。大家手忙脚亂地慌做一團。

那隻黑貓竄過大廳，一霎眼就沒了踪影。

我和阿蒂陪著文姐渡過的那三天三夜，如今回憶起來，猶像一場噩夢。披著道袍的法師，散著亂髮，手搖一把木劍，口中念念有詞，在新房外來來去去地走。房裏瀰漫著香味，緊閉的窗子使得空氣像凝固一般，又濃又重，燠悶得難以呼吸。大紅的喜燭射出慘淡的光線，照著文姐一張模糊的淚臉。呆滯無光的眼睛怔怔的呆視著前方，兩手無力地交疊在胸前，浮腫的臉頰，咬得蒼白無血的下唇，構成了一幅悽惻的畫像。呵，可憐的文姐，大媽看了心裡將多難受呀！

我和阿芾義不容辭地陪著她，三天又三夜，不見天日。朱大年從不曾露過臉，只有下人三餐送飯來。披頭散髮的法師不時進來燃紙錢。燒過後的餘燼，不時飛到文姐的髮上，文姐仍然愣愣的斜倚在床欄邊，連香灰也懶得撣一下。

第二天夜裏，文姐發燒了。躺在床上，兩腮燒得猩紅，嘴巴不停地喃喃自語，鬧著要回去。我和阿芾慌得不知如何是好，想推門出去，門從外面反拴住了；不斷地搥門，也沒有人來開。我們只好輪流地守在床旁，望著昏迷而囈語的文姐一籌莫展。對著那將燒殘的紅燭，我狠狠地咀咒這一家的人。

「水……水……」文姐的聲音微弱極了。

阿芾趕緊站起來往梳妝臺走去。正聽到她掀杯蓋子，突然又「啊」地大喊一聲，扔掉茶杯，跑過來倒在我懷裡，嚇得氣都喘不過來似地。我一面扶著她坐在牀邊，一面回頭朝梳妝臺望去。

在昏暗的燭光中，梳妝臺上蹲伏著一團黑影，射出兩道光芒。啊，這個該死的小黑貓！它一來要出倒楣的事。它究竟從那裡來的呢？我抓了一把剪刀站著床邊，牢牢地盯著它，這樣一直到天亮。一會兒，送飯的老媽子來了，我又倦又累，告訴她新娘子病了，請她報給朱太太曉得，去請大夫來。說完這個，我便倒在椅子裏睡著了。

當我醒來時，我發現屋子裏煙味更濃了。那個法師手中正拿了一個小鐘搖著，口裡不斷呢喃。不時拿根柳條沾了一杯渾濁的水往床上灑去。梳妝臺上小貓仍然蹲在那裏，尾巴翹得老高，一身黑毛倒聳，兩道鋒利的寒光直盯著在床上翻來覆去的文姐。

這天夜裡，阿蒂病了，頭暈嘔吐。我急得敲門又喊人。有個老媽子往房中探了一下頭即刻就像見了鬼一樣嚇得回頭就溜。我不知所措地守著她們，祈禱天快亮。

還好次日早上，我的母親打發了轎子來接阿蒂和我。文姐聽到我們就要去了，眼淚又像泉水一般瀉下來，悲悲切切地囑咐說：「別同我媽提起我的病……」我安慰了她，就扶著阿蒂走出那可怕的新房。

一路出來，我遇到的人都擺了一幅長臉孔。遠遠地我看到朱大年穿著全副孝服，還聽見一陣一陣的哭聲。我正奇怪到底死了什麼人，一轉出大廳，觸目就是一副堂皇的烏漆棺材，朱家的好幾個親戚圍著它哭泣。朱太太披麻戴孝正悲慟欲絕地號叫著：「啊……留下我們母子兩人怎麼過日子呀！」她跺著脚，搥著胸，突然奮不顧身地向棺材撞去，慌得朱大年跑過去抱住她，一些弔唁的也紛紛來勸慰。在那一剎那間，我的怨恨像見了陽光的雪花，化了。我第一次看到死亡的悲哀，不覺深深地同情他們。

鄉裡的人把朱老頭的暴死全推到黑貓身上，他們渲染得那麼恐怖，連三歲的小孩聽到黑貓也哭都不敢哭了。當然，朱家的人把一切的不幸全歸之於文姐，所以文姐是一進朱家大門就受盡磨難。朱家的大小，上上下下全苛責她，挑她的錯，每個人遠遠地避開她，就像她是惡煞附身一般。只有那隻灰眼的小黑貓到處跟著她。不管她走到那裡，它總是亦步亦趨地跟住她。她停下來，它就蹲在地上瞇著一雙灰眼睛盯她。文姐若要踢它，它總是靈巧地避開。因此她痛苦極了，想盡方法要躲開它，然而總不能。沒有人肯幫她，也沒有人敢幫她。

大伯曉得這一切後，只說：「嫁出去的女兒豈不等於潑出去的水嗎？」仍然安閑地叼他的煙斗。

第二年秋天，文姐生下一個男孩，我和阿蒂帶了四色禮去看她。她那付形容直叫我嘆息不止：丰腴而美麗的她，如今只剩下一付皮包骨，又瘦又乾，竟像冬季的枯樹枝。阿蒂忍不住簌簌地滴下淚來。我問文姐：「大年待你好嗎？」她低下頭、眼圈一紅，委屈得什麼似的。其實我也知道，否則她何至於會成這付形相呢？

臨走時，文姐拖住我的衣裙，向四週看一下後，低低地對我說：「你曉得，他們要抱走我的兒子！我要守著他，不讓他們抱去。他是我的寶貝，我的命根子呀！」

「不會的，文姐，」我趕緊安慰她，「你的兒子，誰敢抱走他？」

她瞪著我好一會兒，然後搖搖頭，把懷裏的嬰孩抱得更緊。

當我們走出來時，我們碰到那個以前給我們送飯的老媽子。我拉住了她，向她打聽文姐的生活。她四周望望，低聲對我說：「人家都說她神經錯亂咧！連太太也這麼說……夜裏她常常大聲喊起來，有一次我清清楚楚聽到她喉嚨像被堵住一般，模模糊糊地喊著：『別跟著我……殺死他……』我猜她準是在說夢話，現在少爺也不敢同她睡一個房間了。太太說她不放心那男娃娃，等坐完了月子，預備把他抱出去養去。她不知怎麼曉得了，這幾天總是自己抱著他，不要別人挨他一下子，她自己奶又不夠，娃娃只哭鬧著，怪可憐的。」

我相信如果他們不搶走她的嬰孩，文姐是不會神經錯亂的，然而他們強力奪去他，從此文姐就沒有清醒過。她總是瘋瘋顛顛的，頭也不梳，臉也不洗，整日價瞪著一雙深陷的大眼，嘴裏不知所云地述說著，碰到人就扯住人家要小孩。她對待那隻黑貓更兇了，只要一注意到它的存在，就隨手抓起東西摔過去。有一天夜裡，她追趕那隻小貓，一直追到穀倉邊。正好有人點著蠟燭走過來，文姐一手搶去燭臺，就向小貓扔去。燭火觸到遮稻子的稻草把，燃起來了，若不是人多救得快，整個穀倉就要燒掉了。這一來，朱家的人更氣了，朱太太叫人把文姐看住，軟禁起來。可是文姐還是常常跑出來，在稻田邊閒蕩。我常常希望她會逛回家來，可是從出嫁以後，她就不曾回來過。

六個月後，文姐的小男孩患病夭折。文姐真正瘋了。人們常在朱家祖墳附近看見她，也常聽到她慘厲的哭號。她和小貓成了村裏男女老幼談話的資料，有時也是同情的對象。

朱家又雇了媒人來我們張家說親。大伯因為文姐的事心裡似乎覺得過意不去，加上貪圖聘禮，竟一口答應把我嫁去做二房。我的母親太懦弱，不能保護我；我的大媽不敢反對她丈夫，因此大伯毫無愧作地替我送去八字，為我安排了未來的一生。可是我反抗他的安排，我厭恨所有朱家的人。在迎親的前一天，我背棄了家人，隻身逃到這遙遠而複雜的大都市來。受了數不清的艱辛困苦，我仍然沒有想到回去。當我想出辦法與阿蒂通信後，我大伯已經死了——據說是由我的出走所惹起的一場大病。對他的死，我沒滴過眼淚。

文姐是死了。她還是死了的好。我常常思索她悲慘而短暫的一生，歸究不出何以她要受到這樣的遭遇。那古老的關於黑貓的傳說，閃過腦海時，我茫然了。她究竟是黑貓，還是舊家庭制度的犧牲者呢？我不能回答。

阿蒂來信要我回家，我却厭惡再看到或嗅到那山村的一切。我想著：有一天我的脚步站穩了，我要把她接來。讓年輕的遠離那偏僻而窒人的鄉村，讓那年老的隨著腐朽的舊制度——帶著它所造成的罪惡——在地的一角沉淪下去吧！

導讀

陳若曦（一九五七—），新北市人，臺灣大學外文系畢業，美國約翰·霍布京斯大學碩士。陳若曦就讀於臺大外文系時，與白先勇、歐陽子、王文興等一同創辦《現代文學》雜誌，是現代派著名的代表作家之一。創作素材廣泛多元，涉及民間信仰、文革與中國經驗、旅外華人離散處境、愛滋病患被污名化的經歷以及老人書寫。創作手法融合寫實主義與現代主義，擅長利用心理分析與意識流，穿透人物複雜的心靈世界，結合民俗視野與獨特觀點，呈現耳目一新的小說情節。代表作品爲《尹縣長》，使她成爲揚名國際的知名作家，《老人》、《歸》、《紙婚》亦有出色的表現。曾獲國家文藝獎、中山文藝獎、《聯合報》特別小說獎、吳三連文藝獎、吳濁流文學獎的鼓勵。

〈灰眼黑貓〉（原載於《文學雜誌》第六卷第一期，一九五九年三月），作家利用鄉里傳說及信件體生動演繹「動物禁忌」帶來的悲劇。灰眼黑貓被認爲是厄運的化身，與人類所迴避的惡事——死亡串聯，引發眾人的恐慌。文姐因嫁妝藏著黑貓，人們迷信她會帶來災禍，更相信這場婚姻是「由喜轉災」的惡兆，婆婆退回嫁妝，更遷怒於文姐，她嫁到朱家第二天就病倒了；加上朱老頭意外身亡，此後她成爲禁忌的女人，承受眾人譴責與恨意，最終香消玉殞。

這篇小說充分顯示了女性淪爲「第二性」的處境，是完整呈現「被壓抑經歷」的重要文本。朱家人認爲文姐是不祥的女人，顯示了父權社會存在刻板的性別印象，並利用習俗與文化禁忌，進一步透過不人道的方式，完成對女性的全面控制。朱家人將觸犯黑貓禁忌的文姐妖魔化，貶斥爲邪惡與死亡的化身，全力圍堵、隔離她，避免產生更大的災禍。〈灰眼黑貓〉中，完整演繹了封建家庭透過夫權、父權與神鬼權（貓靈）的方式，完成對女性全面的控制與壓抑，可說是重新複寫了魯迅的〈祝福〉。

〈灰眼黑貓〉透過靈動鮮活的文字，以阿青第一人稱的女性視角，陳述她從幽暗禁錮的故鄉逃出的恐怖經驗，回溯文姐短暫又悲慘的一生。冰冷的朱宅與山村，根本是令人窒息的鬼獄，即使沒有黑貓事件，仍是個折磨女性的深淵、囚禁女人的監獄。夏志清認爲陳若曦早期作品，流連鄉村習俗、文化奇景，「寫的是迷信、落後的舊社會，有些人貧窮、無知，他們的悲劇是個人的，雖然也不免象徵了舊社會的黑暗」，可謂一針見血，具體呈現陳若曦作品的批判性。讀者也應注意到女性角色塑造的典型性，文姐不只是文化習俗的犧牲品，也是傳統婚姻下的犧牲品；女性只剩兩條路可走，不是死，就是逃亡，批判意圖非常強烈。（唐毓麗）

九、性別與政治

埋冤一九四七埋冤（節錄）

李喬

二、牢裏牢外，瘋子種子

一九四七年四月廿八日下午三時許，四憲兵攙扶著林志天離開二號囚房，再進入那異味撲鼻的「銬刑間」。

林志天茫然間被脫下手銬，然後讓他皮破血流的六斤重腳鐐也卸下了。

「又來酷刑逼供嗎？還是送上刑場？」他這麼想，人才真正清醒過來。

十分鐘之後，一個士官拿一副小手銬銬在他右手上，然後命他去解手。事畢這個士官把手銬另一環扣在自己左手上。至此事態明白：要把他移送別處了。

外面很冷，日色黃黃的；約四時前後吧？由六名武裝憲兵連同那個士官把他押上火車。前後左右張望：不見一個難友。恭敬地向這些憲兵大爺打聽去處，居然無人肯予回答。會是押到秘密場所處決嗎？在月前混亂狀況下十分可能；現在應該不至於吧？至少目前彼方握有他的犯罪資料並不齊全，應該不可能草率決案的。他想。

——在廿三日晚上迄今，這四天多時間裏，實際並未予正式的審問。廿四日近午，那個抓他的——穿草綠色中山裝的傢伙把他領到簡陋的小寫字間，丟給他紙筆，未說明什麼，祇命他寫一份「自白書」，然後就留他一人在屋裏。

外面有兩個武裝士兵在看守著。他以寫「履歷表」的方式，寫下兩張十行紙；「二七部隊」部分，祇簡單寫了八行半。

「這一部分要詳寫。越詳細，罪越輕！」穿中山裝的看了「自白書」，表示非常不滿。

「祇有這些，是我知道的；其他，沒辦法。」他說。

「給我聽清楚：有關謝雪紅的，一人一事，一字都不能漏——除非你不要命！」這個人好像看穿了他心中之秘：「明天一天，好好寫。這是最後機會」。

「我沒辦法。我真的懂得不多。」

「你有辦法！我們會教你想、辦、法！哼！」

回到囚房後，難友們勸他無論如何儘量交代——這個時分保命要緊，千萬不可意氣用事……

他默然。其實他腦筋清醒十分：別的種種可以道聽塗說寫得「細密詳盡」，可是謝雪紅這個「忌諱」千萬不能多碰；寫得詳實，豈不表示彼此關係非凡；關係密切，那不就死定了嗎？

問題是，這個傢伙暗示得明明白白：「我們會教你想辦法」——那可怕的酷刑如何承受？他向來勇敢豪邁，絕不怕死，可是他怕痛；對於痛楚的承受力極弱；例如，在肌肉注射時使用粗針，他就當場暈倒過兩次。

第二天，他想出一個辦法：詳寫童年近鄰「謝阿女」（即謝雪紅）的種種；至於長大後，他已遷居又東渡求學，自然無任何接觸。至於「事件中」種種，祇說是「傳說」如何如何，而且人人皆知的。

又到了傍晚，穿中山裝的來收「成果」。

「都是廢話——好，我會教你怎麼寫！」

十分鐘之後，他被押到一間八坪大小的房間來，未進去，在門外就嗅到一陣水油（即煤油）臭味。進去一看：粗樑上垂下兩條烏黑的粗繩；房子中央擱著一條長板凳，旁邊有個小木棍、大茶壺，以及一張破舊桌子。桌上堆滿什物，其中一包白粉，大概是食鹽吧？

再環視四周：嘿！傳說中、或書本裏提及的「刑房」中的刑具：火爐、鐵板、大鉗子、鐵勾、枷架，烏溜溜的長鞭……全都赫然齊全！

不等他回過神來，胸口頸項一緊——他被兩個巨漢提過去，不由分說就一陣毆打……

他倒在地上，他緩緩爬起來，施刑的傢伙又過來；這回是手腳上綁，然後以腳尖略能著地的高度，以巨繩吊懸起來。

「嘿嘿！想清楚了沒有！」綠色中山裝這才現身，話講一半，好像等他問答，可是並未予答話的時間；雙眼猛翻一瞪：「再給我打！狠狠地打！把那個豬腦袋給打醒咯！」此人又走出門口：「哈哈！嘿嘿！」

這回施刑的人「作業」十分順利，因為人懸吊在那裏，毆打部位與輕重都容易控制。

這回一人以扁擔毆擊臀部，一人用腳拇指大小的圓木棍拍打胸膛肚腹。

「野——嘿！」動手的人相當盡職、用力。

的酷刑。

「喔——！」林志天如響斯應，哀叫一聲。

「叱——嘿！」另一個也不敢落後全力而為。

「哎、哎……喲！」經於承受不住，終於脫出意志之外，以生物原始慘叫聲呼應那慘烈

「打死你——嘿！」

「喔喲！啊——」

「去死吧！嘿——！」

「哎啊！哎、哎、哎……」

終於一陣烏雲來襲，終於不醒人事；人，暈死過去。

之後，悠悠醒過來。是沁骨的冷涼把他催醒的。

「醒過來啦？很好。」有人在身邊說話。

又是那個冷冷的白臉。綠色中山裝。林志天長長吁一口氣。他努力使自己完全清醒過來，他不斷激勵自己：抬起頭，睜開雙眼，瞪過去，絕不可示弱——死過一次了，還怕什麼？疼痛的頂巔，祇是沉沉麻麻的，全身僵硬，呼吸困難而已……

「林志天：我想你一定是想通了，而且知道怎麼寫了！對不對？」

「唔……」他開口困難。他搖頭。

「你記清楚！」此人好像完全忽略了他的搖頭拒絕：「第一：謝雪紅的人民協會人員與運作情形要詳盡寫出來。」

「唔……不，不清……楚，我……」

「第二，二七部隊的組織、人員關係、藏匿的武器、彈藥，一個都不能少！」

「……」他祇有搖頭。

「第三：你林志天和謝雪紅的關係——狗屁小時候甭談；祇要交代三月一二日之後，直到逃入埔里的每天每個小時、行動與談話都要交代。再提醒一次：要想活命，那就詳實招供！當然，你招不招，都可以槍斃你，就看你的供詞兒：誠意夠，饒你一命；玩花樣兒，扳機一扣，你當場了帳，你信是不信？」

「……信……」他是真的相信。

現在他面臨艱難的抉擇：真的「俱實全招」與「隱瞞要點」之間，到底何者更有活命機會？

這個政府，這些人，絕對「可以」招不招都予殺害，他理解他相信；另一方面，一旦據實招出主控「二七部隊」與跟謝雪紅一起行動的種種，是時也絕對死定了。

何去何從？如何生機較多幾絲？再三思索比較，不管如何依然不分上下、半斤八兩。不過，就縮小牽連的考量看來，與謝氏「畫清界線」大概是最佳途徑了；至少可以少波及同義夥伴！至此，他做了原則性確定：（一）把「二二七部隊」定位於無計劃，自發性而組織散漫的臨時組合；這也是一事實，「內容」詳述，總幹部名單一律含糊而以「陌生人」應付之。（二）與謝某集團畫清界線；「人民協會」名單，祇提示「大家知道」者。另一方面據實說明，謝雪紅等中途來「二七部隊」避難的經緯（何鸞旗的追殺，見上冊）……

方針既定，他便很快下筆直書，不過中文能力不夠，比較曲折部分實在難以表明，最後是牢方派了一名「文書」幫他完成。

四月廿七日上午，「草綠中山裝」看完「自白書」後，一股陰沉地告訴他：

「姓林的！你既笨蛋又狡猾：說你笨，是你還以為不真正交心就能混過去？能活命？唉！說狡猾是懂得避重就輕——寫下的全是天下人皆知的廢話！」

「我，我真的……」

「好吧！等著吧！我們會請你家人來收屍就是！」

他盡全力使自己看來鎮靜而自然。「草綠中山裝」臉上倏而掠過冷笑，盯著他半天然後突發驚人之語：

「林志天！你有沒想到：人家把你出賣了，你還在拚老命保護出賣你的人？」

「?……」他猛地抬頭，心裏一愣。

「告訴你：謝雪紅把所有責任都推給你，你還在作大頭夢？」

「什麼？什麼意思？」

「人家推得一乾二淨！當然我們不相信。我們知道：台中的叛徒，是謝雪紅領導的；『二七部隊』實際領導權——也就是罪魁，是謝某。謝某卻往你身上推，推得一乾二淨。你不坦白自保，哼哼！該夢醒了吧？」

「?……」他又好像在畸夢之中。

「喔喔！我說了半天，漏了最要緊的一點：謝雪紅這個共產黨，台灣第一號叛徒，已經落網啦。比你還早一個星期！懂了吧？哈哈！」

這個人走了。他陷入狂亂中恍惚裏。

「來！再寫一份自白書。我們組長說：再給你一次機會！」一個士官遞給他一疊十行紙與鋼筆。

還自白什麼呢？能說的就這些了。他沒能耐在間隔六小時之內寫出兩份截然不同的自白。謝雪紅真落網了嗎？真如此咬緊他又移罪於他嗎！他無法判斷真假。「就兩人對質吧？」他想。到了這個地步，那就一切坦然面對吧？於是在十行紙上，他寫下這樣的話：

事實經過，全寫在上個自白書上，真相如何，願與有關人士面質。

他被再一次打上重鐐雙銬，送回二號囚房。他過一個比較安穩的夜晚。廿八日上午，一直焦急與「有備」的心情待候酷刑甚或處決命運的降臨。上午平安過去了，下午的「狀況」出乎意料的居然是移送別處！

上了火車坐定後，強烈的睡意來襲；腦海一閃亮光——啊！和謝雪紅對質！謝不在台北囚禁，極可能在台中；這是送往台中了！他想。

他再懇請押解的憲兵告知目的地。對方仍然不予問答。惱火也莫可奈何。實在太疲憊了，他終於曚曨入睡。

他是被一片嘈雜聲吵醒的。眼前有淡淡燈光。入夜時分了。仔細瞧去：是台中車站。果然是押來台中！那麼目的是謝某對質以定罪責。

「謝——歐巴桑真的也被捕獵到了……」

驀地，三月六日以後，直到在埔里「不歡而散」，兩人相處的種種，恍然全浮現腦海來。

是的，後悔！很後悔很後悔；不是後悔自己所做所為過錯太多，而是後悔沒有把那段寶貴時光「處理」得更好。因為，不論如何，「那段時光」已然消逝不可追溯；如果那段時光的人與事，處理得好一些，或者說更盡心盡力，那麼今夜死囚相對，心情與意味就可能大大不同了！

「我林某，大概沒有再去後悔的時間了吧？」這是心頭驅之不去的喃喃。

人生的諸多事況，就是這樣遺恨牽連的吧？

一陣折騰，林志天終於被安置下來。

這裏是駐紮台中市的憲四團第三營的二號牢房；約四坪大小，祇囚禁他一人。

這裏是台中市干城營區隔著南京路、復興路四段橋下，八德路路口原日本憲兵隊隊址；終戰後三青團台中分團都設在這裏，後來被憲兵接收使用。本來憲兵隊僅派少數勤務兵連士兵在此看守；第三營原駐福州，是「二二八」以後奉命來台中進駐台中的。

「人生訥離杯，棵苛尼（在此處）諾姆（飲）！」他的覺悟越來越透明而明確。

所謂「覺悟」，並非那樣簡單明瞭的境地；在「二七部隊」星散，茫茫的逃亡時日裏，他一再於反省和現實的認知中萌生「覺悟」的意識，可是這些「覺悟」卻很快就被求生的意欲淹沒；求生意欲是一種「盲目的意志力」，它是「不擇手段」的，可是在生命續存的時間中，那「覺悟意識」又會悄悄昇起，於是生命的洶湧波濤次第展現。

青澀的生命就在這個過程中逐漸成熟吧？

林志天的生命行程中，這些痕跡最為歷歷可數，斑斑留痕……

——憲四團第三營的憲兵，很多是初中剛畢業，十六、七歲純真少年；在鐵欄相隔的聊天中知道，這些青少年不是被騙來就是被「抓兵丁」抓來的。當初上級向他們保證祇留在福州服勤，誰知一個月的新兵訓練未完就派到陌生的台灣來！

這些青少年唯一希望是，趕緊回故鄉；他們所談所想都是家鄉和父母而已。

由於知道志天在三青團做過事，又當過老師，他們對他消除戒心，很快就友善相待；由於年紀上下距離不大，甚至以「這位大哥」相稱呼。他們支吾中透露一個希望：「這位大哥」釋放後，看看能不能協助他們「逃回故鄉？」

面對這些天真單純的異鄉子弟，令人哀傷而又不敢破其夢想，祇好咬緊牙關哄慰一番而已。也因為與他們建立情誼，經他們的轉輾口信，很快就跟未婚妻瓊玉連絡上了。

於是瓊玉每天帶著食物來探監，順便把洗換衣物帶回去。又經伊的「打點」，這些憲兵「同志」給予諸多方便。

五月二日上午九時許，瓊玉背後站著一位中國海軍上尉出現在二號囚房外。居然是舊識蔡懋棠！前此，瓊玉已經知會過，設法請這個人出面援救他。蔡目前是海軍左營第三基地司令部、技術員兵大隊的上尉教官。這個職位固然由於通曉英日語與北京話，為軍中美日顧問的最佳通譯；另一助力是懋棠的八兄蔡汝鑫正在該司令部任中校參謀，是一位戰術家；兄弟提攜自然是水到渠成了。

數月前的台中好友，而今一為上尉軍官，一是命在旦夕之囚，四目相對真正有恍如隔世之感。

「受苦了！」蔡神色凝然，好似公事詢問那樣。

「好得很！要不要來嚐嚐味道？」他心中騷然。

「按——搭（您）！」瓊玉幽怨的眼神叫人火氣全消。

「放心啦！法律是公平的，你會……無事的……」這是屁話一句。這傢伙的北京話咬得真準啊！

——瓊玉猛施眼色，又悄悄揮手，「求」他稍安勿躁。胸中惱怒再一次給抑壓下來。他嘆了一口氣。

那「憲兵同志」一直站在一旁；看來不像是執勤監視吧？不過還是令人神滯語澀。不快得很。這時懋棠改以日語說：

「哟醋——Khi K（好好聽著）……」

「唔？……難——搭（怎麼）？」

「巴巴——摩，亦——搭；太苟得摩……」蔡說。

他張口結舌。「老太婆已經去了」什麼「太苟也是」——這上尉大人打什麼謎語？

「巴巴……亦——搭，搭。嗯？」蔡臉上陡現惱怒。

「嗯……嗯」他哼哼，其實還是不明。

「太苟……太苟……得摩……呢！」

「tiger？」弄一隻老虎做什麼？他還是不懂。

「No！托拉假奈（不是老虎），a drum！」

「不是虎而是a drum——鼓、敲鑼打鼓？」他越想越迷糊——敲鑼打鼓送他上刑場？還是迎接無罪開釋？

蔡懋棠猛咬牙，罵他一句笨蛋加混蛋，然後站在一旁拚命翻眼珠吐大氣。瓊玉調一下嗓音說：沒事了。明天會再來。明天會把洗換的襪子給送來。

伊說完，瞪他一眼；舉左手以食指指大腦，然後抿嘴一哂——跟在懋棠後面走了。兩人一走，腦筋清醒多了。顯然是要告訴他一件重要事況：蔡用暗語，居然晦澀得令人生氣。

「巴巴」是老太婆，或祖母?papa也是「巴巴」，「已經走了」或「走了」，是離開了?死亡了?走開了!唔……「巴巴」也可能指「歐巴桑」——大家都稱謝雪紅為「歐巴桑」。那麼謝……逃走了?死了?至於「敲鑼打鼓」可就難倒他了。

三號早上九時一過瓊玉就到了。果然送來洗淨的內衣褲和shirt，另外還有一雙新襪子……

「阿拿搭……襪仔，極貴咧，省省仔著喔……」伊說。

「阮知，阮知啦!」這一回心領神會，他先把那雙襪子塞入褲袋裏。

「加有：親友嘛講：好好乎法官合作……保有一命在者，啥物件嘛好打點——沒問題个……」。

「……」他緩緩地，不斷點頭。

「一定好好捏緊機會，唔好綏志——唔為阮，嘛愛為老年孤單个阿母……」到此，伊已泫然淚落。

「知啦。爾轉去……」他不願讓伊看見自己軟弱的一面。

瓊玉匆匆離去。「憲兵同志」走開後，他趕緊一探「襪子」究竟：果然裏面藏了一張小紙條。字跡是瓊玉的，以日文片假名寫著：婆婆，古，楊，坐船去了那邊。

——昨夜隱隱的猜測果然無誤：謝雪紅、古瑞雲、楊克煌三位「人民協會」的要角，已然脫走台灣——「去了」照日文的語意是「成功到達」；「那邊」，應該是中國大陸吧？a drum：鼓是以音指「古」，就是古瑞雲！哈！

「乘船逃脫？」不知如何達成的？自己卻是「人未上船身先囚」！真正主犯是我林志天？還是謝雪紅？不管怎麼樣，他林志天成了島內大案的「代表人」啦！命該如此嗎？不甘心！唉！不甘心又如何？

現在，謝雪紅一夥要角逃亡成功了。

他，迷惘一陣後，終於恍然醒覺：這個消息，這件事於他而言，太重要，價值太大了！依據一個月來種種跡象可知，國府要把「二二八事件」的暴亂罪責全推給共產黨；謝雪紅是台籍共黨的代表人物，實際上也插手台中抗暴行動；然則事件中全島唯一「組織性」武裝抗暴——「二七部隊」當然就非由謝雪紅組織、領導、指揮不可了。這是「政策性」高層次的著眼點；在「中國式」政治裏，「法律」是可變的，是隨著「政策需要」而權宜行事的。

就陳儀集團而言，更具體實際的處理、解釋「二二八慘案」的策略是：直指事件是中共在幕後策動，而由謝某等等在陣前指揮。如此，「二二八事件」便成為內戰的一環，是中共奪權的另一戰線。於是，茲事體大，非海島一隅的騷動而已。當然，事件肇因非在陳儀的失政，那就是共匪或同路人的毒惡伎倆了。

多麼高明的移禍江東之計！人世間萬種晦隱因緣，其實頭緒簡單，祇要揪住動機，提綱挈領，全網目目洞見矣。

林志天他，至此可說是恍然而醒，大徹大悟！

而今，謝某等逃脫成功，人在中國大陸，而且又有組織的掩護，是絕不可能被捕歸案，送回來兩相對質的。然則把「二七部隊」的一切全推給謝某……哈哈！不但是罪與罰的卸脫妙法而已，更重要的是：正切合人家的佈局設計啊！如此一來，自己成了佈局者的「助手」！然則，既是由「罪魁」一轉而為「從犯」；從寬處理從犯，正可以顯示政府的德政也！

所謂：福至心靈，一通百通！他決定「改過自新」，百分之百配合軍方或法官的「意旨」，說出彼方最滿意的口供。那「罪魁」遠在天涯；供詞利己而不損人，又可以協助政府早早結案——何樂不為？

五月四日，志天一改往時的頑強姿態，以畏懼、失去鬥志的神情模樣應審。他的「改變」也頗為合理：因為出現在這裏的審問者，還是在台北的對手：穿綠色中山裝的那個什麼組長。

「還是你！」一照面，他不禁脫口驚呼。

「對！你命中注定的剋星！」綠色中山裝陰陰一哂。

「唉！」仰天一嘆，然後俯首寂然。表演十分逼真。

「林兄：別撐啦！就一五一十從實招來吧！」又是一笑，指著手中卷宗上一句：「台中，你犯案地點，你的最後一站——合作認罪，說出全部事實，那就從輕量刑，甚至可以結案釋放；要不然，還是像在台北第八連那樣：隱瞞真相，包庇要犯——哼！」此人陡地長身起立，猛地揪住他的領口——想把人撐舉起來吧？卻根本無能為力。是由裝假而真正惱火啦，吼聲乾啞而澀：「那就立刻槍斃你——你說：信也不信？」

兩人「交鋒」幾次了，這個人向來是陰陰的，而且喜怒收發由心，這一回似乎有些「失控」？

「……信……」何必呢？他心裏說。

人家正要「洗面革心」充分合作啦！幹嘛，來這一套？不過，這一來自己的「轉變」就更順理成章啦。

他點點滴滴地，也可以說在精密設計下，他翻了前供，「全不保留地」把「實情」招供出來。他驀然萌生強烈鬥志：他要好好玩弄這個傢伙……

其實招供的「實情」很簡單，人家翼望的「實情」也不複雜。

一、台中地區所有反動組織，人員都是謝雪紅以及其集團策劃、組成的。

二、「二七部隊」由謝雪紅一手籌劃，建立的；他，林志天祇是掛名隊長，實權運作，全在伊手上。

三、所有武器都是謝某找來的。這些武器去處也祇有伊清楚。

四、謝某積極籌立「人民政府」，他始終堅決反對。

——綠色中山裝仔細讀過由紀錄（書記官）寫下的口供後問他：

「照今天這個口供，你再寫一份自白書，可以嗎？要點要完全一樣！」

「好。沒問題。」

「林兄：我想今天你是說了實話。可是在台北，你為什麼抵死不招？」

「……我，我不要，喔，我怕招，招惹，謝雪紅那些人。」

「你這樣怕她？」

「嗯，她力量很大——神，神通廣大……」

「你不怕槍斃，卻怕她？」

「……都怕！」

「你很瞭解她呀？她人在哪裏？」

「長官你？你不是說，謝雪紅被捉了嗎？我，我是小時候認得她，後來——這些，在台北交代過了。」

「唔……」這個人神情一愕，然後臉色一肅：「我是，是提醒你：她，人在牢裏啦，你甭怕，知道嗎？」

「所以……你說捉到了，所以，所以比較不怕了。」

他說。話剛出口，就猛地警覺了：話鋒，太銳啦！給誰過不去呀？

果然，穿綠色中山裝的臉色神情越來越難看，不過，一瞬間又春花齊放地，以叮嚀摯友的語氣說：

「林志天：你終於想通了。很好。」

「其實，唔……謝雪紅所作所為種種，我們早就掌握到正確情報了；包括這個人在整個事件的角色，跟『二七部隊』的主從關係、運作等情形。我們完全清楚。」

「哦？……」雖然不可信，他仍然一怔一驚。

「你不必那樣包庇她的，何況也包庇不了。」

「是……我……」

「你想通了。很好。早該這樣。何必呢？那場皮肉之痛，太傻啦！」

「是……」他突然很想放聲大笑。

「現在，大的方面，一切月白風清了；剩下的，小事一樁，希望你繼續合作——我保證：你可以從輕量刑，甚至於緩刑開釋——知道嗎？緩刑，不用坐牢！」

「我，我……好！好！謝謝！」這一下他是真正心動而激動起來。

「當然！我何必玩假的，反正你的人，生命在我手上。對不對？」這個人越來越像一個老朋友了，「轉化」得真快：「請說：那些人——我是說：謝某是落網了，可是那些主要幹部呢？」

「不知道。我真的——我一直在逃亡，怎麼……」

「好的！這個我相信。不過……聽說有一部分已經逃出本島了，你可聽說過？」

「沒有，沒有——會嗎？怎麼可能？」來啦，他想。

「好。這個不談！」這個人臉色一沈，說變就變：「現在祇是要你交代一件：表示你是誠心合作。說！二七部隊解散後，那些武器彈藥流落——我是問：藏在什麼地方啦？」

「？……我……不知道，真的不知道。」

「又來啦！又不誠實啦！你！」

他是真的不知道。實際上「二七部隊」由各獨立抗暴隊伍聯合組成，以迄於三月十七日在埔里「潰散」，始終並無嚴密組織，尤其與謝某集團衝突轉烈之後，幾乎在各自為政的勢態中。至於他離開埔里時，人員已然星散逃亡了；他們還擁有多少武器？是否攜帶離開，還是有誰集中予以處理？這些他根本無法掌握，也不知情。

可是「綠色中山裝」卻咬定他：不誠實，存心有所保留。

「你想保存實力？你想出獄後再幹一票？」

「唉！長官：你這樣說：你自己相信嗎？」

「你說什麼？」這個人？聽不懂他的意思。

「我是說：您……說得太、太好笑啦。」

「我好笑？喲！操你奶奶的！」這個人狂怒而吼：「你竟敢取笑我？告訴你：要命就交代武器彈藥藏在什麼地方？要不！就得死！」

穿綠色中山裝的，翻身離開前居然踢了他一腳。

看樣子是空歡喜一場。哪裏去找那藏匿槍械彈藥之處？要他瞎編也無從編起——如果指出當時起出少數槍械之地，再去尋查時發現儲藏武器的痕跡，那豈不自找繩索套牢自己的脖子！當然水滴第三供應司令部「借槍」的事，也都不能提。因為，槍械彈藥，不可能有誰「繳回」彼處的。

「認命吧」他告訴自己。

五月七日中午，他被移送到憲三連對面干城營房來。干城營房，正是三月初「二七部隊」司令部所在；他是部隊長，在這裏激昂慷慨「訓話」過，調兵遣將「指揮」過；而今卻以待決之囚身份「住進」來。

他被關進原「二七部隊」的衛兵連部後面，靠近廁所的馬厩裏。馬飼料調合場和兩間馬厩已經人犯暴滿；他的囚房與廁所僅隔一層牆，日夜糞尿瀰漫，而這裏擠了廿一人。

在這裏，又跟一些「老朋友」見面啦！台中擔任二二八時期保安隊長的林連城、克信兄弟，有名的「加納」——何鑾旗，從嘉義送來的鐵工廠老闆許添壽，大甲「共產理想主義者」蔡鐘栢；六名據說是搶劫竹仔坑農家的青年，八名據說包圍虎尾機場的「暴徒」等。最意外的是台中的「土匪婆」葉陶女士也赫然同牢。另外葉陶身邊還有一個瘦長蒼白、蓬髮低頭不語的年輕女孩……

楊逵在另一馬廄那邊。同房有了「二七部隊」的戰友吳金燦和蔡鐵城，員林籍參議員林糊，以及苗栗客家籍省參議劉闊才，台中地院院長饒維岳，推事、檢察官、書記官、台中監獄長等等；其他不知名的，據說也都是「二二八」事件中襲擊軍警的暴徒……

和這些「老朋友」會合了，他更為清醒了。他第一次感悟到自己是處在完全「陌生」的國度。

大家都知道，三月十七日國防部長白崇禧來台之日就宣示：寬大處理二二八涉案人員；陳儀以及中央，也都一再作同樣的告示。可是全省到處各地還是不斷有人被捕或「失蹤」，不斷有被處決消息傳出。

也許都是「傳說」，可是「據說」台中地區參與「二二八暴亂」自首者一千三百多人；就囚禁在台中干城營房的「犯人」來說，目睹親見的，或每天或隔天，一直持續在槍斃「暴徒」！

他關進來之後，第一次「恭送」目睹押赴刑場的是七個年輕「暴徒」，第二天一人：許添壽老闆。隔一天又是六名：就是包圍虎尾機場的「暴徒」……

然而，以他親自經驗說，台中地區，根本沒有殺死外省軍民的暴行：台中市，以及郊區鄉鎮，在「二七部隊」與其他治安組織維護下，何曾發生重大暴行？這些老實人相信「法律」，紛紛以自首表達清白，卻在明裏「寬大」暗中「嚴判」中一一喪命！

原來「中國式」的政治與「法律」是如此奇怪可怕的東西啊！

關進干城囚房的第四天，他又開始接受審問。他被帶到——聽說是整編廿一師司令部的軍法處：右側營房二樓，他當時的部隊長寢室右側，以前謝雪紅和楊克煌他們佔用的寬敞辦公室。

一個中校、一個中尉坐在那裏等候了。他們都一六〇公分不到，矮矮瘦瘦的，好像都多日未睡足、吃飽的樣子。中校翻一翻手中卷宗，然後冷冷地問：

「說：二七部隊的武器彈藥，現在藏在什麼地方！」

「不知道。真的不知道。」

「你不可能不知道——快說！」

他祇好詳細說明「二七部隊」退守埔里後的種種。他是「空頭部隊長」，被謝雪紅東派西遣，不是對外連絡就是上山招請山青下山……所以武器之事，他全管不著。至於三月十七日人員解散，各自逃離情形他完全不明；因為十六日他還在外頭，十七日回到埔里時，祇剩下謝某等少數人正準備離開……

「事情就是這樣。關於武器，真的我不清楚。」

「嗯，很好。故事，編得很好。可惜不精密，漏洞百出。我說：還是乖乖地把武器去處說出來——別想拖賴，跑不掉的，你想死，也得把武器吐出來再死！」這個矮中校是個厲害角色不愠不火，形色不見喜怒，自有一股陰森之氣，令人不寒而慄。

接下去，勿論志天如何「坦誠剖白」，中校大人就是不予採信，始終還是那句話：把藏匿的武器吐出來。他是實實在在交代不出來。最後的他品嚐了電擊的滋味。

方法很簡單：在桌上那具野戰軍用舊式電話機電源上，接出兩根電線；兩根的另一端分別纏在他的左右大拇指上。

「我知道你再勸也沒用，現在請你接受『電話審問』」中校向旁立的中尉招招手「：來，搖電話！」

中尉「愉快」地踏前兩步，一手按住電話機座，一手輕輕搖——

「呃——」陡地一陣麻辣、毛髮直豎欲飛欲脫然散失；同一瞬間從內腑脊骨深處爆裂射出比疼痛更冷冽銳利的什麼——之後，他轟然倒地，未及哀號，人就暈死過去。

不過，這一擊，「意識的全體」似乎並未全部暈死過去，因為那種「疼痛前一段的感覺」——也是一種劇痛——竟在「暈死」中還持續著；之後心臟鼓脹，不能呼氣吸氣，不能動彈，然後呻吟，然後才所謂甦醒過來……

「林志天：感覺怎麼樣！嗯！」中校依然不慍不火。「唔……」他還是忍不住呻吟出聲。

「說；說出一個地方就好——你知道；總得有得交代——你得替我立場想想，對不對！」

「我……我真的……」他搖頭，嘆氣。

「嘆什麼氣！說啊！說出一個地方就好！」

「……大概、大概是……隨便丟了……」他說。

「隨便丟？丟什麼地方？你？你胡說！」這個人沉不住氣了：「說清楚：丟到什麼地方？地址要明確！」

「大概……」中校的話給他靈感：「在，在埔里的，烏牛湳橋，橋下吧……」

「烏牛湳橋下！埔里那個？……」

「對。是，橋下、橋下水潭中……」他隨便扯啦。

「你！鬼扯蛋——裘中尉！給我多搖幾下！」

裘中尉如響斯應，迅速執行命令——

「啊——呃！」他，一絲藍星掠過眼底，全身陡脹未裂之前迅速暈死過去。

大概因為中尉持續搖了幾下，他壯碩的身軀好似跌落陸地的鯉魚，一陣蹦跳全身顫抖，之後僵直挺著。

多來了兩個士兵，把他扶起，拍批他的臉頰……經過一串陰森懊熱的奇異通道，他伴著本能的幽幽泣聲而甦醒、清醒過來。

「林志天！現在，可以說了吧？」還是這句。

「我……我說了。」

「林志天：告訴你兩件事：第一、埔里附近，我們清查過。你說謊！」

「我……我沒有。我不知道……」他不想在敵人面前哭泣，可是就按捺不住，淚水與雙唇就是不聽指揮。

「第二：這個是『電話審問』，不能重複連續三次。你知道為什麼嗎？」

「！……」他茫然，淚水不斷流入微張的嘴裏。

「因為連續三次，心臟承受不起，會爆開、準死！知道嗎？你已經連續兩次啦！」

「……死……」死，一種解脫。他想。

「林志天：你的生命就暫時寄留下，你給我好好想通來；下次一定要交代武器彈藥去處，不然就沒有再下次了。」

這回算是正式的審問吧？三天後又來了。這次除了原先的一中校一中尉外，另加一中校一少校；不過還是由原先那個中校逼問口供。

在這期間，他確實在想如何「杜撰」武器去處，可是他知道這樣的方式祇能苟延三兩天而已；派員一查清楚，接下來的酷刑就更難消受了。他決定不再橫生枝節。

不過人越逼近死亡，求生之欲越強；它不但主導人的意識層面，此時連潛意識部分也會突然冒湧上來。

當天連續被以電話線電擊兩次，悠悠甦醒過來時，未經對方逼問，他竟突然不加思索地大聲說：

「──有人可以作證，證明我真的……不知道！」

「哦！」中校一挺腰，身子往前一探；「誰？說！」

「就是……那，那關在隔壁的『二七部隊』的幹部，可以問問他們……」

二十分鐘之後，吳金燦和蔡鐵城出現眼前。一照面，志天就萬分後悔──吳和蔡都一臉疲靡困頓，衣袖褲管撕裂而血漬斑斑，臉頰、手肘、小腿烏腫處處。顯然所受酷刑不下於他。

「阿天仔……」他們先開口。

「請講──告訴……長官他們，」他用北京話說。

「閉嘴！」那個中校打斷他的話，轉告吳蔡兩人說：「你們說：林志天，你們的隊長把武器彈藥藏匿在那裏？」

「我！我不知道！」兩人同聲說。

「他，你們的隊長說：你們知道！」這個人竟這樣說。

「不！我是說：他們可以証明我——」他的話未能說完。

又是一陣拳打腳踢，把他撂倒在地上。

然後被揪住、扶起來，強迫坐在木凳子上，再以好像綁腿布那樣的東西把他綑綁在凳子上，之後雙手纏上電線，之後「搖電話」。他又一次暈死過去。

醒過來後，中校問同樣的話題。他咬緊牙齦、閉眼不答。他再被電擊。他第二次暈死過去。這一回，大概施電時間較長，甦醒時眼前景物一片模糊，他知道差不多了。

「你林志天真不肯招？」

「不知道……不……」

「你真想死？死！知道嗎？」

「不知道……我不知道哇……」

意識模糊中，好像左右手上電線解開了，然後又再纏上去，那麼這是施第三次電擊了……

「最後一次問：武器彈藥在那裏！」

「我……我……嗚嗚……」他想說，說些什麼，可是什麼都不聽使喚……

「林志天！你真不說？」碰！好像是拍桌子。

「……嗚……」他，好像用力搖頭，嗯，搖頭。

「電死他！給我搖哇！」

他猛地一驚，意識凝聚乍醒同時，一切所有一空，一片烏黑。他失去知覺。他又死了一次。

之後，一絲幽忽模糊的東西昇起，移動，之後一團吆喝的聲音。之後出現一種「感覺」，之後感到一陣一陣有節奏的壓力，壓迫……

「啊！聽啦！聽啦！」是人的聲音。還有驚呼笑聲。

那種有節奏規律的壓力持續著，是壓迫著自己的……胸腹？……

他驀地「感覺」到「有」，感覺到自己，他想用力睜，睜開眼皮——他做到了。

一團黑影，一團黑雲，黑雲中？……一個人？……人的臉孔。他真正甦醒了，活了過來……

「好了，行了。」

「砂大江：人工呼吸唔好停！再做，再做！」滿熟悉的嗓音。

「哈伊！」另一陌生女子的聲音。

「啊……」他，啊一聲，同時重重地吸一口氣。

「摩——宜。」有人說夠了。

「唔對！愛再繼續！」是葉陶的聲音。

「嗯，孜孜ke瑪斯喲（要繼續呢）！」女孩的嗓音。

他能凝聚心神了。他可以看了，看清楚：給他做胸部壓迫人工呼吸的，就是老躲在葉陶身後那個陌生、老是發呆的女孩。

「我沒死。」他想。「不，我是又活過來了。」他糾正自己。

他是活過來了。可是手腳，脖子一直既僵直又似發軟，就是麻麻的，不聽使喚，挪動困難；胸口不斷冒出一縷縷熱氣，以乎要自軀體逃竄出去，全身肌肉一陣陣如波紋狀的震顫、顫抖、抖慄……

就這樣過了五六天。不再提堂審問，也沒有任何處治他的消息。他祇是每天目送一些熟與不熟的同難，在清晨被拉出去處決。

五月十日，又再把他押到「軍法處」。

「宣判死刑吧？」他想。

可是沒有，也未再施刑。

這次仍由原先那個中校「主持」。而且還是一中校一中尉兩人面對他演戲。

首先問他年齡、籍貫、職業，「涉案」情形等——都是以前提過的，也不再追究武器彈藥的懸案。

「這是要宣判……」他這才陡地毛骨悚然，整個人倏地抖慄不已。

「林志天！你頑迷不醒，毫無悔意；雖然坦供要犯，卻另有保留；態度惡劣，無藥可救，再予機會亦沒有作用……」中校說到這裏，突然宣佈：「把人押下去！」

是押回囚房，重新打上腳鐐（手銬是始終不離身的）；不是立刻槍斃，要等到清晨執行以維持「體制」嗎？

焦躁懼怖中過了一連串的黑夜、凌晨日出與黃昏。他還祇是「重刑犯」而活存下來。

依情勢看來，他這個「重刑犯」，大概還有一段偷生的日子吧？他的腦海裏，「和槍斃有關之外的人世種種」，全都由輕淡而消散了；不可抗拒的，整個心思都被「有關槍斃的事況形像」盤據著。

——依據這些日子目睹與聽聞想像，他的槍決場面希望是這樣：

首先由軍中喇叭隊吹奏前導，一個行刑排緊接在後；他雙銬雙鐐由四名荷槍實彈憲兵，左右各一後面兩員押解，後面又是一排武憲警戒護送……

未婚妻瓊玉當然早有耳聞，伊一定站在人群前頭；他大概不可能左右張望吧？應該是伊先發現他，那時刻伊會不顧一切衝上來嗎？他怎麼相應呢？他應該張臂相迎甚而擁吻伊。可是，可是雙份的手銬呢……

老母親呢？伊如果也知道，一定也會來相送的——啊！白髮寡母面對大方赴死獨子……不不！不可以！不可以讓伊知道；瓊玉伊一定會設法拖一段日子，然後才……還有三叔四叔呢？岳丈岳母呢？希望……哦不！希望他們都不要在他赴死時刻出現！希望越多群眾「目送」越好，可是至親、老母等不要來。不過，還是盼望瓊玉能夠見一面，能夠擁抱伊、深吻伊。為什麼？因為要觸摸到伊的肌膚，他要「感覺」伊的肌膚並「保持」伊肌膚傳來的體溫；他要在確切感覺——不，應該是「擁有」伊的體溫的狀態下，領受槍彈，怡然而坦然赴死。那樣，就不寂寞不孤單了。這是一種絕對的私秘、絕對的自由，這是多麼淒美的死亡啊……

可是，如果瓊玉不出現，如果武憲阻止伊衝過來，如果……

「不會有如果，不許出現如果的意外，至少我要獲得這種死的過程！」他向自己一再宣示決意，並不斷勸慰也鼓勵自己，要自己有「信心」。

日子，就這樣過下去，生命就這樣延續下去。

有一天，牢房裏傳開一則消息！陳儀已於五月十日下午（編案：疑缺字），十一日離台。原台灣保安司令部改名為「台灣警備司令部」的司令由「平亂有功」的高雄要塞司令彭孟緝接掌。前者令人高興，後者叫人憤怒！

五月十八日，又有重大消息傳開：新任台灣省主席魏道明於十五日抵台，十六日台灣正式改組為「省政府」，解除戒嚴令；十八日再由警備司令部公佈「全省解除戒嚴」。

更重大的消息是一位憲兵士官悄悄遞進來的「新生報」其中國內新聞：除明載省政改組人事行止外，在解除戒嚴條款中，對於「羈押人犯處理細則」有明確規定：「非軍人身份之嫌犯，即日移交司法機關審理；既判決者，停止執行，原判撤銷，改移司法機關重新審理。」

「看來咱係免死咧！」葉陶拉開嗓門說。

於是整個牢房區沸騰起來。

前天——五月十六日清晨槍決了五囚。都是一些二十多歲的年輕人。如果提早三日頒佈解除戒嚴之令，這些年輕美麗生命便活存下來了。就是這三天裏，全台灣冤死多少人呢？亂世的冤枉悲情，祇能仰天長嘆而已嗎？

這樣一想，逃劫的狂喜倏而消失泰半。

午後，林志天和另外五個重犯的腳鐐被卸下來了。到此，活命的機會總有五成吧？至少不會在軍事法庭中糊塗莫名中喪命了。

到了傍晚，陸陸續續有二十多人被認保離去。次日，楊逵、葉陶夫婦也出去了。不過到了在「獄中再見」時才知道，實際上他們夫婦祇回家過了一個「溫馨夜晚」，次日天亮不久，幾個「便衣」又把他們抓走而直送台北警備司令部情報處。（前台北「東本願寺」，今之「今日公司」內。）

第三日，台中地院院長饒維岳等，法院、監獄方面的犯人（因事件中囚禁外省籍官員），一併以一輛軍車送往台北高等法院。苗栗客家籍的省參議劉闊才於第五天釋放了。他是苗栗地區「二二八事件」中地區總負責人，曾經發出「檄文」招募青年，組織「義勇隊」，派員到海線「接收」武器等——據說始終未能起訴，是無罪釋放。

五月廿二日下午，林志天、吳金燦、蔡鐵城、林糊、林連城兄弟、何鑾旗等以及其他六名外縣市被羈者計十八人，以重機槍前導，迫擊砲殿後；中間以一連憲兵的「重兵」——浩浩蕩蕩，「迎神」般送往台中監獄一區的地方法院看守所。

他們遷出干城營房囚房，大概是同類嫌犯最後離開的一批；在上午十時許，那個與葉陶緊緊相依的年輕女孩也釋放出去了，是由母弟兩人接走的。這個過程還有一段插曲，而這些日子來，由葉的話裏多少透露了伊「非人」恨事；而這個恨不可能在釋放後告終，相反的，人間悲劇將慢慢展開演出。

這個蒼白瘦長的女孩，姓葉名叫貞子。和劉闊才同鄉，也是客家人。和葉陶袛是同姓，並無親戚關係。（此女的來歷詳見於上冊。）

——所謂插曲是這樣：當一個憲兵少尉站在囚房門口宣佈：葉貞子開釋，由家人領回「在家監護看管」時，這位最沈默的女孩突然亢聲嚷叫：

「No! I Won't! No! No! No!」

「她，鬼叫什麼！」少尉又惱又氣。

「她說……」志天不敢直說，反而「譯作」：「她說，不要再關，快放她出去……」

「不是……」貞子身子往後挪，懼怖萬分地以北京話說：「我不要，我不要出去！」

「咦？她是日本人啊？她說的是？……」

「她說英語。台大醫學院的學生，知道嗎？是一位準醫生！」志天暗自嘆口氣。

「這就怪囉。她說不願出去？她瘋啦她？」

「是不要！我是不要！我不願見……人……」

志天和其他同難圍過去，找詞句，設法勸她；全不知內情的難友卻罵起來啦！

「好啦！鬧夠啦！」少尉在喊了：「妳媽媽，弟弟在等著啦——妳不睜眼看看？」

可不是！一位五十開外，華髮微胖的婦人，一個壯碩的青年正目瞪口呆地站在已然敞開的牢門口！

「砂大江！（貞日音砂大，江是對親近之人的暱稱）」媽媽喊伊。

「阿內屋位（姐上尊稱）：逗——悉搭——搭？」弟弟要衝進來。

——「伊壓」！哇！」伊，葉貞子顫慄而沙啞地叫一聲「不要」，人往後便倒，暈了過去。

「喲！啥玩意兒！鬧人命啊！」少尉大人發火了，叉開雙腿，就地發佈命令：「你們立刻把人抬出去，抬離營區！不然，不然就全抓起來槍斃！」

貞子的弟弟不加思索，把姐姐抱起就往外走。貞子的母親抑制不住哭出聲來。

志天等目送三人離開營區。營房外就有「人力車」（黃包車）等著，應該也無大礙才是。他想。

「可是，醒過來之後，貞子伊本人，伊的父母家人，要如何去面對那非面對不可的境況呢？……」

他發現：在這場荒謬的災難中，自己還算是比較幸運的一員呢！他不覺喃喃為伊向上蒼「抗議」。

婆娑世界，三毒煩惱，四毒痛苦形成的萬千悲涼，何忍一付於純淨少女？海島子民，何以永世備嚐無窮無涯的苦杯？為什麼？為什麼？

五月廿二日黃昏時刻，葉貞子在媽媽、大弟弟秀雄攙扶著回到苗栗街的家。二弟吉雄苦守門口半天，迎接到的卻是半昏迷狀態的姐姐。

「仰會安尼哪！」媽媽淚水不斷，喃喃自語。

依台中同牢的難友說的：貞子顯得蒼白瘦弱之外，同監時間並未生病或其他狀況發生；伊祇是沈默落淚，低頭自語，除葉陶外不與任何人交談；何以見到親人，而且可以釋放了，卻突然變成這個樣子呢？

——葉家是早年開發苗栗附近鄉鎮的黃南球墾戶集團之一的後人；不過已經沒落了。葉父在造橋經營磚廠，頗有再造榮盛跡象。一九四五年，昭和廿年元月十七日，米格B29空中堡壘重轟炸機八十架等空襲新竹地區；苗栗火車站和南苗糖廠被炸。在南苗附近打下一架P38戰鬥轟炸機，飛行員的一隻腿懸掛在糖廠右側大楓樹上。葉父是時正奉命送三牛車紅磚到糖廠；不幸被掉落的飛機殘骸砸死當場。

葉家一女二男。他們秉持客家人的傳統，家庭全力放在子女教育上，所以長女貞子取得本市第一位台大醫學院醫科女學生榮銜；五年級了，算是一位準醫生。三月十日下午一時許，台北中山堂大屠殺中，伊可能是唯一活存的大學生——被從三摟拋落時，僥倖給匯引簷水的圓形涵管夾在牆壁之間，衝力一頓然後緩緩落到地面。

當時伊已暈了過去。恢復知覺，是在一間黝黑的牢房裏。至於以後的總總，不知怎麼突然在腦海形成「漿糊狀」而保存著——失去空間架構，也抽離了時間，「全部」黏擠糾纏在一起；每一件事都記得起來，可是「抽離」不出來，無法再恢復可以認知的形貌。伊知道自己經歷了非常非常不可想像的事況，非常非常憤恨悲哀的遭遇，可是伊無法確切揪住那事況遭遇。伊的所學專長讓伊理解，即是自己的清醒意識在排斥、抑壓那事況遭遇再明晰地浮上意識層來——清楚記起來。然而這一層的理解，更讓伊陷入更深的悲哀與懼怖之中……

——貞子的大弟秀雄，台南工業專校畢業，進入電力公司兩年，已經是助理技師身分，可是終戰後，不到半年，職位便給「阿山仔」奪走。目前正在整理亡父留下的磚廠業務，打算繼承父業。二弟吉雄正在改制不久的新竹高工就讀。

葉家四口人家，雖然男主人匆匆辭世，在堅強的葉母支撐下，清苦困頓中，還是充滿生機的。可是長女突然「失蹤」，兩個月中，盲目地南北東部尋找，求神佛託人情，都不得要領；週前卻意外的由同鄉聞人劉闊才家人，輾轉得知囚禁台中軍部的消息。

驚慌焦急中把貞子領回家了。誰知面對的卻是半昏迷狀態的女兒……

其實葉家母子對於貞子「涉及」慘案的事，已有一個概略的瞭解。秀雄與姐姐祇差兩歲，姐弟感情很好；台北方面原先服務的電力公司朋友信息常通，所以他不但由姐姐告知參與「學生聯隊」的事，朋友也暗示他「中山堂事件」，學生全滅的消息。

貞子的音信突然全斷，而且超過一個多月。秀雄心裏有數，也找理由親赴台北打聽消息——萬一可以找到姐姐的遺體……可是什麼都沒有，他反而保有一絲希望。至於母親那邊，祇好極盡「移山填海」之能，哄勸撫慰兼施，看看能拖多久就拖多久。

千幸萬福，姐姐伊總算再現於人世，以往的深憂暗愁消散盡淨！可是，不見伊明顯的傷痕，也不像罹患重病，何以突然昏迷至此？

秀雄他，隱隱的，卻是明確地認定：貞子姐姐一定身患什麼致命的「暗病」……

二弟吉雄是一個沈默青年，總是靜靜地看著兄姐媽媽焦急恐慌的樣子而自己並不表露心情於外。他也知道：姐姐，這個家，一定是面臨一場不可知的可怕風暴了……

貞子回來三天了。意識清醒狀態有明顯的進步。可是媽媽有心查問「行蹤」時，伊又會陷入恍惚之中。伊拒絕醫生來看診——這時候伊意識清醒，很明確地不肯接受診查。連續請來三位醫師，結果都祇是「看看」而已。

「可能係嚇倒咧啦。人會嚇出病來。唔過……看伊个樣仔，休養一頭半月就會好才對。」醫生們都這樣說。

伊要求不要再叫醫生來煩伊，也要求媽媽不要問東問西；伊要好好休息，好好想事情……

在回家的第七天，夜深人靜時刻，媽媽敲了門，伊未回答就走了進來：神情顯然是經過盤算後下定決心而來的，所以看伊未睡，一坐下就開口直劈：

「貞子仔：爾講：二月底，係唔係去參加介个事情？」

「嗯……」伊點頭。

「死當多？」

「嗯。台北中山堂項，死……淨淨！」

「爾也……沒死个？……」

「……」伊垂首不語。

「麼人救到爾个？」

「……當時昏忒沒死。醒來，就在囥仔肚……」

媽媽細細長長地吸一口氣，猛下決心那樣，雙眼盯著伊，拉高話聲：

「阿貞仔：姥阿母講！係唔係，發生麼个事情？……」

「……」伊驀地抬頭，又倏而垂首，深深地。

「講！事到於今……還唔講，愛仰般（如何）？」

「……」

「！係唔係？嗯？係麼？會……麼？」媽媽嗓門顫著。

「……」伊還是不能開口。

「……沒來！係麼？一直沒來？幾個月咧？」

「啊！俚……俚死忒就好咧！嗚……」伊的淚水終於狂洪決口……

「啊？正經係！正經留下……孽種啊？」

「俚……」伊突然挺腰，從床上坐起；雙手飛動——撲打自己的腹子：「死！死！共下死忒就好咧！」

「阿貞……」媽媽撲過去，抓住伊的雙手手肘……

「喔卡——江……」伊淒聲喚一聲媽媽，人又昏過去，軟軟地癱瘓在床上。伊，葉貞子，在不可知的，可怕的狀況下，被某惡徒強暴，而且——大概留下孽種。媽媽認知了情況，接受了這個事實；人，也近乎暈死過去那樣倒在女兒的床邊。

貞子回來十天了，人，始終在昏迷與清醒交錯的狀況中。不過意識的中心部位卻堅持著一絲藍色的光芒閃爍著；或者說是維持一種幽邃的知覺狀態。

耳際時時響起陣陣槍聲，一串熟悉的吆喝聲，一叢躁烈的笑罵聲。這些聲響互相追逐彼此排斥；最後是那個軍歌歌聲把眾聲包圍起來，斥退。不，這些聲響不是伊想要的，是這些聲響要把伊的清醒意識佔領，把伊吞噬。伊，體悟到「聲響」是非常可怕的存在。

於是，伊「感覺」自己被那些「聲響」淹沒；不，不是淹沒而是把自己給「撕裂」開了。是的，是一種「撕裂」逼使「自己」裏面相互對立，彼此爭奪那作為「自己」的「位置」……是的，自己的「位置」不穩定、移動著；無法掌握；或著說，「自己」不隱定、移動著，不能牢固地定住在「位置」上。而伊知道，知道這個現象的病理學意義。於是，伊更加害怕。又因為這些現象是在伊專業知識範圍之內的，於是，伊設法改善狀況——也就是看看如何作心理治療。

身體的活動是很重要的。首先伊努力克服那一陣陣的暈眩。伊知道暈眩的因素不在生理而是心理的，所以伊要強迫自己「不許暈眩」！之後，伊往戶外走動、運動；在運動中，伊向自己施放不在意的煙幕；也就是裝著不十分專注那樣去仔細研究；如何處理那腹中的「絕症」。

——醫學系五年級的學生，而本身又是女生；關於生育的種種當然相當瞭解。在一段烏黑的靜止的「失去的時間」過後,第一次從暈死中甦醒過後,發現自己曾遭魔吻之後,伊立即萌生感應:「惡瘤」已然孳生於腹腔之內。

之後,月信果然消失。淚水,開始氾濫。

而伊卻囚禁在暗獄裏。

在中山堂慘案裏,伊絕對決心求死的,不幸的卻如此存活下來;處於求死無門的境地裏。

現在,再以一死解脫嗎?生死如今成了另一重折磨。不過以學醫的伊來說,這個難題在心境平靜之後,很快就找到了解決「惡瘤」之道。伊想,伊有能力自己解決的;雖然,計算起來已經接近「危險期」——受孕超過三個月之後,再予墮胎,是十分危險的。

至於媽媽那邊,雖然是守舊的鄉下婦女想法;母女倆默默相對時,伊完全體會得出媽媽的意思;伊再無任何顧慮了。

——這個醫學院的學生「患者」,卻採取了一種「土法」處理,而且是冒著極大的危險。理由至為簡單:除母親之外,伊不願世上還有第三人知道這件切恨的無奈憾事。

伊想到瘧疾的特效單劑「奎寧」。這個東西過量使用便有「催胎」之效。

很意外的是,媽媽去了四家醫院才買到五天份的劑量。這個東西是熱帶、亞熱帶地區民間必備藥物,在戰爭最吃緊歲月也不致缺貨;「光復」後卻成了稀有名藥了。

過量使用奎寧是有危險的,伊知道。伊把可能的狀況告訴媽媽,並交代處治之道。

「麼介?做唔得!唔好食!」媽媽一聽會有危險就堅決阻止。

「佢算係半個醫生咧,還會唔知輕重?」伊苦笑著。

伊開始服藥……每次服用雙份，時間則縮短為一半，服藥期間準備了足量的開水；大量飲用開水以防腎臟、肝臟嚴重受損。

二十四小時過去，除了腹部微微不舒服，並無其他作用。

「大體……愛一禮拜才知……效果。」伊提醒焦急的媽媽。

媽媽一直陪在旁邊。第一天起服藥由媽媽親自餵食。媽媽每次扣留了三分之一的劑量……

稍微估量一下就知道，還要買一些奎寧。第三天早晨，媽媽再上醫院買藥。誰知卻在這時候出了狀況：貞子突然腹痛如絞而又嘔吐不已。媽媽回來一看，不理會伊的反對，硬把伊押上「人力車」，送進附近的「劉內科醫院」。

「苛累哇——自家中毒，卡邁瑪森（無大礙）！」醫生說。

果然是「僅僅食物中毒」而已，應該有的「情況」居然毫無動靜。更遺憾的是伊的胃腸對奎寧產生強烈的排拒作用，完全不能吞進奎寧；藥物一入胃囊立刻引起胃痙攣，藥丸馬上噴吐出來。

貞予經這一折騰，更虛弱了，那一股鬥志也崩頹下來。

經這一波折，大弟秀雄也似乎隱約有所警覺了。這一警覺，使他感受到，鄰里的神情眼色竟好像有些異樣。他陷入惱怒與無底的懼怖之中，那是一種徹底的潰敗、絕望。而這種潰敗、絕望之情，又使他被重重的罪惡感所包圍。無論如何，伊是自己敬愛的姐姐，伊是絕慘的受害者，身為弟弟無能保護伊、無能為伊報仇，怎麼可以引以為羞恥呢！

「喔……姐姐」

「阿哥：內江（姐姐），逗悉達——搭？」吉雄悄聲問。

「伊个身體……唔止一種病樣仔，怕沒按簡單就好喔……」秀雄含混以應。

「係唔係？……還有別个……問題？」古雄說得吞吞吐吐地，難道也猜測到什麼嗎？

葉家陷入愁雲慘霧中，對外卻又不能不裝成若無其事狀。可是鄰里親友都知道貞子歷劫歸來，總要問長問短；貞子的狀況，不能夠自己給親友說明什麼，如此一來，葉媽媽與秀雄就得勉強應對了。

貞子在醫院裏洗過腸胃就回家休養。伊在床上躺了三天。第四天早上，葉媽媽從菜場回來時貞子就離開家，走了；妝台上留下一封簡單的日文信，大意是說：女兒已經可以行動無礙。因「時限」緊迫，不得不到外地「處理」……女兒已是成年人，而且也非「素人」，一定能夠順利解困；約一禮拜左右就可以「健康」之軀回來。請勿過慮……

葉媽媽傷心地哭倒在女兒床上。在女兒身邊不得不抑住悲哀、強作歡顏；女兒既然不在，伊終於號啕痛哭。

秀雄意外地未到中午就回家，意外地看到那封信。到此已無掩飾必要，這樁「秘密」，對內也就不算秘密了。

「尋到阿貞仔个落腳處來，偃愛去掌等（守著）……」

「哪位去尋？台灣按闊，按多醫院？……」秀雄認為難找。

「看看台北、中壢……或宜蘭——个位有熟識个醫生……」

「哪會去熟人个地方呢？按呢个事情！」

「……無論仰般（如何），爾總愛試看看！」

如何試試看？秀雄無從試起。可是母命難違，母親的神情難以承受，而自己又何嘗不焦急？於是他起身到台北，試著到各婦產科醫院逐家查尋……

葉母怎麼忍著也實在沈不住氣了。伊知道貞子不可能在本市，或鄰近的市鎮「解決」的；伊決定先到新竹市各家婦科醫院追查看看，於是清晨搭火車北上，夜晚才拖著疲憊身心回苗。

就這樣，一天兩天三天，母子倆分頭去海底撈針。

終於把新竹市的「目標」都找遍了。這天提早搭車返苗；伊盤算著明日起到中壢試試運氣。其實伊心裏明白，被碰上的機會太少了。可是祇能如此盡心下去；除非自己失去知覺，或女兒屍體出現，身為媽媽，伊不會放棄的。

——是四時十五分發的火車。伊買票時一個女孩直直地看著伊。是護士。伊心裏一動，對方卻先迎上來說：「者位歐巴桑係？……係尋人得斯——嘎？」護士小姐說的是半日語半福佬話。

「哈——伊！阿……諾」伊不會講福佬話：「姆斯媚（女兒）得斯！阿那搭哇（妳是）？」

「係安尼：前工有一……來，想做人工……」護士以手勢代替很難言說的部分：「唔過，先生講……」

「先生逗——云罵悉達（怎麼說）？」伊搶著問。

「無證明文件——搭單……搭楣得是卡拉……」護士的意思是：以單身女孩身份，沒有夫婦的證明文件，醫生是不肯做的。

「那拉！hi門（人）哇？」

護士告訴伊：因為碰巧有兩位在不同婦科醫院的朋友前後遇上「可疑的墮胎者」，彼此閒話中認定是同一人；大家也認為不像一般的「特種行業」女人，一定是隱藏著悲慘故事的受害者，所以印象十分深刻。又因為也「有緣」接連看到伊（葉母）在醫院來回走動，所以忍不住趕來問問。

「阮者先生呵，沒證明文件，唔係尪某同來，一定唔敢做！者係犯法个！」護士補充說。

「幾至哇（實際是）……」伊話到喉頭又吞了回去，搖搖頭，說：「得哇，賽果（最後）哇，伊至（何時），喔楣尼卡卡利碼悉達（見到，敬語）？」

「二日際前尼！」護士也改用日語：「伊碼哇（現在卻）……」以搖頭作結：「斯密碼森（抱歉）！」

總算覓到一絲痕跡，卻是近乎絕望的信息。

那些開業醫師，全是受過日本嚴格醫學專業訓練的，他們普遍被社會敬重，且絕對嚴格守法者。

事態明白擺在眼前：貞子的墮胎，未能順利進行。

逼至眉睫的情況是：受孕必然已超過三個月，以後一日比一日危險增加。

而伊，影蹤杳然，別無信息。

葉母被擊潰了，無力再去盲目尋找，衹能跪在祖宗牌前苦求祈禱，然後躺在床上幽幽暗泣。

秀雄方面，每天的長途電話都是一次次的失望。他說他曾到台大醫學院系去側面打聽，也不得要領。最後祇好放棄。秀雄十天後空手而回。

「過耶，愛仰般？」媽媽淚眼相詢。

「偓麼……唔知……」

「就按尼……目金金等伊（任她）流落街頭，死到路邊？」

「阿母！沒，又愛仰般呢？哪位去尋？偲裏，沒法度啊！係做得，偓去代伊……」秀雄悲懷激蕩，忍不住也痛哭出聲。

他是葉家長子。先是眼睜睜看著父親的無辜慘死；面對悲傷的母親，面對時局的變化，慘案的演出；而今自己敬愛的姐姐竟然落到生不如死卻又生死不明的境地。他是外表爽朗豪邁的青年，實際和吉雄一樣是既敏感又思慮深密的人；他總是把心事強抑心底，不願讓弟弟、母親看出什麼。可是被母親的話一激，終於袒露了自己。

「喔，阿雄，阿母唔係怪爾，責備麼人，阿母係……心肝亂忒咧啦！」

「阿母……」秀雄卻強力控制自己：「偓，會盡力去尋，無論會堵到仰般命運，偓會擔當。但係，阿母：爾愛保重，一定唔好……」他實在講不下去了。

「偓知……偓知啦。秀雄：爾麼愛注意等（著）……」

「看樣仔，暫等幾日看看……得人惱（討厭）个係，該兜（那些）目勾勾，想看鬧熱个左鄰右舍！」

不錯，左鄰右舍，甚至於菜市場點頭認識的傢伙，都好像全都知道貞子的遭遇了？那眼神、態度，說是憐憫或幸災樂禍也都不是；是好奇與疑惑之間的心態吧？

分時日夜，在焦慮煎熬中流逝。又苦等了四天。

第十五天的黃昏；是一個下著「日頭雨」的薄暮時分，貞子一頭亂髮滿臉污垢，衣裙不整而且赤腳站在家門口。

「阿姐——」二弟吉雄先發現，回頭大喊：「噯！阿貞仔轉來咧！噯噯——爾看……」

雨勢加大，貞子茫然佇立，沒有進來的意思。

媽媽和秀雄一照面也楞在那裏。然後衝出來，把人扶進屋裏。

「阿貞！爾！走到哪位去？」

「……」伊一臉茫然，人直直地站著。

「阿姐？阿姐！喂！喂！」

「……」伊臉上好像掠過一絲笑痕。

「阿貞！仰按尼？爾按尼嚇人？」媽媽手足無措，淚水直流。

「砂大蔻！逗……悉但——搭（怎麼啦）？」

「……」伊，眼眶裏迅速注滿淚水，之後淚珠紛紛滾落。

秀雄示意媽媽。媽媽會意。於是把貞子扶入伊的臥室。媽媽要替伊把濕漉漉的裙換下。伊拒絕；突然大聲叫嚷起來。媽媽嚇了一跳；把乾淨衣服遞給伊，然後退開，站在門邊。

「te-te!·tete——宜Khe！」伊言說手指，用的是男性趕人的詞彙。平常淑女不可能這樣說。

媽媽衹好轉身退出。大門外擠著一堆人在探頭探腦。吉雄憤然把大門關上。

這個晚上，媽媽一直守在貞子臥房外面，注視著伊的舉動。

伊換上乾淨衣服，小睡一陣然後起來在屋裏走動。媽媽這才猛想起伊還沒吃晚餐。把飯菜送進去，伊欣然接下來食用，可是不讓人接近，又粗暴地把媽媽趕出去。

伊邊用餐邊唱歌，唱的都是日本軍歌，例如：海軍之歌、同期之櫻、幼鷹之歌等。把食物都吃完了，喃喃自語一陣之後就又上床睡覺。媽媽吁一口氣，正想回房休息，貞子又突然蹦躍而起——站在床中央，兩手插腰雙腳分開，擺出男人吵架的架勢——哦不！是演講的身段，伊開始面對五燭燈光下晦暗的空間聲嘶力竭地吆喝、訴說、怒吼！

——「價（那麼）！肅靜唏咯！俺咧拉，最後訥運命，追達！堂堂搭路台灣青年，所訥尊嚴，麻磨路（守）嗒！」

——「米拿桑（各位）：可訥綺麗，阿搭拉新熱血，無意義尼流咧漏，可累哇——伊抗（不可）！」（純潔美麗的青春之血如此白流，叫人如何接受！）

——「覺悟——希咯！歷史訥時刻，俺累拉面對歷史訥悲劇；台灣訥悲劇台灣人訥悲劇，俺累拉訥身得——止昧喔祈願希有！」

貞子伊的嗓門越說越是昂揚，咬牙切齒，揮拳制掌，完全是軍隊中訓話的激昂慷慨；聽那內容，應該是誓死赴戰的「大義訓勉」！

「……仰會（怎麼會）按尼？係唔係已經？……」媽媽是在問自己。

「看樣仔斯……壞忒咧……」秀雄抽一口氣：「壞忒咧啦？」

「瘋掉了？對不對。」吉雄以生硬的北京話問。

「秀雄：爾看……」媽媽已經無淚，悄聲問：「像按尼，有好整麼（能治否）？」

「唔知呀！不過……」秀雄側頭朝貞子瞥一眼，然後以「目神」傳達不宜言說的部分——緊緊盯著媽媽：「……仰般才好？……」

秀雄不能明說的，實際上看得很清楚：貞子揮拳扭腰間已經明顯可辨：伊的肚子，微微凸出來了。是的，三個多月快四個月身孕，胎兒已成形，不能墮胎了：祇有把孩子生下來一途。當然也不可能蒙瞞世人的耳目嘴巴了。

如何面對？如何處理？這是逼到胸口鼻尖的問題。

一夜的心力交瘁，母子倆到應該起床時間都還未起來。

然而，貞子準七點半起床，盥洗完畢穿著停當就自己到廚房弄吃的。

二弟吉雄未用餐就匆匆趕車班去了。媽媽起來時，貞子正要推門外出。伊頭髮整理得好好的，除了臉色黃而憔悴外，神情舉動看來完全正常。

「爾？……愛去哪位？」

「去中山堂集合，大家都去咧。」伊這樣說。

「爾……唔係……去讀書係？」

「學校停課！全台嘛停課！」伊本來神色平靜的，說到這裏，陡地一臉惱怒：「不義納武力反對兮，摩（已經），決死作戰以外，絕壁Khi搭！」話改為日語而且是「訓話」語氣。

「阿貞仔！阿貞？爾唔好出去！」媽媽衝上去要阻止伊外出。

「伊壓（不）！台灣訥生滅，可訥一戰那里？」伊的手勢是古代武士赴戰的模樣。

秀雄走過來拍媽媽的臂膀，示意由他來處理。貞子又要「訓話」，他揮手作「送客」狀。於是貞子抬頭挺胸往街道走去。

葉家在苗栗市南苗中山路段、鐵路橋邊的巷子口。這個巷道西行小徑通往西山郊區；隔著巷子對面一片長滿牧草的荒地後面，那朝鮮草地，巨大苦楝與榕樹間數棟寬敞的日式建築，目前稱為「同銘堂」，是幾個醫生合開的綜合醫院；日據時期一度是屬於軍方的「熱帶疾病研究所」，後來成為軍民合用的「馬拉里亞（瘧疾）專門醫院」，以及「肺結核療養所」。目前「同銘堂」曾姓醫師是肺結核病的權威。葉父和曾氏是朋友，曾不止一次跟葉母說：希望貞子畢業後能回苗一起工作，他願意把研治肺病經驗傾囊相授……

——貞子在「同銘堂」前默默佇立片刻。秀雄以為伊可能進去請求協助。可是沒有，伊穿過中山路，往左側小徑走去。小徑通往前街中正路的；這裏算是苗栗街南端盡頭，小徑左邊是一些簡陋的小住屋，右邊還是稻田。東南走向的小徑銜接中正路南端處就是本地的兩所古老國校之一——大同國校。走過學校前面就是南苗的小圓環，是苗市最熱鬧地方。

貞子站在大同國校大門口發呆，然後喃喃自語。

秀雄決定祇是尾隨著觀察，除非發生危險情況，他不想現身干擾。

這時候已近升旗典禮時刻。貞子突然快步走進校園。伊好像胸有成竹，或下定什麼決心；走過運動場，上一石階坡道直奔學生教室。秀雄祇好緊緊跟進。

最先到的是廁所邊的四年級、五年級教室；在相連的訓導處教務處隔壁是六年級教室。貞子抬頭凝視班級牌——六年丙班——隨即走了進去。

秀雄認得出來，導師叫羅瑞香，現任縣教育科長的二女兒，可能和貞子也認識吧？

師生正準備離開教室去升旗，貞子的突然出現，大家愣在當場。因為這時候的貞子，兩眼圓睜、左右眈眈而視，然後以沈著的步伐一步一步走向講台。

這是極驚人的「變化」：伊線條柔美而蒼白的臉蛋，陡然間泛起紅暈，又長又大的眼睛倏而圓睜，睜得幾乎要撕裂眼眶似的；那是驚嚇或憤怒到極點的神情吧？小小的嘴——雙唇緊抿，又突然半張，隨著喉頭跳動而顫抖著。伊雙手緩緩半舉，然後微微上揚，動作就停滯在那裏。伊開始發出聲音——那是沙啞的，中性的低沈嗓音；在秀雄聽起來絕對不是貞子姐姐的噪音。伊就以怪異得好似被誰附身那種嗓音說：

「米那桑（各位）、chhot——倒喔嘛即酷搭賽（請稍等一下），哈那西阿路卡拉（有話要講）……」

「什麼？」學生們個個目瞪口呆。

「葉……葉小姐……您？……」羅老師也沒了主意。

「支那人嘎？難——搭！set down！」伊的狀貌已是近乎猙獰可怖了……「台灣訥米拿桑（各位）……俺咧拉，最後訥運命，可刻一刻那里！堂堂搭路台灣青年，所訥尊嚴，麻磨路（守）斯背須！」

「？……」六年級的小學生當然聽不懂這些非日常用語的日語，嚇呆啦。

「……可訥綺麗，間搭拉新熱血，無意義尼流咧漏價，伊抗（不可）！

「砂大！」秀雄不得不，衝進來出手阻止：「壓楣——得（停止）！」

「米那沙瑪（各位）……覺悟——希咯！歷史訥時刻，俺累拉面對歷史訥悲劇；台灣訥悲劇得——台灣人訥悲劇，俺累拉訥身得——止昧喔祈願希有！俺卡……」

「砂大蔻！砂大——來去轉……嗯？來去……」秀雄搭住伊的肩背，硬把人給押下教台，推出教室。

「啊！癲仔，癲忒咧，佢（她）呀！」

「瘋了！這個女人瘋掉了！」

驚嘆、議論，隨著向操場的學生，向外擴散。

秀雄攙扶著貞子經過人潮洶湧的操場邊，伊又激動到極點；扭動身子，手腳掙扎，想掙脫秀雄緊緊相扣的雙臂，可是秀雄強力抗拒，不肯鬆手。

「台灣青年，歷史訥一刻酷，覺醒悟——希咯！」伊聲嘶力竭怒吼不已。

之後，伊放聲大哭，之後無語落淚，之後，氣勁一洩，人快要癱瘓倒下。

秀雄好不容易把人攙扶著送回家。

伊，坐在床上，喃喃自語。不，不是自語，而是唱歌，唱日本軍歌……「同期之櫻」……

你我是同期的櫻花
一起盛開在，學校的庭匝
花開就得有，調謝的準備
漂漂亮亮地墜落，為國家……
你我是同期的櫻花
一起盛開在，學校的庭匝仰望……
夕日燃燒的南空盼不到，歸航飛機一架
誓約旦旦，等待那一日

怎麼就、這樣、飄零了……

——起初是伊的沉沉低吟，不知那一節起，秀雄跟著也小聲應和；媽媽對於這個旋律也是耳熟能詳，於是也跟著哼起來……

生命猶如櫻花燦然而開，一片血紅淒美；無限生之喜悅，然而轉瞬間竟紛紛凋落。然而貞子純美潔淨的生命，卻在魔吻之後，蹂躪餘生而再受心喪神亡之無限折磨！

是的，葉家才女，苗栗街第一位台大醫學系學生貞子瘋了，真正瘋了，是既病又狂那種重症精神病。

這個信息，自古老的大同國校師生傳出來，由左鄰右舍傳開來。於是不消三天，全市街巷角落，老少男女都聽說了。在發瘋的描述裏，還穿插著一些耳語，一些詭異的眼神，加上飄忽的手勢。

「个隻準醫生啊，唔止發癲定定喔……」

「係呀！倢看當清楚：佢个肚笥……拱拱……」

「仰會……按慘，按冤枉（可憐）……」大家搖頭同情。

「哎——喲！會知（哪知道）？人家在外背，後生人，益難講，會知係唔係自家……」也有這種冷言閒語。

現在葉家必須面對的是：女兒真正的瘋了；女兒肚子裏來路不明，但也可以猜測情況與來源的孽種；而這個孽種已經不能拿掉，必須把「它」生下來。

而葉家母女子又得正面，面對那些「關心備至」的左鄰右舍，甚至小小苗栗街的全體居民！

還是冰冷又堅硬的事實，勿論如何躲不掉的。可是以正在沒落下墜的家聲而言，又是非「躲」不可！

台灣中部的五月下旬，已然是典型的夏日。

貞子的匍匐孕腹，和精神錯亂的情狀一樣，已經清清楚楚，一目瞭然。

葉母和長子秀雄再三思慮後，決定把「人」送走；遠離苗栗到遙遠、陌生的地方，把那個「東西」生下來。這是等同於葉家棟樑葉父死於空襲的重大事故；家裏既無這一大筆費用的積蓄，近親至友也難以借予支援。這時，秀雄不予媽媽遲疑或打算另想辦法的空檔，以最俐落的行動，把在造橋的獨資磚廠讓出一半權利，籌得一筆足夠安頓貞子「避難」的現金。

「有人，唔怕沒財；偃兄弟年輕力壯，麼介頭路都做得——況且偃兜（我們）都有技術在身，阿母爾放心，祇要阿姐好起來……」

「唉！砂大有爾按尼个兄弟，係前生修來个，也係葉家祖宗个積德咧……」媽媽感動又心疼。

經母子詳細考量，決定到花蓮港「避難」。本來到三重鎮是最簡便一途：原先住在頭份的三姨媽一家，因為兩個在鐵路局當站員的男孩都調到北市；在北市住不起，就舉家搬到市郊三重。可是顧慮有二：一是表兄弟姐妹眾多，雖然賃屋另居，貞子的「情況」還是不可能瞞過大家。這樣對貞子的心情必然有礙。其次！三重鄰近北市；北市是伊傷心地，應該避免接觸為宜。

實際上，離家「避難」是在一個假設下的勉強處置。那就是：假設目前的精神症狀不至於傷人或自毀；暫時把病的問題擱置一旁，先在陌生地方把那「東西」生下來。這其中還有一層暗暗企盼：輾轉請問過精神科醫生，他們說：如果是突然的心理斲傷形成的精神異常，在經過一次重大生命歷練——尤其如生育這種直觸生命本能的過程，頗有可能使異常狀態霍然痊癒。

這就看上蒼的憐憫吧？

葉父有一位堂弟葉秋生，終戰前幾年在花蓮港市落籍。秋生原先在竹東開「製材所」——木材鋸製廠，後來搬到宜蘭開採林木。原始林木減少迅速，他的商場嗅覺靈敏，隨即轉業從事平價木製家具；目前據說已經是花市三大家具廠之一了。

秋生以及四個兒子，每年「掛紙」（掃墓），一定返苗一次，所以秀雄等也都熟稔，反而貞子長期在外求學（高女也在北市）和他們是陌生的。這算是「優點」。最讓葉母動心的是這位堂嫂阿霞是伊的少女時代好友——都是公館「石圍牆」農家女。

貞子的「問題」是：一定要到陌生地方「解決」，但地方固然要陌生，卻不能沒有一個可親近的人，而這個可親近的人，又不能真的熟稔如一家人——要考慮到貞子的感受；伊一定寧願除媽媽之外，普天之下無一知伊底細之人……

依據這些考量，花蓮港成了最佳去處。因為「問題」遲一日就比一日「難看」，費用既已無慮，秀雄刻日就北上、東行。到達花蓮港是薄暮時分。當晚向秋生堂叔、叔母說明事故，以及打算「避難」東部的種種。

秋生叔夫婦慨然允諾闢室安頓，不過秀雄表示祇求就近照顧，還是在附近租屋另居比較「方便」。

「倨母麼會來陪砂大一段日仔——係沒麼个，伊就兩地來來去去；現下情況，倨母定著會留下陪砂大……」秀雄說。

「怕唔使——俚也閒閒，交分俚來照顧就做得！」叔母熱切說。

「再看啦。天光日先尋屋仔看看。」

第二天中午，房子就租妥了。那是一間單棟紅瓦平房，兩房一廳，廚房衛浴設備齊全。雖然矮小陳舊，不過安全無虞；單棟獨立是最佳條件，所以立刻付予三個月的租金。——秋生叔的住家以及接連的三間寬敞的家具廠，位於花蓮港第一名勝：「花岡山公園」西南，花蓮火車站後面。（案：古早鐵路未築支線跨美崙溪而深入花市北濱，而是入南濱花崗山西南，今之中山路南端近濱海街處；其南側就是現在公路局花蓮總站。）

秀雄租下的紅瓦房在火車站東北，通往花崗山公園的石階小徑右側。這裏地勢頗高，可以俯瞰半個市街，也能眺望太平洋一角的金波銀浪……

秀雄以長途電話告知媽媽，媽媽說要立刻攜貞子上路。他不肯。他隨即買一張站票，上台北再轉車南回。第二天旭日東昇時刻才回到苗栗。他先買三張下午四時北上的車票然後回家。

這天傍晚貞子母女倆一組，秀雄攜帶皮箱寢具等為一組，分乘兩輛人力車直奔車站。時刻是算準的：火車進站才下人力車，於是迅速上車坐好——儘量避開可能的熟面孔。

在火車上，貞子起初很激動，不過車子滑動之後，窗外後掠的景物似乎引住伊的注意力，伊平穩下來，木然凝視窗外。

仲夏的黃昏，夕陽燦爛麗亮，山崗草木浴在夢幻的金黃氤氳中。貞子雙眼瞇著：夕陽更加鮮麗了，因為盈眶的淚水複製了昏黃的金陽。

伊似乎是完全清醒了。或者說，伊逃離了混亂的意識領域而進入溫馨的夢境中。伊雙唇微顫微啟，喃喃吟唱——唱伊最喜愛的日本老歌「珊樣之鍾」。「珊樣」是深山純潔少女，在趕赴情人之約時，因遇暴風雨落水而去；情人特為之鑄鍾懷念……嗯，暴風雨、獨木橋、落水、黃昏、鍾聲……伊如痴如醉而淚雨繽紛地唱著：

暴風雨席捲　山之麓
激流搖撼著　獨木橋
難渡的哪　美麗清純少女
那耀眼的紅唇　啊啊珊樣

暴風雨撕碎　一枝花
哀愁散開的　水之霧
部落森林裏　小鳥啼喚哩
何以不歸來呢　啊啊珊樣

為清純少女　那真情
誰能不落淚　來懷念
南國的　黃昏已深
鍾聲長鳴長鳴　啊啊珊樣

貞子唱著、吟著，神情卻更為平靜，不再淚水盈眶；兩眼祇是一片空茫，一無所有一無所覺的空洞……

弟弟秀雄反而偷偷拭淚，媽媽在座位上下低頭掩面不知什麼表情。這是一幅芸芸眾生中孤絕無助圖像。

——這一班平快車終站基隆。母子女三人在台北總站下車，一直等到入夜六時五十分的東行普通車才上路；在蘇澳轉搭汽車在曙光已現的清晨五時過後，到達花蓮。

她們在站前喝過杏仁茶和「三層粄」，正要招呼人力車，秋生叔駕半舊貨車出現在眼前，叔母也在車上。

秀雄有些吃驚：想不到這裏堂叔居然擁有自用的機動車輛，可見他的家具工廠規模比想像的大吧？

「鳳枝……按早……」

「阿霞……」

兩個童年玩伴好友，多年的妯娌一見面，同時淚眼相對，再也無言。

「卡——桑！」秀雄提醒媽媽不要……

「來！大家上車！」秋生叔迅把行李搬上小貨車，大概也有一絲「不自然」吧？嗓門拉得特別大，「轉來去，都都好食朝！」

「𠊎兜食過咧——唔使。」

「阿叔：𠊎想……直接來去租屋个位好咧。」秀雄說，還施眼色示意。

「好——」秋生叔跨上駕駛座時特別招呼貞子：「爾沒來過花蓮港呵？試看阿咧：空氣

新鮮，山崗當秀氣，海風當涼，海水盡藍，雲又盡白——爾租个屋仔門口就看得到……」

「哈——伊！多——摩！」伊跪蹲在車上，仍然一絲不苟地深深鞠躬。

「裏位，人當老實，東西嘛便宜，爾一定住得慣——比方，裏位偲裏兜个客話、福佬話都通；日本話、阿美話嘛通。阿貞仔，還會講客話嗎？」

「哈伊——會！會啊！」伊有些窘，卻以正確的客家話回答：「從來在屋下就講客，哪唔會講喏？」

貞子伊，語言與神情都正正常常的。

堂叔話鋒一轉，開始介紹花蓮港的風情，以及自己由木材業轉而為家具業的創業種種。

——花蓮港一帶，最早是阿美族人定居，後來泰雅族、平埔族人相繼移入。清代康熙年間客籍移民最先入墾，是花蓮平野開拓之始。清光緒元年，提督羅大春率十三營來此，是實際統治之始，日明治四十二年（一九〇九）設「花蓮港廳」；當時祇是五百戶、一六〇〇人口的山鄉而已。日政府舉辦「內地」貧農集團移民花蓮，也鼓勵本島西部居民移墾「內山」東部。同時建築鐵道與海港；二十年間人口增加約十倍——一五〇〇〇人。

在台灣，日人集團移入，花蓮地區是少數定點之一。例如「新城」「吉野」（後改為吉安）「長濱」「地上」「宮前」「賀田」等日本風味的地名就是歷史的留痕。至於鄉僻地名山名卻全還是阿美族或平埔人所取的名號，例如：「加走灣」「美砂路」「喀里佟」「西螺法」「加禮彎山」「卡那剛」「大魯閣」等。這是花蓮地區最特殊的文化背景。

——秀雄給貞子租下的紅瓦小屋，其實離火車站祇是一千公尺之遙而已。不過因為小貨車祇能停在石階小徑邊；這段百多公尺的距離祇得步行了。好在行李不算多；兩祇中型提箱，一包被褥寢具，加上一個大型藺草袋的飯鍋菜鍋等炊事用具而已；一人提一件一次完成。

這棟小紅瓦房，已經由堂叔母匆匆整修一過（編案：應為遍）；斑駁的石灰牆壁，居然在日夜之間全裱上白紙。雖然一片清亮白色有些怕人，但一份簇新還是令人喜悅的。

「難為爾了，阿霞……」媽媽緊握表姐妹的雙手，又要吞聲而泣了。

「砂大！哇！瞇得——苟朗（請看）？」秀雄把姐姐的注意力引開，要伊站在門口一顆巨石上眺望東邊的一角海天。

「哈——伊！卡——桑摩！一緒尼！」伊臉上突現燦然笑容，還招媽媽一起來欣賞。

「好！來咧！」媽媽「整理一下」自己，以笑臉迎了出來。

這時，日頭已經昇到兩丈高的東方，遠處紫霧瀰漫，難分海天；在廣闊的海面是萬道跳躍的金光，銀箭，以沸騰之姿奔赴眼前，於是，人被瑰麗燦爛光茫淹沒融溶了。

「哇！注意稀咯！」貞子突然亢聲叱叫。

「仰般？」

「逗——悉達——搭？」

「敵khi！敵khi訥——機關銃掃射搭！」伊是觸覺發作了：「俯sei！」伊命令人家臥倒，自己也撲倒地上作「防護狀」……

「砂大！砂大江……」

「內——桑！摩，警報解除得是！」秀雄這樣說。

——「啊啊——」伊緊綳微微顫抖的身子，陡地一軟而癱瘓下來。

大家伸手攙扶之際，人竟暈了過去。把伊扶抬到竹床上，卻又甦醒過來，然後又痴痴而笑，顯得「相當」正常。

「卡——桑：正經愛在裏核（住）啊？」伊問。

「嗯。裏位卡安靜，空氣嘛好——卡桑會留下來陪爾，爾唔使愁……」媽媽溫婉勸慰。

「卡——桑……偓……」伊輕撫隆起的肚子，說著說著，又淚雨紛紛而下。

現在，應該是伊最清醒時刻吧？

伊就這樣，在陌生的花蓮港住下來。

媽媽在這裏陪著過了五天。一切都相當順利，貞子大致都正常。媽媽回去三天又匆匆東來。看來還是平順無礙。於是從此媽媽就兩頭跑，約一週一輪以一半的時間留下來相陪。

孕腹越來越大，人卻越來越平靜安定：伊雖然極少說話，避免與媽媽以外的任何人接觸，不過伊開始學著勾織小披肩——顯然是為肚腹中那個「孽種」而做的。

日子流水而逝，伊除了經常有午夜惡夢之外，已經不再出現其它異常言行舉動。

秀雄弟弟給伊準備幾十本日本的，或日譯的文學名著，以及醫學方面的專書，可是伊幾乎不曾翻動過。伊似乎無法維持一段較長時間的意識集中而清醒的狀態。如果以河間流水來比喻人的意識活動情況，那麼伊眼前的情形，就像冬日旱季的河道上，「河水」寸斷，祇呈現上下大小一灘灘的淺灘似的，也許流動著，但部分潛入河床底下，與下一水灘並未連成一脈。伊的生命之流就如此時而浮現，時而沈隱；而腹中孕育的生命卻不問人間的風雨，不理會母體愛恨情苦——迅速發育很快成長……

是意外？抑是宿命？貞子生命行程中，花蓮港成為伊心靈蛻化的一站；而那攜帶宿世罪

業而來的人子，注定要在這榛狉初啟的東部展開剔骨刳腹的生命行程！

導讀

李喬（一九三四—），為苗栗客家人，新竹師範普通科畢業，曾任中小教師，為臺灣當代知名的小說家、評論家，更是大河小說極重要的開拓者。李喬從二十六歲發表第一篇小說〈酒徒的自述〉，迄今著作等身。讀者從李喬的代表作《寒夜三部曲》、《藍彩霞的春天》、《幽情三部曲》可發現，他的文學恍若沉重的十字架，不只社會意識濃厚，改革企圖強烈，他從未迴避最尖銳的政治衝突與歷史爭議，持續針對政治迫害、二二八事件、族群意識、土地認同、性別壓迫、階級歧視展開辯證，由弱轉強的主旋律，不斷彰顯「被壓迫者必須反抗」的理念，深具後殖民文學的抗爭精神。

《埋冤一九四七埋冤》正如作者所述「上冊緊貼著史實」，透過史料與口訪，重建並拼湊二二八的起因、過程與影響，梳整從北到南的血腥大屠殺，進行亡魂的哭訴與祭弔；下冊則細心「經營純文學」，聚焦參與事件的福佬人林志天和客家女孩葉貞子身上，一個是二七部隊的幹部，另一個則是參與中山堂事件的倖存者——臺大醫學院學生，利用男女命運的對照，暗喻「被壓迫者」的集體命運與走向。

李喬長期透過小說來表述他的政治理念與人道關懷，《埋冤》透過國民黨的屠殺與祕密審訊，充分展現「國家」的完整定義——一架鎮壓性的機器，完整演繹警察、法庭和監獄「以暴力管制」的「鎮壓性國家機器」，結合政治教育與傳播的「非暴力」「意識形態國家機器」，雙向壓迫，徹底掌握國家實權的眞相。

〈牢裡牢外，瘋子種子〉（節錄於《埋冤一九四七埋冤》，臺北：海洋臺灣，一九九五年）以中、日、英、客、臺語混雜，陳述林志天被囚禁時，在刑房受到各種不人道的凌虐，反覆盤問謝雪紅及武器彈藥的下落，作者將威權政治最殘忍無道的審訊過程，透過電擊與栽贓等規訓與懲罰的方式呈現出來。葉貞子雖未受到長期監禁，在精神上，卻極爲痛苦。她在審訊過程中被國民黨員強暴，懷有孽種，一心求死卻死不了，被迫與壓迫的仇恨及身體的屈辱相伴，由此產生了自我否定、自我折磨、自我囚困的認同錯亂與精神危機。貞子利用日語發表演說後文或企圖扮裝成中國人，已墮入扭曲的身分認同，只想透過「認同迫害的殖民者」（日本化或是中國化）來擺脫無路可走的絕境，顯示女性受到雙重殖民（政治殖民／身體殖民）的後遺症，須將自我「他者化」，以剔骨剜腹的方式才能活著，具體刻畫女性難以復原的精神創傷。臺灣人民追求主權之路，竟是如此險峻。李永熾認爲它是戰後臺灣古拉格史，利用有形與無形的監獄，書寫集中營的血淚歷史，「充分顯示戰後臺灣人民的苦難」。（唐毓麗）

忤（節錄）

林剪雲

3. 崩圻

玉茗懷裡抱著一束鮮花，鞋跟一路輕輕落在青石步道，發出空洞的「叩、叩、叩」彷彿敲門的聲響，每一座墳墓卻依然緊緊閉鎖在冷硬的地底下。

墓園內，兩排整齊的扁柏洗滌過了那般蒼蒼翠碧，襯得墓園外那棵鳳凰樹盛開的紅豔恰似一簇簇的火焰，卻也禁不得一宵風雨，落了滿地無人理會的血淚。

行過步道兩旁一塊塊的墓碑，墓碑上的十字架，正是希望亡魂能夠安息在主的懷抱。

玉茗的腳步停在最後一個新墳，墳頭上，昨日留置的花束依舊芬芳冉冉，卻依稀聞嗅到一股逐漸敗壞的氣息，她換上今朝新剪的馨香。

鑲嵌在墓碑中央的子慶笑得逸興遄飛，澎湃的生命力彷彿就要從胸膛迸射開來，玉茗忍不住伸手輕撫，但溫熱的不再是他往日的青春胴體，而是她拂了一身還滿的淚水。

數個月過去了，她依然夢魘未醒，鎮日鎮夜空空茫茫陷落在擁有子慶的過往。

日時，她會下意識等著他走入飯廳，然後在她身旁坐落，一家人談談笑笑享受飯菜的暖香，他總是粗心地疏忽了歐卡桑不以為然的眼神，親手為她挾菜。

夜晚，她會習慣性傾聽院落的動靜，他的腳步踩過落葉發出窸窣聲，然後踏上台階，走過玄關，輕輕拉開紙門回到屋內，他會先蹲跪在榻榻米上，俯身以日語蜜柔低喚：「椿子！椿子！看我幫妳帶什麼點心回來……」

他嘴裡的氣息，絲絲呵在她頸項、耳朵，有種熱熱癢癢的感覺，加上好奇，雖然還緊闔佯睡的眼眸，忍俊不住的笑意卻已漣漪般蕩漾開來……。

她不能待在家中，只有來到墓園，墓碑上的十字架再一次刺穿她的心口，真實而尖銳的疼痛，才會讓那個來自空無的聲音再一次舂臼她已然粉碎的靈魂，然後一遍又一遍的回音：子慶，死了！死了！死了！死了！……

歐多桑買通會場的守衛已是事發後兩天，歐卡桑早憂急過度進了阿猴病院，沒人敢去想像遭到機關槍掃射的人拖上兩天的後果，歐多桑原本也不讓她去會場，但她堅持隨行，無論如何也不願意再忍受等待的煎熬。

但，任憑數日來自己千迴萬轉想像過，怎堪親眼目睹小小的會議室就是殺戮戰場？再見到子慶，他跟鄉裡頭另幾位仕紳橫屍會議室內，屍體被子彈穿射得支離破碎，她滿地亂爬，血塊肉堆裡翻尋，竟無法補綴個全屍歸。

遺體偷偷搬回家，悄悄置放在亂事乍起時子慶藏匿外省人的空屋，暗地裡請來熟稔的外科醫師，一針一線細細縫補子慶碎裂的身軀——彭孟緝，這個名字也永生永世鐫刻在她呼吸著的時時刻刻了……

聽聞，高雄要塞中將司令彭孟緝，先於三月六日就在鼓山一帶大肆掃射無辜民眾，高雄無日無夜槍聲不絕，街路上橫屍遍野，又將以雄中學生為主的青年反抗軍盡數殲滅。有的氣息尚存，全部裝入布袋綁上石頭丟入附近運河，讓死者永遠沉沒水底不見天日。接著，為了達到「殺雞儆猴」的目的，因為距離火車站不遠的「長明派出所」有警察被攤販刺殺；雄中又是造反的大本營，於是將所有叛亂嫌疑份子，悉數集中到火車站前進行槍決，倒下的人堆疊滿地，血流成河又在太陽底下乾涸結塊。

這樣的罪孽啊！上帝，我全心倚賴的主，祢為何袖手不管，還任由這個劊子手兩天後指揮軍隊進入屏東屠城？不但殺光負隅機場反抗的青年，那沿街男女老少盡數掃射的暴行，上帝，祢為何容忍？

聽聞，臨時市長葉秋木遭到逮捕之後，被認為是暴動首魁，割掉耳、鼻和生殖器官，再遊街示眾以儆效尤，然後和另外幾名暴動帶頭者，一起在郵便局對面的三角公園被槍決了。

聽聞，南京當局派來支援行政長官陳儀的二十一師，在基隆港登陸的，一上碼頭就對工作中的工人開槍，然後再沿街掃射，見人就殺；在高雄港登陸的，和要塞司令部的軍隊會合之後，開始「清鄉」，大肆搜捕所謂奸暴，以便確保治安，恆春地區就傳來，有地方仕紳和醫師被綁在電線桿上槍斃，曝屍太陽底下，沒有家屬敢出面收屍的消息。

整個社會風聲鶴唳，萬一子慶的事被發現，也可能被安上奸黨首謀份子的罪名，就算他已經殞命，還是會禍延全家，後事只能悄無聲息地進行著。

上帝！祢全然撒手不管？子慶何其無辜，他一直純潔良善，遵循祢的旨意行走在真理的路上啊！

她也全然撒手。從會場回來後，不吃不睡，甚至不悲不哭，只想跟著子慶魂飛魄散。

直到歐多桑親自來叫喚：「玉茗，子慶的身軀補好了，明日就要安葬在教會的墓園，妳要見伊最後一面否？」

她心底一顫，歐多桑的聲音為何如此蒼老枯啞？多日不曾抬頭看這世間的眼眸，終於定睛望向歐多桑，那是一張突然間就老化了的臉龐。

會場返來後她第一次踏出房門，投入夜霧中，一路無言跟著歐多桑，來到子慶停屍的房舍。

屋內，燈影搖曳，曾祖母就坐在子慶身旁，深眸凝視這早逝的長曾孫，難以言說的悲哀和不捨。

原以為自己已經喪失了所有的感覺，突然胸中一陣撕心扯肺的劇痛，悲啼一聲，整個人癱跪在床板前，一把摟住子慶的頭，他被子彈射裂了的臉，被仔細縫補過，但再也補不回他原來的面目，反而在外科醫師精細的手工下，似乎將他臨難之前的錯愕、驚怖一起縫在他變形的臉容上，想像他被機關槍掃射的那一刻，她淚如雨下，簌簌滴落他臉龐。

曾祖母出聲制止她說：「親人的目屎𣍐用得滴落死者的面，按呢；亡魂會感覺著親人的悲傷，伊會不安，會行𣍐開腳，玉茗，妳就給天使帶著子慶離開，安息在主的懷抱。」

想問子慶：我的眼淚，真的會燙傷你的靈魂？既然魂魄有知，是我把你推向死亡的蔭谷，你真的可以安息在主的懷抱？……

子慶只是一臉無言的殘破，多日來不知如何宣洩的哀痛，終於潰堤，她轉身號哭而出。重重暗雲吞噬了月色星光，天地盡墨，她用全身最後的力氣以日語悲慟向天：「上帝！祢為什麼遺棄了我們？祢為什麼遺棄了我們？」

不支倒在台階下，暈厥了過去。

無言看著墓碑中央的子慶，玉茗還是想問他：纏綿病榻之際，你不是來到我魂夢中，誓言不再離開我？難道——你再一次失信？

她記得，她真的記得，昏昏沉沉之間，自己似乎被層層雲霧包圍，看不清楚來路，也不能分辨去向，思緒更是柔腸寸斷，唯一清清楚楚的意念：子慶，我跟你走！

可是，你在哪裡？

一聲又一聲呼喚：子慶！子慶！子慶……

在濃得化不開的雲霧中，真真確確傳來了：「唉……」的一聲嘆息相應和。

然後，真真確確一隻手握住了自己，掌心的溫潤真真確確直達心窩，依稀，彷彿——子慶就在身旁，以日語焦心回應道：「妳要勇敢活下去！妳一定要勇敢活下去！……」

不！子慶，我跟你走！……你一定要離開，我就只能跟你走！……

「妳要活下去，我答應妳，我不會再離開，我會照顧妳……」

原來，上帝並沒有遺棄她！

他知道她在等他返家，他也答應很快就會歸來，還說會信守承諾，不會再讓她失望……

子慶！回來，你回來啊！

試圖撥開埋斷前路的雲霧，一心尋找子慶的身影，幾度掙扎，極目徘徊……

大汗淋漓地，終於睜開了雙眸，首先搖晃入目的，是病房慘白的牆壁，等眼瞳能夠聚焦了，病床前除了歐多桑，還有從台南趕來的父樣、母樣，連遠在日本的子毓也出現在面前，正以憂傷的神情無言望著她，可是——子慶呢？

這數個月來，一顆心始終疑惑著，病危關頭，那幽幽的嘆息聲來自何方？誰握著她的手，要她勇敢活下去，並且允諾不再離開？……

凝視著墓碑上的子慶，是你沒錯吧？我們曾在天人永隔處魂夢交接——你若真的不捨，為何這段時日以來，不再跟我對話？你真的要留下我一個人，永遠揹負罪的十字架？……

由遠而近的跫音，是子慶！子慶再一次回應了她的呼喚——玉茗倏然轉頭，一路走來的，竟是子毓，懷中還抱著妙恩。

子慶離家彼日，也曾將妙恩抱在懷中——這個失去了父親的孩子啊！

妙恩已經認得人了，舞動著一雙小手，咿咿哦哦傾身要玉茗抱，她悲從中來，淚水又潸潸滑落眼眶。

長年在日本的子毓，以日語對她說：「大嫂，妙恩在家中一直哭，誰抱她哄她都沒用，我跟她說要帶她出來找妳；才讓她停止了哭泣。」

無父何怙，妙恩有處尋她，天地之間何處尋回自己的父親？這崩天坼地的憾恨啊！就算淚如江濤，也流逝不盡——玉茗泣不可抑。

在玉茗悲泣聲中，子毓神情節制堅忍，但語氣中到底掩不住哀傷和懇求：「大嫂，妙恩是兄樣人世唯一的骨肉，但是他再也不能親自照顧她成人，請妳務必珍重自己，為兄樣完成未盡的愛和責任，莫讓他再揹負更多的遺憾……」

說著，子毓把手中的妙恩交給了她。

子慶臨走彼時，也曾這樣把妙恩交到她手中——是子慶藉著子毓在懇求她，要她好好撫育他倆唯一的骨肉嗎？

她願意付出任何代價，讓時間倒回茶花樹叢前離別的彼日，捨生拚死也不會讓子慶出門；她也寧可倒在醫院那當時，就隨著他死去。

一切，只是徒然的奢望，獨活人世，無盡的悲痛是自己應得的懲罰，所犯的罪愆哪能夠救贖？

子慶！我答應你，再怎麼煎熬，我用今生彌補妙恩，好好撫養她成人。

接過妙恩，孩子純真無知的笑靨，讓玉茗再度淚如湧泉。

伯仲拎著木箱從社皮的村落出來，抬頭看天，日頭剛過了晌午，他若加快腳步趕到屏東市街，黃昏主婦下廚之前，他還來得及多補幾個破鼎。

盤算至此，伯仲兩條腿像箆箍箸那般疾速趕路，走不多久，眼尾突然掃到兩台三輪車由小路緩緩踩出，雖然隔著車伕，他一眼認出坐在第一台車的正是李家二少爺，第二台車抱著幼兒的少婦。不就是李家長媳？

一下子想起來，那條僻靜的小路可以通往教會的墓園。

那市井一直在放送的耳語，李家大少爺在二八事件被打死，應該是真的了！

伯仲腳下一頓，目送著兩台三輪車逐漸遠去，車上的李家二少爺目光曾短暫掠過他身上，相信他不會認得他就是去年挑柴入「大營」的賣柴郎，不過他記得夏日炎炎，二少爺叫阿拾姐送來粉圓冰讓他消暑；更記得自己病倒後，二少爺體恤百物飛漲多給的買柴錢，他才能夠順利轉業賣杏仁茶。

而危難時刻大少爺出手相救，讓他逃過二八事件那一劫，他更是永遠感激在心……那麼好的一家人，那麼熱心救人的大少爺，怎會遭受這種不幸？

收拾一下鏖糟的情緒，伯仲繼續向屏東趕路，可是整個腦海還是潮起潮落翻騰不已，那些不明事理的人，無故踹翻他的茶攤，還窮凶極惡地追打他，固然令人憤慨，可是罪不至於死啊！政府為什麼出動軍隊殺害那麼多人，連李家大少爺那樣的大好人，都不放過？

媽祖婆保庇，自己才能幸運躲過軍隊的槍口，亂事似乎也已平息，但台灣真的完全不一樣了，不再是舊年他初來乍到傳聞中的寶地；現在成了恐怖、悲傷、猜忌的社會。

二十一師進入屏東後，將暴動的首惡份子在市區遊街示眾，厝頭家三郎說要去看個究竟，可是出門之後就失蹤了，從此沒有再回來過。

有人看到三郎在離家不遠的地方，就被埋伏的憲兵押走了，急得厝頭家娘罔腰四處託人去憲兵隊探聽消息，可是風聲正緊，誰敢出面？連住在附近平時十分熱心的區民代表李瑞文，也龜縮了起來。

罔腰的大伯仔，早在因為參與攤販圍攻「長明派出所」的事件，被要塞司令部軍隊槍斃在火車站前了，她孤立無援求救無門，情急之下，揹著最小的女兒就獨自闖去憲兵隊了，不過只落得一路哭回來，左鄰右舍也只敢窺探，連出面安慰都不敢，深怕惹禍上身，聽說，罔腰在憲兵隊大門就被站崗的衛兵攔下了，直接驅逐，根本無人理會她一個婦道人家的哀求。

後來謠傳，是有人去憲兵隊密告，說三郎散播詆譭政府的言論還參加遊行抗議，他到底直接被就地正法，還是送去火燒島思想改造，也是眾口紛紜沒個準。

罔腰呼天搶地，是哪個夭壽無良的，陷害了三郎毀了她的家庭？事件爆發前後每個和三郎談過話的，都成了她懷疑的對象，他這個租住在家的外省厝腳仔，毫無疑問成了頭號嫌疑犯，不過她不敢對他公然叫罵，只是暗暗仇恨，一再示意要他搬走。

無端被猜疑實在不好受，何況家中沒了男人，他再住下去也不方便。

真的要搬走了，罔腰又抱著孩子紅著眼眶來求他：「伯仲，看在以早我和三郎攏對你𣍐歹，也曾救過你的命，是你自願搬走的，千萬莫記恨，你有外省仔政府給你做靠山，我連一個要倚靠的查埔人都無去了，你莫再來陷害阮母囝。」

說完，罔腰放聲大哭。

他無奈、無言，這已經不是自己熟悉的那個熱心直性的厝頭家娘了。

帶著簡單的行李先行離開，拜託罔腰等他租到新的住處，再來把茶攤和用具全數搬走——但是連續數天，問不到有人願意把房屋租給他。

找不到新的落腳處，他只好暫棲天后宮，媽祖婆應該不會把他當作外人。

這個地方容不下他這個外鄉人了，他也灰心喪志地想回歸故里，人應該在福建老家的萬源，竟然又跑來萬丹找他。

兩人乍然在媽祖廟相見，他驚奇極了：「萬源！我都要轉去泉州了，你還來台灣？」

「千萬不可！老蔣的軍隊和八路軍仔刣到日月無光了，也毋知由佗流傳一句話『要興，福建兵』，現此時雙方面看到福建男，只要會行會走無在欶娘奶的，就算頭毛嘴鬚白，也强掠去做兵，我走都未赴了，你還要送肉入虎口？」

這下，連家鄉都回不得了。

不過，留在這個遭人排擠的地方，前途也彷彿煙霧，茫茫渺渺。

萬源還是一貫的樂天：「天無絕人之路，我身軀無錢，還會當靠船頂做苦力又渡來台灣，甘願做牛毋驚無犁拖，大寮我地頭熟，我欲再轉來找機會。」

萬源只需度身己，他還揹負著家鄉的妻女，福建戰亂，聽說她們的生活苦到不行。抓田鼠、挖樹根在度日，阿葉叮嚀萬源說：「你跟伯仲講，叫伊趕緊接我和惠玉來去台灣！」這句話，讓他不得不振作起精神來，台灣壞，福建愈壞，他一定要在這裡生存下去，有朝一日才能將阿葉母女接出來。

也是媽祖婆有保庇，數日前他才去問過的打鐵舖阿火師，原本也拒絕他的，突然差他的後生來廟裡喚他，說願意把店舖後頭那間空著的草厝租給他了。

問阿火師怎麼突然改變心意？他笑笑，說：「聽講你無轉去唐山，還窩在媽祖宮，我驚媽祖婆怪大家刻虧你一個外地人。」

台灣人本性就是這麼善良！

他憶起了來到台灣後，受過許多人大大小小的幫助，就算二八事件他被台灣人又追又打，緊要關頭救他性命的還是台灣人，像羅先夫妻、李家大少爺……。

就算亂事已起，他躲在「大營」彼時，以為被踹翻的茶攤連同鍋碗盤瓢，老早被偷光搬空了，待他返來時，卻驚見一切原封不動，傾倒的杏仁茶固然乾涸了一地，但是連油炸粿也沒人撿去吃掉，初來台灣，就聽本地人自豪說過，日本時代台灣沒賊偷，他本來還不相信，家鄉連軍隊都是連偷帶搶的盜匪，此地遭遇這麼大的變亂，沒想到，善良的民風還是沒有完全泯沒。

隨著完整撿回來的茶攤，變亂以來，他對本地人無故追打他、排擠他的憤慨，漸漸從心頭消褪，受害的不只是他一個，台灣人是經歷了一場血光之災。

搬進打鐵舖後，他去舊租處搬回茶攤、石磨及用具。打算重新擺攤賣早點，但是發現自己先前所積存的一些錢，好像成了空紙，根本趕不上漲翻天的物價，而且原料砂糖、杏仁在黑市才找得到，他縱算有管道，也沒足夠的本錢啊！

阿火師也阻止道：「你要賣早點給啥人呷？大家攏把腹肚縛起來了！我的鋤頭、豬耙今年賣𣍐出去，明年再賣；你的杏仁茶、油炸粿賣𣍐出去，會當放幾天？」

做吃的不通，可是他一個外地人，無田無地，就算肯做牛也沒犁可拖啊！還是索性也去大寮與天爭地，不過萬源曾說，溪埔地也怕颱風也怕雨，常常滿園心血化為烏有，萬一風強雨大連地都會不見……

苦惱之際，一個外地人提著一個木箱來到打鐵舖前，向阿火師招呼一聲後，風爐從木箱拉出來，再各拿出一罐黏土、圓頭鐵釘擺在地面，最後又從木箱拿出一根約莫一尺出頭上平下尖的鐵柱，用鐵錘把尖端釘入土內，拉開嗓門一吆喝：「補鼎續火哦！破鍋仔鼎趕緊挈來補哦！」

就在打鐵舖前做起補破鼎的生意。

這勾起他的兒時記憶，娘親還在的時候，當門口響起「補鼎續火」的吆喝聲，她會端著破鍋破碗匆匆往外而去，他也連忙跟在後頭湊熱鬧，補鼎師傅就在他家門口的那棵老榕樹下，替婦人們修補灶腳的鍋鼎用具……

他也好奇地在一旁圍觀，只見補鼎師傅把圓頭鐵釘捶薄，穿過鍋子破洞處，糊上黏土，再啟動風爐把黏土烘乾，跟小時候所看到的依舊一樣。

突然有人往他肩頭一拍，他一回頭，是阿火師。

指了指正在補鼎的師傅，阿火師悄聲問道：「這款工藝，要學，會真困難否？」

「𣍐啦！比學拍鐵簡單濟了，我細漢的時陣，有一個師傅若來阮家門骹口替人補鼎，在等人客的空縫，還會教我按怎補咧！」

阿火師咧嘴一笑：「按呢，就輕可了！風爐工具箱我幫你做，你就會使揹著一庄行過一庄，只了行路工，艙像做呷的，得先拿本錢出來。」

就這樣，他做起了半流浪的補鼎生意。

今日湊巧在路上碰見李家二少爺，證實了市井傳言，伯仲心中感觸複雜，既痛惜好人早天，又有幾分為自己僥倖，亂世人命如芻狗，就算「大營」家大業大，也保不住他們的大少爺，他一劫過一劫，在異鄉還能夠活到現在，妻女也正盼著要來台灣，想想，對當下的際遇也沒什麼好怨嘆的了。

心思至此，伯仲打起精神一路向前，希望趕在天黑之前能夠多做幾筆生意。

《忤：叛之三部曲首部曲》，九歌出版社

導讀

林剪雲（一九五六—），屏東人，畢業於高雄師範學院國文系。曾任教於高中，現任幸運草小說與戲劇學會理事長。林剪雲的創作多元豐富，以劇本與小說爲主。林剪雲透過家庭書寫，呈現男尊女卑的性別壓迫；也利用女性曲折的成長史，開疆闢土的移動史，來表彰現代女性的獨立自主。整體而言，林剪雲擅長以靈動的語言與戲劇性的情節，捕捉紅塵世間的際遇起伏、情感衝突與人倫糾葛，最具代表性的小說如《火浴鳳凰》、《火中蓮》、《世間父母》、《暗夜裡的女人》、《恆春女兒紅》。曾獲全國教師文藝營小說獎、新聞局優良電影劇本獎、大武山文學獎長篇小說首獎、教育部文藝創作獎短篇小說特優。

近年來，林剪雲將女性書寫的重心，由家族故事融入國族大敘事，格局壯闊、情境淒美，企圖建構成獨樹一幟的歷史敘事，由《忤》率先打頭陣，獲得新臺灣和平基金會長篇歷史小說獎佳作。評審吳念眞認爲，小說無論在生活細節、民俗背景的考據上都用力頗深，再現臺灣殖民與移民歷史情境，「以臺灣家族的聚散悲喜拉起主線，殖民和移民故事爲輔線，寫出日治以迄戰後初期嚴峻政治下臺灣人民的悲哀」。《忤》以萬丹鼎昌商號（仲義寮）爲故事起點，呈現長期以來被忽視的、邊陲的南方觀點（相較於大稻埕）、女性觀點與庶民觀點，扭轉過往宏觀敘事對性別議題上的忽視，具有「抵中心」、「抵殖民」的精神，呈現強烈的政治關懷。

作家撥開歷史迷霧，以哀矜之筆書寫〈第二樂章．崩坼〉節錄於《忤》，（臺北：九歌，二〇一七年），再現高雄中將司令彭孟緝下令鎮壓的場景，終日槍聲不絕，血流成河，正義凜然的子慶，也成爲暴政下的冤魂。玉茗祭拜新墳悲痛暈厥，這是誰都無法彌補「崩天坼地的憾恨」。書中細膩書寫鼓山等地的清鄉場景，直書「國境之南」的血腥鎮壓與人倫悲劇，突出壓迫者/被壓迫者對立的世界，直書臺灣曾經如此疼痛的這段歷史，補綴南方敘史的缺口。〈崩坼〉讓暴政屠殺的幽靈浮出歷史地表，呈現殖民主義造成的巨大陰影，《忤》以沉重哀傷的文學之筆實踐了轉型正義。

《埋冤一九四七埋冤》與《忤》兩部長篇小說筆法雖異，卻不約而同，探觸臺灣有史以來最重大的歷史沉冤。兩位作家都留意到，不同性別在社會結構中佔據不同的位置，也產生不同的經驗和國族想像；他們以歷史的寫眞、血淚的控訴，批判威權政治殘暴的本質，將人民渺小的身影推進歷史前臺，照見威權歷史最殘暴的面目。（唐毓麗）

十、性別與族裔

拉子婦

李永平

昨日接到二妹的信。她告訴我了個噩耗：拉子嬸已經死了。

死了？拉子嬸是不該死的。二妹在信中很激動地說：「二哥，我現在什麼都明白了。那晚家中得到拉子嬸的死訊，大家都保持緘默，只有媽說了一句話：『三嬸是個好人，不該死得那麼慘。』二哥，只有一句憐憫的話呵！大家為什麼不開腔？為什麼不說一些哀悼的話？我現在明白了。沒有什麼莊嚴偉大的原因，只因為拉子嬸是一個拉子，一個微不足道的拉子！對一個死去的拉子婦表示過分的悲悼，有失高貴的中國人的身分啊！這些日子來，我一閉上眼睛，就彷彿看見她。二哥，你還記得她的血嗎？……」

拉子嬸是三叔娶的土婦。那時我還小，跟著哥哥姊姊們喊她「拉子嬸」。在沙勞越，我們都喚土人「拉子」。一直到懂事，我才體會到這兩個字所蘊含的一種輕蔑的意味。但是已經喊上口了，總是改不過來；並且，倘若我不喊拉子，而用另外一個好聽點、友善點的名詞代替它，中國人會感到很彆扭的。對於拉子嬸，我有時會因為這樣喊她而感到一點歉意。長大後的唯一的一次見面中，我竟然還當面這樣喊她，而她卻一點也沒有責怪我的意思。媽說得對，她是個好人。我猜想她一生中大約不曾大聲說過一句話。二妹曾告訴我，拉子嬸是在無聲無息中活著。在昨天的信上，二妹提起她這句話，只不過把「活著」改成「挨著」罷了。想不到，她挨夠了，便無聲無息地離開了。

我只見過拉子嬸兩次面。第一次見到她是在八年前。那時學校正放暑假；六月底，祖父從家鄉出來，剛到沙勞越。聽說三叔娶了一個土女，赫然震怒，認為三叔玷辱了我們李家門風。我還約略記得祖父坐在客廳拍桌子、瞪眼睛，大罵三叔是「畜牲」的情景。父親和幾個叔伯嬸娘站在一旁，垂著頭，不敢作聲，只有媽敢上前去勸祖父。她很委婉地說：「阿爸，您消消氣罷，您這些天來漂洋過海也夠累的了。其實，聽說三嬸人也蠻好的，老老實實，不生是非，您就認這個媳婦罷。」

祖父拍著桌子，喘著氣說：「妳婦人家不懂得這個道理，李家沒有這個畜牲，我把他給『黜』了。」

父親聽說祖父要把三叔逐出家門，立刻跪在老人家跟前，哭著要祖父收回成命。我和二弟那時正躲在簾後，二弟先看見爸爸下跪，叫我擠過來看。我剛一探出頭，猛然聽得一個蒼老的聲音喝道：「小鬼頭作什麼？」是祖父的聲音！我和二弟嚇得跑出屋子。

後來的事情，媽告訴大姊的時候，我也偷聽了一些。祖父雖然口口聲聲不認拉子婦是他三兒媳，但到底沒把三叔趕出家門。媽說，聽說三嬸「長相」很好，並且也會講唐人話。過幾天，三叔就會從山裏出來，那時祖父見了三嬸的「人品」，想來也會消消火氣的。三叔長年在偏遠的拉子村做買賣，一年裏頭難得出來古晉城一兩回。這次祖父南來，父親本來很早就寫信通知三叔，可是祖父卻早到了。

我把拉子嬸要來古晉拜見家翁的消息傳揚開去，家中年輕的一輩便立刻起勁地哄鬧起來。六叔那時已經長出小鬍子了，卻像一個池塘邊捕到一隻蛤蟆的孩子般的興奮。他喊我們到園子裏的榕樹下，兩隻小眼睛在我們臉上溜了五六回，故作一番神秘之狀才壓低嗓門說：「嘿！小老哥，曉得拉子嬸生得怎麼樣的長相嗎？」

「曉得！曉得！拉子嬸是拉子婆，我看過拉子婆！」大夥搶著答應。

六叔撇了撇嘴巴，搖晃著腦袋，帶著警告的口吻說：「拉子嬸是大耳拉子喔！」

大夥立刻被唬住了。那時華人社會中還流傳大耳拉子獵人頭的故事。我還聽二嬸說過，古晉市近郊那座吊橋興工時，橋墩下就埋了好多顆人頭，據說是用來鎮壓水鬼的。

「大耳拉子！曉得嗎？大耳拉子的耳朵好長喲。瞧，就這麼長！」六叔得意地拉著自己的耳朵，想把它拉到下巴那個位置。他咧著嘴哇的一聲哭起來：「嘿！小老哥，大耳拉子每天晚上要割人頭的呀！」

把我們唬得面面相覷了，他又安慰我們，說他有辦法「治」大耳拉子，要大夥一起「搞」她。大夥都連忙答應。

我第一個見到拉子嬸。三叔領她進大門時，我正在院子裏逗蟋蟀玩。我叫了一聲三叔，三叔笑著說：「阿平，叫三嬸。」我記得我沒叫，只是愣愣地瞪著三叔身後的女人。那時年紀還小，不曉得什麼叫「靚」，只覺得這女人不難看，長得好白。她懷裏抱著一個小娃兒。

「阿平真沒用，快來叫三嬸！」三叔還是微笑著。那女人也笑了，露出好幾顆金牙。我忽然想起六叔的叮囑，便冒冒失失地衝著那女人喊一聲：「拉子嬸！」

我不敢再瞧他們，一溜煙跑去找六叔。不一會，六叔率領十來個姪兒姪女聲勢浩大地闖進廳中。家中大人都聚集在堂屋裏，只不見祖父。大伯說：「孩兒們，快來見過三叔和三——三嬸。」

「三叔！拉——子——嬸！」

「拉子嬸」這三個字喊得好響亮，我感到很得意，忽然覺得有點不對勁，大家好像都呆住了。我偷偷瞧爸爸他們，不得了！大人好像都生氣啦。那女人垂著頭，臉好紅。我連忙溜到媽媽身後。

大伯和父親陪著三叔匆匆走出去。孩子們立刻圍成一個大圈子，遠遠地盯住拉子嬸，偶爾有一些低聲的批評和小小的爭論。後來大約覺得拉子嬸並不可怕，便漸漸地圍攏上前，挨到她身邊。嬸嬸們遠遠地坐在一旁，聊著她們自己的天，有時還打幾個哈哈，完全沒把眼前這位貴客放在眼中。只有媽坐在拉子嬸的身邊，和她說話。媽問道：「妳是從哪個長屋來的？」拉子嬸慌慌張張地看了媽一眼，膽怯地笑一笑，才低聲答道：「我從魯馬都奪來的。」媽又問道：「店裏買賣可好？」拉子嬸又慌慌張張地看了媽一眼才紅著臉回答：「好——不很好。」我感到很詫異，媽每問她一句話，她便像著了慌似的臉紅起來。我想如果我是媽，早就問得氣餒了，但媽還是興緻勃勃地問下去。

二弟和二妹忽然在拉子嬸面前爭吵起來。先是很小聲的，漸漸地嗓門大起來。「我早就曉得她不是大耳拉子。」二弟指著拉子嬸的耳朵說。

「誰不是？瞧，她耳朵比你的還長。」二妹說。

「呸！比你的還長！」

「呸呸！希望你長大時討個拉子婆！」

媽生氣了，把他們喝住。嬸嬸們那邊卻有一個聲音懶洋洋地說道：「阿烈啊，討個拉子婆有什麼不好呀？會生孩子喔！」大家都笑了，拉子嬸也跟著大家急促地笑著，但她的笑容難看極了，倒像是哭喪著臉一般。只有媽沒笑。

其實拉子嬸並不是大耳拉子。後來我從鄉土教育課本上得知，大耳拉子原本叫做海達雅人，集居在沙勞越第三省大河邊；小耳拉子是陸達雅人，住在第一省山林中。拉子嬸是第一省山中人，屬陸達雅族。

孩子們把拉子嬸瞧夠了，便對她懷中的娃兒發生興趣。他模樣長得好有趣，眼睛很大，鼻子卻是扁扁的。大夥逗他笑。四弟做鬼臉逗他，把他逗哭了。拉子嬸著了慌，一面手忙腳亂地哄著孩子，一面偷眼瞧瞧我媽又瞧瞧嬸嬸們。嬸嬸停止聊天，瞪著拉子嬸（其實是瞪著她的孩子）我媽說：「亞納想是要吃奶了。把奶瓶給我，我喚阿玲給妳泡一瓶牛奶。」拉子嬸紅著臉低著頭，囁嚅地說：「我給孩子吃我的奶。」她解開衣鈕，露出一隻豐滿的乳房，讓孩子吮吸她的奶頭。這時四嬸忽然叫起來：「我說呀，拉子本來就是吃母奶長大的。二嬸，妳何必費心呢？」

這時父親和三叔走進來。三叔的臉色很難看，好像很生氣，又像是哭喪著臉。我猜他們剛從祖父房裏出來。祖父沒出來吃中飯，我媽把飯菜送進他房間。

飯後，我媽把拉子嬸帶進她房裏。我想跟進去，被媽趕了出來，經過廚房時聽見二嬸在嘀咕：「吃呀就大口大口的扒著吃，塞飽了，抹抹嘴就走人，從沒見過這樣子當人家媳婦的，拉子婦擺什麼架勢……」

第二天早上，祖父出來了。他板著臉坐在大椅子裏悶聲不響。大人都坐在兩旁，半點聲息也沒有。拉子嬸站在我媽身邊，頭垂得很低，兩隻臂膀也垂在身側。媽用手肘輕觸她一下，她才略略把頭抬起來。這一瞬間，我看見她的臉色好蒼白。拉子嬸慢慢走向茶几，兩隻腿隱隱顫抖。她舉起手——手也在顫抖著，倒了一杯茶，用盤子托著端送到祖父跟前，好像說了一句話（現在回想起來，那句話應該是：「阿爸，請用茶。」）祖父臉色突然一變，一手將茶盤拍翻，把茶潑了拉子嬸一臉。祖父罵了幾句，站起來，大步走回房間。大家面面相覷，誰也不作聲，只有拉子嬸怔怔地站在大廳中央。

那天下午，三叔說要照料買賣，帶著拉子嬸回山坳去。

多年後聽媽說，當時祖父發脾氣是因爲三嬸敬茶時沒有跪下去。

第一次見面，拉子嬸留給我們的印象一直不曾磨滅。可是一直到六年後，我才有機會再見到她。那時因為家中產業的事，父親命我進山去見三叔。我央二妹同去。

這次進山，是我和二妹六年來夢寐以求的。這段日子裏關於拉子嬸的訊息，全都是從山中來客那兒得知。可是，家中大人從不主動向他們探問，就是母親，我那最關心拉子嬸的好母親，也只希望客人說溜了嘴的時候，會偶然無意的透露一點關於拉子嬸的消息，因此我們所知的也就非常少。家中只曉得三嬸又多生了一個孩子，產後身體便一直很孱弱。後來有個冒失的客人在酒醉飯飽之餘，揭發了一個驚人的消息：「你們三頭家不知幾世積的德，人家十八歲的大姑娘都看上他，哈哈！如今人家碰到他都問幾時吃他的喜酒哩。」這個消息在我們家自然引起一陣騷動，但是彷彿沒有人比嬸嬸們更來勁了。她們幾個人湊在一起逢人便說，她們老早就知道我們三叔不是糊塗人，怎麼會把那個拉子婦娶來作一世老婆？不會的，斷斷不會的。我們三叔原本就是個有眼光的商人哩！除她們之外，家中其他大人都不怎麼熱心；就是我媽，也只是暗地裏嘆息兩回罷了。此時祖父已經過世，六叔出國讀書，六年前圍繞在「那個拉子嬸」身邊瞪著她的孩子們，如今都已經長大了。自從拉子嬸第一次到家中之後，大夥便常常在一起談論她。隨著年齡的增長，大夥對小時候的胡鬧都感到一點歉意。尤其是二妹，常常說她對不起三嬸，要找機會去看她。我和其他的男孩子又何嘗不是有同樣的想法，只是身為男人，不好說出口罷了。三叔進城時，大夥便纏住他，要他說三嬸的事。二妹警告他不可欺負我們三嬸。每回三叔都笑嘻嘻答應，誰想如今他竟要娶小老婆呢？

進了山，才能見到真正的沙勞越，婆羅洲原始森林的一部分。三叔的鋪子就在這座原始森林裏。這是一個孤獨的小天地；鋪子四周只有幾十家經營胡椒園的中國人，幾里外，疏落地散佈著拉子的長屋。只有一條羊腸小徑通到山外的小鎮。這個小天地是幾乎與世隔絕。

三叔當然變得多了，兩鬢已冒出些許白髮。我們談了幾句話，正要向他探問三嬸，外面進來一個老拉子婦。三叔簡單地說：「你三嬸」。我猛然一怔，她不正是我們進鋪子時看見的那個蹲在鋪前曬鹹魚的老拉子婦麼？怔忡間，二妹已喚了一聲三嬸；我只好慌忙喚一聲，喚過之後，我才發覺我竟然喊她拉子嬸。她驚異地笑一笑：「是哪一個姪子叫我呀？」並沒有責怪我的意思。她還是跟六年前一樣，卑微地看著人，卑微地跟人說話。只是她的面貌變化實在太大了，我不曉得應該怎麼講，我只能說她老了二十年，像個老拉子婦。

三叔剛問起家中景況，後房忽然傳出嬰孩的哭聲。三嬸向我們歉然一笑，便向後邊走去。她的步履輕飄飄，身體看來非常孱弱。

「三叔，三嬸又生了一個娃兒？」我問。

三叔簡短地「唔」一聲，眼睛只顧盯著茶杯。

「三叔，三嬸剛生下孩子，怎麼可以讓她在太陽底下曬鹹魚呢？」二妹低聲地責怪。

三叔沒有回答。

「三叔，雇個工人也不多幾個錢吧？」二妹說。

三叔猛然抬起頭來，把稀疏的眉毛一揚，粗聲說：「阿英，你當山裏的錢容易掙麼？」

二妹默然，但我曉得她心裏不服氣。

三嬸抱著孩子出來。她解開了上衣，讓孩子吮吸她的奶頭。我忍不住瞪著那隻奶子：它就是六年前在我們家展露的那個大乳房？委實又瘦又小，擠不出幾滴奶水。娃兒緊緊地抓住它，拚命地吮著乾癟的乳頭。二妹剛開口，我就立刻瞪她一眼，搶先說：「娃娃好乖，叫什麼名字？」三嬸想回答，三叔卻粗聲粗氣地說：「叫狗仔。」三嬸默默瞧我們一眼，垂下頭。

誰也找不出話來說。不一會，外面跑進了兩個孩子：一男一女都是同款的大眼睛、扁鼻子、褐色皮膚。三叔說：「快來叫哥哥姊姊。」兩個孩子呆呆瞧著陌生人。三叔眉頭一皺，大聲說：「聽見沒有？」

孩子們彷彿受了驚嚇，愣在那裏沒出聲。

「蠢東西，爬開去」三叔罵了幾句。兩個孩子便垂著頭，默默地、慢慢地走開去。三叔在後邊還不斷嘀咕：「半唐半拉的雜種子，人家看見就吐口水！」他坐在店鋪櫃檯後面罵了半天，忽然大聲說：「死在這裏做什麼？把他抱開去，我要跟阿平談正經事。」三嬸抱著孩子走了。

我把父親的話告訴三叔。他靜靜聽著，似乎不很留心。

但是我和二妹已經見到了夢寐以求一見的三嬸。我看看二妹，我明白她的心意。她恨不得立刻便去向三嬸說，我們對不起她，請求她寬恕我們小時的胡鬧；還要告訴她說，我們同情她，我們愛護她。可是我們兩個到頭來誰也沒有開口。可憐的二妹，每一次她總是說：「這回我一定要說了，不然會憋死我的。」可是每一次她總是說不出口。三嬸和她在一起時，她便強裝笑臉，說些不相干的話，彷佛心安理得的樣子。終二妹一生，她再也不會有機會說了，這會成為她畢生憾事的。但這又何嘗不是我的畢生憾事呢？我們何止不知怎樣開口，我們後來還怕見到三嬸的身影。那一個籠罩著我們兩兄妹心頭的陰影日漸擴大，迫使我們吶喊，把所有的事，毫不欺瞞的說出來讓三叔聽，讓三嬸聽，也讓龍仔、蝦仔和狗仔三個孩子聽，還有讓那些想吃三叔喜酒的人也聽聽；然後三叔把三嬸和孩子趕回長屋，再明媒正娶，娶他那個十八歲的大姑娘進門來，這樣，一切便結束了，大家都可以鬆一口大氣。或者就讓我和二妹跟三叔大大的吵一場罷，逼他發誓和三嬸相偕到老，作一世夫妻。我和二妹卻沒有這個勇氣，而且連吶喊的力氣也沒有。大家彷佛都知道一切都將要過去了：三叔知道，那些想吃喜酒的人知道，三嬸也知道。三嬸傴僂的身子在店鋪角落的陰影裏無聲無息走動著，像一個就要離去的靈魂，她會知道自己日後的命運嗎？她會知道的。但她不敢怨恨，她為什麼要怨恨三叔呢？她是一個拉子婦。她也不會怨恨我和二妹。她對待我們非常好，但她不會說親暱的話。她管我叫「八姪」，管二妹叫「七姪女」，不像嬸娘們成天喊我「老八」，喊二妹「七妹子」，親熱得不得了。待在山裏第四天傍晚下起雨來，二妹站在屋簷下看雨。雨水打濕了她的頭髮，三嬸看見了便拿一頂草笠，靜靜走過來戴在二妹頭上，輕輕拍了拍她的肩膀。二妹後來告訴我，她那時流眼淚了，她把頭別開去，不讓三嬸看見。二妹哭著說：「她那麼愛我，我卻一直沒有對她說我愛她。」「誰叫她是個拉子呢？」我衝口說出這句不該說的話，它傷了二妹的心。但是，這是一句最實在的話：誰叫她是個拉子呢？

可憐那三個孩子，他們也知道阿爸要討小老婆嗎？也許他們心裏知道的。年紀較大的兩個兄妹整天躲在屋後瓜棚下，悄悄地玩他們的泥偶。他們不敢去看爸爸的臉，不敢去看那些想吃爸爸喜酒的支那人的臉，只敢看媽媽的，看小狗仔的。還是二妹有辦法，她把兩個孩子哄住了，我們之間建立了友誼。從兄妹口中我們問出了一些可怕的事：

「爸就是常喝酒，喝完了就抓媽來打。」小哥哥說。

「他還打我和龍仔。」小妹妹說。

「有一晚，爸又喝了酒，抱著小弟弟狗仔要摔死他，媽跪在地下哭喊，店裏的夥計阿春跑來把狗仔搶過去。」

「爸罵媽和阿春××。」

「爸常說，要把媽和我跟蝦仔、狗仔趕回長屋去。」

我該去勸三叔。我去了，但三叔只答我一句話：「拉子婦天生賤，怎好做一世老婆？」

第五天傍晚，我和二妹悶悶地在河邊散步。二妹遠遠看見三嬸蹲著搓洗衣服。我們悄悄走過去。三嬸看見我們，立刻顯露出驚惶失措的神色，想把一些東西藏起來，可是已經來不及了。我們看見那幾條褲子上沾著一大片暗紅色的血。我默默走開去。

晚上，二妹紅著臉告訴我，那血是從三嬸的下體流出來的。她告訴二妹，近來常流這樣的血。我立刻去找三叔。

「三叔。你要立刻送三嬸去醫院。」我顫抖著嗓門，一字一頓地說，儘量把字咬清楚。

「最近的醫院在二十六里外，阿平。」三叔平靜地說。他的兩隻手一邊飛快地在算盤上跳動著，一邊在帳本上記下數字。

「三叔，你不能把三嬸害死。」我大聲說，幾乎要迸出眼淚來了。

三叔立刻停下工作，抬起頭來，目光在我臉上盤旋著。他似乎很憤怒，又似乎很詫異。半晌，他霍地站起來，說：「叫你三嬸來。」

二妹攙扶著臉色蒼白的三嬸走進來。

「阿平說要送妳到醫院去。你肯去不肯去？」三叔厲聲說。

三嬸搖搖頭。

「阿平，」三叔回過頭來對我說：「她自己都不肯去，要你費心麼？」

翌晨，我和二妹告辭回家，三嬸和她的三個孩子一直送到村外。分手時，她低聲哭泣。八個月後，三叔從山裏出來。他告訴家人，他把「那拉子婆」和她的三個孩子送回長屋去了。又過了四個月，也就是我來台灣升學的前幾天，三叔得意地帶著他的新婚妻子來到家中。她是一個唐人。

沒想到八個月後，拉子嬸靜靜死去了。

導讀

李永平（一九四七—二〇一七），出生於英屬馬來西亞婆羅洲沙勞越邦的古晉城，父親是家中第一代從中國南遷的新移民。臺灣大學外文系畢業，曾任《中外文學》雜誌執行編輯；又赴美深造，獲聖路易華盛頓大學比較文學博士學位，曾於中山大學、東吳大學、東華大學任教。高中時即發表小說〈婆羅洲之子〉，獲沙勞越政府機構主辦的文學獎首獎。小說創作致力於婆羅洲與臺北的場域書寫，以及關注國族認同、族群關係、女性命運等議題。著有《拉子婦》、《吉陵春秋》、《海東青：臺北的一則寓言》，以及「婆羅洲三部曲」：《雨雪霏霏——婆羅洲童年紀事》、《大河盡頭：溯流》（上卷）、《大河盡頭：山》（下卷）等。

〈拉子婦〉（原載於《大學雜誌》第十一期，一九六八年十一月），原名〈土婦的血〉，書寫原住民女性嫁入華人家庭，卻遭受歧視與家暴的故事。採第一人稱敘事觀點，拉子婦是「我」（阿平）的三嬸，乃婆羅洲原住民之一的陸達雅族，當地華人輕蔑稱之爲「拉子」。代表家族威權的公公，將「土漢聯姻」視爲玷辱門風，甚至潑水斥責。許文榮〈挪用「他者」的言說策略——從殖民話語到後殖民話語的馬華文學〉中說：「這一潑從表層結構來看是自我對他者的『闖入』在行動上的反擊，內在結構裡則是對這種『闖入』所可能造成的（民族）『文化原質失眞』的焦慮。」婆羅洲的華人家庭爲了護衛血脈與文化的純粹性，對待異族的姿態顯得粗糙而暴虐。

小說中的拉子婦面臨雙重弱勢，一是家族的沉默者，二是族群的被邊緣化。而丈夫並非扮演悲劇的拯救者，反是推向深淵的施害者。當拉子婦年老色衰，加上丈夫的族裔認同逐漸傾向華人文化時，便鄙視妻與子女：「天生賤種」、「半唐半拉的雜種子」，無情地將之送回森林，異心另婚唐人女子。這樁異族婚姻註定以悲劇收場，拉子婦最後無聲無息地死去。高嘉謙在〈誰的南洋？誰的中國？——試論《拉子婦》的女性與書寫位置〉提及：「異族通婚，尤其與『森林』的『野種』的結合，就是對中國性的倫理體系最大的挑戰。」對於具有「安土重遷」、「落葉歸根」民族性的華人而言，「土漢混種」誠然帶來莫大的威脅。

〈拉子婦〉是李永平踏入臺灣文壇最早的成名之作，本篇小說最特別的是以原住民媳婦爲觀察主體，刻畫這段坎坷的跨越族裔的婚姻，呈顯婆羅洲複雜的族群關係。（林秀蓉）

懷鄉（節錄）

里慕伊・阿紀

家園夢

冷冽海風呼呼吹過，阿發強而有力的臂彎和結實的胸膛讓懷湘感覺到無以倫比的溫暖與安全感，她將這感覺擴大、再擴大成她夢想中的家園，於是她乖乖點頭「唔，嗯……嗯！」「妳答應了！」阿發喜出望外，放開懷湘開心得雙手高舉在海堤邊跑過來跑過去，「啊！妳答應了……吻呼！妳答應囉！哈哈哈！」

真的要結婚了，懷湘心中才開始擔憂，不知道阿發的家人怎樣看待她這樣的女人，不過這一點阿發卻早已有了說法，他跟家人說懷湘從事的是服飾業，有自己的事業、存款、房子、車子，是個女強人，有這麼好條件的女人願意嫁給阿發簡直可以少奮鬥很多年，家人當然沒有意見了。於是他們順利的結了婚，阿發也順理成章的搬到懷湘的公寓，這屋子終於有了男主人。

婚後，懷湘辭去「金船」的工作，拿了一筆為數不少的錢，將「紫羅蘭」的股份轉給那兩位姊妹，她便和阿發兩人甜甜膩膩的度過了幾個月只羨鴛鴦不羨仙的蜜月生活。

半年後，懷湘有了身孕。三十四歲的高齡加上這幾年喝酒、抽菸、晨昏顛倒的酒店生活，身體狀況畢竟跟年輕時不可同日而語了，整天頭暈嘔吐、嚴重的害喜讓她憔悴得不成人樣，懷起孩子實在很辛苦。而婚前誓言要「照顧妳、疼妳、愛妳」的阿發，卻讓懷湘非常失望，原來他沒有固定安穩的職業，以前說的「五金行外務經理」根本是個幌子，他只是在自己叔叔開的鐵工廠接接小工程，常常是賺了一筆錢就休息，把錢花完了才又想去找零工賺錢。就是這樣沒有定性，外表條件這麼好的阿發，卻沒能交上一個固定的女朋友，家人很替他擔心。難怪後來有個女強人願意「收容」他，家人會鬆了一口氣，盡力成全他們的婚事。懷孕後期，懷湘發現阿發最糟糕的是有打牌賭博的習慣，每次出去打牌就是通宵達旦，輸贏總在好幾萬之間，這對於已經沒有固定收入的懷湘來說，愈來愈是個沉重的負擔了。

「拜託！打牌也不是什麼大不了的事情，有那麼嚴重嗎？」出門三天兩夜沒消沒息，一回到家當然被懷湘責怪，他聳起肩膀雙手一攤、眉毛一挑，對妻子的質問很不以為然，「三十萬準備好了沒？兩個月以後就可以double拿回來，是我好朋友才讓我參一份喔！」懷湘氣呼呼的走進閣樓房間，阿發跟在後面，她邊走邊叨念，不久前他才「投資」失敗了二十萬，現在又來要錢。懷湘扠著腰站在房門口不讓阿發進來，「我哪來的三十萬？上次投資什麼二十萬已經拿不回來就算了，你不要再亂投資了啦！」「妳很奇怪喔！我也是為了我們這個家的經濟能夠更好，剛好有機會，妳應該支持妳的老公吧？」「我沒錢了。」懷湘氣得用力把房門「碰！」的一聲給關了，將阿發拒於門外。阿發的真面目在這段時間漸漸顯露，懷著身孕的懷湘想起來就背脊發涼，沒想到在煙花界閱人無數的「可欣」竟然會看走眼栽在這痞子手上。

結婚一年多，懷湘生下了女兒「小竹」。小竹五官很立體，圓亮的眼睛，皮膚白淨，非常可愛。阿發並沒有因為當了爸爸決心認真工作養家，反而覺得小嬰兒太吵而時常往外跑，一出門打牌往往三、四天見不到人。回家倒頭一睡就是二、三十個小時不起床，搞不清楚他在外面忙什麼，還好阿發再怎麼樣不負責任至少不會動手打老婆，這一點是比馬賴好一點了。懷湘靠著過去一些積蓄在家專心養孩子，然而，房貸加上日常開銷，阿發工作收入不正常，又常常向她要錢，這樣下去再多的積蓄也有花完的一天，這是懷湘心中的隱憂。

「姊姊，我媽媽出事了。」一天傍晚，懷湘接到妹妹玉鳳的電話，「怎麼樣？」她關心的問，「她下午從山上回來，剛好下大雨，經過很會崩山那個路段，被土石流砸到了，剛好巴杜（Batu）經過，把她背回家，現在在醫院急救，一直昏迷不醒。」妹妹著急地邊說邊哭了起來，「好，我知道了，我馬上就過去看看。」阿發不知道又去哪裡鬼混，懷湘立刻收拾小竹的衣物、尿褲，用背帶把小竹綁在胸前，活像個安全氣囊。懷湘開了車匆匆往南疾馳而去。

「很抱歉，我們已經盡力了。」醫生對剛趕到的懷湘和弟弟、妹妹們宣布亞大比黛急救失敗，玉鳳和她的老公牽著三歲的兒子，大弟弟嘉明和他年輕懷著身孕的老婆傻傻的站在旁邊沒有任何主意，其他的弟弟、妹妹們都圍在亞大比黛身邊哭成一團。「你們是要現在拔管，還是先載回家才拔呢？」護士問唯一看起來比較冷靜的懷湘，亞大比黛的嘴裡插著呼吸管，靠著機器仍在不斷「哈——吸——哈——吸——」的「呼吸」著，然而生命監測儀螢幕上的每一條波線都靜止成一道水平線了。「就在這裡拔掉吧！」懷湘說。

懷湘雖然不是亞大比黛生的女兒，但無論如何她還是這個家最大的女兒，弟弟、妹妹們只知道傷心，完全不知道該怎麼辦，於是她毅然決然扛起了處理亞大比黛後事的責任，幸虧有叔叔、伯伯和鄰居親友的協助，總算順利的把亞大比黛的後事辦完了。喪禮那天，她基隆的姊妹們送來一對高高的罐頭塔並合包了一個十幾萬的奠儀送來，幾個變成朋友的客人知道「可欣」的「媽媽」過世，紛紛訂製罐頭塔、大花圈送來，奠儀更是一個比一個大包，這使得亞大比黛的喪禮在部落空前的浩大，讓懷湘又感動又有壓力，沒想到煙花紅塵世界的人竟然這麼講義氣，她知道這人情欠大了，這些以後都是要還的。自己「退出江湖」之後，收入早已不可跟過去相提並論了。

阿發一直到正式的喪禮前一天才趕到山上，懷湘也沒興趣追究他到底是在幹什麼了。辦完亞大的後事，她也該打道回府了。「姊姊，收到的奠儀扣掉所有的花費，還有十幾萬，就收在我這裡了。」高中畢業的二妹玉婷可以算是四個兄弟姊妹中比較精明的一個，「還有啊！我媽媽的意外險理賠金，那是要給我們四個的。」她說。「嗯！我知道，我要回去了。」懷湘想起同事和客人那些人情債，心情沉重，但也沒有跟弟弟、妹妹們多說什麼，帶著小竹和阿發開車回基隆去了。

日子過得很快，小竹三歲了。這三年已經把「可欣」過去所賺的積蓄給花光了，家裡靠著阿發打零工賺錢過日子，他那一點點錢實在很難維持一個家的開銷，何況他還是經常出去打牌，總是輸多贏少的。家裡的經濟狀況一天不如一天，貧賤夫妻百事哀，兩人經常在為錢吵架，終於，房貸開始繳不出來了。「乾脆把房子賣掉還錢給銀行，我不想等法院來查封房子。」懷湘說。「隨便妳啦！經濟不景氣工作難找，我也沒辦法啊！」阿發兩手一攤，沒有意見。「你不是說要給我一個家嗎？原來這就是你承諾的家。」看著眼前這無能的男人，除了不會打老婆之外，真的一無是處，懷湘心想自己怎麼會這麼……這麼……倒楣？兩次結婚都遇到了差勁的男人，嫁給馬賴算是年紀小不懂事，跟阿發結婚卻是自己已經在紅塵十丈的煙花界打滾多年了，簡直不能原諒自己，「呵呵……」悲哀到了極點只能乾笑兩聲。「阿發，我們結婚時想的『家』好像很不一樣啊！我看我們乾脆離婚算了吧！阿發。」這次懷湘主動要求離婚，「我可以照顧小竹，你隨時可以來看她，說不定你還要再娶，帶著孩子會拖累你的。」她很誠懇的跟阿發商量。「那，妳要去哪裡呢？」阿發似乎並不意外，事實上這三、四年兩人面對家庭生活的態度很不一樣，感情早已漸行漸遠了。「我要回山上去，回我爸爸的部落，我的親友都在那裡。」她說。「隨便啊！我沒差啦！可是，妳賣房子的錢應該要分我一半吧？我也付過貸款啊！」阿發竟然只關心這個，「哼哼，賣了再說吧！呵呵……」懷湘很認真的再看阿發一眼，「阿發，你真的認為你該分一半嗎？還是在跟我開玩笑？」看到懷湘冷笑盯著自己看，阿發愣了一下，不知道她到底在想什麼？笑什麼？「我不是要跟你計較，只是要讓你知道，你從我這裡拿去『投資』的錢，你在我買的房子白吃、白住、白睡老娘，我都沒有說話了，你是拿了多少錢付房貸呀？更別說我還要幫你養女兒了，你該給我們贍養費才對哩！竟然要跟我分一半，你是在開玩笑吧？哈哈！」懷湘氣到大笑。

懷湘跟阿發結婚第四年就離婚了，因為房貸的壓力只得將房子急售出去，沒賣到好價錢，還了貸款之後只剩下四十多萬，她就帶著這些錢回到山上，準備在父親承諾要送給她的那塊土地上蓋個小房子住下來。

「欸！姊姊，爸爸的土地沒有妳的名字喔！妳看這白紙黑字，全部都是給我們兄弟姊妹的，就是沒有妳的名字啊！」姊妹們推派精明的玉婷來跟懷湘攤牌，亞大比黛過世之後，意外險的理賠有八百多萬，大弟弟嘉明之外，三個弟弟、妹妹拿了一筆錢合建了一棟大大的三樓透天厝分著住在一起，嘉明和妻兒則是住在父親原本的房子，剩下的錢四個人均分了。「可是，爸爸說過要把種甘藷那塊田留給我的，那一天你媽媽和堂叔都在，他們都知道啊！」懷湘非常驚訝，怎麼會這樣，「我不知道怎麼回事啊！我們都是按照法律來的喔！妳可以去地政事務所調閱地籍資料啊！白紙黑字是錯不了的。」玉婷事不關己的說。至此，懷湘恍然大悟，父親過世後亞大比黨曾經跟她要了印鑑證明和身分證件，原來就是要辦理拋棄繼承的。「姊姊，我們房子還有一個空房間啦！如果妳要來住也是可以的。」玉鳳帶著老公、孩子一起搬回娘家住了，她畢竟跟懷湘在基隆有過「革命情感」，住在一起也同事過，看到姊姊的窘境就升起了同情心，「謝謝妳，玉鳳。等我有了自己的房子就會搬出去的。」人走到這個地步，也只能低頭了。

近十年台灣解除戒嚴，原本是甲種管制區的部落開放了入山管制，經濟好轉也帶動了假日觀光休閒的風氣，入山遊玩的遊客愈來愈多，假日上山的遊客更是絡繹不絕，他們最喜歡在路旁買些山上的農特產，所以，路旁平整寬闊可停車的地方就設了許多專賣農特產的攤子。不過，這些攤子的生意人幾乎都是平地人，畢竟，原住民的傳統文化是分享的文化，並沒有作買賣這一部分，所以，要讓原住民拿著自己的蔬果作物擺在路旁等著顧客挑揀選購，這件事情在心理上是很難適應的行為。不過，懷湘在外面打滾多年，接觸不少來店捧場的老闆和生意人，甚至也投資過「小吃店」當股東，所以不排斥作買賣這件事，何況她真的需要想辦法過日子。於是，懷湘讓四歲的小竹去上公所的托兒所，她則在農特產攤子旁邊弄了一間小小的檳榔屋，屋外掛上「抹懷舒檳榔」的招牌賣起檳榔來了。

泰雅族是屬於台灣中北部中高海拔的原住民族，也許是因為北部中高海拔過去沒有檳榔這種植物，所以傳統的泰雅族人是沒有在吃檳榔的，近代跟外界頻繁接觸之後才知道什麼是檳榔，也開始學會吃檳榔了。懷湘是第一個想到在部落開檳榔攤的人。這個主意也真不錯，一開張就先吸引了遊山玩水的遊客，這些年在平地流行起「檳榔西施」文化，賣檳榔的女郎穿著清涼養眼的服裝，許多醉翁之意不在酒的男客人喜歡光顧，其實，多半是想親近一下「檳榔西施」，讓眼睛吃冰淇淋的。

「抹懷舒」的字面總會引起男遊客的遐想，紛紛停車藉買檳榔之便，看看賣檳榔的女郎是要怎樣「抹懷」來讓客人「舒爽」一下？其實，這「抹懷舒」是泰雅族語mhway su（謝謝你）的意思，懷湘每次解釋之後，客人總會開懷大笑，雖然沒有被「抹懷」，但買檳榔學了一句泰雅族語，遊客還是很開心，而且還會介紹上山玩的朋友一定要光顧懷湘的檳榔攤。

雖然已經是四個孩子的媽了，但三十七、八歲的懷湘拜命運多舛之賜，身材始終苗條，胖不起來，猛一看還真的會以為是個年輕的「檳榔西施」哩。當然，她過去在「金船」、「紫羅蘭」學的灌迷湯、讓人心甘情願把錢掏出來的本事只需用小小一點點在她的檳榔攤，就可以為自己的業績提高兩三倍了。客人停車買檳榔，她提高音調用婉轉的娃娃音的招呼著「老闆」、「董仔」、「帥哥」、「哥哥」，不管是偏著頭甩一下頭髮，或是眼神流轉微笑一瞥，一切風情盡在不言中，總有辦法讓男客人捨不得太快離開，下車吃吃豆腐、占點嘴上的小便宜都好。當然過去那個「金船」的大紅牌「可欣」小姐可不是省油的燈，兩三下便可以讓對方心花怒放、心甘情願掏錢出來，「一千拿去，免找了。」「啊好啦！妳這裡有多少？全部包起來啦！最好連妳也一起包給我啦！」男人要在女人面前逞能什麼樣子都有的，看在懷湘眼裡都是很好的賺錢機會，賣檳榔奉送打情罵俏是很平常的事。

不過，懷湘雖然非常需要賣檳榔的收入養女兒和支付日常開銷，但「可欣」那一套她是完全「不忍心」用在自己部落族人的身上的，原住民來買檳榔，她不會撒嬌拗他們多買，還會打折並多送幾顆給他們。只是，「可欣」的魅力還是不小，部落很多男人還是忍不住想辦法親近她。光顧她的生意當然是基本的，送菸、送酒、送自家種的蔬菜水果，或山上打的野味什麼的也很多。

有個小學時高她一屆的學長，結婚沒多久老婆跑了，現在專門在山上打零工，小時候兩人也沒有「青梅竹馬」過，不知怎麼見到回來賣檳榔的懷湘驚為天人，一天到晚往檳榔攤跑，「我從小就很喜歡妳欸。」他說。「是喔？那你怎麼不娶我呢？」懷湘逗他。「妳那麼漂亮，才不會嫁給我哩！」嘴上這麼說，心裡是十萬個希望她能看上自己。有天傍晚，穿著黑色雨靴的學長剛從山上騎機車下工回來，他從長褲口袋掏出了一疊千元鈔票遞給懷湘，「這給妳，我們今天領錢。」他這幾天到山上幫人家砍草整理竹園，那是他全部的工錢，「你幹麼給我錢？」懷湘很詫異，「妳很辛苦在養小孩，我幫妳一下啊！」他說。「噢！不用啦！我幹麼要拿你的錢？我自己會賺錢好嗎？神經病啊你。」「算我跟妳買檳榔啦！檳榔先不用給我，以後慢慢拿。」懷湘看到他一臉汗水，衣服都是污泥，一陣陣汗水味飄散過來，她想起自己過去在葛拉亞部落上山打工的日子，這樣勞力換來的辛苦錢，她是一點都收不下去的，「吼唷！我不會拿你的錢啦！你又不是我的老公。」懷湘連打情罵俏的遊戲都不跟他玩了，直接拒絕他。「啊——好啦！我就知道妳不喜歡我。」學長很失望。

部落還有個中年男人，已經結婚有孩子的人，家裡一大片山坡種植甜柿，經濟狀況不錯，務農的他幾乎一萬年沒有拿過筆了。竟然浪漫的寫起情書，對懷湘告白自己是多麼的愛慕她，想約她出去喝咖啡。懷湘不可能跟他發展什麼男女關係，這部分她是很理智的，一個帶著孩子離了婚的女人要抬頭挺胸在部落生活，有許多界線是不可以隨便跨越的。自己在懵懂無知的少女時期闖下的錯事，慘痛的代價是幾乎付出了自己前半生。如今為了生活，儘管可以跟部落以外的男人打情罵俏，但對自己族裡的男人她則是盡量「止乎禮」，完全以族人的模式互動，避免自己與孩子在部落中遭到非議。

這一天，路過的遊客因為下雨天而沒有平日的一半，懷湘坐在小小的檳榔屋裡，整理著一片一片的荖葉，打算把沒賣掉的檳榔冰起來，乾脆早一點打烊回家。突然，一輛機車騎過來停在攤子旁邊，「要買檳榔嗎？」懷湘立即起身，提高聲音、臉上堆滿職業性的甜美笑容。「啊！」「懷湘……」兩人一對看，同時發出驚訝聲，「原來是你。」懷湘看清楚穿著雨衣的騎士竟然是卜大，著實嚇了一大跳。「我聽說妳在賣檳榔，所以過來看看是不是真的在這裡？」卜大走近檳榔屋，懷湘仔細看了蓋在雨衣帽裡他的容貌，二十年不見，那個笑起來陽光似的青年卜大，如今在他中年的面容上，明顯的刷上一層厚厚的歲月風霜，雖是驚喜見到舊識懷湘，但眼中的滄桑感，卻是掩藏不住的。

「下雨啊！我的屋子太小了，不能請你進來坐。」只容一人的簡單檳榔屋，還好有一片小小的遮陽棚。卜大走過來翻開雨衣帽，靠著檳榔屋的窗台跟懷湘對看。「呃！你要不要吃檳榔，免費的喔！」懷湘被他瞧得有點不自在了，「懷湘，妳這幾年過得好不好啊？」卜大好像沒聽到她說的話，眼神似乎想穿過時空，回到過去，悠悠的問她。「我，呵……」那麼簡短的一句問話，卻是多長的一個答案啊！這些年所發生的事太令人疲憊了，懷湘連想都不願去想，只用一個無奈的笑聲回應他。「你呢？你現在在做什麼？」她問。「我在山上種水蜜桃啊！還有天山雪蓮，也有一點甜柿。」卜大還是像年輕時一樣那麼勤勞。「真好，一定賺了不少錢啊！」懷湘笑笑，「呃……你後來，我知道你去跑遠洋啊。回來之後……」懷湘本想問雅拜過世後，卜大是否再婚，卻莫名其妙的有點結巴。「遠洋回來啊！我聽人家說你跟馬賴離婚。很想去找妳啊！後來，妳好像又結婚了，呵……」幾句話說完，也無奈的笑了一聲。

「我後來也結婚了，在竹東買了一間房子，兩個小孩在竹東讀書，他們的媽媽住在竹東照顧他們，我在山上照顧水果。」「噢！真好，很幸福啊你。」懷湘衷心替卜大感到欣慰，但內心深處淡淡的遺憾不免襲上心頭。小小的檳榔屋，兩人一裡一外聊了好久、好久，雨都停了，卜大還不知道把雨衣脫掉。

「咻——美女！」一輛機車停下來，清亮的口哨聲傳來，男子食指在空中畫著圈圈，比了一個五。「喔！包葉五十，馬上來唷！」懷湘看到生意上門，俐落的包了幾顆裹著荖葉的檳榔，腰肢款擺的走過去把檳榔遞給客人，「不用找了。」男子拿了一張百元鈔票給她，「帥哥，謝謝喔！」懷湘笑容可掬的跟他道謝。「我該回去啦！小竹快要放學了。」兩人契合的心性還是像以前一樣，感覺才一下子卻已經聊了一個下午。在他們的談話中，卜大知道懷湘再婚又離婚的經過，其實，他從懷湘在餐廳的摯友秀芳那邊，聽說懷湘這段日子過得拮据，卻不知道她經歷了那麼多的辛苦。懷湘則是從中得知卜大在婚姻裡的許多無奈，年輕貪玩的妻子總是放著孩子不顧，整天跟一些姊妹淘與卡拉OK裡男男女女鬼混，愛喝酒玩樂，脾氣又超大，念了幾句就要尋死尋活，離家出走的。搞得卜大山上忙果園、山下忙孩子的忙昏了頭。

「這個給妳，妳要好好保重，我會再來看妳。」卜大似乎早巳準備好，從雨衣裡面拿出一個信封袋，從小窗戶遞進懷湘的工作檯，「這是什麼？啊！不要這樣啦！」懷湘拿起信封袋往裡面一看，裡面是一疊厚厚的千元鈔票，「我不能拿你的錢啦！」「算我給小竹的，當作長輩給她買禮物啦！」卜大邊說邊騎上機車，「呼」的一下，匆匆離開了。這之後，卜大偶爾下山，就會彎過來看看她，兩人聊聊天交換彼此的生活近況，就像親人一樣互相關心。卜大的果園經營得很好，水果長得碩大甜美，又懂得將水果管理分級包裝，所以，每年到了收成時期，老客戶早就把他的水果訂購一空了，從來不用煩惱銷路。卜大在經濟上，比起部落其他只認真花體力照顧果樹，卻不喜歡用心思在經銷上的族人好很多。

懷湘靠著賣檳榔的收入，加上先前賣房子的錢，暫時可以不去煩惱基本的生活開銷。不過，住在弟弟、妹妹們的家，沒有自己私人的空間她是很不習慣的，特別是幾個妹妹的交友複雜，家裡半生不熟的人來來往往，男男女女也搞不清楚到底誰跟誰是什麼關係。「媽媽，幫我簽名。」有一天，已經念小學的小竹帶回一項功課，那是家庭資料調查的作業，其中有一項是「我的家有——人」，小竹就在空格裡填上「很多」，因為家裡總有陌生的叔叔、阿姨來來往往。有偶爾出現的，真正的阿姨卻說，「小竹，這是我的姊姊，我們就是一家人，叫阿姨。」有短期間頻繁出現的人，也有長住之後離開的，她小小的腦袋搞不清楚這些大人到底算不算自己家裡的人。作業上的答案雖然看起來有趣，令人莞爾一笑，但做為母親，懷湘是憂慮的。

過去的自己年紀太輕，加上必須花費很多的心力去應付比自己還不適應婚姻生活、失心瘋的馬賴，三個孩子都沒能好好教養，他們人生的組曲從小就變了調。夢寒在工廠當作業員算是最穩定了，阿豪跟阿文最後也只能在山上跟著叔叔、爸爸，還有後母、妹妹，繼續上山打零工維生。兩個兒子偶爾騎著野狼機車下山找懷湘，看見他們發育不良的瘦小身軀，豪豪染金黃色頭髮、抽著菸，她完全無能為力，只能暗自歎息，所以，對於目前正在成長、可以全力教養的女兒小竹，她更加小心呵護了。也因為這樣，似乎漸漸能夠體會媽媽離開她之後的「冷淡疏離」，媽媽或許無能為力，或許真有她自己的顧慮與苦衷吧！

「嘉明，我想要在你的頂樓加蓋一間我自己的房子，這樣比較方便。可以嗎？」回山上賣檳榔也三、四年了，懷湘攢了一點積蓄，認為也該給自己和女兒一個獨立而安穩的家，於是去跟弟弟商量。「呃……這個，加蓋啊？嗯……」嘉明是脾氣溫和稍嫌無主見的弟弟，他對這個從小照顧自己的姊姊就像長輩一樣的尊敬，但他十分顧忌脾氣驕縱的年輕妻子，不知道老婆大人會不會同意這件事。「我是尊重你的意見啦！你覺得這樣可以嗎？我也是不得已才這樣決定，如果有辦法就不會這樣為難你了。」懷湘早就知道嘉明被老婆壓得死死的，先告訴他只是讓他感覺被尊重而已。「沒關係，我等一下還會去跟你老婆說。」她說。「喔！這樣很好，可以啊！我沒有意見啦！」姊姊願意自己去跟老婆提，嘉明鬆了一口氣，連聲答應。

「大姊，這樣好嗎？不太方便吧！頂樓加蓋我們的房子會不會受不了壓力啊？萬一地震屋子垮下來怎麼辦？妳要不要另外找地方蓋房子比較好呢？」弟媳十幾歲未婚懷孕，嫁給大她七歲的嘉明，人長得是不錯，只是率性嬌縱而不懂人情世故，有話直說也不怕得罪人。「喔！我不是在『問』妳可不可以，是在『告訴』妳『我要在妳房子的頂樓加蓋我的房子』，懂嗎？」懷湘被這不懂事的小鬼惹毛了，語氣加重一個字一個字的說，「妳不知道我爸爸那棟房子我也有持分嗎？不知道的話，妳去地政事務所調閱房屋所有權人的資料，白紙黑字是不會錯的。」她用妹妹玉婷對她說的話修改一下說給弟媳聽，現在的懷湘早已不是過去那個單純而逆來順受的懷湘了。

「啊？怎麼會這樣，那他們蓋新房子的時候說這棟給我們，所以我們少分了六十萬欸！」弟媳很不服氣，「那是他們媽媽的保險金，怎樣分配的我管不著，不過，我爸爸這棟房子我是有份的，這持分讓我在買基隆那棟公寓的時候，不能享有原住民首次購屋的優惠和補助。」她想起這筆帳，還是很不甘心，「我只是要蓋個簡單的鐵皮屋，那會有多重？如果妳怕房子被壓垮，那我們申請分割，把妳現在住的房子分一分，我就住在屬於我的那部分，也省得我花錢蓋房子。」懷湘一點都不怕這個弟媳，她也是很能直話直說的。聽到這裡，弟媳早就沒立場囉嗦了，「那，隨便妳啦！他們真的很過分，還說這房子是我們的了。」她撇了撇嘴，嘟嘟囔囔愈說愈小聲。

回山上第五年，懷湘終於有了自己的房子，雖然只是個加蓋在弟弟家屋頂上的鐵皮屋，但完全靠的是自己的積蓄，沒有貸款、真正屬於自己的家。她買了兩頭豬，很認真的請來部落的長輩親友一起跟她殺豬慶祝新居落成。

“wa，lokah balay懷湘hya lwah.”

「啊，這懷湘是真的厲害了，」親友紛紛豎大拇指稱讚她。

“ima ta thoyay tngasal nanak qutux kneril hya la?”

「我們哪個女人能像她這樣獨立蓋起來一棟房子的呢？」雖然懷湘經營的檳榔攤總是有各種不同的男客人逗留談笑，但部落的人了解她整個成長和後來的婚姻，對她多了一份體諒，即使感覺不妥也沒有太刻薄的批評。懷湘的堂叔就常常跟親友們說：

“mniyaq ni Lesing hya balay qutux slaq nya te snyan nya ngahi qasa hya ki.”

「原本種著甘藷的那塊田地真的是磊幸要送給她的啊！」

“knan saku nya ru maku kya lk-Pitay uzi, ki'a nya nyux pongan uzi ru, ini saku kbrus.”

「他跟我說過，而且當時比黛也在場的，她現在應該也正在聽，我沒有胡說。」磊幸的承諾若在過去的泰雅族社會，就像是刻在石板上的盟約，一個字都不會改變，可惜很多新一代的孩子不信這一套，他們受了教育，知道權益是要爭取的，法律上白紙黑字才算數，一切以自己的利益為準，倫理人情都是骨董，要擺在博物館供人瞻仰了。即使弟弟、妹妹們如此不公平的對待，懷湘並沒有真正怪罪他們，畢竟，彼此年紀相差太大，懷湘幾乎算是長他們一個輩分了，「晚輩」不懂事，「長輩」是不會直接跟他們計較的，她知道真正的始作俑者是誰。多年來，她的人生起起落落，經過大小風雨，人事恩怨也看淡許多。

在亞大比黛過世滿了六年時，妹妹玉婷跟她說：「姊姊，我們要幫媽媽撿骨了，把她跟爸爸放在一起，這樣以後掃墓也方便。」「嗯！那很好啊！」懷湘說，「所以，我們兄弟姊妹每個人出一萬五，因為同時要整修放爸爸骨罈那個小亭，嘉明說快要壞掉了。」妹妹說得輕鬆，但懷湘心中卻還是有點不滿的，父母過世、分配遺產時清楚的說那是「我們的媽媽」，要出錢的時候就是「兄弟姊妹」了，「嗯！好，我知道了。」懷湘淡淡的答應。對現在的她來說，一萬五可是一筆很大的數目，必須要賣好多天的檳榔才有的收入。

撿骨那天，弟弟、妹妹知道懷湘會去，就一個個偷懶推拖著不上山，「姊姊，有妳看著就好了，工人會全部弄好的。」玉婷說，「等清明節，我們再好好拜媽媽，大家都忙，她會體諒的。」於是，大家工作的工作，頭痛的頭痛，忙孩子的忙孩子，只有嘉明和玉鳳意思意思跟著撿骨工人上山看了看，沒多久各自藉口有事先行離開了。懷湘從頭到尾在場幫忙，最後終於把亞大比黛的骨罈安置在父親骨罈旁邊，工人在墓園旁邊抽菸、喝水休息，等懷湘一起下山。

懷湘把父親的骨罈拿出來仔細擦拭乾淨再放回去，「把拔，我好想念你唷！你在天堂過得好嗎？」她在心中對父親說著思念，腦海裡想著父親不知道有沒有看到自己這幾年的遭遇，想到這裡，眼淚不斷的掉落下來。

她小心捧起亞大比黛的骨罈，因為是新的所以很乾淨，但她還是仔仔細細的再擦拭一遍。她邊擦邊開口對著骨罈裡的亞大比黛說：「雖然妳以前對我不好，但我還是要謝謝妳，如果不是妳訓練我，我也不會有這麼強的能耐，度過我後來的人生。」她還是像過去一樣直接，沒有喊她「亞大比黛」，「只是，我不明白，我對家裡一直付出，妳還真敢那樣對待我，把我爸爸給我的土地改成弟弟、妹妹的，妳也真敢啊！不過，即使是這樣，我還是感謝妳，因為妳是唯一真正跟我生活過的人，所以我還是來幫妳的骨罈安座，以後也會繼續幫妳掃墓。」說完，恭恭敬敬的將骨罈小心的擺在父親骨罈邊。

懷湘努力工作撫養孩子，很爭氣的幫自己蓋了一間房子，親友鄰居打從心底替她高興。鐵皮屋用的材料很不錯，內部的裝潢也很講究，三個大房間有一間採和式地板的通鋪，那是給其他孩子偶爾來看她的時候睡的。她和女兒各有一間大房間，懷湘的落地窗外面對著太陽升起的山頭，每天一起床拉開窗簾（還是粉紫色的蕾絲窗簾）就是最美的青山旭日迎迓著她。聰明懂事的小竹有了自己的大床、房間、書桌，終於可以好好的專心做功課了。

小竹小學畢業那年暑假，有一天，烏來的舅舅打電話來，很沉重的跟懷湘說：「妳媽媽在醫院病危，去看看她吧！可能是最後一面了。」「在哪裡？我馬上去。」自從多年前那個被婉拒的母親節，懷湘已經徹底失望，不再打電話給哈娜了。失望之外，最底層的心裡還有不少委屈和埋怨，那心總在問，「難道我是這麼不堪嗎？我見不得人嗎？我真的不好嗎？」多年沒有聯絡，懷湘的世界早就沒有「媽媽」這樣的人物了，只是，接到舅舅的通知，母女天生切割不斷的關係又連接上了，再怎麼不堪，她總是生下自己的媽媽。懷湘立刻跟瓦旦叔借了車，請米內孀孀照顧放學後的小竹，匆匆的開了車往台北衝去。

加護病房外的等候區坐著的都是憂容滿面的病人家屬，懷湘輕手輕腳的走近等候區，一眼就看到舅舅、舅媽和兩個「妹妹」湘怡和湘晴，她們都長成漂亮的小姐了，雖然疲倦而憂愁，但她們的穿著和手上提的包包都是富有質感、設計高檔的名品，懷湘也不知道自己這時候怎麼還有心思看到這些，但記憶中有一種熟悉的感覺，似乎跟媽媽的女兒以及衣著有關係，還來不及細想，舅舅就叫她了，「欸！妳來了喔！快要可以進去探病了。」舅舅揮揮手叫她過去，「送來醫院急救後還有醒來一下子，但這兩天眼睛都沒有睜開過了，連動都沒動一下。」舅舅很擔憂。「喔，懷湘來，這是湘怡、湘晴，妳記得嗎？」三姊妹互相點頭打招呼，“wal nha baqun sa mtswe simu la.”「她們已經知道妳們是姊妹了。」舅舅用泰雅族語跟懷湘說，「噢！」懷湘點了點頭表示知道了，「好多年沒見，都快要認不出來了啊！」懷湘說。其實她看到大妹妹就知道那是湘怡，因為長得跟自己很像，以前在外婆家的時候，長輩都很愛把她們抓來站在一起，然後說：「看看，這兩個孩子長得好像唷！真的就像親姊妹哩！」「懷湘姊姊，好多年不見了，妳都沒有變欸！我們小時候在烏來都一起玩的啊！」湘怡當然記得這個「可憐的姊姊」了。

探病的時間到了，等候區的家屬開始騷動，加護病房一次只能進去兩位家屬，懷湘穿上消毒衣、用酒精消毒雙手跟著湘怡走進去，加護病房充滿了各種醫療維生器材的聲音，一排排的病人都是插上呼吸器、或是口鼻上蓋著氧氣罩，一時也認不出哪個是媽媽哈娜。湘怡走近一張病床旁，躺著的瘦小老婦人臉上罩著氧氣罩，身上、手上到處都是維生和監測用的管線，連在床邊的醫療機器上。「媽！懷湘姊姊來看妳了，妳張開眼睛看看她啊！」湘怡在哈娜耳邊說。「我是懷湘！」她也上前去。「唔……唔……」突然間哈娜動了一動，喉嚨發出了「唔……唔……」的聲音，隨即又安靜下來，「媽！妳知道是懷湘姊姊來了，對不對？媽？」湘怡看到媽媽有反應很是振奮，「媽媽！妳如果知道懷湘姊姊來看妳，就握一下我的手，媽媽？」湘怡靠在床邊握著哈娜的手說話，懷湘站在旁邊不知該做什麼才好，「懷湘姊姊，妳看媽媽的手指在動，她知道是妳來了。」湘怡高興得眼眶泛紅，「唔……唔……咳！咳！呵……」哈娜突然激動起來，喉嚨發出「唔唔」聲之外，還咳了起來，胸口劇烈的上下起伏，呼吸愈來愈急促。「媽媽妳不要激動，妳有話要跟懷湘姊姊說是嗎？」湘怡問她，哈娜的手指無力的抓了抓湘怡的手。「呃……是我，我是懷湘，我來看妳了。」懷湘上前俯身在她耳邊說話，她不知道該不該叫哈娜「媽媽」，但她也不想叫她「阿姨」，所以也像對亞大比黛一樣，乾脆不稱呼名字而直接說話了。「呵……咳……咳……」聽到懷湘的聲音，哈娜更激動了，眼角流下了淚水，「媽媽，不要激動，懷湘姊姊知道妳要說什麼，她知道妳很愛她，懷湘姊姊知道，對不對？」湘怡一手握著哈娜的手，一手用面紙擦拭她的淚水，然後轉頭用求救的眼神望著懷湘，「是，我知道了，我知道妳很愛我。」懷湘順著湘怡的話回答。哈娜聽完整個人放鬆下來，像是瞬間睡著似的，直到她們離開都不再有任何反應了。

「懷湘，妳媽媽走了。」舅舅打電話通知懷湘哈娜的死訊，哈娜在她探視之後的兩天過世。「妳走之後，她就沒有再醒過來了，她是在等妳去看她的。」舅舅哀傷的說。「告訴我她的靈堂在哪裡？我要去給她上香。」經歷了父親的驟逝，亞大比黛的意外，哈娜在醫院病危之後死亡，這件事對她的衝擊就沒有那麼大了。懷湘跟舅舅約好一起到殯儀館為哈娜上香，「亞大（舅媽），這是我孩子們的名字，他們都是外孫輩了。」懷湘拿出一張名單，紙上整整齊齊寫著她自己和孩子們的名字，她想既然舅舅說了大家已經知道自己和哈娜的關係，那麼她應該把孩子的名字寫出來讓他們列在訃聞上。

“ah! Laxi yaqih qsliq su ki, 懷湘，名單 qasa ga, nuway qeri ini biqiy 名單 hyala, 不方便ga, 懷湘！體諒cikay ki.”

「唉！妳心裡不要覺得難過啊！懷湘，那個名單啊！沒關係，不要給他們名單好了啦！不方便啊！懷湘！體諒一下啊！」舅媽很為難的說。「喔！沒關係，不要也可以啦！」懷湘收回名單，摺起來默默收進包包裡。

哈娜出殯那天，懷湘和舅舅一起站在弔唁的來賓當中。家祭的時候，司儀依照與亡者親疏遠近的關係逐一請上前祭拜，想到舅媽說的「不方便」，懷湘不知道自己該要在什麼時候上前祭拜母親了。一直到了司儀說「請稱呼亡者為姑姑、阿姨輩的上前祭拜」的時候，舅媽把她手肘往前一拉，小聲的說：「妳就跟他們一起去給她上香吧！」懷湘只得跟著哈娜的姪甥輩上前祭拜母親。瞻仰遺容之後，她緩步經過女性遺屬前面，妹妹湘怡伸手拍了拍她，頭靠過來小聲的對她說：「體諒一下啊！姊姊！」霎時「唰！」的一下，懷湘強忍的眼淚忍不住決堤狂瀉而下，她緊緊摀著口鼻轉身快步走出靈堂，「嗚……」滿腹的委屈和悲傷全隨著淚水渲洩出來。「別難過了，懷湘！」舅媽過來安慰她，但誰知道她真正在難過什麼呢？全世界的人都要她「體諒一下」，似乎從出生開始就注定一直要體諒著身邊所有的人，然而誰又曾「體諒」過她這卑微的人呢？她就是不懂，既然她和母親的關係大家都心知肚明了，為什麼自己還是不能在她人世間的最後一程以女兒的身分送別呢？眼淚的防線一旦突破，懷湘不再忍耐，暢快恣意的痛哭一場，反正這是個告別式，傷心斷腸的人也不只有她一個。

「媽媽，妳真的應該去上上教堂了。」小竹建議媽媽去教會，「我覺得妳愈來愈不快樂了，去教堂啦！妳看yaki米內（米內奶奶）每天都那麼開心，她有信仰所以喜樂啊！」小竹是個乖巧、聰明又貼心的孩子，亞大米內常常跟懷湘說她是「天主特別恩賜給妳的小天使」。小竹跟一般被父母又哄又騙、威脅利誘才能帶進教堂的孩子很不一樣，媽媽忙著做生意，她從小就乖乖的跟yaki米內一起上教堂，喜歡聽法國神父講聖經的故事，喜歡看教堂裡各種精美的聖物器皿和美麗的擺飾，也喜歡唱聖詠讚美天主。

懷湘其實很羨慕亞大米內全家人一起上教堂的畫面，亞大米內也常邀請她一起去，但她始終跨不出腳步，「嗯！等我準備好就會去。」懷湘小時候在烏來受了洗，外婆會帶她上教堂望彌撒，所以她並不反對小竹接受天主教信仰，只是她自己後來因為各種原因沒有繼續進教堂望彌撒，特別是到了基隆在酒店上班之後，潛意識裡認為自己真的是個「不好」的「罪人」，不敢也不願意上教堂，於是就跟信仰生活漸行漸遠了。

這些年，她經歷了太多人世滄桑，在悲歡離合、恩怨情仇、人情冷暖中一路走來，無以名狀的疲憊感從內心深處蔓延全身直透出眼眸。檳榔攤的生意也意興闌珊，她不但懶得再花精力討好客人，也常常關門休息，客人撲空個兩、三次就不太會繼續光顧了，業績下滑是可想而知的。即使如此，她也沒放在心上，最後乾脆關門了事。

結束了檳榔攤的生意，懷湘跟弟弟借了一塊地種菜，菜園旁邊圈了圍籬，搭一座簡單的雞舍在那裡放養土雞。現在，她把所有的時間都花在照顧菜園和土雞上，服務業做了這麼多年，現在可以不必再伺候客人了，雖然經濟上困難一點，但粗茶淡飯的日子，她自己卻是覺得很輕鬆愜意。

「可是，妳這樣也不是辦法啊！」有一天，秀芳來看懷湘，見她整個人黯淡消瘦，家裡物資顯而易見的短缺，很是替她心急，「走走走，我們去竹東。」也不管懷湘穿著鬆垮的居家服和拖鞋，抓了她就往車上塞，開車下山到鎮上去採購生活用品。「我知道這麼多年，妳一定累了，可是，小竹還那麼小……」好姊妹一路上鼓勵懷湘要往前看，小竹還需要媽媽的保護，「我知道，妳放心啦！我會再找個工作來做的。」懷湘從來不是向命運低頭的人，這段時間只是因為身心太過疲乏，暫時沉澱一下罷了。朋友的提醒和關心使她頓時甦醒過來，想想，也該是計畫下一步的時候了。

秀芳把車開到大賣場，一進賣場就東抓西抓什麼都往推車上堆，沒一下子大推車上就塞滿了日用品、食物，還幫小竹買了幾件漂亮的衣裙，「秀芳，謝謝妳啦！還好有妳一直在幫助我，我這輩子欠妳的還不完了。」回程的車上，懷湘非常誠懇的對秀芳說，「三八喔？這也沒什麼，謝什麼謝啦！」她被懷湘感謝的話弄得很尷尬，「我一個人，不像妳還要養孩子，自己的姊妹有什麼好客氣的，神經病。」她瞪了懷湘一眼，兩人都笑了起來。「秀芳，還是妳聰明，不結婚就沒有這麼多苦難了。」懷湘感慨的說。「是、是，不結婚妳就沒有夢寒，沒有阿文、阿豪，沒有小竹啦！」她說「嗯，孩子，呵呵！」懷湘遲了一下，還是笑了。

「不過，我以後再也不結婚了，男人不比朋友可靠啦！呵呵……」她說，「秀芳，妳可以做我孩子的乾媽，全部都可以給妳當孩子。」懷湘說。「好啊！都是我們兩人的孩子，我來照顧你們啦！」秀芳左手握方向盤，右手伸過來，用力摟了一下嬌小的她，一股電流似的奇妙感覺由這隻手臂傳了過來；此時，懷湘突然驚覺這手臂竟然是這般令人信賴，一種從未有過的安全感從內心深處悄然升起，「妳本來就是一直在照顧我們的……」她輕輕說著，下意識的將頭微微往左靠過去。事實上，懷湘在基隆那些年，夢寒跟弟弟阿文、阿豪也都靠著秀芳的幫助，才能跟媽媽保持聯絡並接收到支援的。

這之後，秀芳每次來山上看懷湘就一定會帶來各種物資，大包、小包的往她家裡搬，小竹放學回家，只要看到冰箱滿滿的就會說：「秀芳阿姨今天有來喔？」秀芳更加照顧她們的生活了。

近年，人們重視休閒娛樂，生活在擁擠繁忙的都市人特別渴望親近大自然，在山上的部落，陸續開發了各種休閒農莊、民宿、自助採果的體驗果園，也開設不少溫泉會館。沒多久，拉號附近的山上也開了一家溫泉休閒館，懷湘在那裡找到了櫃檯服務的工作，畢竟她過去的工作經驗豐富，笑臉迎人，接待、安排、解決問題、結帳……這些事情對她來說得心應手，加上她懂事嘴又甜，老闆很肯定她的能力，為她加薪、也升她當組長，她和小竹終於又可以過著安穩無虞的生活了。

這期間，卜大偶爾過來看看她，有時也帶著山下的朋友來他們的溫泉館泡湯捧場。他們兩人之間有著很特別的情誼，比一般朋友親密一點，卻又小心翼翼的保持距離，畢竟卜大是有家室的男人，而懷湘是一個離了婚的女人，不得不謹慎，以免遭部落人們的議論。除此之外，懷湘對於男女之間的交往，過去許多次不愉快的經驗，以及兩次失敗的婚姻，對於愛情這件事，內心有著某種程度的戒慎；她很珍惜他們現在的關係，希望能這樣保持下去就心滿意足了。即使之後卜大的妻子愛上了常在一起玩樂的男人，撇下孩子跟卜大離了婚，懷湘還是與他維持著像親人又像朋友的關係，似乎相信這樣才能長長久久。

小竹在山上的國中畢業之後，神父特別幫忙安排她到天主教辦的私立高中念書，那在台北可是所謂的貴族學校，一般收入的家庭是念不起的，但因為有教會的經費補助，小竹才得以進入這間貴族學校念書。小竹也不辜負神父的苦心，用功讀書，三年後，小竹以全校第二名的成績畢業，如願考上了台大外文系。大學畢業之後，小竹以她優異的外語能力和漂亮的外形打敗眾多競爭者，順利考取了長榮航空的空姐。「小竹，原來我也能養出那麼棒的孩子啊！」確認小竹考上空姐，母女擁抱在一起，兩人同時流下興奮的淚水。

懷湘想到夢寒、志文、志豪三個孩子，成長在動盪不安，終致分崩離析的破碎家庭，身心俱創；他們在升學和工作上沒有一個是順利的，甚至連婚姻也不是那麼順遂。夢寒結了婚也離婚了，目前帶著兒子跟人同居；阿文在十幾歲時，跟他「後母」帶來的妹妹有了一個孩子；馬賴年輕時酗酒，健康早已亮了紅燈，再婚後他舊習不改，於是，在一次酒後騎車當中，不幸身亡，山上的家就靠阿文打零工賺錢辛苦的撐著。阿豪高中時輟學，住在家裡整天無所事事，有時跟哥哥一起去打工，但比較多的時候，不是幾天不見人影，就是到處找人喝酒，好幾次喝酒摔車住院，讓人擔心極了。這三個苦命的孩子，在懷湘為生存奮鬥而自顧不暇的時候，跟酗酒暴力的父親生活在一起，他們靠著自己的本能在困阨的環境中努力成長，終究還是長成這樣令人心疼的模樣。每當想到他們，懷湘只能無奈心痛暗自長歎。

小竹進入了航空公司，經過三個月密集而嚴格的培訓，終於可以開始正式飛了，她穿著空姐漂亮的綠色制服，自信滿滿的拉著登機箱，走向她人生的下一個無限可能。至此，懷湘終於能夠真正鬆一口氣，不需要再為養育子女拚命工作了。她跟溫泉館的老闆辭職，「懷湘阿姐，妳不做了，我要去哪裡找到像妳這樣的人來幫我呢？」這個老闆是懷湘在溫泉館的第三個老闆了，三年前剛頂下這間溫泉館時，懷湘這十幾年的老職員幫助他很快進入狀況，所以他非常捨不得懷湘辭職。「老闆，讓我這把老骨頭休息了吧！沒關係，以後如果大日子忙不過來，跟我說一下，我可以來支援啦！」懷湘說，老闆慰留不成，很感謝的給了她一筆為數不小的「資遣費」。

辭職之後，卜大來幫她在屋旁蓋雞舍，也幫她一起整理了一塊菜園，她又可以開始養雞、種菜、種花草，做自己喜歡的事了。卜大離婚後便常常過來探望懷湘，有時也在她家過夜，雖然曾經表示過兩人可以結婚，攜手作個老來伴，但兩次的婚姻失敗，懷湘已經不再考慮「結婚」這件事了。「我們都有自己的孩子，不需要愈弄愈複雜了。」她說。後來，卜大心中雖然始終還是有著期盼，但知道她的心意，決定默默照顧著她，沒有再為此開過口了，卜大因為做人實在、勤奮而有禮，在拉號部落的族人眼中是個很好的男人；懷湘坎坷的身世卻能不屈不撓，努力活出自己的一片天空，親族對她也是疼惜又佩服的。

“ana ga, kut qutux bzyuwak simu ki Buta, sqesay ta qu zyuwaw lga, aki blaq cikay……”

「如果可以，妳和卜大就殺一頭豬把事情做個『截斷』（指厄運），應該比較好一點。」有一天，八十歲的米內嬸嬸跟懷湘談到最近某個晚輩騎車摔傷的事，語重心長的跟懷湘提了一下，她的意思是希望懷湘和卜大能夠做一個「贖罪」的儀式，祈求諒解告慰祖靈。這樣，親族才不會受到祖靈的責備而遭到不幸的牽連。

“aw, baqun mu la, kyalaw maku Buta.”

「好的，我知道了，我會跟卜大說。」懷湘看著從小照顧她的嬸嬸，八旬老嫗，花白的頭髮、滿臉皺紋，但眼中依然透露她熟悉的溫暖和關懷的光芒，於是她很快就答應了嬸嬸的意見和建議。經過了這麼多年的歷練，有了年紀的懷湘更能夠珍惜部落親人的關懷，即使她心中不見得完全認同嬸嬸話中所指的因果關係，但她願意為了安親人的心而做這樣的儀式。於是，她和卜大殺了一頭豬，做了傳統的告慰儀式，把豬肉分送給同一個祭團（qutux niqan）的親人。從此，卜大可以名正言順時常過來看懷湘了。懷湘除了秀芳之外，多了卜大的陪伴和照顧，感覺自己年近黃昏還得兩位摯友、知交如此疼惜關照，內心常感溫暖幸福。

教堂裡，祭台四周滿滿的鮮花圍繞，是為瓦旦叔叔舉行殯葬彌撒，瓦旦叔叔八十三歲往生，對部落的男人來說是難得高壽的人了。小竹特別請了假趕回山上參加疼愛她的叔公的告別式。懷湘和女兒素衣並肩坐著，回想瓦旦叔叔生前對她的疼愛，父親曾經將她託給叔叔照顧多年，叔叔、嬸嬸很關心她，他們就像是懷湘另外一對父母，在她需要協助的時候，總是伸出援手，從來不曾令她失望。望著棺槨中叔叔安詳的面容，想起這些年一個一個過世的至親，一種被拋棄的悲苦油然而生。「你們都在天鄉重聚了嗎？」她想著，叔叔的面容在淚眼中模糊了。

禮儀開始了，身著深紫色祭披的神父和輔祭們慢慢走上祭台，聖堂飄起悠悠琴聲，聖詠團輕柔的歌聲唱起：

親愛主，牽我手，建立我，引我走；
我疲倦，快軟弱，我愁苦。
經風暴，過黑夜，求領我，進光明；
親愛主，牽我手，到天庭……

隨著懇切傾訴的歌聲，懷湘雖然閉著淚眼，心中卻緩緩開啟了檢視生命風景的視窗，止不住腦海中那一頁頁翻閱的畫面。她想起了過世的外婆，週日牽著小小的她一起上教堂望彌撒、在烏來跟外婆和舅舅們的生活；清流園的漂亮「阿姨媽媽」、被父親帶到拉號部落的第一天、在各親友家輪流寄居的生活、那一年生日的魔鬼蛋糕；未婚懷孕、奉子成婚；後山部落那只夠生存的艱辛窮困的日子；逃離家暴的那個黑暗夜晚；酒店燈紅酒綠的歲月⋯⋯。柔和的歌聲中，塵封已久的心漸漸甦醒，此時，她似乎領悟到了在內心深處那個屬於家的鄉愁，正是支持她在重重困境中能夠不畏困難，勇敢往前追求的動力。

導讀

里慕伊・阿紀（一九六二－），漢名曾修媚，泰雅族人，出生於新竹縣尖石鄉葛拉拜（Klapay）部落。臺北師範學院畢業，從事學前教育十餘年，曾任幼稚園園長、小學泰雅族語教師，以及泰雅族語配音員。曾獲第一屆山海文學獎、第一屆中華汽車原住民文學獎、第二屆中華汽車原住民文學獎、臺灣原住民族山海文學獎等。作品書寫山居生活、城市經驗，以及女性議題、族群處境等，文筆生動自然。著有《山野笛聲》（散文、小說）、《山櫻花的故鄉》（小說）、《懷鄉》（小說）等。

《懷鄉》描寫女主角懷湘如何在離異破碎的親情和兩段失敗的婚姻中，重獲愛的救贖。懷湘在潛意識中將父母離婚，以及不被親生母親接納，自責爲「是個瑕疵品」；從小過著寄居的漂泊生活，迫切尋找身心安頓的「家」。花樣年華便未婚懷孕，觸犯泰雅族Gaga祖訓規範的罪責意識，不只烙印在懷湘心中，也遭到部落社會的歧視與輕蔑。懷湘第一次的婚姻，面對暴戾、酗酒、無業的丈夫，不得已至酒店上班養活孩子，成為男權話語下的受虐者。小說不受父系傳統的局限，透過懷湘的多重罪惡感的形象，展開對於Gaga家庭倫理規約的思索與挑戰。

〈家園夢〉（節錄於《懷鄉》，臺北：麥田，二〇一四年）是這部小說的最後一節，書寫懷湘歷經人生顛簸之後，重返家園獲得救贖。第二任丈夫以甜言蜜語：「我會給你一個溫暖的家」，擄獲芳心；然而丈夫賭博的惡習，讓「家」再度搖搖欲墜。她最後主動提出離婚，重返原鄉部落。小說敘述道：「在內心深處那個屬於家的鄉愁，正是支持她在重重困境中能夠不畏艱難，勇敢往前追求的動力。」家園是族群生息與個人成長的經驗空間，經過時空變遷後，轉而成為情感的歸屬。懷湘在此解放自己、接納自己，也在基督宗教的大愛中安頓生命。

在後殖民思潮的洗禮下，臺灣原住民重拾話語權。相較於利格拉樂．阿嬿強烈為原住民女性發聲的企圖心和使命感，里慕伊．阿紀的作品則揚棄大敘述，不特別宣洩抗議或敘寫悲情，然而又處處呈現都市原住民、部落社會結構變遷等現象，可謂以小見大。《懷鄉》從族群、階級與資本主義的視角，描繪早婚原住民女性在家暴、窮困、家族糾紛，以及職涯困境中勇敢堅韌的生命史，引發我們思考處於傳統、現代社會夾縫中的原住民女性之救贖議題。（林秀蓉）

國家圖書館出版品預行編目資料

性別與小說／林秀蓉，唐毓麗著. 一一初版.
一一臺北市：五南，2018.09
面； 公分
ISBN 978-957-11-9859-0（平裝）

1.中國小說 2.臺灣小說 3.文學評論

857.61 107012826

1XCQ 現代文學系列

性別與小說

編　　著 — 林秀蓉　唐毓麗
發 行 人 — 楊榮川
總 經 理 — 楊士清
副總編輯 — 黃惠娟
責任編輯 — 蔡佳伶　蘇禹璇
校對編輯 — 李鳳珠
封面設計 — 王麗娟
出 版 者 — 五南圖書出版股份有限公司
地　　址：106台北市大安區和平東路二段339號4樓
電　　話：(02)2705-5066　傳　　真：(02)2706-6100
網　　址：http://www.wunan.com.tw
電子郵件：wunan@wunan.com.tw
劃撥帳號：01068953
戶　　名：五南圖書出版股份有限公司

法律顧問　林勝安律師事務所　林勝安律師

出版日期　2018年9月初版一刷
定　　價　新臺幣520元